INGRID WERNER

Niederbayerische Göttinnen

KRIMINALROMAN

emons:

Bibliografische Information der Deutschen Nationalbibliothek
Die Deutsche Nationalbibliothek verzeichnet diese Publikation in der Deutschen Nationalbibliografie; detaillierte bibliografische Daten sind im Internet über http://dnb.d-nb.de abrufbar.

MIX
Papier aus verantwortungsvollen Quellen
FSC® C083411

Umschlagmotiv: bazil/Depositphotos.com
Umschlaggestaltung: Tobias Doetsch
Gestaltung Innenteil: César Satz & Grafik GmbH, Köln
Lektorat: Carlos Westerkamp
Druck und Bindung: CPI – Clausen & Bosse, Leck
Printed in Germany 2016
ISBN 978-3-95451-825-8
Originalausgabe

Für Sandra

Sonntag, 8. Mai

Angefangen hat alles ganz harmlos.

Muttertag. Meine Kinder überraschen mich mit einer gemeinsamen Wanderung. Normalerweise hassen sie es zu wandern – wie wahrscheinlich der Großteil der pubertierenden Weltbevölkerung. Dieses Geschenk ist daher ein enormer Liebesbeweis, und ich bin dementsprechend gerührt. Außerdem kommt der Ausflug meinem Vorsatz nach mehr Bewegung entgegen. Denn ich habe, wie immer im Frühling, dem Winterspeck an meinen Hüften den Kampf angesagt und bin willens, ihn heuer zu gewinnen.

Nach dem Frühstück geht's ab in den Steinkart, unseren Wald zwischen Bad Griesbach und Ortenburg. Linus mit seiner Freundin Anna, Susa, Vicky und ich treffen uns an diesem sonnigen Sonntag mit Ludwig Garhamer, Förster und Wanderführer in Personalunion. Garhamer ist ein hochgewachsener, arg schlanker Mann mit einer schlampigen Körperhaltung. Er zieht den Kopf zwischen die Schultern, als müsse er durch eine niedrige Tür gehen. Vielleicht befürchtet er auch, dass ihm der Himmel auf den Kopf fällt. Für einen Fremdenführer ist er ungewöhnlich wortkarg, aber nicht unnett. Natürlich hab ich meine Mischlingshündin Runa mitgenommen. Sie freut sich genauso wie ich auf ein paar Stunden im Wald. Einzig Linus' Zwillingsschwester Lilly ist nicht mit von der Partie. Die Achtzehnjährige wohnt in München bei ihrem Vater. Na ja, oder bei meinem Ex-Mann. Das soll heute allerdings kein Thema sein. Schließlich ist es ein Tag der Freude.

Wir sind Teil einer Gruppe, die sich zum Thema »Auf den Spuren der Kelten« zusammengefunden hat. Die Idee, daran teilzunehmen, hatte Susa, da sie sich seit Neuestem für keltische Kultur interessiert. Ich glaube, da ist ihre Kollegin Birgit nicht ganz unschuldig daran.

Außer uns wandern noch drei Kurgäste mit. Einen davon, einen Herrn Kastner, kennt Susa aus dem Hotel »Drei Eichen«. In diesem Vier-Sterne-Haus im Kurviertel von Bad Griesbach macht sie seit ein paar Monaten eine Ausbildung zur Hotelkauffrau.

Das Wetter ist schön, und wir spazieren gut gelaunt durch die milde Frühlingsluft.

Herr Kastner hat den Förster für sich vereinnahmt und weicht ihm nicht von der Seite. Sie sind lustig anzuschauen, die beiden, denn Ludwig Garhamer überragt den Kastner um mindestens eine Kopflänge, und wenn er sich mal gerade hinstellen würde, wäre er noch größer. Dafür ist Herr Kastner doppelt so breit und hat die stolze Haltung eines Gockels. Susa und ich sind direkt hinter ihnen, so kommen wir in den Genuss seiner Vorträge.

»In meiner Tätigkeit als Auktionator gingen schon zahlreiche keltische Schmuckstücke durch meine Hände. Man könnte auch sagen, ich habe mich auf keltischen Schmuck, ja, und auch auf Münzen spezialisiert. Vor allem aus der Späthallstatt- und Frühlatènezeit.«

Er dreht sich zu uns um. »Also so 500 bis 250 vor Christus.« Nach dieser Belehrung wendet er sich wieder seinem eigentlichen Gesprächspartner zu.

Ich blicke Susa an und rolle mit den Augen. »So ein G'scheithaferl«, raune ich. Sie nickt und grinst. Anscheinend kennt sie seine mitteilsame Art bereits.

Kastner stolziert weiter neben dem Förster durch den Wald und versucht, mit dessen Riesenschritten mitzuhalten. Sein Fotoapparat baumelt auf dem roten Pullunder hin und her.

»Über die Kelten weiß man ja nur das, was sich aus den archäologischen Ausgrabungen erklärt. Sie selbst haben nichts aufgeschrieben. Es wurde höchstens über sie geschrieben. Zum Beispiel berichteten die Römer über sie. Allen voran Cäsar in seinem ›De bello Gallico‹«, doziert er in Richtung Garhamer und hat in der nächsten Sekunde seinen Kragen schon wieder bei uns hinten. »Das ist ein wunderbares mehrbändiges Werk über den Gallischen Krieg um 50 vor Christus.«

»Ich hatte Latein-Leistungskurs«, knurre ich, werde von ihm aber überhört, da er sich bereits wieder dem Förster widmet. Ich atme tief durch. Er sieht ja nicht schlecht aus, erinnert mich an den Typen aus dieser alten Fernsehserie. Wie hieß sie gleich wieder? Ach ja, »Ich heirate eine Familie«. Allerdings habe ich die Nase voll von gut aussehenden Männern im besten Alter. Und belehren hab ich mich noch nie gern lassen.

Kastner fährt mit seiner Unterrichtsstunde fort: »Im siebten Buch beschreibt Cäsar den Aufstand des Vercingetorix, eines keltischen Anführers, gegen die römische Herrschaft in Gallien. Dieser Vercingetorix ist im Übrigen das Vorbild für den Häuptling bei Asterix und Obelix.« Er lacht auf.

Wenn mir seine Angeberei nicht so unsympathisch aufstoßen würde, fände ich es interessant, was er erzählt. Aber so muss ich an mich halten, ihn nicht von hinten anzumotzen.

Nun reißt er auch noch völlig ohne Grund einen Zweig vom nächstbesten Baum ab, um ihn wie ein Dirigent durch die Luft zu schwingen. Diese Unsitte quittiert Garhamer mit einem Zusammenziehen der Augenbrauen, sagt aber nichts dazu.

Kastner redet noch lauter. »Aber wir waren bei der Spätlatènezeit. In dieser Epoche bestatteten die Kelten ihre Toten in Hügelgräbern und legten ihnen Grabbeigaben dazu. Schmuck, Münzen, Tongefäße. In meinem Auktionshaus stelle ich einige Gürtelschnallen, Armreife und Fibeln aus. Das sind Kleiderspangen aus Bronze«, ruft er uns über seine Schulter hinweg zu. »Damit steckten die Kelten ihre Umhänge und Gewänder fest. Damals hatten sie ja noch keine Reißverschlüsse.« Er kichert über seinen Witz.

Ich beuge mich vor und tippe ihm auf die Schulter. »Wo haben Sie denn Ihr Auktionshaus, Herr Kastner?«

Der Auktionator schreitet kraftvoll aus und schlägt mit seinem Zweig in einen Busch. »Ach, in München, die Straße werden Sie nicht kennen.«

Eine ziemlich diffuse Antwort, finde ich. So will ich mich nicht abspeisen lassen. Wahrscheinlich ist es nur eine kleine Pfandleihe, und er markiert hier den großen Macker.

»Ich stamme ursprünglich aus München. Versuchen Sie's doch einfach mal.«

Im Gehen fummelt er eine Visitenkarte aus der Jacke und gibt sie mir nach hinten. »Melden Sie sich, wenn Sie mal in der Nähe sind.«

»Emanuel Kastner«, steht da in geschnörkelter Schrift, »Auktionator« und eine Handynummer. Keine Adresse.

Gerade will ich das monieren, da ruft der Förster: »Jetzt kommen wir zu unserer ersten Station. Ein keltisches Hügelgräberfeld.

Und hier ist Herr Josef Obermeier.« Er deutet mit ausgestrecktem Arm auf einen alten Mann im karierten Hemd, der sich auf den Stiel einer Schaufel stützt und uns freundlich entgegenblickt. Klein und hutzelig ist er, der reinste Waldschrat. Die weißen Haare stehen ihm ungekämmt nach allen Seiten, und über seinen hellblauen Augen türmen sich buschige dunkle Augenbrauen.

Linus' Freundin Anna drängt sich zu mir durch. »Der Sepp ist mein Großvater«, flüstert sie und winkt Josef Obermeier zu. Er zwinkert zurück.

»Dein Opa?« Ich schaue sie verdutzt an und versuche, irgendeine Familienähnlichkeit zu finden. Keine Chance. Anna sieht ihm mit ihren langen glatten Haaren und den braunen Augen überhaupt nicht ähnlich.

»Doch, doch«, sagt sie leise. Anscheinend hab ich gar zu ungläubig geguckt.

»Okay«, murmele ich und richte meine Aufmerksamkeit wieder nach vorn.

Mit halbem Ohr habe ich gehört, was Sepp Obermeier in der Zwischenzeit erzählt hat. Das Gräberfeld mit ungefähr einhundertzehn Hügeln befinde sich auf seinem Grund und Boden. Es sei ungefähr zehn Hektar oder vierzehn Fußballfelder groß. Wir nicken alle beeindruckt.

Trotzdem muss ich mir ein Grinsen verkneifen, wenn ich ihn anschaue. Bei jeder seiner ausholenden Gesten wippen die weißen Haarsträhnen um sein faltiges Gesicht. Und er meint, Hochdeutsch reden zu müssen, kann dabei aber den Niederbayern nicht verleugnen. Ich finde das goldig!

Er zeigt auf die Hügel um ihn herum, die sich tatsächlich in beachtlicher Vielzahl den Hang hinauf verteilen. Manche sind nur einen Meter hoch, andere dagegen überragen den alten Mann um einiges. Dazwischen und darauf wachsen Buchen, deren altes Laub rostfarben den Boden bedeckt. Auch einige Nadelbäume sind darunter. »Das sind alles Gräber. In dieser Gegend haben schon 1300 vor Christus Menschen gesiedelt und hier ihre Toten bestattet. In der Bronzezeit waren es –«

»Urnengräber«, ruft Herr Kastner und hält den Erlenzweig in die Höhe.

»Ja, genau, der Herr. Die Menschen haben ihre Toten verbrannt und die Urnen in Hügeln vergraben. Um 800 vor Christus kam die –«

»Hallstattzeit«, schmeißt der Kastner wieder sein Wissen in die Menge und zerrt den roten Pullunder nach unten, damit seine vor Wichtigkeit geschwellte Heldenbrust zur Geltung kommt.

Annas Opa schmunzelt. Ich stöhne.

»Ja, Hallstatt- oder Eisenzeit. Da hat der Herr aus der Stadt ganz recht«, sagt Obermeier. »Inzwischen kann man die Leute ohne Weiteres als Kelten bezeichnen. Damals sind die Toten nicht mehr verbrannt worden, sondern es fanden …« Er schaut abwartend zu Emanuel Kastner und wird nicht enttäuscht.

»… Körperbestattungen statt«, kräht der auch gleich und reckt seine spitze Nase in die Luft.

»Richtig.«

»Wollen *Sie* den Vortrag übernehmen?«, ätze ich. Dieser Kastner geht mir gehörig auf die Nerven.

»Das könnte ich zweifelsohne.« Er dreht sich noch nicht einmal zu mir um.

»Mein Großvater ist der Keltenexperte!«, empört sich Anna. »Und wenn hier einer was erzählt, dann ist das er!«

Ich lege ihr eine Hand auf die Schulter. »Das stimmt natürlich. Ich hab auch gar nicht gemeint, dass der Herr Auktionator übernehmen soll. Im Gegenteil.«

Obwohl ich nicht leise gesprochen habe, tut der Kastner so, als ob er nichts gehört hätte.

Sepp Obermeier jedoch lässt sich seine gute Laune nicht von dem Münchner Besserwisser verderben. Unbeeindruckt fährt er in seiner Schilderung fort. »Interessant ist, dass die Hügel aus gesiebtem Sand bestehen.« Er stößt mit seiner Schaufel in den nächstgelegenen Hügel und holt nach einer Schicht Humus tatsächlich Sand heraus, den er auf den Boden rieseln lässt. »Stellt euch die Arbeit vor: die ganzen Kubikmeter, wo mit der Hand gesiebt oder die Steine ausgeklaubt worden sind.«

»Gibt's da drin auch Schätze?«, fragt einer der beiden weiblichen Kurgäste.

»Natürlich!«, ruft Kastner. »Wie ich bereits ausführte, gaben die Kelten ihren Toten eine Vielzahl an wertvollen Gegenständen mit.«

»Lassen Sie meinen Opa reden!«, braust Anna erneut auf. Sie hat mein volles Verständnis. Dieser Kastner ist die reinste Landplage!

»Passt scho, Anna«, sagt Obermeier leise und spricht dann lauter weiter. »Die meisten Hügelgräber sind noch nicht erforscht. Das heißt, höchstwahrscheinlich gibt es hier eine Unmenge an Grabbeigaben. Schmuck, Münzen und so weiter und so fort. Allerdings«, sein Zeigefinger schnellt in die Höhe, »kann ich niemandem raten, dass er nach den ›Schätzen‹ gräbt. Das ist strafbar – und teuer.«

»Unterstellen Sie uns«, mandelt sich nun der Kastner auf, und seine Stimme dröhnt durch den Wald, »wir seien Grabräuber? Das ist die Höhe!«

»Schmarrn. Das tu ich ja gar nicht. Aber gierige Leut hat's immer schon gegeben.«

Während Kastner sich aufregt und auch Sepp Obermeier langsam ungehalten wird, beugt sich Garhamer noch weiter vor, als es eh seine Angewohnheit ist, und quetscht ein »Wollen wir nicht lieber …« hervor.

Was er will, werden wir jedoch nie erfahren, denn in diesem Moment tritt aus dem dichten Wald neben dem Hügelgräberfeld eine Erscheinung.

Groß gewachsen und aufrecht schreitet eine Frau auf uns zu. Ein schwarzes bodenlanges Kleid umhüllt ihre Gestalt. Die weißen Haare hat sie zu Zöpfen geflochten, die ihr markantes Gesicht umrahmen. So stelle ich mir eine alte Indianerin vor.

»Apollonia Moosbichler«, flüstert der Förster, nimmt seinen Jägerhut vom Kopf und fährt sich über die penibel gescheitelten dunkelblonden Haare.

»Was ist das hier für ein Lärm?« Die Stimme der Frau ist tief und melodiös. »Ich bin mit einem Ritual beschäftigt, da stört dieses Gestreite.« Ihre bernsteinfarbenen Augen mustern einen nach dem anderen. Ich mache unwillkürlich einen Schritt vom Kastner weg.

Sepp Obermeier hebt die Hand. »Loni, kein Problem, wir sind bald fertig. Geh schon mal zurück. Wir stören dich nicht mehr.«

Sie fixiert den Waldschrat. Die passen irgendwie zusammen, geht mir durch den Kopf. Aber ich hab mich wohl getäuscht, denn sie schießt Blitze auf ihn ab.

»Von dir lass ich mir gar nichts sagen«, brummt sie. »Was bringst du immer die Unwissenden hierher. Die haben hier nichts verloren.« Damit streift sie uns alle mit einem strafenden Blick. Wir senken kollektiv die Augen.

Meine Hündin zieht an der Leine. Runa liebt es, neue Leute zu begrüßen, und so strebt sie zu dieser seltsamen Frau. Ich lasse sie nicht. Sie winselt.

Der Laserblick der Frau zielt in unsere Richtung. Ich fühle mich alles andere als wohl. Runa zieht noch kräftiger.

Da beginnt die Erscheinung zu lächeln. Sie schreitet auf uns zu, und Runa quietscht vor Freude.

Mit einer ihrer großen Hände auf dem Kopf meiner selig dreinblickenden Hündin schwärmt die Frau: »Welch wunderbarer Hund. Schwarz. Wie der Hund der Großen Göttin.« Irgendwie habe ich das Gefühl, sie meint damit sich.

Die Frau kniet nieder und umfasst Runa mit ihren langen Armen. Meine Hündin schleckt ihr über das Gesicht. Die beiden scheinen sich gefunden zu haben. Was mich irritiert. Denn bislang war ich der Auffassung, dass ich eine gute Beziehung zu meinem Vierbeiner habe. Von Loyalität getragen, mit gegenseitiger Anerkennung durchsetzt und zutiefst vertrauensvoll.

Pfiffkas!

Ich existiere nicht mehr für sie. Runa himmelt die Erscheinung an.

»Wie heißt du?« Die Frau hält Runas Kopf in den Händen.

»Runa«, antworte ich gehorsam – stellvertretend für meinen Hund.

»Was für ein Name!« Apollonia Moosbichler zieht ein undefinierbares Stück Etwas aus den Falten ihres Gewandes und bietet es Runa an. Die schnappt gierig danach, und weg ist es.

»Halt«, versuche ich noch einzugreifen. Aber mein Einwand kommt zu spät. Was immer es war, es ist im Magen meiner Hündin verschwunden. »Normalerweise fragt man …«, fange ich an. Da fällt der Blick der Frau auf mich, und die bernsteinfarbene Intensität ihrer Augen lässt mich verstummen.

Sie streichelt Runa noch einmal über den Kopf, erhebt sich und breitet die Arme aus. »Kommt alle zu unserem Frühlingsfest morgen. Beltane. Ihr seid herzlich eingeladen.«

»Da sind Sie aber ein wenig spät dran, meine Gute«, meldet sich Kastner zu Wort. »Beltane wird in der Nacht zum ersten Mai gefeiert.« Er schaut sich beifallheischend um. Niemand rührt sich.

Auch Apollonia Moosbichler ignoriert ihn. Dafür blickt sie mir tief in die Augen. »Und du bringst Runa mit.«

Ich kann nicht anders, ich nicke.

Die Göttin dreht sich um und verschwindet zwischen den Bäumen.

Ein paar Stunden später bin ich schon wieder in diesem Teil des Waldes. Zu Hause habe ich festgestellt, dass einer meiner silbernen Ohrringe fehlt. Ich habe alles abgesucht. Umsonst. Das ist mehr als ärgerlich, denn es sind meine Lieblingsohrringe. Die eingearbeiteten Mondsteine passen so wunderbar zu meinen blauen Augen und braunen Locken, finde ich wenigstens.

Jetzt besteht meine einzige Hoffnung darin, den Spaziergang von heute Vormittag zu wiederholen. Möglicherweise habe ich Glück, und es glitzert mir irgendwo im Gebüsch entgegen. Meine Chancen stehen schlecht, ich weiß. Noch dazu, weil es bald dunkel wird. Aber probieren möchte ich es trotzdem.

So spaziere ich mit Runa auf demselben Weg wie am Morgen durch den Steinkart. Meine Hündin läuft brav neben mir her.

Unter den Bäumen wird es langsam dämmrig. Ich genieße das abendliche Gesangskonzert der Vögel, lasse die Augen über den Waldboden und gleichzeitig meine Gedanken in die nahe Vergangenheit schweifen. Das war schon eine seltsame Truppe heute. Vor allem diesen Kastner, diesen selbst ernannten Experten der keltischen Frühgeschichte, mochte ich nicht. Zu viel Klugscheißerei auf einem Haufen.

Runa bellt, die Leine spannt. Ich schrecke aus meinen Überlegungen auf und bemerke, dass wir inzwischen beim Hügelgräberfeld angekommen sind. Vor uns dehnt sich das wellige Gelände aus, und links steht im abendlichen Halbdunkel der Bäume die Holzhütte, die uns Josef Obermeier heute Morgen als die seinige vorgestellt hat. Dort gab es nach der verwirrenden Begegnung mit Apollonia Moosbichler einen Obstler für alle. Obermeier ist dazu angerichtet, eine Gruppe von Leuten zu bewirten. In der

Hütte stehen Tisch, Bänke und ein kleiner Schrank, aus dem er Gläser und die Flasche geholt hat. Anscheinend wird die Hütte auch für gesellige Zusammenkünfte genutzt.

Zu meinem Erstaunen höre ich Grabgeräusche, das Scharren einer Schaufel über Geröll und Gestein.

Sonderbar.

Im verblassenden Licht des Tages blicke ich umher. Die Geräusche sind verstummt. Ich sehe niemanden, auch wenn jemand da sein müsste. Womöglich versteckt sich einer hinter einem der Erdhügel? Jedenfalls habe ich mir das Scharren nicht eingebildet, und Runa ist der Beweis. Sie schnüffelt aufgeregt am Boden, also muss hier vor Kurzem jemand gegangen sein. Ich lasse sie von der Leine.

»Such!«

Ohne zu zögern, läuft sie im Zickzackkurs zur Hütte, daran vorbei und verschwindet zwischen den Bäumen. Bald darauf höre ich ihr triumphierendes Bellen. Sie hat die Beute gestellt.

Ich folge ihr den Hang hinauf und achte darauf, schön um die Hügel herumzugehen. Das Gebiet ist nicht dicht bewaldet, trotzdem schwindet das Tageslicht mehr und mehr. Und ich werde immer langsamer, denn in mir wächst die Einsicht: Das hier ist ein Friedhof. Zwar ein zweitausend Jahre alter, aber dennoch liegen hier überall tote Leute um mich herum. Ich schlucke, verfluche meine Neugierde und rufe nach meiner Hündin. Die kommt allerdings nicht. Als ich einen besonders großen Hügel umrunde, weiß ich auch, wieso.

Runa streift knurrend um einen Mann. Dieser hat eine Schaufel erhoben, bereit, zuzuschlagen, wenn Runa sich auf ihn stürzen sollte.

»Herr Kastner«, rufe ich gleichsam erstaunt wie vorwurfsvoll. »Nehmen Sie das runter, die tut nix.« Ich winke meine Hündin zu mir, und Runa folgt. Wie ein Wachsoldat bezieht sie neben mir Stellung, weiterhin leise grollend.

Der Kastner entspannt sich nicht wirklich. Er stellt sein Grabwerkzeug zwischen sich und Runa, wirft ihr einen misstrauischen Blick zu.

»Herr Kastner, was machen Sie da?« Ich deute um ihn herum. An mehreren Stellen hat er Löcher in den Hügel gegraben. Ein paar Meter entfernt liegt ein ungewöhnliches Gerät im Moos. Ein schwarzer Rucksack und eine Sturmlampe stehen daneben.

»Das geht Sie einen feuchten Kehricht an«, faucht er, die Augen immer noch auf Runa gerichtet. Ich bin froh, dass ich sie dabeihabe, meinen Höllenhund, meinen zahmen, so fühle ich mich stark.

»Na, jetzt werden Sie nicht frech«, weise ich ihn zurecht. »Sie graben heimlich nach keltischen Schätzen.« Dieser Zusammenhang ist mir eben aufgegangen. Und diese Gerätschaft da drüben ist sicherlich eine Metallsonde. Zwar habe ich noch nie eine gesehen, aber das wäre naheliegend. »Das dürfen Sie nicht.«

»Nehmen Sie endlich Ihren Köter an die Leine«, knurrt Kastner ebenso unwillig wie mein Hund. »Vorher sage ich gar nichts.«

Na gut. Ich strecke die Hand nach dem Halsband aus, da hebt meine Hündin den Kopf – und zischt davon.

»Runa!«, rufe ich. Umsonst! So was! Zuerst demonstriert sie meine Beschützerin, und dann haut sie ab. Missmutig wende ich mich dem Grabräuber zu.

»Packen Sie Ihr Zeug zusammen und verschwinden Sie. Sie haben hier nichts verloren. Und ist das nicht die Schaufel vom Herrn Obermeier?« Ich zwicke meine Augen zusammen, im Zwielicht erkenne ich sie jedoch nicht genau.

»Das kann Ihnen doch gleichgültig sein. Oder sind Sie sein Hausmeister? Was wollen Sie machen, wenn ich mir tatsächlich seine Schaufel ausgeliehen habe? Die Polizei rufen?« Sein Gesicht leuchtet rot aus der Dämmerung. »Mischen Sie sich nicht in Dinge ein, die Sie nichts angehen!« Vehement stößt er das Schaufelblatt in den Waldboden.

Und zuckt zurück. Und sticht nochmals, diesmal behutsamer. Auch ich habe gehört, dass das Metall auf etwas Hartes getroffen ist, und gehe einen Schritt näher.

Kastner kratzt vorsichtig die oberste Schicht aus verrotteten Blättern zur Seite. Dann wirft er die Schaufel hinter sich, kniet sich nieder und wischt mit seinen Händen die lockere Erde weg. Bald schimmert ein längliches Etwas hell aus dem dunklen Humus. Ich beuge mich nach vorn, um besser sehen zu können. Das wird doch nicht?

Es wird.

Kastner nimmt den Gegenstand auf, und nun besteht kein Zweifel mehr. Es ist ein Knochen. Dreißig Zentimeter lang.

»Bestimmt von einem Reh«, beschwichtige ich meine sofort hochlodernde Aufregung.

»Hm«, brummt Kastner, tastet in den braunen Erdkrümeln herum, und schon hält er den nächsten Knochen in der Hand. Ebenfalls so lang wie der erste, nur eine Spur schmaler.

»Schaut wie Elle und Speiche aus.« Mehr zu mir selbst schiebe ich leise nach: »Aber nicht von einem Reh.« Meine Heilpraktikerausbildung lässt nicht zu, dass ich mich belüge.

Nach außen tue ich abgeklärt. Innerlich zittere ich wie Espenlaub. Es ist ja keine Kleinigkeit, bei schwindendem Tageslicht im tiefen Wald zu stehen und ein Skelett auszubuddeln. »Hören Sie auf. Das ist ein Kelte. Lassen Sie ihn ruhen.« Ich klinge ziemlich kläglich.

Als mein Gegenüber nicht reagiert, sondern nur weiter in der Erde herumwühlt, schiebe ich energischer nach: »Meinen Sie nicht auch, Herr Kastner?«

In diesem Moment legt er wieder etwas frei. Es sind mehrere aneinandergereihte Knöchelchen, die strahlenförmig von einer Vielzahl noch kleinerer Knochen abgehen. Eindeutig eine Hand. Kastner hebt den Blick und starrt mich an. »Das ist kein Kelte. Dazu sind die Knochen viel zu gut erhalten. Außerdem liegt der *zwischen* den Hügeln, nicht *in* einem Hügel.«

Stimmt. Das bestätigt meinen Verdacht. Ich muss der Wahrheit ins Antlitz blicken. Auch wenn ich mich sträube. Hier liegt ein Toter. Ein moderner Toter. Schon wieder.

Und ich stehe daneben. Schon wieder.

Ich fasse mir an die Stirn. Muss das sein? Was hab ich in meinen letzten Leben verbrochen, dass ich das verdient habe?

»Wir müssen die Polizei rufen.« Ein Schauer läuft mir über den Rücken.

Kastner murmelt etwas. Zustimmung, wie ich annehme. Er kramt in der Jackeninnentasche nach seinem Handy. Als er auf die Tasten drückt, leuchtet das Display auf. Der schwache Lichtschein gräbt schwarze Schluchten in sein Gesicht, und seine Nase sticht noch spitzer als sonst daraus hervor.

»Kein Netz.« Er schüttelt sein Telefon und drückt erneut darauf herum. Nun schüttelt er den Kopf. Einen Moment starrt er auf sein Gerät, dann sammelt er geschwind seine Sachen auf und schultert den Rucksack.

»Ich versuche es einmal dort drüben.« Er deutet quer über mich hinweg nach hinten. Ich wende schnell den Kopf. War da die Hütte? Es ist bereits so dunkel, dass ich nur noch meine unmittelbare Umgebung erkennen kann. Alles, was weiter als zehn Meter entfernt ist, ist nicht mehr existent.

Kastner hat die Taschenlampenfunktion seines Handys aktiviert und geht los.

»Halt. Ich komme mit!« Gerade rechtzeitig fällt mir ein, einen großen Schritt um unsere Ausgrabung zu machen. Um ein Haar hätte ich die Mittelhandknochen zertrampelt.

Er dreht sich um. »Nein, Sie müssen hierbleiben. Sonst ist die Fundstelle für immer verloren.«

»Aber …«

Er winkt ab. Zumindest erahne ich die Bewegung. »Ich kehre zurück. Bald.« Mit diesen Worten stapft er davon und verschmilzt mit dem Anthrazit der hereinbrechenden Nacht.

»Aber …«, stammle ich erneut. Er kann doch nicht einfach gehen. »Lassen Sie mir wenigstens Ihre Lampe da«, schreie ich ihm hinterher.

»Keine Batterie!«, höre ich von fern noch.

Dann nichts mehr.

Ich schlinge meine Arme um den Oberkörper. Jetzt steh ich hier im Wald. Nachts. Und es raschelt.

»Runa?«, frage ich kleinlaut. Wie schön wäre es, wenn wenigstens meine Hündin bei mir ausharren würde. Aber keine Hundeschnauze drückt sich an mein Bein.

Mit unsicheren Schritten gehe ich zum nächsten Baum, dessen dunklen Stamm ich gerade noch ausmachen kann, und lehne mich dagegen.

Wo ist nur mein Hund?

Ich räuspere mir die Beklommenheit aus dem Hals. »Runa?«

Keine Antwort. Kein Herannahen tapsender Hundepfoten. Kein vertrautes Bellen. Nichts. Nun ja. Das stimmt auch wieder nicht. Viele Geräusche dringen an mein Ohr. Geräusche, die ich nicht einordnen kann. Läuft da ein Hase über die vertrockneten

Bucheckern des letzten Herbstes? Oder doch ein Fuchs? Ich atme tief durch. Ein Wildschwein wird es nicht sein. Oder? Nein. Das würde ich merken. Die sind nicht so zaghaft.

Wo bleibt nur der Kastner?

»Herr Kastner?«, rufe ich und horche. Keine menschliche Stimme antwortet mir.

Dafür schreit ein Käuzchen.

Wie in einem Horrorfilm. Nein, Karin, du flippst jetzt nicht aus! Es ist alles in Ordnung. Es ist nur dunkel. Wenn der Mond aufgeht, wird es besser.

»Hallo?« Ich lausche in die Nacht. Die Nacht schnauft. Sie fiept. Und ganz entfernt grunzt sie auch. »Bitte, lieber Gott, lass das Grunzen nicht näher kommen. Bitte!«

Langsam rutsche ich an dem Baum entlang nach unten und plumpse ins feuchte Moos. Meinen Rücken drücke ich an den Stamm. Sicher ist sicher.

Ich kichere. Sicher?

Lauter kichernd fahre ich mir durch die Locken. Es ist eine ganz wunderbare Erfahrung, hier im Finstern in diesem Wald zu sitzen, neben einem menschlichen Skelett und vielen toten Kelten, mutterseelenallein, und es faucht um mich herum. Scheiße!

Ich zwinge mich, mit dem Kichern aufzuhören, und reiße, um mich wieder zur Vernunft zu bringen, an meinen Haaren.

Nein, Karin, du drehst jetzt nicht durch. Sicherlich kommt der Kastner gleich zurück.

Da kichert es schon wieder. *Ich* kichere schon wieder.

Es ist alles in Ordnung. Überhaupt kein Grund zur Sorge. Auch wenn der verrückte Auktionator mir grottenunsympathisch ist, die Polizei wird er doch sicher rufen. Sicher. Ganz sicher.

Es kichert noch einmal. Ich halte mir den Mund zu.

Was sind das für Töne? Froschquaken? Gibt es mitten im Wald Frösche? Wohl eher Kröten. Quaken die auch? Oder wie sagt man bei Kröten? Das muss ich im Lexikon nachschlagen. Oder bei Wikipedia. Gleich morgen.

Ja. Morgen. Wenn ich aus diesem Wald herausgekommen bin.

Vielleicht sollte ich ein Lied singen. Das macht man doch in Situationen, in denen man Angst hat. Wenn man in einen dunklen

Keller gehen muss, zum Beispiel. Ein Keller, ha! Wie gern wäre ich jetzt in einem Keller!

»Hänschen klein, ging allein, in die weite Welt hinein.« Was in meinem Kopf begonnen hat, bahnt sich einen Weg nach draußen. Ich höre meine Stimme. Auch wenn sie sich nicht wie meine Stimme anhört.

»Stock und Hut, steh'n ihm gut, ist gar wohlgemut.« Das habe ich immer mit meiner Mutter gesungen, als ich klein war. Ganz klein. Wer nicht? Das gehört sicherlich zum kollektiven Bewusstsein. Was ist das eigentlich? Das muss ich auch bei Wiki nachschauen.

»Aber Mutter weinet sehr, hat ja nun kein Hänschen mehr, da besinnt sich das Kind, läuft nach Haus geschwind.«

Ich will auch nach Hause! Mein Kopf fällt von allein nach vorn, meine Hände umklammern ihn. Ich hatte schon lange nicht mehr so eine Angst. Und ich wollte nach letztem Sommer auch so schnell keine mehr haben. Das hätte damals eigentlich für mein ganzes Leben gereicht.

So reagiere ich jetzt womöglich ein klein wenig überzogen. Meine Psychotherapie dauert ja auch immer noch an. Ich habe einiges aufzuarbeiten.

Ich lege meine Arme um die Knie und schaukle hin und her. Das beruhigt mich ein bisschen. Von Kastner keine Spur. Langsam habe ich den Verdacht, dass er einfach gegangen ist und mich hier zurückgelassen hat. Neben einer Leiche.

Klar, er will nicht als Grabräuber belangt werden. Das hätte ich mir auch vorher schon denken können. Deshalb hat er mich hier sitzen lassen. Aber eine klitzekleine Hoffnung habe ich dennoch, dass er wiederkommt.

Um mich abzulenken, überlege ich, was ich mit ihm anstellen werde, wenn ich ihn in die Finger kriege. Ich werde ihn an einen Baum binden, genau hier, wo jahrelang dieser tote Mensch gelegen ist, und über Nacht allein lassen. Genauso wie er das jetzt mit mir macht. Vielleicht streiche ich ihn auch von oben bis unten mit Honig ein. Dann werden die Ameisen angelockt, und sie krabbeln auf ihm herum, überall, und fressen den Honig, und wenn er sich bewegt, beißen sie ihn!

Die Vorstellung gefällt mir.

Was kann das nur für ein Mensch sein, der jemanden so schmählich im Stich lässt? Kurz fällt mir zu dem Thema meine treulose Hündin ein, und ich lausche, ob ich sie nicht doch zurückkommen höre. Lasse es allerdings gleich wieder, denn die sogenannten Stimmen der Nacht bringen mich aus meinem mühsam aufgebauten Gleichgewicht. Lieber male ich mir weiterhin Foltertechniken für Emanuel Kastner aus. Auktionator. Ha! Mir war nicht bekannt, dass Gewissenlosigkeit eine hervorstechende Eigenschaft eines Auktionators sein soll.

Ich schwöre mir, wenn ich heil aus diesem Wald herauskomme, werde ich ihn googeln. Irgendeine Schwachstelle hat er, und ich werde sie finden und gnadenlos zustechen. Jawohl.

Mit diesen und ähnlichen Gedanken halte ich mir die Panik vom Leib.

Nach einer Unendlichkeit sehe ich Licht. Zwei Kegel von Taschenlampen tauchen in der Ferne hinter der Hütte vom Josef Obermeier auf und tanzen zwischen den Bäumen hindurch auf mich zu. Das muss die Polizei sein. Ich rapple mich hoch. »Hier«, schreie ich und klinge wie eine rostige Gießkanne. »Hier.« Ich winke mit beiden Armen.

»Hallo?«, ruft es zurück.

Die Stimme kenn ich doch! Das darf jetzt nicht wahr sein, oder?

Zwei Männer sind bei mir angekommen. Einer leuchtet mir ins Gesicht. Ich kneife die Augen zusammen und schirme sie mit der Hand ab.

»Jo, wer ist denn des? Die Frau Schneider«, tönt es da auch schon. »Des hätt ich mir ja auch gleich denken können.«

»Hallo, Herr Polizeiobermeister«, antworte ich. »Wären Sie so freundlich?« Ich wedle mit meiner Hand. »Sie blenden mich …«

Welche Ironie des Schicksals. Von all den Polizisten der hiesigen Wache muss mich ausgerechnet der Grieshuber retten! Mein Freund und Helfer seit Anbeginn der Zeit. Na ja. Die Polizei leidet unter Personalknappheit, da müssen eben auch so fähige Beamte wie der Grieshuber an die Front. Wenigstens ist der zweite der Riedl. Mit dem hab ich letztes Jahr in Karpfham ganz gute Erfahrungen gemacht.

»Ich freue mich, dass Sie mich gefunden haben«, sage ich und klopfe mir den Dreck von der Hose. Und nach meiner ersten Enttäuschung meine ich es auch so. Schließlich macht es ja keinen Unterschied, wer mich hier herausholt. Mir geht es schon viel besser. Meine Panik ist verschwunden. »Dort drüben ist die Leiche.«

»Was?«, rufen Grieshuber und Riedl wie aus einem Mund und – darüber wundere ich mich – regelrecht entsetzt. »Was für eine Leich?«, fragt Grieshuber auch gleich nach.

»Keine Ahnung. Es ist ja auch ein Skelett. Liegt also schon länger dort.« Ich finde ihr Verhalten mehr als merkwürdig. »Aber das wird Ihnen der Herr Kastner ja wohl erzählt haben.« Wieder einmal kann ich nicht glauben, dass man mit dieser Begriffsstutzigkeit Polizist werden kann.

»Welcher Herr Kastner?«, will der Polizeiobermeister wissen. »Wir haben lediglich einen anonymen Anruf erhalten, dass sich eine ältere Frau im Wald verirrt habe. Nicht weit von der Obermeier-Hütt'n.«

Eine *ältere* Frau? Damit kann er ja wohl nicht mich meinen, oder? In ein paar Wochen werde ich sechsundvierzig. Das ist doch noch kein Alter! Na, wenn ich dich erwische, Kastner! Hoffentlich weiß ich noch alle meine Folterideen!

Grieshuber packt mich am Arm. »Wo is nacha die Leich?«

Ich führe die Polizisten die drei Meter weiter zu unserer Ausgrabung. Im Schein ihrer Taschenlampen erkennt man die beiden langen und die vielen kleinen Knochen. Selbst der Grieshuber hält das für eine menschliche Hand, und zwar für eine, die noch nicht zweitausend Jahre hier liegt. Er holt sein Funkgerät heraus und macht Meldung.

Nach einigem Hin und Her lässt er den Riedl zur Bewachung des Fundes zurück und führt mich aus dem Wald. Es war auch für ihn einsichtig, dass er mich im Moment nicht mehr braucht. Ich habe all seine Fragen nach dem Auffinden des Skeletts und auch nach dem ominösen Herrn Kastner beantwortet. Morgen soll ich auf die Polizeiwache kommen, um mein Protokoll zu unterschreiben, aber jetzt darf ich nach Hause gehen.

Zurück auf dem Parkplatz sehe ich meinen roten Kangoo, brav auf mich wartend. Leider wartet daneben keine Runa. Darauf hatte ich gehofft. Wo steckt sie bloß?

Ich setze mich in mein Auto und krame in meiner Handtasche, die ich unter dem Sitz versteckt hatte, nach meinem Handy. Da es im Wald eh nicht funktioniert, nehme ich es nie mit. Hier an der Staatsstraße habe ich jedoch Empfang. Kaum schalte ich es an, ploppen vier Nachrichten auf. Alle von Susa. Wo ich denn bleibe, sie warte mit dem Abendessen auf mich. Noch mal, wo ich denn bleibe. Und noch einmal. Die letzte ist von zweiundzwanzig Uhr vier. Eine Frau Apollonia Moosbichler habe für mich angerufen, Runa sei bei ihr. »Mama, wo bist du?«

Mein armes Kind! Ich drücke sofort auf die Rückruftaste. Sie muss ja vergehen vor Angst.

Und dieser Hund! Da ist er doch tatsächlich bei dieser Göttin! Unglaublich! Wie hat er die nur gefunden?

Gleich darauf habe ich eine aufgelöste Susa am Apparat. Selbstverständlich hat sie sich Sorgen gemacht. Auch an ihr ist das letzte Jahr nicht spurlos vorübergegangen, und da wird sie leicht panisch, wenn ich nicht erwartungsgemäß nach Hause komme. Das kann ich gut verstehen. Ich habe ein schlechtes Gewissen, dass ich nicht eher an sie gedacht habe. Aber in all dem Zirkus mit dem Skelett …

So gut es am Telefon geht, beruhige ich sie. Ich funktioniere wieder. Für meine Tochter. Natürlich sage ich nichts von Knochen und Leichen und nächtlichen Käuzchenschreien.

Ich verspreche, so schnell wie möglich zu kommen. Allerdings möchte ich zuerst Runa abholen. Ich lasse meinen Hund nicht über Nacht bei fremden Leuten. Auch wenn er sich das selbst ausgesucht hat.

Susa kann mir die Adresse nennen, und mittels meiner Umgebungskarte, die ich immer im Auto habe, werde ich auch hinfinden. Mein altmodischer Kangoo hat noch kein Navi. Es ist nicht weit von hier entfernt.

»Staudengärtnerei Moosbichler«, steht auf dem Holzschild, das von der Staatsstraße in eine geschotterte Nebenstraße weist. Es ist selbst gemalt, und rote Blümchen verzieren seine Ecken. Der Weg zeichnet sich durch eine beträchtliche Anzahl von Schlaglöchern aus. Das hat allerdings den positiven Nebeneffekt, dass ich extrem langsam fahren muss und mich so an dem Wegesrand erfreuen kann. Im Scheinwerferlicht meines Autos sehe ich Stauden in allen Größen, scheinbar wahllos gepflanzt. Aber ich habe in genug Gartenzeitschriften geblättert, um zu wissen, dass dies ein professionell kalkuliertes Durcheinander ist. Manche Blüten sind schon zu sehen; so nicken mir zum Beispiel blassblaue Glockenblumen zu.

Als ich auf den Hof fahre, springen Bewegungsmelder an, und in mehreren Nischen leuchten Lampen auf. Ich habe hier noch nie eingekauft und frage mich gerade, warum nicht. Denn es sieht ausgesprochen einladend aus. Vor dem dunklen Rottaler Holzhaus ist ein Miniatur-Bauerngarten angelegt, in dem imposante Pfingstrosen dabei sind, ihre Knospen zu öffnen.

Daneben steht eine alte Scheune.

In den Augenwinkeln kann ich lange, bereits bepflanzte Beete und den gläsernen Palast eines Treibhauses sehen, allerdings verharrt mein Blick über dem Eingang der Scheune. Da hängt ein Totenkopf.

Ein Schädel mit Hörnern.

Vermutlich von einer Kuh, die Knochen von der Sonne ausgebleicht.

Wer hängt sich so was auf? Aber was weiß ich ehemalige Münchner Stadtpflanze schon von den hiesigen Gepflogenheiten? Ich wohne ja erst seit vierzehn Jahren im Rottal.

Die blau-weiße Bemalung des breiten Holztores allerdings ist eindeutig nicht niederbayerisch. Das erkenne ich sofort. Das Muster habe ich noch nie gesehen. Es könnten zwei stilisierte Vögel sein, die sich grüßen. Oder zwei Drachen? Oder Seeungeheuer? Eigentlich sieht es putzig aus. Allerdings nicht von dieser Welt.

Daneben ragt eine hölzerne Statue in den Nachthimmel. Ein langer Mann mit einem bärtigen Gesicht. Hm. Nicht das größte Kunstwerk, aber es hat was.

Bevor ich noch mehr Merkwürdigkeiten entdecke und mich nicht mehr ins Haus traue, steige ich aus und gehe zur Tür. Ich ziehe an einer Bronzekette, und eine Glocke läutet im Inneren des Hauses. Sofort bellt ein Hund. Mein Hund.

Die Haustür wird von einer jungen Frau geöffnet. Ich kenne sie. Es ist Birgit vom Hotel. Susas Kollegin, auch Lehrling in den »Drei Eichen«, die derzeit in der Verwaltung arbeitet. Mit ihr spreche ich meine Entspannungskurse ab, die ich dort gebe.

Birgit ist mir also ein Begriff, nur hätte ich sie nie mit dieser Göttin in Verbindung gebracht. Sie schaut auch nicht aus wie eine Neukeltin. Zumindest im Hotel. Die Zwanzigjährige ist bekennender Fünfziger-Jahre-Fan. Sie toupiert ihre blonden Haare, trägt Petticoats und kurze Strickjäckchen, und ohne ihren Lidstrich habe ich sie noch nie gesehen. Auch jetzt steht sie perfekt zurechtgemacht vor mir.

»Hallo, Birgit«, grüße ich dementsprechend verblüfft.

»Grüß Sie, Frau Schneider, kommen Sie doch rein.« Birgit tritt zurück und weist mir den Weg in die Tiefen des Bauernhauses. Mein Hund bellt immer noch. Nicht aufgeregt, sondern so, wie er es immer macht, wenn jemand vor unserem Haus steht, den er kennt. Na wunderbar. Runa kennt mich also noch.

Ich gehe durch einen schummrigen Gang dem Licht entgegen. Die Tür der Stube steht weit offen, ich trete durch den Türstock – und bin beeindruckt. Denn ich habe keine kleine Rottaler Bauernstube vor mir, sondern eine Kathedrale.

Bestimmt wurden mehrere Wände entfernt. Die Decke allemal, denn man sieht bis hinauf in den offenen Dachstuhl. Weiße Felle an den Wänden und auf dem steinernen Fußboden, ein kolossaler Kamin in der Mitte des Zimmers, nein, der Halle.

Davor residiert in einem klobigen Holzsessel, oder besser gesagt Holzthron, die *Erscheinung*, Apollonia Moosbichler herself. Und neben ihr? Auf einem Schaffell ruhend?

Meine untreue Tomate, Ihre Majestät Runa.

Sie sehen mich huldvoll an.

Sowohl die Tomate als auch die Erscheinung.

Ich glaub, ich spinn!

»Runa«, sag ich, und das Wort trieft vor Enttäuschung, empfundenem Verrat und Vorwurf.

Meine Hündin legt die Ohren an und senkt den Blick. Sie hat verstanden.

Apollonia steht auf, schreitet auf mich zu und streckt mir ihre große Hand entgegen.

»Guten Abend, Karin, schön, dass du vorbeikommst.« Die Frau trägt immer noch das bodenlange schwarze Kleid, ihre weißen Haare sind jetzt zu einer Flechtfrisur aufgetürmt. Man könnte annehmen, dass dieser ungewöhnliche Aufzug bei einer Frau ihres

Alters lächerlich aussieht. Aber das tut er nicht. Im Gegenteil. Apollonia Moosbichler strahlt Würde aus.

Das ist mir schon im Wald aufgefallen. Wenn ich so alt bin wie sie, möchte ich auch diese Wirkung haben, bitte.

Etwas wundert mich. Woher weiß sie meinen Vornamen? Göttliche Eingebung? Wahrscheinlich eher eine Information von Birgit. Dass die Moosbichlerin mich einfach so duzt, übergehe ich.

Ich schüttle die mir angebotene Hand. »Guten Abend, Frau Moosbichler. Ich möchte Sie so spät nicht mehr stören. Aber mein Hund … Tut mir leid, wenn er Ihnen Unannehmlichkeiten bereitet hat.«

Sie öffnet ihre großen bernsteinfarbenen Augen noch weiter und sieht auf mich herab. »Runa? Weder du noch dein Hund stören.« Sie streicht meinem Hund über den Kopf. Meinem Hund, der immer noch auf dem Fell vor dem Kamin liegt, als ob er nie etwas anderes getan hätte und es nicht seine verdammte Pflicht und Schuldigkeit wäre, aufzuspringen und jaulend vor Glück, dass ich ihn wiedergefunden habe, auf mich zuzulaufen. Und diese verabscheuungswürdige Kreatur duckt sich unter den Liebkosungen und schließt die Augen. Ich glaub es nicht!

»Gut, gut. Danke.« Dann wende ich mich an meine Hündin. »Runa?«

Wahrscheinlich hätte ich das A nicht in die Höhe ziehen sollen, es wurde dadurch zu einer Frage. Und so blickt sie bestenfalls fragend zurück. Mit weniger Selbstbewusstsein würde ich sagen, sie schaut gelangweilt.

»Grüß Gott, Frau Schneider.« Aus einem anderen Teil der Halle kommt eine Frau in meinem Alter auf mich zu. »Sie müssen meine Mutter entschuldigen, sie liebt Hunde.«

Apollonia stößt einen unwilligen Laut aus. »Meine Tochter«, stellt sie vor, »Myrna.«

Die Tochter schüttelt mir die Hand. »Gertraud.« Ihre Stimme ist noch tiefer als die von Apollonia. »Myrna ist eine Erfindung meiner Mutter. Keltisch halt. Aber meine Großmutter war bei meiner Geburt strikt dagegen, mich so taufen zu lassen. Der Pfarrer übrigens auch.« Sie grinst. »Dafür hat sich Apollonia bei Birgit durchgesetzt, das sich vom keltischen Birgid ableitet. Und

Birgid ist passenderweise die jüngste Ausgestaltung der Großen Göttin. Das fand sogar ich lustig.« Sie zuckt mit den Achseln und dämpft ihre Stimme. »Wenn man seine Mutter immer so leicht zufriedenstellen könnt.«

»Aha.« Mir ist wurscht, wer hier wen wie nennt. Myrna/Gertraud ist mir nicht unsympathisch. Sie hat kurze dunkle Haare und eine schlanke Figur, der man ansieht, dass sie täglich körperlich arbeitet. Sie scheint mir die handfesteste Person in diesem Haushalt zu sein, trägt Jeans und ein kariertes Hemd, ist durchaus attraktiv. Mir fällt erst auf den zweiten Blick auf, dass ihr Hals und die Hände zerkratzt sind. Neurodermitis, stelle ich im Stillen die Diagnose. Aber ich bin ja wegen etwas anderem hier.

Ich fixiere meinen Hund und klatsche auffordernd in die Hände, er rührt sich allerdings nicht. »Ich möchte Sie alle nicht weiter stören, es ist ja auch schon spät, ich nehme nur meinen Hund mit«, damit greife ich an Runas Geschirr, »und werde gehen.«

Wenn ich geglaubt habe, meine Hündin, die schon acht lange Jahre bei mir gelebt und mit mir einiges erlebt hat, würde sich erheben und mir nach draußen folgen, ja, dann habe ich mich getäuscht. Runa bewegt sich keinen Millimeter.

»Möchtest du noch etwas mit uns trinken?«, fragt Apollonia. »Birgit, hol doch einen Humpen Met für unseren Gast.«

»Nein, nein, ich gehe jetzt.« Ich versuche, nicht zu brüllen. Meine Nerven sind nach dieser Nacht nicht die besten, und da verkrafte ich einen zickenden Hund und seltsame Menschen äußerst schlecht. Ich will nach Hause, Susa in die Arme schließen, »alles ist gut« murmeln und in mein Bett fallen.

»Runa«, fordere ich sie auf, aber dieser blöde Hund rührt sich immer noch nicht. »Runa!«

Sie legt ihren Kopf auf die Pfoten und schlägt mit dem Schwanz auf den Boden, macht allerdings keine Anstalten aufzustehen. Was ist nur mit ihr?

»Wenn du jetzt nicht sofort mitkommst, gehe ich allein nach Hause«, stoße ich zwischen den Zähnen hervor. Sie hört mit dem Klopfen auf, spielt jedoch weiterhin Felsbrocken.

»Runa!« Meine Stimme wackelt. Ich weiß, dass ich mich zum Narren mache und mich mein Hund so richtig vorführt. Ich bin kurz davor, sie einfach hierzulassen. Soll sie doch sehen, was sie davon hat.

»Bitte, trinken Sie einen Schluck.« Birgit ist hinter mich getreten und hält mir einen Tonbecher entgegen.

Myrna/Gertraud macht eine einladende Handbewegung hin zu einem stinknormalen Sofa, das mir bislang nicht aufgefallen ist. »Setzen Sie sich doch.«

Und ich gebe mich geschlagen. Ich nehme den Becher und setze mich in die weichen Kissen. Mit Blick auf mein vierbeiniges Waterloo probiere ich diesen Met. Er schmeckt gut. Süß-herb und ein kleines bisschen nach Alkohol. Vielleicht sollte ich mich einfach entspannen.

Apollonia lässt sich mir gegenüber auf ihrem Thron nieder, beugt sich vor und legt ihre Hand auf mein Knie. »Hast du dir schon mal überlegt, die Runa zu verkaufen?«

Das war's mit der Entspannung.

»Nein, natürlich nicht!«, schnappe ich und knalle den Becher auf einen kleinen Tisch. »Ich –«

Apollonia erhebt einhaltgebietend die Hand, und ich verstumme. Ich weiß nicht, wie die Frau das macht.

»Runa ist ein ganz besonderer Hund«, beginnt sie, und ich ahne, da kommt eine ganze Ansprache.

»Ich weiß«, versuche ich, mitzureden, sie achtet allerdings nicht darauf.

»Schon allein der Name!«, schwärmt sie. »Runa wie die germanische Rune. Zwar habe ich als Keltin eigentlich nichts mit den Germanen gemein, der Name ist jedoch trotzdem ein Zeichen. Buchstäblich.« Sie richtet ihren Blick nach oben. »Die Große Göttin, deren ältester Part ich bin, hat einen schwarzen Hund als ständigen Begleiter. Lange habe ich nach einem passenden Tier gesucht – und es jetzt in Runa gefunden.« Sie betrachtet liebevoll meinen Hund. Meinen!

»Mutter, du kannst doch von der Frau Schneider nicht verlangen, dass sie dir ihren Hund verkauft«, springt mir Gertraud bei. Mit gerunzelter Stirn lässt sie sich neben mich aufs Sofa fallen. Ich nehme es als Solidaritätsbezeugung und nicke ihr dankbar zu.

Apollonia wedelt mit der Hand, als ob sie eine lästige Fliege verscheuchen will. »Red keinen Schmarrn«, fährt sie ihre Tochter an. »Natürlich muss sie ihn mir verkaufen. Runa gehört hierher. Siehst du nicht, wie wohl sie sich hier fühlt?« Sie zeigt auf meinen Hund, der – wie um ihre Aussage zu unterstützen – selig seufzt.

Es ist zum Aus-der-Haut-Fahren!

Ich schlage mit meinen Händen auf die Oberschenkel und stehe auf. »Es reicht. Danke für die Gastfreundschaft, aber ich werde nun nach Hause gehen und diesen meinen Hund mitnehmen.« Ich trete auf Runa zu, greife ihr Geschirr und ziehe sie mit Gewalt hoch.

Die Göttin springt auf. Ebenso ihre Tochter. Und ihre Enkelin. Wir schreien alle durcheinander. Soweit ich es erkennen kann, bilden Runa und die Göttin eine Partei und Tochter, Enkelin und ich die andere. Ich packe meine Hündin unter Brustkorb und Hintern, hebe sie hoch und trage sie zur Haustür. Sie strampelt, da sie runterwill, das ist mir jedoch schnurzpiepegal. Ich habe die Faxen dicke und dadurch genug Kraft, die sich wehrenden sechsundzwanzig Kilo festzuhalten. Apollonia lamentiert lautstark hinter mir her, Gertraud öffnet die Haustür, und Birgit hilft mir, Runa in meinen hohen Kofferraum zu verladen. Klappe zu, Nerverei vorbei. Ich winke einmal zum Abschied in die Runde und holpere mit meinem protestierenden Hund über die Schlaglöcher in Richtung Heimat.

Zu Hause verzieht sich Runa sofort in ihr Körbchen und dreht mir ihre Rückseite zu. Damit kann ich leben. Und ich falle müde ins Bett, froh, dass ich in Zukunft nichts mehr mit Göttinnen zu tun haben werde.

Montag, 9. Mai

Nach einem Kurzbesuch auf der Polizeiwache, in der ich das Protokoll unterschreibe, laufe ich im Hotel »Drei Eichen« ein. Ich gebe um halb elf Uhr den Kurs »Entspannung in Vollendung«, auf Deutsch: progressive Muskelrelaxation. Es haben sich sechzehn Gäste angemeldet, und ich freue mich schon, denn nach so einer Kurseinheit bin ich selbst auch immer entspannt. Und das kann ich nach gestern gut gebrauchen.

Seit der Trennung von meinem Mann arbeite ich in den »Drei Eichen« und gebe Kurse. Das Hotel ist eines der schönsten im Bad Griesbacher Kurgebiet und leitet seinen Namen von den drei alten knorrigen Eichen ab, die vor dem Haupteingang an der Vorderseite stehen und ihre Äste über dem Rondell der Auffahrt ausbreiten. Das Haus wurde 1978 von Ignaz Eichlehner gebaut und vor ein paar Jahren grundlegend saniert und erweitert. Es sieht wie ein überdimensionierter Rottaler Dreiseithof aus, mit geschwärzten Lärchenholzwänden und roten Geranien vor den Fenstern. Auf der vierten, freien Seite, die nach hinten liegt, wurde unter alten Kastanienbäumen der Ignaz-Eichlehner-Platz eingerichtet: ein Biergarten, in dem auch die Veranstaltungen des Hotels stattfinden. Das Haus ist unter den Gästen sehr beliebt. Jedes Jahr werden mehrere langjährige Stammgäste für ihre Treue geehrt, und in der »Passauer Neuen Presse« erscheint ein kurzer Artikel darüber.

Gerade bereite ich den Wellnessraum für meinen Kurs vor, als Max hereinrollt. Max Huber, Speditionsmitarbeiter, Bademeister und Luftballonverkäufer, der mir schon viel bei meinen »Fällen« geholfen hat. Der durch meine – *meine* – Schuld sein linkes Bein bis zur Mitte des Oberschenkels verloren hat. Der mir verziehen hat, dass er durch mich verstümmelt wurde. Der sagt, ich soll endlich mit meinen Selbstvorwürfen aufhören.

Aber das wird noch dauern.

»Hey, Karin«, begrüßt er mich und fährt schwungvoll einmal im Kreis um mich herum, um mir dann prüfend ins Gesicht zu sehen. Er hat die schönsten hellbraunen Augen, die ich kenne. Milchkaffeebraun. »Was ist passiert?«

Ich beuge mich zu ihm hinunter und gebe ihm einen Kuss auf die Wange. Sein Dreitagebart kratzt ein bisschen. Max hat sich den Bart, der eine Spur dunkler ist als seine kurz geschnittenen Haare und leider einen Teil der von mir so geliebten Sommersprossen verdeckt, erst in den letzten Wochen zugelegt.

»Du kennst mich gut.« Ich frage mich, ob ich ihm meinen neuesten Fund verheimlichen soll. Eigentlich möchte ich ihn mit diesem Thema verschonen. Er hat schon genug mitgemacht. Da er es allerdings sowieso erfahren wird, soll er es lieber von mir hören. »Ich hab gestern eine Leiche gefunden.«

Er stößt sich mit dem rechten Fuß ab und rollt eine Reifenlänge zurück. »Du verarschst mich jetzt, oder?«, ruft er aus. »Hast du immer noch nicht genug davon?«

Ich schaue zu Boden. Er hat ja recht. Ich will nichts mehr mit irgendwelchen Kriminalfällen zu tun haben. Ich bin kuriert. Vor allem beim letzten ging so viel in die Brüche, und es hätte noch viel schlimmer enden können. Wir hatten Glück, mehr oder weniger. Max weniger.

Um nach außen hin locker zu wirken, zucke ich mit den Schultern. »Mei, was kann ich dafür? Es ist auch nicht wirklich eine Leiche, also im engeren Sinn, sondern ein Skelett, und ich hab nicht die mindeste Verbindung dazu, geschweige denn den Impuls, mich da einzumischen. Es geht mich rein gar nichts an.« Zur Bekräftigung hebe ich beide Hände. »Außerdem«, beginne ich den Satz, und meine Augen werden sofort feucht, wie immer bei diesem Thema, »hab ich seit letztem Jahr wirklich die Nase voll vom Ermitteln.«

Max knufft mich in die Seite. »Abgehakt.« Er fährt ein Stück rückwärts, dreht sich in einen Halbkreis ein und streckt seine Linke blitzschnell nach oben. »Ich hab eine gute Nachricht für dich.« Er strahlt mich an.

Es dauert einen Moment, bis ich es kapiere. »Echt? Super! Es hat also geklappt?«

Ausgelassen fährt er im Slalom um die schon ausgelegten Matten. »Joh! Jetzt heißt es trainieren. Nächsten Monat ist das erste Punktspiel.«

»Klasse!« Ich freu mich riesig für ihn.

Er klatscht in die Hände. »Exakt. Früher war ich immer zu klein für Basketball, aber das ist jetzt kein Problem mehr. Die anderen sind auch nicht größer.«

Mir wird ganz flau. »Max«, murmle ich. »Ich … Es tut mir so …«

Mit Karacho rollt er zu mir, nimmt meine Hände und zieht mich zu sich hinunter. Seine Augen blitzen. »Mensch Karin, nun fang dich. Take it easy, wie die Amis sagen. Ich kann's ja auch. Schau, da kommen deine ersten Patienten.« Er lässt mich los und fährt ein Stück zur Seite.

»Klienten«, verbessere ich ihn schwach. Seinen Spruch muss ich erst mal verdauen. Ich bin jedoch professionell genug, um trotzdem mit meiner Arbeit anzufangen.

»Hallo, ich bin Karin Schneider, Ihre Entspannungstrainerin«, stelle ich mich vor und schüttle dem eintretenden Ehepaar die Hand. Wie immer geht die Frau voran. Männer haben es grundsätzlich nicht so eilig, in den Seminarraum zu gehen, denn meistens sind sie nicht freiwillig hier. Zumindest am Anfang.

»Ist das hier Kurs zu machen Entspannung?«, fragt mich die Frau.

Der Akzent ist zu niedlich. »Genau. Kommen Sie doch bitte herein.«

»Ich bin Olga Smirnow.« Die Klientin, eine gepflegte Frau in den Dreißigern, schaut sich neugierig im Raum um. Dann spricht sie leise und rasend schnell auf ihren Mann, einen durchtrainierten Riesen, ein. Er schüttelt mit eiserner Miene den Kopf, dreht sich um und geht aus der Tür. Frau Smirnow lacht glockenhell auf.

»Männer!«, sagt sie und bedenkt Max mit einem interessierten Blick. »Aber nicht alle sind so. Sie bleiben bei uns?« Kokett legt sie den Kopf zur Seite.

Max zaubert sein charmantes Lächeln hervor. »Wenn ich gewusst hätte, wie attraktiv die Frauen hier sind, hätte ich mich angemeldet.« Er hebt bedauernd die Schultern. »Leider, leider hab ich schon einen anderen Termin.«

»Och, wie betrüblich!«

»Aber wir sehen uns sicher noch öfter. Ich wohne auch hier. Allerdings bin ich nicht auf Urlaub, sondern zur Reha.«

»Reha? Was ist Reha?« Die Russin macht runde Augen.

»Nun …« Max zeigt mit beiden Händen auf seinen Rollstuhl.

»Och das.« Olga Smirnow klimpert mit ihren langen Wimpern. »Das wäre mir gar nicht aufgefallen. Bei ihrer männlichen Strahlung.« Wie zufällig legt sie eine Hand auf seinen muskulösen Oberarm.

Flirten die beiden? In meinem Kurs? Ich funkle Max an.

Er lacht, winkt uns zu und rollt hinaus.

Nach der Kurseinheit schaue ich im Event-Büro vorbei. Es liegt im Erdgeschoß im Verwaltungstrakt, den man vom Foyer durch eine gläserne Flügeltür erreicht. Dort sind auch die Räume der Chefs untergebracht.

Ich finde das Büro hübsch. Die Hälfte der Wand, die zum Foyer zeigt, ist aus Glas. So kann man schon von außen sehen, ob gerade viel Betrieb ist und man noch einen Cappuccino trinken sollte, bevor man sich über die neuesten Angebote informieren will. Damit man sich im Büro jedoch nicht wie in einem Schaukasten vorkommt, stehen dort vor der Glaswand junge Birkenstämme. Die hellgrünen Blätter sehen so realistisch aus, dass ich sie beim ersten Mal anfassen musste. Sie sind unecht. Klar. Man kann ja nicht zu Dekorationszwecken jede Woche Bäume fällen. Der unechte Miniaturwald stimmt die Gäste jedoch auf die echte Natur des Rottals ein. Und die ist wunderschön.

Eine moderne Theke teilt den Raum in zwei Hälften. Im vorderen Bereich gibt es Ständer mit Flyern, die über die verschiedenen Aktivitäten informieren. Außerdem stehen dort Regale, in denen die Ordner mit meinen Kursunterlagen oder den Reha-Therapiestunden der Patienten untergebracht sind. Das »Drei Eichen« ist nämlich sowohl Urlaubs- als auch Kur- und Reha-Hotel und hat diesbezüglich einen guten Ruf.

An den Wänden hängen Hochglanzfotos von den hoteleigenen Wellnesseinrichtungen, dem Hochseilgarten in Bad Griesbach, dem Mountainbike-Parcours, der Therme und verschiedenen Ausflugszielen.

Hinter der Theke befinden sich zwei Arbeitsplätze mit all den Gerätschaften, die man heutzutage so braucht. Dieser Bereich ist vom Foyer aus nicht einsehbar.

Ich klopfe kurz und trete ein. Birgit sitzt an ihrem Schreibtisch. Kilian Eichlehner, unser jüngster Chef, steht hinter ihr und beugt sich über ihre Schulter. Beide fahren blitzschnell auseinander und schauen mich erschrocken an.

Hab ich sie bei etwas ertappt?

Millionen Chefs stehen täglich hinter ihrer Sekretärin, wenn sie sehen wollen, was die Angestellte geschrieben hat. Na ja, möglicherweise nicht mit ganz so viel Körperkontakt. An sich jedoch noch nichts, weswegen man so heftig reagieren müsste.

Unser Juniorchef hat sich wieder gefangen. Er streicht mit elegantem Schwung seinen langen, dunklen Pony aus dem Gesicht und zeigt auf den Monitor des PCs. »Frau Moosbichler, Sie haben hier einen ganzen Absatz vergessen.«

»Echt?« Sie blickt auf den Bildschirm und blättert dann hektisch in den Papieren neben sich auf dem Schreibtisch. Eine blonde Strähne hat sich aus ihrem hochtoupierten Aufbau gelöst, fällt nach vorn und verdeckt unzureichend das Glühen ihrer Wangen.

»Guten Morgen zusammen«, sage ich und komme näher.

»Guten Morgen, Frau Schneider«, grüßen beide zurück. Birgit allerdings mit finsterem Gesicht und frostiger Stimme.

Ihr Verhalten wundert mich. Sonst haben wir uns doch verstanden – dachte ich zumindest. Na, womöglich hab ich sie tatsächlich gestört.

Ich lächle unseren Chef an. »Herr Eichlehner, ich bin im Kurs vorhin auf Phantasiereisen angesprochen worden. Kann ich neben der Muskelrelaxation auch wieder einzelne Stunden anbieten? Vielleicht abends. Was meinen Sie?«

Wir haben drei Chefs, den Senior, den Chef und den Junior. Eine Chefin gibt es nicht, es ist eine reine Männerherrschaft. Kilian ist Mitte zwanzig. Er hat eine offene, zuvorkommende Art, braungrüne Augen, die für meinen Geschmack viel zu eng beieinanderstehen, und kein Gramm Fett. Er ist nicht sehr groß, dafür allerdings auf eine sehnige Art muskulös. Meist betont er seinen Körper mit einem teuren Marken-Trainingsanzug, da er auch für das Sportprogramm zuständig ist und die Konditions- und Kletterkurse gibt. Oder er versteckt ihn – so wie heute – im marineblauen Jackett mit zur Krawatte passendem Einstecktuch. Er könnte einer Armani-Werbung entsprungen sein, wahrscheinlich duftet er auch so.

Aber ich komme gut mit ihm aus und verfolge mit Amüsement,

wie die Damen – ob jung oder alt – auf ihn fliegen. Wie Birgit, die ihre für mich gedachte Augenbrauenformation wieder glättet und dafür ihn mit blauen Kulleraugen anschmachtet.

Kilian und ich vertiefen uns in ein geschäftliches Gespräch hinsichtlich Termin, Angebot und Ausschreibung. Birgit hackt auf ihren Computer ein. Da dringen Stimmen aus dem Nebenzimmer zu uns. Die Wände sind beileibe nicht aus Papier, trotzdem kann ich jedes Wort verstehen und die Streithähne klar erkennen: Ignaz und Robert Eichlehner, der Senior und der Chef. Sie sind ohne Zweifel nicht einer Meinung. Es muss sich um etwas Wichtiges drehen, denn normalerweise achten die beiden sehr auf Diskretion. So aufgebracht hab ich sie noch nie erlebt. Wir hier drüben sind perplex. Und neugierig. Zumindest Birgit und ich. Wir halten still und lauschen.

»Keine Russen, sag ich«, braust der Seniorchef lautstark auf. »Die können sich nicht benehmen. Das siehst ja in Österreich, da torkeln die in goldenen Skianzügen stockbesoffen auf den Pisten rum und geben an wie eine Steig'n voller Affen. Das will ich hier nicht.«

Sein Sohn ist etwas leiser, allerdings nicht minder deutlich zu hören. »Wir haben keine Skipisten, Vater. Ja, ja, ich weiß schon, was du meinst. Aber die Österreicher haben seitdem keine Probleme mit der Auslastung. Das ist der Punkt. Ein halb leeres Hotel willst ja auch nicht. Und ich muss dir bestimmt nicht sagen, dass uns das Wasser schon bis zum Hals steht.«

»Tja, die Geschäftspolitik.« Kilian klopft mit seinem Kuli auf den Tisch, um unsere Aufmerksamkeit zu gewinnen. Da wir jedoch immer noch mit großen Ohren nach drüben horchen, lehnt er sich über Birgit hinweg – die seine Nähe zuerst überrascht registriert und sich ihm dann begeistert entgegendrückt – und schaltet das Radio ein. Die herausdudelnde Helene Fischer übertönt die streitenden Herrschaften, und ich kann nichts mehr verstehen.

»Großvater tut sich halt noch ein bisserl schwer mit dem Fortschritt.« Kilian lächelt entschuldigend. »Dem russischen Markt wird er sich allerdings über kurz oder lang öffnen müssen.« Er richtet seine perfekt sitzende Krawatte.

Ich schäme mich für meine Neugierde. Bestimmt ist es Kilian

peinlich, dass wir den Streit mitbekommen haben. Auch die Tatsache, dass es dem Hotel finanziell wohl nicht gut geht, war sicherlich nicht für unsere Ohren bestimmt. Was das für uns Angestellte heißt, wird sich eh noch zeigen. Ich komme wieder auf meine Phantasiereisen zurück, und wir besprechen das Angebot zu Ende. Dann geht er mit gemäßigter Eile aus dem Zimmer, und gleich darauf ist aus dem Nebenraum nichts mehr zu hören. Anscheinend hat Kilian den beiden von den Lauscherinnen berichtet.

»Da scheint der Firmensegen im Moment aber schief zu hängen«, reiche ich der Birgit ein Ratschangebot hinüber.

Sie rutscht geschäftig auf ihrem Bürostuhl herum. »Das geht uns gar nichts an«, kommt es zurück. »Loyales Personal nimmt so etwas nicht zur Kenntnis.«

»Aha.« Da trumpft der Lehrling aber arg gegen mich auf. »Was ist dir denn für eine Laus über die Leber gelaufen? Gestern waren wir uns doch noch grün.« Eine kleine Anspielung auf die Staudengärtnerei ihrer Mutter. Mein Witz kommt allerdings nicht an.

Birgit beugt sich zu mir herüber. »Mir ist gar keine Laus über die Leber gelaufen. Ich versteh bloß nicht, wie Sie gestern stundenlang bei uns sitzen können, ohne zu erzählen, dass Sie grad eine Leich beim Obermeier Sepp gefunden haben. Quasi neben unserem Wald. So viel Unverschämtheit geht ja auf keine Kuhhaut!«

»Wieso Unverschämtheit?« Ich schüttle erstaunt den Kopf. »Und woher weißt du das überhaupt? Ist das schon rum im Ort?« Da hab ich anscheinend nicht weit gedacht. Natürlich glühen bei einem Skelettfund die Schlägel der Buschtrommeln. Birgit findet es auch nicht der Mühe wert, mir darauf zu antworten. Sie blickt mich nur weiterhin feindlich und mit verschränkten Armen an.

Ich überlege kurz, ob ich einfach schweigen und gehen soll. Schließlich muss ich mich gegenüber einer Zwanzigjährigen nicht rechtfertigen. Aber um des lieben Friedens willen gebe ich doch eine Erklärung ab. »Wie du dich vielleicht erinnerst, bin ich gestern gar nicht dazu gekommen, irgendetwas zu erzählen, da mich mein Hund ziemlich gestresst hat und deine Großmutter, nun ja, dabei auch keine große Hilfe war. Ich kann ja schlecht bei fremden Menschen einfallen und gleich von Skeletten im

Wald erzählen, findest du nicht?« Ich sehe sie wie eine nachsichtige Grundschullehrerin an. Sie bockt immer noch. »Außerdem war ich nicht stundenlang bei euch, sondern vielleicht zwanzig Minuten. Ich hatte also gar keine Gelegenheit, irgendetwas zu berichten.« Selbst wenn ich gewollt hätte, was allerdings nicht der Fall war. Das sage ich jedoch nicht.

»Tz«, ist ihre einzige Antwort. Angelegentlich wendet sie sich wieder ihrer Schreibarbeit zu.

Na, dann halt nicht. Ich zucke mit den Schultern, verlasse das Büro und laufe draußen fast in Ignaz Eichlehner: die »graue Eminenz« des Hauses. Hochgewachsen, silbergraue Haare, stahlgraue Augen, dunkelgrauer Anzug. Ich weiß nicht genau, wie alt er ist, sicherlich weit in den Siebzigern. Aber er strahlt immer noch etwas Respekteinflößendes aus. Einzig seine leichte Hörschwäche macht ihn menschlich. Er weigert sich, ein Hörgerät zu benutzen, und hält dafür seine Hand hinters Ohr. Angewachsene Ohrläppchen hat er, das fällt mir bei der Gelegenheit immer auf.

Gerade will er offensichtlich nicht mit mir reden, sondern nur an mir vorbei. Ich entschuldige mich – wobei ich stillschweigend auch mein Lauschen inkludiere – und mache einen Schritt zur Seite. Er nickt mir zu und betritt das Büro, das ich soeben verlassen habe.

»Mein Kind«, höre ich nur noch, dann schließt sich die Tür. Und ich werde den Teufel tun und hier noch weiter herumstehen und horchen.

Ich habe Max in seinem Zimmer vor dem Fernseher gefunden. Es lief Basketball. Im Moment seine absolute Leidenschaft. Trotzdem konnte ich ihn davon loseisen und ihn überreden, zu uns zum Mittagessen zu kommen. Ich versuche, ihn immer wieder aus dem Hotel zu lotsen. Denn auch wenn es ein nobles Haus ist, es ist und bleibt auch eine Kurklinik, und ich möchte, dass er nicht den Bezug zum Alltag verliert. Deshalb schleppe ich ihn regelmäßig zu uns. Meine Kinder freuen sich, denn sie können Max gut leiden.

Als wir jetzt in die Hotellobby hinunterkommen und ich nur noch schnell an der Rezeption den Schlüssel für den Wellnessraum abgeben möchte, werde ich von aufgeregt tuschelnden Hotelangestellten aufgehalten. Sie stehen in einem Grüppchen, halb von den großen Pflanzen im Eingangsbereich verdeckt, neben der überdimensionalen Luftaufnahme des Hotelkomplexes.

»Frau Schneider, Frau Schneider«, flüstert Hans, der Hausdiener, und winkt mich zu sich. Mit seinem rot karierten Hemd und der Krachledernen sieht er wie der Prototyp eines Niederbayern aus. Die grau melierten Haare sind akkurat geschnitten und oben auf dem Kopf nicht mehr ganz so füllig wie an der Seite. »Sie ham doch die Leich g'funden.«

Ich seufze leise und bereite mich innerlich auf die mir unangenehmen Fragen vor. Aber ehe ich etwas sagen kann, spricht Hans schon weiter.

»Wissen S' dann auch, wer des war?« Er reißt seine Augen auf, begierig, eine Reaktion von mir zu erhalten.

»Nein, keine Ahnung.« Ich schaue in zufriedene Gesichter.

Hans beugt sich näher zu mir herüber. Auf seiner Stirn glänzen Schweißtropfen, die er sich mit einem Taschentuch abwischt. Gleichzeitig flüstert er gut vernehmlich: »Der Garhamer Konrad war's.«

»Was?«, schreit es hinter mir. Gleich darauf werde ich zur Seite geschubst, und Birgit drängt sich zwischen mir und Max hindurch. Sie packt Hans beim Ärmel seines Trachtenhemdes. »Wer war's?«

»Na, der Garhamer Konrad. Der Vater vom Ludwig, dem Förster. Seines Zeichens selbst Förster, damals vor fünfzig Jahr. Ich hab ihn selbst noch kennt. Er hat immer seinen grünen Lodenjanker ang'habt und seinen Jagahut mit dem Abzeichen von den Gebirgsschützen, wo er gedient hat. Des Abzeichen ham s' dann a g'funden im Grab, also, i moan, im Woid.« Er wischt sich erneut über die Stirn.

Diese kurze Pause nützt die Rezeptionistin aus, um ihr Wissen kundzutun. »Aber das ist natürlich nicht alles. Die Polizei hat auch das Gebiss verglichen, oder wie das heißt.«

»Den Zahnstatus«, werfe ich ein.

»Genau. Auf jeden Fall ist es sicher, dass es der Garhamer Konrad war, der da liegt.«

Birgit hat eine Hand vor den Mund geschlagen, mit der anderen stützt sie sich am Griff von Max' Rollstuhl ab. Sie ist ziemlich blass. »Geht's dir nicht gut, Birgit?«, frage ich sie. Aber sie hört mich nicht.

»Weiß es denn der Ludwig schon?«, wispert sie.

»Ja, freilich«, antwortet Hans. »Bei dem war ja heit früh die Polizei und hat's ihm g'sagt. Mei Frau macht bei ihm ja immer sauber, da hat sie's rein zufällig mitkriegt.« Eine leichte Röte zieht über sein Gesicht. Schnell redet er weiter. »So ein Mannsbild ohne Frau ist ja ziemlich aufg'schmissen. Da muss scho ab und zu jemand kumma und zamramma.«

»Ach, es ist der Vater von dem Förster Ludwig Garhamer.« Jetzt fällt auch bei mir der Groschen. »Den kenn ich ja auch. Mit dem hab ich gestern erst eine Führung durch den Steinkart gemacht.«

»Und der wird jetzt froh sein, dass sein Vater endlich gefunden ist. Die ganzen Jahr über hat er denkt, dass er einfach davong'laufen ist. Des ist nicht gut für einen Buam, ohne Vater aufzumwachsen.« Hans nickt nachdrücklich.

Birgit reißt wieder an seinem Ärmel. »Was wollen S' damit sagen, ha?« Sie erhebt bedrohlich ihre Stimme. Die Gäste, die am Empfang stehen und auf die Rezeptionistin warten, schauen schon neugierig zu uns herüber. Aber das beachtet Birgit nicht. Sie regt sich immer mehr auf. »Dass der Ludwig nicht ganz richtig im Kopf ist, oder was? Dass er ein Trauma hat, oder wie?« Sie packt den Hausdiener an beiden Armen und schüttelt ihn. »Hat er nicht Försterei studiert? Ha? Macht er nicht jetzt seine Arbeit pfenniggut?« Sie wird immer lauter. »Und ist er nicht fleißig? Und –«

»Fräulein Moosbichler!«, donnert es hinter uns. Die graue Eminenz steht im Eingangsbereich und bedenkt Birgit mit einem strengen Blick. Die Unmutswellen, die er aussendet, dringen auch bis zu uns. Das bringt Leben in unseren Haufen. Die Rezeptionsdame huscht hinter ihren Tresen und lächelt entschuldigend die vernachlässigten Gäste an. Der Hausdiener zuckt zusammen, macht sich noch kleiner, als er eh schon ist, und schlüpft an den Topfpflanzen vorbei aus der Halle hinaus. Auch die anderen Angestellten verdünnisieren sich.

Mit ein paar Schritten ist Eichlehner bei uns. Er nimmt Birgit am Arm und führt sie zur Seite. Mit leiser, ernster Stimme spricht er auf sie ein. »Fräulein Moosbichler, Birgit …« hören wir noch, dann haben Max und ich telepathisch beschlossen zu gehen.

Draußen empfängt uns ein Platzregen. Eine der aprillaunischen

Wetterfreuden, die dieses Jahr bis in den Mai andauern. Meist ist es warm, manchmal direkt sommergewitterschwül, um im nächsten Moment wie aus Eimern zu schütten. Langsam komme ich mir vor, als wäre ich am Äquator. Mit dem Anziehen kann man sich auf kein Wetter mehr einstellen, aber dafür wachsen und gedeihen die Pflanzen wie in den Tropen. Bald haben wir hier auch einen Regenwald mit Schlingpflanzen und Papageien.

Max und ich entscheiden uns dagegen, uns irgendwo unterzustellen, sondern wir beeilen uns. Wir haben schon eine gewisse Routine darin, Max in meinen Kangoo zu bekommen. Fast sieht es wie eine Turner-Kür aus, wie er sich von seinem Rollstuhl hochstemmt, mit einer Hand auf die Lehne stützt, mit der anderen am Haltegriff festhält, sich mit seinem gesunden Bein abstößt, mit Schwung den Abgrund überwindet und im Auto zum Sitzen kommt. Ich bin jedes Mal beeindruckt.

Mir obliegt die Aufgabe, den Rollstuhl zusammenzuklappen und in den Kofferraum zu verfrachten. Max ist immer ganz zappelig, weil er mir helfen will, aber nicht kann, und so versuche ich, schnell zu machen. Ich kämpfe gerade mit den Scharnieren, mit denen man die Sitzfläche zusammenfaltet, als Birgit heransaust.

»Dieser eingebildete Lackaff«, schimpft sie vor sich hin, »was meint der, wer er ist?« Sie stapft, Wasserfontänen hochspritzend, vorbei. »So ein Scheißwetter!«

Ich schaue ihr hinterher. Unter der geöffneten Kofferraumklappe meines Kangoo stehe ich im Trockenen. Sie läuft zu ihrer gelben Vespa, wischt das Wasser vom Sitz und betätigt den Kickstarter. Aber nichts startet. Es macht auch nicht »kick«, sondern eher »pfropf«. Der Roller rührt sich nicht. Birgit flucht und versucht es noch einmal. Ich weiß, sie wird kein Glück haben. Ihre Vespa ist bekannt dafür, dass sie bei Regen streikt.

Dafür wehrt sich der Rollstuhl nicht länger und lässt sich problemlos in meinem Kofferraum verstauen. Ich steige ein und fahre aus der Parklücke. Inzwischen ist Birgit am Heulen. Ihre Hochfrisur senkt sich auf ihre Stirn, die Wimperntusche ist verschmiert, ihr Petticoat patschnass. Ich rolle langsam neben sie und lasse das Fenster herab. Regentropfen stieben mir ins Gesicht.

»Birgit, können wir dich mitnehmen?«, frage ich.

Sie hängt über ihrer Vespa, der Regen läuft an ihr herab. Zuerst reagiert sie nicht, dann stampft sie mit dem Fuß auf. »Ja, warum nicht?«, schreit sie in den Himmel, um dann viel gesitteter »ja, danke« zu mir zu sagen.

Sie nimmt ihre Handtasche, tritt einmal gegen den Reifen und überlässt ihr Gefährt dem Unwetter. Triefend nass öffnet sie die Tür und schmeißt sich auf den Sitz. Na, wird schon wieder trocknen, denke ich mir und fahre los.

Schweigend kurven wir durch den Ort. Meine Scheibenwischer vollbringen Höchstleistungen, und ich frage mich, wie lange es noch in dieser Intensität weiterregnen will. Max summt vor sich hin. Birgit starrt aus dem Fenster. Ich überlege, wie ich am besten das Gespräch eröffne.

Soll ich sie auf den Seniorchef ansprechen? Na ja, das scheint kein erfreuliches Thema zu sein, nach ihrem Ausruf vorhin zu urteilen.

Oder darauf, warum sie bei der Erwähnung von Konrad und Ludwig Garhamer so ausgeflippt ist? Das würde mich wirklich interessieren. Ich werfe einen Blick in den Rückspiegel. Birgit sitzt mit verkniffenem Gesicht hinter mir und reibt sich von Zeit zu Zeit die nassen Augen. Nein, entscheide ich, das ist jetzt nicht der rechte Zeitpunkt. Ich sollte lieber etwas finden, das sie aufmuntert.

»Mit unserem Juniorchef, dem Kilian, verstehst du dich gut, oder?«, frage ich und schaue dabei wieder in den Spiegel.

Birgit zieht die Nase hoch und sieht meinem Spiegelbild trotzig in die Augen. »Ja, warum auch nicht?«, pflaumt sie.

»Ja, klar, natürlich. Ihr seid ja auch im selben Alter, da ist man oft auch auf derselben Wellenlänge«, schwimme ich im seichten Wasser des Small Talks. »So ein Junghotelier wäre auch eine gute Partie, gell?« Ich lache. Meine Kinder würden mich oberpeinlich finden.

»Wir sind verlobt«, kommt es energisch von der Rückbank.

Ich wäre beinahe über den Bordstein gepoltert und reiße mein Lenkrad herum. Na, das hätte ich ja überhaupt nicht vermutet. Ist das ihr Ernst? Ich kontrolliere ihren Gesichtsausdruck im Spiegel. Ein Lächeln spielt nun um ihren Schmollmund, und sie sieht versonnen aus dem Fenster.

»Gratuliere«, bringe ich über meine Lippen.

Max hat sich zu ihr umgedreht. »Echt?«, fragt er. Anscheinend kommt es für ihn genauso überraschend wie für mich.

»Echt«, bestätigt Birgit. »Halt. Ich muss hier raus.« Sie greift nach ihrer Tasche und öffnet schon die Tür. Noch ehe ich recht angehalten habe, ist sie aus meinem Auto gesprungen und läuft ein paar Meter zurück. Bei einem für die Gegend typischen Hanghaus klingelt sie. Die Haustür öffnet sich, ich kann gerade noch einen Mann erkennen, dann hat sich Birgit auch schon hineingedrängelt, und die Tür fällt zu.

Perplex schaue ich Max an. Er hebt die Augenbrauen und zuckt mit den Schultern. »Ein Fräulein mit Geheimnissen«, meint er schmunzelnd.

»In der Tat.«

Unser gemütlicher Nachmittag wird durch die Heimkehr meiner Tochter Susa jäh beendet. Wie ein Wirbelwind stürmt sie herein und wirft ihre Jacke in die Ecke.

»Hallo, Max, hallo, Mama, gleich ist Beltane. Ich brauch nur zehn Minuten.« Mit diesen kryptischen Sätzen hastet sie die Treppenstufen in den ersten Stock hinauf und verschwindet in ihrem Zimmer.

Heute ist anscheinend der Tag des Sich-verwundert-Anblickens, denn das tun Max und ich schon wieder. Da wir uns auf ihre Ankündigung keinen Reim machen können, bleiben wir sitzen und ratschen weiter. In stiller Übereinkunft haben wir in den letzten Stunden sämtliche Themen, die mit Skeletten, toten Förstern und heimlichen Verlobungen zu tun haben, ausgeklammert. Denn wir haben beschlossen: Wir lassen uns in nichts mehr hineinziehen.

Nach kurzer Zeit öffnet Susa ihre Zimmertür und schreit die Treppe hinunter: »Seid ihr schon fertig? Wir sind spät dran.« Daraufhin rauscht sie ins Bad und knallt die Tür zu.

»Haben wir was vergessen?«, fragt Max.

»Nicht, dass ich wüsste.« Da ich ihr Verhalten jedoch schon sehr seltsam finde, bequeme ich mich aus meinen Kissen und steige die Treppe nach oben. Vor der Badezimmertür mache ich halt. »Susa, was soll das? Wir müssen nirgendwohin.«

Meine Tochter reißt die Tür auf. Die eine Hälfte ihres Gesichts ist abgeschminkt, dafür türmen sich auf ihrem Kopf geflochtene Zöpfe. Ihre schlanke Figur steckt in einem unförmigen Kittel, den sie mit einem Lederband auf Taille zu bringen versucht hat. Ihre Füße kleiden Ledersandalen, die ich in dieser Machart noch nie gesehen habe. Verwundert mustere ich ihre Erscheinung.

»Was ist?«, fragt sie und wedelt mit dem Abschminktuch.

»Okay. Du gehst auf ein«, ich mache eine unbestimmte Handbewegung ihren Körper entlang, »Kostümfest. Aber wir gehen nirgendwohin.«

»Mensch, Mama!«, quengelt sie. »Heute ist Beltane, und du bist eingeladen. Hast du das etwa vergessen?« Die Antwort liest sie wohl von meinem Gesicht ab, denn sie erklärt mit langsamen Worten ihrer alten, anscheinend kurz vor der Demenz stehenden Mutter: »Beltane ist das keltische Frühlingsfest. Wir Kelten feiern es heute auf dem Moosbichler-Hof. Alle kommen. Auch dich hat die Loni, also die alte Frau Moosbichler, gestern eingeladen. Zusammen mit Runa. Erinnerst du dich?«

Oh, das. Ja. Ich erinnere mich. Begeisterung sieht anders aus.

»Da werde ich sicher nicht hingehen«, sage ich so bestimmt, wie ich es meine. Das wäre ja noch schöner. Nach dem ganzen Theater, das ich gestern mit ihr und meinem Hund erleben durfte. »Und ich verstehe auch nicht ganz«, fahre ich fort, »warum du plötzlich so keltenbegeistert bist. Das ist irgendein altes Volk, das vor zweitausend Jahren hier gelebt hat und von dem man nichts weiß. Was bringt es dir, dich wie eine Keltin zu verkleiden und um ein Feuer herumzuhüpfen?«

»Ach, Mama«, ruft sie aus. »Sei doch nicht so verstockt. Wir sind alle Kelten!« Damit schmeißt sie mir die Tür vor der Nase zu.

Da ich aus Erfahrung weiß, dass in diesem Zustand mit meinem sturen Töchterchen nicht vernünftig zu reden ist, begebe ich mich wieder ins Wohnzimmer. Max ist schon im Bilde, schließlich waren wir laut genug. Wir sind uns einig, dass wir jetzt erst noch mit Runa eine Runde laufen und ich Max hinterher wieder ins Hotel bringe. Soll Susa zu ihrem Keltenfest gehen. Wir gehen nicht.

»Runa.« Ich stehe mit der Leine in der Hand im Garten und halte nach meiner Hündin Ausschau.

»Runa! Spazieren gehen!« Eigentlich ist sie um diese Zeit schon vor der Tür und wedelt erwartungsvoll mit dem Schwanz. Wo hat sie sich bloß versteckt? Ich kehre ins Haus zurück und mache eine Tour durchs Erdgeschoß.

»Runa! Komm!« Nichts rührt sich. Zwar war sie mir gestern nach unserer Auseinandersetzung beleidigt, aber das konnte ich heute mit einem Kauknochen richten. Seitdem waren wir uns wieder gut.

»Runa! Mensch, wo bist du?«

»Wahrscheinlich ist sie schon mal vorgelaufen«, meint Susa lakonisch. Sie steht in voller Keltenmontur vor mir. Mit bloßem Gesicht, Flechtfrisur, Kittel, Ledersandalen, Armreif und Kette an einer Lederschnur. Vage erkenne ich ineinander verschlungene Linien.

»Was meinst du?«, frage ich entnervt. »Zur Moosbichlerin? Ha! Das ist nicht dein Ernst!«

Susa kippt die Handflächen nach oben. »Tja, da wird dir nichts anderes übrig bleiben, als nachzuschauen. Weil hier ist sie offensichtlich nicht.«

So fahre ich schon wieder zum Moosbichler-Hof. Max hat sich netterweise angeboten mitzukommen. Er will mich den Kelten nicht schutzlos überlassen.

Ich nutze die Autofahrt, um meine Tochter ein bisschen über die Moosbichlerinnen und ihren seltsamen Kult auszufragen. »Sag mal, was soll eigentlich der Schmarrn mit der Großen Göttin? Wie kann eine Göttin aus drei Frauen bestehen?« Das ist mir schon gestern schief vorgekommen. Davon abgesehen, dass es ja ohnehin seltsam ist, sich als Göttin zu bezeichnen.

Susa beugt sich vor und schaut zwischen den beiden Sitzen zu uns nach vorn. »Ja, das hab ich mich am Anfang auch gefragt«, meint sie heiter. Anscheinend gefällt es ihr, dass ich endlich mal Interesse an ihrem neuesten Hobby zeige. »Die Birgit hat mir erklärt, dass es das Prinzip der Großen Göttin in vielen Kulturen und natürlich auch bei den Kelten gegeben hat. Manche sind der Auffassung, dass die Große Göttin aus einer alten, einer mittelalten und einer jungen Frau besteht. So wird jedes Stadium eines Frauenlebens miteinbezogen. Und das verleiht ihr die besondere Kraft. Ich find das auch ganz logisch. Ihr nicht?«

Sie schaut erst mir, dann Max ins Gesicht. Ich deute ein Nicken an. Das scheint Susa zu reichen, und sie fährt fort. »Es hat auch was mit Fruchtbarkeit zu tun. Die Junge ist eigentlich Jungfrau und so weiter.« Sie wischt dieses für sie peinliche Thema mit der Hand beiseite. »Das zeigt sich auch durch ihre Kleidung. Die Alte hat Schwarz an, die Mittlere Rot und die Junge Weiß.«

»Aha.« Ein bisschen klüger bin ich jetzt, aber nicht viel.

»Gibt's nicht in Birnbach eine Sage von den drei Fräulein?«, fällt Max zu dem Thema ein. »Oder im Dreisessel die drei Prinzessinnen?«

Ich zucke mit den Schultern. Auch Susa scheint noch nie davon gehört zu haben.

»Genaues weiß ich auch nicht«, gibt Max zu. »Müsste man halt nachlesen.«

Bevor wir das Thema weiter vertiefen können, biegen wir in die Holperstraße zum Moosbichler-Hof ab. Diesmal werden wir am Anfang des Zufahrtsweges aufgehalten. Eine Schranke versperrt uns den Weg. Ein Schild ordnet an, neben der Straße zu parken. Also stellen wir uns hinter die anderen Autos und wackeln mit Max im Rollstuhl über den unebenen Weg zum Hof. Max beschwert sich nicht, aber ich kann mir vorstellen, wie unangenehm das Geholpere für ihn ist.

Schon von Weitem sieht man den lodernden Schein eines beeindruckenden Lagerfeuers. Der geräumige Vorplatz vor dem Haupthaus und der Scheune ist mit Tischen, Stühlen und Bänken vollgestellt. Mindestens zwanzig Schattenrisse gehen, stehen, sitzen oder tanzen. Ich höre Flötenspiel und, ja, tatsächlich, einen Dudelsack.

Gut, dass ich Max dabeihabe. Ich stelle mich hinter seinen Rollstuhl und schiebe. Er schaut mich kurz verwundert an, nimmt dann die Hände von den Rädern und lässt es zu. Normalerweise ist er darauf bedacht, so viel wie möglich selbst zu tun. Aber wahrscheinlich merkt er, wie unwohl ich mich hier fühle. Susa läuft voraus und begrüßt die Ersten mit Handschlag.

Im Näherkommen werden aus den Schattenrissen Menschen. Allerdings in ungewöhnlicher Kleidung steckende Menschen. Die Männer haben eng anliegende Hosen und karierte Oberteile an. Manche von ihnen tragen enorme Schnurrbärte oder Pferdeschwänze im lichten Haar. Die müssen auch im echten

Leben ziemlich urig aussehen. Die Frauen sind alle mit langen, bunt gemusterten Gewändern angetan. Einige haben sich ein wollenes Schultertuch umgebunden. Ihre durchweg langen Haare sind zu kunstvollen Flechtwerken hochgebunden, oder sie haben Kopftücher auf. Auch Myrna/Gertraud, die ich mit einem Krug in der Hand entdecke, hat ihre Kurzhaarfrisur unter einem Tuch verborgen. Sie hat ein langes blutrotes Kleid an und sieht damit eigentlich sehr schön aus. Fast vornehm. Von einem Tisch nimmt sie zwei Becher und geht auf uns zu.

»Willkommen«, sagt sie und hält uns die irdenen Trinkgefäße entgegen. »Schön, dass Sie uns mit Ihrer Anwesenheit beehren. Nehmen Sie einen Schluck.« Lächelnd schenkt sie ein, und ich denke, dass es wieder dieser Met sein wird. Nicht das übelste Getränk.

»Danke.« Ich sehe mich um. »Eigentlich haben wir nur Susa hergebracht, und ich wollte nachschauen, ob eventuell Runa wieder hier ist. Meine Hündin.« Ich komme mir lächerlich vor. Habe ich wirklich geglaubt, dass Runa den ganzen Weg bis hierher laufen wird? Von der Lichtung im Wald war es ja keine große Strecke. Aber von zu Hause aus sind es schon einige Kilometer.

Gertraud blickt sich auch um. »Na ja. Bis jetzt ist sie noch nicht da.« Sie hält mir ihren Becher entgegen. »Feiern Sie doch mit uns.«

Ich stoße mit ihr an, ich möchte ja nicht unhöflich sein.

»Bleiben Sie«, fordert sie mich auf. »Wir beißen nicht.«

»Jahaha«, mache ich und trinke lieber. »Sagen Sie, Gertraud – oder Myrna?«

Sie wischt meine Unsicherheit mit einer Handbewegung weg. »Nennen Sie mich Gertraud.«

»Okay. Gertraud. Ich dachte, Sie hätten mit dem ganzen Keltenspleen Ihrer Mutter nicht allzu viel im Sinn?«

Sie tritt näher, und ihre Augen leuchten im Feuerschein. »So ab und zu spiele ich mit. Und wer weiß«, sie zupft sich an ihrem kleinen, angewachsenen Ohrläppchen, »möglicherweise bringt es Glück.« Sie lacht. »Nein, im Ernst. Es ist gar nicht so weit hergeholt, sich hier im Rottal mit den Kelten zu beschäftigen. Hier war Keltenland, bis rüber zum Bayerischen Wald, nach Böhmen und Österreich und auf der anderen Seite nach Frankreich,

England und Irland.« Sie zeigt mit ausholenden Bewegungen in die Himmelsrichtungen.

»Und bei uns im Rottal können Sie quasi nirgendwo stehen oder gehen, ohne über keltische Überbleibsel zu stolpern. Erzschürfstellen oder Hügelgräber oder Keltenschanzen, zum Beispiel drüben in Hartkirchen. Passau wurde auch auf eine keltische Siedlung gebaut, wenn Sie so wollen. Und die katholische Kirche hat so manchen keltischen Gott zu einem katholischen Heiligen umgemodelt. Da könnt ich Ihnen Geschichten erzählen!« Sie trinkt einen Schluck.

»Außerdem hat meine Mutter immer schon einen Hang zum Außergewöhnlichen gehabt. In ihrer Jugend waren es die Indianer. Später dann die Kelten. Das liegt in Bayern einfach näher. Und so ein bisserl experimentelle Archäologie ist ja nicht schlecht, finde ich.« Ihr Blick gleitet an mir vorbei.

Bevor ich mich umdrehen kann, zupft mich Susa schon am Ärmel. »Sorry. Mama, komm mit, ich muss dir jemanden vorstellen.« Sie zieht mich hinter sich her.

»Entschuldigen Sie mich«, sage ich zu Gertraud und lasse mich ziehen. Einstweilen hab ich genug von Vorträgen über die Kelten. Mit den Augen suche ich Max und sehe, dass er in ein Gespräch mit einer jungen Flechtfrisurenfrau vertieft ist. Er findet auch nach dem Unfall schnell Anschluss bei den jungen Damen. Das freut mich für ihn. Ehrlich!

Susa geleitet mich zu Apollonia. Wir bleiben abwartend stehen, da diese gerade auf einen Jüngling einredet. Jüngling – das ist wirklich das erste Wort, das mir bei seinem Anblick in den Sinn kommt. Er hat braune Dreadlocks, und seine dunklen Augen schauen etwas ungläubig in die Welt hinein. Niedlich! An seinem Kinn sprießt ein dünner Bart. Wie alt mag er wohl sein? Achtzehn? Oder doch schon zwanzig? Er sieht noch so unbedarft und schmalbrüstig aus. Eventuell macht das aber auch nur der direkte Vergleich mit Apollonia.

»Wenn sich Birgit unbedingt einen Mann nehmen will, dann bist du unsere erste Wahl, Finn. Keine Frage. Als Kelte weißt du, dass eine Göttin nie heiraten wird. Aber alles andere ist ihr nicht verwehrt.«

Von was reden die da? Dieses Gespräch mitanzuhören ist mir

unangenehm. Ich möchte am liebsten weg, doch Susa hakt sich bei mir ein und bleibt stur stehen. Ich seufze. Meinetwegen warte ich dann halt noch ein bisschen.

Apollonia legt ihren Arm um die Schultern des Jünglings, und er scheint darunter in die Knie zu gehen. »Wir sollten heute Nacht ein Ritual machen«, sagt sie mit beschwörender Stimme. »Ein Liebesritual. Das hat schon manchem geholfen.«

Er schüttelt den Kopf. »Nö. Nicht mit mir.«

Ich bin erstaunt, wie angenehm seine Stimme ist. Und dass er den Mumm hat, Apollonia zu widersprechen. Alle Achtung!

»Birgit checkt das schon noch.« Er streicht mehrmals über den Ziegenbart.

Apollonia reagiert gelassen auf die Abfuhr. Noch bevor sie jedoch registriert, dass ich sie begrüßen möchte, wird sie von einem älteren Mann in Beschlag genommen und in eine andere Ecke des Hofes geführt. Der Jüngling steht ziemlich verlassen herum.

»Finn?«, spricht meine Tochter ihn an. »Ich möchte dir meine Mutter vorstellen.«

Was? Seit wann stellt man einem Jungen die Mutter vor? Ist das nicht peinlich? Außerdem: Was will sie von dem? Hat sie nicht mitbekommen, dass sein Herz eigentlich für Birgit schlägt?

Finn scheint auch gerade noch in Gedanken bei seiner Angebeteten zu sein, denn seine Reaktion fällt ziemlich konfus aus. Nach ein paar gestammelten Worten macht er sich vom Acker, nimmt vom nächstgelegenen Tisch einen Becher auf und leert ihn in einem Zug.

»Ist er nicht süß?« Meine Tochter schmachtet ihm hinterher. Und ich wundere mich über sie. Sehr. Denn bis vor Kurzem waren noch die durchtrainierten, tätowierten, gepiercten Kerle angesagt. Dazu ist Finn das krasse Gegenteil, wäre mir jedoch ehrlich gesagt lieber. Aber ob Susa Chancen hat?

»Wo ist eigentlich Birgit?«, stoße ich sie auf die Verbindung Finn – Birgit. In diesem Moment eilt die Vermisste auf den Hof. Sie sieht nicht besser aus als heute Nachmittag, als sie mit verschmiertem Make-up, tränen- und regennass aus meinem Auto gesprungen ist.

Deshalb hält sie wohl auch ihre Tasche und eine große Jacke vor das Gesicht und versucht, so schnell und unauffällig wie möglich ins Haus zu kommen. Dabei hat sie nicht mit Finn gerechnet.

»Birgit«, ruft er und torkelt in ihre Richtung. Na, der Becher Met hat ja schnell gewirkt. Sie schaut nur erschrocken auf, macht eine abwehrende Handbewegung und läuft ins Haus. Finn will ihr hinterher, wird aber von Gertraud aufgehalten und auf eine Bank beim Feuer gesetzt. Da starrt er in die Flammen.

Bevor ich in die Verlegenheit gerate, mich mit einem fremden Kelten unterhalten zu müssen, tritt der nächste Bekannte auf. Kilian Eichlehner schreitet den Zufahrtsweg entlang auf den Hof zu. Anscheinend wollte er sich dem keltischen Anlass entsprechend kleiden. Er hat eine graue Hose und ein grobes Leinenhemd an, dessen reines Blau wohltuend aus all den Mustern heraussticht, und strahlt im krassen Gegensatz zu dem hier anwesenden Volk Kultiviertheit und Eleganz aus. Mit einer Selbstsicherheit, die sich aus seiner Herkunft speist, geht er durch die Menge direkt auf Apollonia zu und macht ihr seine Aufwartung. Es fehlt nur noch der Handkuss.

Eben will ich mich fragen, was mein Juniorchef bei den Kelten zu suchen hat, da werde ich von links unten angequatscht, im sehr entspannten Ton eines wahrhaft relaxten Mannes. »Du bist doch die Schwiegermutter in spe von meiner Anna«, meint Sepp und zieht an seiner Tüte. »Sitz di her zu mir.«

Ich lasse mich auf den Stuhl neben ihm plumpsen. Einen kiffenden Opa hätte ich nicht erwartet. Aber ich sehe schon, ich muss hier auf allerhand gefasst sein.

»Hallo, Herr Obermeier, was machen Sie denn hier? Sind Sie auch ein Kelte?« Ein schneller Blick auf seine Kleidung verrät mir, dass er immer noch seine Waldschrat-Kluft anhat.

»Naa.« Er schwenkt seinen Glimmstängel. »Obwohl – Kelten san mir Niederbayern im Grunde alle. Und schon damals ham sie gewusst, was gut schmeckt. Schweinsbraten mit Knödel und Bier. Das weiß man von Ausgrabungen.« Er kichert und nimmt einen weiteren Zug. »Aber ich rauch hier nur meine Kräuterzigarett'n. Ja, Kräuter, die hat die Loni persönlich gebrockt und zum Trocknen aufgehängt.« Er lächelt mich liebenswürdig an und hält mir seine *Kräuter*zigarette hin. »Willst auch amal?«

»Danke, heute nicht«, erwidere ich und komme mir spießig vor.

»Die Loni hat fei schon immer Kräuterzigaretten gemacht für uns.« Er wiegt den Kopf hin und her. »Mal so, mal so. Aber im Laufe der Zeit hat sie's rausgehabt. Mei, früher, früher, da hat sie a no Schwammerl einig'mischt. So psychedelische. War aber a eine ganz andere Zeit, damals in den Endsechz'gern. Eine ganz andere.« Er versinkt in der Vergangenheit.

Hier neben dem tiefenentspannten Opa Obermeier fühle ich mich eigentlich ganz wohl. Max ist immer noch sehr mit der Keltenmamsell beschäftigt. Keine Ahnung, was er an ihr findet. Meine Susa läuft tatsächlich diesem Finn nach und redet auf ihn ein. Ob das der richtige Weg ist, sein Herz zu gewinnen? Ich weiß ja nicht. Er schaut in seinen Humpen, den er immer wieder ansetzt, um einen kräftigen Schluck daraus zu trinken. Von meiner Tochter nimmt er keine Notiz, der Blödmann. Kilian steht bei Apollonia und Gertraud. Die haben anscheinend etwas Wichtiges zu bereden. Da taucht Birgit wieder auf. Sie hat sich keltisch zurechtgemacht und auch ein Gewand angezogen. Ein schneeweißes. Lächelnd strebt sie der Gruppe um ihre Großmutter zu und begrüßt Kilian überschwänglich. Ihr Lächeln erstirbt, als zwei junge Keltinnen sich zu Kilian durchdrängeln und ihn ins Gespräch ziehen. Apollonia wendet sich daraufhin anderen Gästen zu, und Gertraud geht ins Haus, um einen neuen Krug Met zu holen.

»Das waren noch Zeiten damals«, schwelgt der Obermeier Sepp in Erinnerungen. »Wir waren eine Truppe, die Loni, der Ignaz und i. Des war schon was.«

Ich höre dem Gestammel des alten Mannes nicht wirklich zu, da ich Birgit mit Kilian beobachte. So ganz glaube ich die Verlobungsgeschichte nicht. Sie strahlt ihn an, keine Frage, sie ist eindeutig schwer verliebt. Und er? Ich sehe ihn nur von hinten, da ist es schwierig zu beurteilen, wie einer schaut.

Dafür beobachte ich etwas anderes. Finn hat inzwischen mitbekommen, dass Birgit wieder anwesend ist. Das weckt seine Lebensgeister. Dieser Unhold lässt meine Tochter einfach sitzen und strebt seiner Angebeteten zu. Die hat ihre Hand gerade auf den Brustkorb von Kilian gelegt, um den anderen Frauen ihre Besitzansprüche klar darzulegen. Beide lachen. Das ist bis zu mir zu hören. Finn schwankt von hinten an Kilian heran und klopft ihm auf die Schulter.

»Was soll'n das für ein Jahrhundert sein?«, bringt er mehr oder weniger verständlich heraus.

Kilian dreht sich um. Obwohl er wahrlich auch nicht die Maße eines Goliaths hat, ist Finn noch eine Idee kleiner und schmaler als er. »Meinst du mich?«

Statt einer Antwort packt Finn ihn am Hemd, wobei nicht klar ist, ob das eine drohende Geste sein oder es ihn selbst vor dem Umfallen bewahren soll. Nachdem er vor- und zurückgeschwankt ist, lallt er: »Ja, dich! Bei dir stimmt ja gar nichts zsamm! Und ich werd immer ganz unruhig, wenn einer die Jahrhundert mischt. Ganz unruhig!«

»Jetzt hab ich aber Angst.« Kilian grinst. Die Zuschauer lachen.

Dem Jungkelten gefällt es sichtlich nicht, zum Gespött der Leute gemacht zu werden. Mit bitterbösem Gesicht greift er auch noch mit der zweiten Hand in Kilians Oberteil und zerrt den Kontrahenten zu sich hinunter. »Das wär auch besser für dich!«

Kilian dreht den Kopf mit einem angewiderten Ausdruck zur Seite. »Wie viel hast du denn heute schon intus, Junge?« Er nimmt Finns Handgelenke und zieht sie ohne große Mühe von seinem Kittel. »Wie wär's, wenn du heimgehen würdest, ins Bett? Ist schon spät für dich.« Diese Worte begleiten ein süffisantes Lächeln und ein Schulterklopfen. Dann kehrt Kilian dem Betrunkenen den Rücken zu. »So kleine Kinder sollten so spät nicht mehr auf Partys herumlungern«, meint er zu seinem Fanclub und erntet zustimmendes Gelächter.

Finn lässt den Kopf hängen und wankt.

Birgit fasst Kilian an den Oberarm und himmelt zu ihm hinauf. »Du schaust perfekt keltisch aus«, flötet sie.

»Wahrscheinlich keltischer als dieser Möchtegern-Asterix«, feixt Kilian, und die anderen prusten los.

Da strafft Finn die Schultern. In seinem Gesicht spiegelt sich verletzter Stolz. Der junge Mann versucht, gerade stehen zu bleiben, und langt an den Ledergürtel, der seinen Kittel zusammenhält. Etwas mühsam zieht er aus einer ledernen Scheide ein kurzes Messer.

Der will doch nicht …?

»Hoho!« Ich springe auf. »Kilian, Vorsicht!«

Auch Susa hat beobachtet, was ihr Freunderl da vorhat, und läuft auf ihn zu. Gleichzeitig dreht sich Kilian um, entdeckt das Messer, packt Finn an der rechten Schulter. Der schreit auf, lässt das Messer fallen und geht zu Boden. Da liegt er und jammert: »Birgit. Birgit.«

Diese schenkt ihm allerdings nur einen verächtlichen Blick und schwirrt zusammen mit all den anderen Zuschauern um Kilian herum. Der Hotelier streicht das Haar nach hinten und glättet sein Hemd. Mehr ist ihm nicht geschehen. Gott sei Dank.

Das sieht er wohl genauso, denn er beruhigt seine besorgte Fangemeinde. Rufe nach Vergeltung werden laut, aber er winkt ab. »Es ist ja nichts passiert. Ich werde ihm nichts tun. Nein, nein, auf keinen Fall. Er ist ja nur betrunken.« Kilian tritt auf den immer noch im Staub Liegenden zu, reicht ihm seine Hand und zieht ihn auf die Füße.

»Sorry«, stammelt Finn. »Sorry. Das wollt ich nicht.«

Kilian schlägt ihm wortlos auf den Rücken und übergibt ihn Susa. Sie führt den Schwankenden zur nächstgelegenen Bank, auf die er sich niederlässt.

Um das Messer hat sich noch niemand gekümmert. Jetzt bückt sich allerdings ein Mann und hebt es auf. Ich kann zwischen all den Menschen nur einen Teil seines Gesichts sehen, aber diese spitze Nase erkenne ich überall. Der Kastner!

Mit ein paar schnellen Schritten bin ich bei ihm und halte ihn am Ärmel fest.

»Herr Kastner.« Meine Wut über sein schmähliches Verhalten mir gegenüber bringt meine Stimme zum Beben. »Wo wollen Sie denn mit dem Messer hin?«

»Sie schon wieder.« Er zerrt an seinem Arm. Allerdings zerreißt eher sein Hemd, als dass ich ihn loslasse. Wir schauen uns feindselig an.

»Ja, ich schon wieder. Was ja eigentlich ein Wunder ist, nachdem Sie mich gestern Nacht einfach im Wald zurückgelassen haben. Allein, ohne Licht, neben einer Leiche.« Ich werde immer lauter. Diesen Typen hab ich gefressen.

»Ich habe Ihnen doch die Polizei geschickt. Was regen Sie sich denn noch auf?«, giftet er nicht minder laut zurück.

»Ja, prächtig. Hat ja auch nur Stunden gedauert!«, schreie ich.

An die »ältere Frau« darf ich gar nicht denken, sonst kommt mir noch mehr die Galle hoch.

Nun haben wir die Aufmerksamkeit der anderen. Apollonia wendet sich uns zu und nimmt dem Kastner das Messer aus der Hand. »Das kommt in mein Museum. Da ist es sicher aufgehoben.« Sie löst meine Faust vom Hemdenstoff des Auktionators.

»Willst du einen Blick auf meine Schätze werfen?« Sie nimmt mich fest am Arm und führt mich Richtung Scheune. Das ist wahrscheinlich die beste Methode, uns Kampfhähne zu trennen. So viel Einsicht ist in meinem erhitzten Gemüt noch vorhanden, daher wehre ich mich nicht.

»Das wäre auch für mich von Interesse«, erfrecht sich jedoch der Kastner zu rufen und schickt sich an, uns zu folgen.

Ich fahre herum und knurre. Entsetzt weicht er zurück.

»Ein andermal«, beschwichtigt Apollonia. Sie legt ihren Arm um meine Schultern und geleitet mich zur Scheune.

Dort öffnet sie das Holztor mit dem ungewöhnlichen blau-weißen Muster, und ich ahne, was sich dahinter verbirgt: Apollonias Museum. Sie lässt mir den Vortritt und schließt das Tor hinter uns. Das Stimmengewirr bleibt draußen, und ich tauche in eine andere Welt ein. Meine Aufregung legt sich.

Baustellenlampen leuchten die geräumige Scheune aus. Der untere Teil ist mit einem grob behauenen Tisch, Stühlen, die Apollonias Thron im Haupthaus ähneln, einem schmalen Bett voller Schafsfelle und einem Webstuhl bestückt. An einem langen Regal an der Wand stehen Schüsseln, Krüge und Becher aus Ton. Manche sind erstaunlich fein gearbeitet, von dunkler Farbe und mit dekorativen Mustern verziert. Die Holzwände sind ebenfalls mit dem blau-weißen Ornament bemalt.

»So könnte ein keltisches Zuhause ausgesehen haben.«

Ich merke ihr an, wie stolz sie auf ihre Ausstellung ist.

»Natürlich fehlt eine Feuerstelle, aber die hab ich nicht genehmigt bekommen. Schade. Nun ja. Wir müssen jetzt hier hinauf. Ich darf mal vorgehen.« Mit diesen Worten steigt sie eine Holztreppe hinauf, die zu einer Galerie führt. Wobei »Holztreppe« ein hochstaplerischer Ausdruck dafür ist. Ich hab es ja nicht so mit Treppen, und diese in einen dicken Baumstamm gehauenen Stufen lassen mir buchstäblich die Haare zu Berge stehen. Nein, da bringen mich keine zehn Pferde hinauf! Vor allem, da ich von unten schon erkenne, dass der Boden der Galerie nur aus Brettern besteht, durch deren Zwischenräume man sehen kann. Nichts für mich!

»Ich bleibe lieber unten«, sage ich, »ich hab ein wenig Probleme mit der Höhe.«

Apollonia beugt sich überrascht zu mir herunter, und mir wird allein schon bei dem Anblick schwindelig. »Wirklich? Das ist bedauerlich. Denn hier oben habe ich gläserne Armreife und anderen Schmuck. Sehr schöne Arbeiten.«

Verlockend, jedoch nicht verlockend genug. Ich schüttle den Kopf.

»Na, dann nicht. Aber dagegen kann man was machen. Ich geb dir gleich mal mein Elixier.«

»Aha.« Ob ich das nehmen werde, steht auf einem anderen Blatt. Ich denke an die psychedelischen Schwammerl und die Kräuterzigaretten des Obermeier Sepp.

Während Apollonias knarrende Schritte anzeigen, dass sie sich in den hinteren Bereich der Galerie begibt, schaue ich mich noch ein bisschen hier unten um. So einen Webstuhl habe ich noch nie gesehen. An einem großen hölzernen Gerüst hängen mehrere Fäden scheinbar wahllos kreuz und quer herab. Am unteren Teil sammelt sich allerdings schon ein Stück grobes Gewebe. Also muss er irgendwie funktionieren.

»Webst du damit auch?«, rufe ich zu ihr hinauf und habe mich jetzt auch zum Du durchgerungen. Alles andere ist ja lächerlich. Ich höre sie oben hantieren, dann kommen die Schritte zurück.

»Natürlich.« Sie steigt wieder herab. »Manchmal gebe ich auch eine Vorstellung. Morgen zum Beispiel, im Hotel. Komm doch auch, dann kannst du zuschauen.«

»In welchem Hotel? In den ›Drei Eichen‹?« Das würde den Besuch von Kilian Eichlehner erklären.

»Genau. Wir sind Teil des irischen Abends und übernehmen den keltischen Part.« Sie lächelt mich versonnen an. Eigentlich finde ich sie doch ganz sympathisch, geht mir durch den Kopf. Da höre ich ein Bellen.

Runa!

Apollonia und ich laufen gleichzeitig zum Scheunentor und

öffnen es. Draußen ist die keltische Party wieder im vollen Gang. Es werden die Becher geschwungen und schunkelnd Lieder gesungen. Dazwischen steht hechelnd mein schwarzer Hund, bellt freudig, als er uns sieht, und stürzt auf uns zu. Zuerst bestürmt Runa mich, dann springt sie an Apollonia hoch, um sofort wieder zu mir zu kommen und sich nach kurzer Zeit erneut an die Keltin zu drücken, die ihr unverschämterweise mit »Runa, meine Runa« schmeichelt und ein Stück aus ihrer Gewandtasche zusteckt. Schon wieder!

Rasch knie ich mich nieder und halte die aufgeregte Hündin fest. »Wo kommst du denn her?« Ich sehe ihr streng in die Augen. Sie hechelt mir nur heißen Atem ins Gesicht und will wieder weg. Es hat keinen Sinn. Ich lasse sie los, stemme meine Hände in die Hüften und schaue ihrem durchgeknallten Verhalten zu. Erst als Gertraud eine Schüssel mit Wasser bringt und Runa sich darauf stürzt, als ob sie dem Verdursten nahe wäre, beruhigt sie sich etwas.

»Mama, können wir Finn nach Hause bringen?« Susa läuft mit besorgtem Gesicht auf mich zu. »Oh, Runa! Wo kommst du denn her?«

»Das hab ich sie auch schon gefragt.« Diese neueste Angewohnheit meiner Hündin macht mich narrisch. Was ist nur an Apollonia, dass Runa dermaßen fixiert ist auf sie?

»Mama, können wir?«, wiederholt Susa ihr Anliegen dringender. Ich werfe einen Blick zu Finn. Er sitzt vornübergesunken an einem Tisch und hat den Kopf auf die Arme gelegt. Wenigstens trinkt er nicht mehr. Dann schaue ich auf Runa. Sie scharwenzelt um Apollonia herum, die ihr schon wieder etwas zum Fressen zusteckt. Unmöglich!

»Na, dann los«, sage ich, um mich selbst davon abzuhalten, vor Ärger zu platzen. Ich drücke Susa schon mal den Autoschlüssel in die Hand. »Sag bitte Max Bescheid und hole deinen Schützling. Ich komme gleich.« Dann trete ich auf die Oberkeltin zu und strecke ihr die Hand hin. »Danke für die Einladung. Ich muss jetzt, wir bringen den Attentäter heim.«

»Oh, ja, den Finn. Das ist nett von dir.« Sie lächelt mich an. »Runa kannst du ruhig bei mir lassen.«

»Bestimmt nicht!«

Das hast du dir so gedacht, du Hexe! Entschlossen bücke ich mich zu meinem Hund und nehme ihn in gewohnter Manier hoch. Runa fiept und zappelt, aber ich lasse nicht los, sondern bahne mir mit meiner Last so schnell es geht einen Weg durch die Menge.

Apollonia läuft neben mir her und redet auf mich ein, den Hund doch bei ihr zu lassen. Ich müsse doch einsehen, dass sie ein besonders begnadetes Verhältnis zu Tieren habe. Zu allen Tieren. Pferden, Hunden, Katzen. Sogar Vögel würden sich von ihr angezogen fühlen und tun, was sie sage. Außerdem hätte die Große Göttin als Begleittier einen Hund, oft einen schwarzen, und da sie, Apollonia, ja auch der schwarze Part der Großen Göttin sei, sei die schwarze Runa perfekt.

Ich schüttle nur den Kopf und dränge weiter. Max hat seine, wie ich bemerke, inzwischen drei Gesprächspartnerinnen verlassen und rollt schräg von der Seite auf mich zu. Susa legt sich den Arm von Finn um die Schultern und schleift ihn ebenfalls Richtung Auto. Inzwischen hat uns auch Gertraud eingeholt und hält mir ihre Mutter vom Leib. Es kostet sie sichtbar Mühe, aber sie kann sie bremsen. Derart in ihrer Bewegungsfreiheit beeinträchtigt, schreit diese mir hinterher. »Das ist Tierquälerei!«

Runa, immer schwerer auf meinem Arm, jault zustimmend.

Mein Adrenalin sprengt gleich die Höchstmarke. Ich drehe mich herum, sehe die zeternde Oberkeltin, die sie beschwichtigende Gertraud, blicke in lachende und uns zuprostende Keltengesichter, entdecke einen schlafenden Waldschrat-Opa, den Birgit gerade aufzuwecken versucht, und beobachte, wie ganz hinten, von allen unbemerkt, der Auktionator in der Scheune verschwindet. Ich öffne schon den Mund, um Apollonia zu warnen, dass Kastner besser nicht unbeaufsichtigt in ihrem Museum sein sollte, als sie wieder »Tierquälerei« brüllt.

»Absoluter Blödsinn!«, schreie ich zurück, drehe mich um und stapfe zum Zufahrtsweg. Vor mich hin schimpfend hole ich die anderen ein, die die Hälfte des Weges schon zurückgelegt haben.

»Na, das war ein Abend«, meint Max aufgeräumt. »Magst du mir den Hund geben?«

»Nein, es geht schon«, grummle ich. »Freut mich ja, dass es wenigstens dir gefallen hat.« Ich weiß, ich bin ungerecht. Aber ich bin auch echt gefrustet.

»Komm, setz mir Runa auf den Schoß. Ich halt sie auch fest«, sagt Max und ist nicht im Mindesten eingeschnappt. »Und du darfst mich schieben. Das tust du doch so gern.« Er grinst mich an.

»Einverstanden.« Da mir fast die Arme abbrechen, nehme ich sein Angebot an. Sechsundzwanzig Kilogramm werden mit der Zeit ziemlich schwer. Ich lasse Runa auf seinen Schoß nieder. »Geht das denn?« Besorgt sehe ich, wie meine Hündin mit den Pfoten herumfuhrwerkt. Hoffentlich tut sie ihm nicht weh!

Er verzieht zwar kurz das Gesicht, kann aber meinen Hund bändigen und dazu bringen, einigermaßen still zu sitzen. Aufatmend fasse ich die Griffe des Rollstuhls und schiebe. Susa ist inzwischen schon beim Kangoo angelangt und hat es geschafft, Finn auf den Rücksitz zu bugsieren. Sie sieht auch ziemlich erledigt aus.

»Der Hund muss zu euch hinter«, sage ich zu ihr und trage meinen protestierenden Vierbeiner zur offenen Autotür, um ihn auf den hinteren Mittelsitz zu platzieren. Susa rutscht rasch nach und zieht die Tür zu. Das wäre geschafft. In alter Routine setzt sich Max nach vorn, ich verstaue den Rollstuhl – und nichts wie weg.

»Mannomann!«, stöhne ich und streiche mir die Locken aus der Stirn. »Das war ein Abend.«

»Sag ich doch«, meint Max und lacht mich schelmisch an. Seine Zähne blitzen. »Weißt du überhaupt, wo wir den Kleinen abladen sollen?«

Ich zucke mit den Schultern. »Susa?«

»Ich glaube, Finn wohnt beim Garhamer Ludwig, dem Förster. Da hat er ein Zimmer. Arbeitet ja auch im Wald.« Meine Tochter langt über Runa hinweg und drückt Finn wieder in eine aufrechtere Position. Er ist tatsächlich eingeschlafen.

»Und wo wohnt der?« Ich fühle mich mit der Aufgabe leicht überfordert, unseren kleinen Meuchelmörder bei der richtigen Adresse abzuliefern.

»Das weiß ich«, meint Max ruhig. »Dort waren wir heute schon. Da vorn musst du rechts.«

Max dirigiert mich durch die Straßen, und bald stehen wir vor dem Haus, in das heute Mittag Birgit verschwunden ist. Triefend nass.

»Da wohnt der Garhamer?« Wie passt der mit Birgit zusammen? »Vielleicht auch noch ein anderer Mann?«

Meine Mitreisenden haben darauf keine Antwort. Susa ist damit beschäftigt, Finn aufzuwecken.

»Und warum hast du mir das nicht schon heute Mittag erzählt?«, blöke ich Max von der Seite an.

»Du hast nicht gefragt«, antwortet er seelenruhig.

»Herrgott, warum muss man dir immer alles aus der Nase ziehen?« Ich steige aus und knalle die Autotür zu. »Lasst bloß den Hund nicht entkommen!«

Ich stehe vor der Haustür und klingle. Auf dem Namensschild steht lediglich »Garhamer«. Ob Finn mit ihm verwandt ist? Dann müsste es ein entfernter Verwandter sein, denn ein Bayer ist Finn bestimmt nicht.

Da sich nichts rührt, drücke ich noch mal auf den Schalter und höre ein melodisches Dingdangdong im Inneren des Hauses. Ungeduldig schaue ich zum Auto zurück. Susa ist gerade dabei, Finn aus dem Sitz zu ziehen. Er scheint wach zu sein, irgendwie.

Hinter mir geht die Haustür auf. Ludwig Garhamer steht im Eingang, noch gebeugter als sonst, mit zerzausten Haaren, und das Hemd hängt ihm heraus. Er hat eine braune Hose an, die ihm nur bis zur Mitte der Waden reicht. Leicht vor sich hin schwankend rülpst er. Uhhh! Ich halte die Luft an. Er stinkt wie eine ganze Kneipe.

»Brinst d' Jack'n?«, lallt er zur Begrüßung.

Keine Ahnung, was er gesagt hat. Ist ja auch egal. Ich will nur schnell Finn abliefern, dann bin ich wieder verschwunden.

»Hallo, Herr Garhamer, dieser junge Mann wohnt bei Ihnen, oder?« Ich eile die drei Meter zum Auto zurück und helfe Susa, den Finn zum Haus zu führen. Beide Männer sehen gleichermaßen mitgenommen aus.

Garhamer grunzt, und ich deute das als Zustimmung.

»Kann ich ihn einfach so bei Ihnen lassen?« Inzwischen sind in mir dahin gehend gewisse Zweifel aufgestiegen.

Kein Grunzen, stattdessen ein Rückwärts-ins-Haus-Hineintorkeln und Sich-dort-unsanft-auf-den-Hosenboden-Setzen.

»Herr Garhamer!« Ich stürze hinterdrein. »Haben Sie sich verletzt?«

Der Förster rülpst erneut, laut und produktiv. Ich wende mein Gesicht zur Seite. Susa hat in der Zwischenzeit den nicht minder wankenden Finn ins Haus verfrachtet. Ich winke Max im Auto zu und hoffe, er liest daraus, dass ich gleich wiederkomme. Dann schließe ich die Tür.

Auf den ersten Blick ist es eine typische Junggesellenbude. Schmucklos, nur mit dem Nötigsten ausstaffiert, aber sauber. Im weiß getünchten Hausflur hängen Jagdtrophäen an den Wänden. Geweihe in den unterschiedlichsten Ausmaßen, ausgestopfte Vögel und auch ein Iltis oder Marder schaut frech aus einer Ecke hervor. Natürlich. Welchen Wandschmuck würde man auch sonst bei einem Förster erwarten?

»Bring du den Finn in sein Zimmer«, sage ich zu Susa, »ich kümmere mich um den anderen.«

Ludwig Garhamer sitzt immer noch auf dem Fliesenboden und sieht auch nicht aus, als ob er so schnell aufstehen wollte. Oder könnte. Ich gehe in die Hocke, nehme einen Arm und zerre daran. Vergeblich. Er bewegt sich nicht die Spur. Hinter meinem Rücken fragt Susa Finn sehr laut und deutlich, wo denn sein Zimmer sei, und hat damit offensichtlich mehr Glück als ich. Denn sie verschwinden die Treppe hinunter in das Souterrain.

Aber wie bringe ich nur diesen Brocken hier in Bewegung? So schwer sieht er eigentlich gar nicht aus, so dünn wie er ist. Da macht wohl die Länge das Gewicht.

»Herr Garhamer, Sie können da nicht sitzen bleiben«, sage ich. »Nein! Nein! Nein! Nicht hinlegen!« Ich kann ihn so eben noch davon abhalten, es sich im Hausflur auf dem Wolfsfell, das da als Teppich herumliegt, bequem zu machen und seinen Kopf auf den Wolfsschädel zu betten. »Wie wäre es mit einem Sofa? Sie haben doch bestimmt im Wohnzimmer ein Sofa. Lassen Sie uns ins Wohnzimmer gehen!« Ich ziehe ihn wieder am Arm.

»Wos'n Jack'n?« Dabei pustet er mir ins Gesicht, was mich zurückschrecken lässt, entwindet mir seinen Arm, dreht sich ächzend um, kommt auf alle viere und schafft es, sich über das Krabbeln halbwegs aufzurichten. Von einem Türrahmen zum nächsten schwankend erreicht er das Wohnzimmer, stolpert hinein und lässt sich stöhnend auf die Couch fallen. Ich folge ihm, froh über seine Standfestigkeit, sodass ich ihn nicht noch einmal vom Boden auflesen muss.

Die Batterie an Flaschen auf dem Couchtisch beachte ich nicht groß. Na ja. Stimmt nicht. Ich bin schon etwas verwirrt. Er hat doch nicht im Ernst all diese Alkoholika in sich hineingeschüttet? Oder doch?

Beherzt greife ich den Berg an Klamotten, der sich auf dem Sessel türmt, und lege ihn auf den Teppich. Ich setze mich Garhamer gegenüber. »Kann ich was für Sie tun? Wollen Sie ein Glas Wasser?« Ich verstumme, da er zu einer Flasche Bier greift, die inmitten des Chaos auf dem Tisch steht. Na, wenigstens Bier und kein Wodka.

Ich warte, bis das übliche Ritual beendet ist: Ansetzen der Flasche, Augen zu, tiefer Schluck, absetzen, rülpsen, über den Mund wischen, Bierflasche abstellen. Diesmal auf dem nicht vorhandenen Bierbauch. Dann versuche ich mein Glück, mich mit ihm zu unterhalten. Ja, ich weiß, sehr hoffnungsvoll, aber ich bin Optimistin.

»Ich frage mich, ob ich sagen soll, ›es tut mir leid‹ oder ›ich freue mich‹, dass ich Ihren Vater gefunden hab«, beginne ich einfach mal zu sprechen, und mein Gerede hat wenigstens keine negativen Auswirkungen. Der Förster stiert mich nur an. »Es muss für Sie als Kind schlimm gewesen sein, als Ihr Vater verschwunden ist«, plappere ich die Weisheit vom Hausdiener Hans nach. »Hat die Polizei ihn denn nicht gesucht?«

Sein Blick intensiviert sich, er spitzt die Lippen. »Freili, s' ham 'n net g'fund'n.«

Man kann sich ja noch richtig gut unterhalten mit ihm! Das hätte ich nicht gedacht. Dermaßen angespornt, lege ich gleich meine nächste Frage nach. »Und Sie sind dann bei Ihrer Mutter allein aufgewachsen?«

Leerer Blick.

Okay, falsche Richtung. »Haben Sie denn ein Foto von Ihrem Vater? Schauen Sie ihm ähnlich?«

Ich weiß, ich wollte mich nicht um das von mir gefundene Skelett und seine Geschichte kümmern. Habe mir selbst und Max geschworen, mich nicht einzumischen. Aber wenn der Sohn jetzt schon vor mir sitzt und sozusagen aussagebereit ist, kann ich doch nicht widerstehen.

Garhamer nimmt noch einen Schluck, beugt sich dann vor, um die Bierflasche auf den Tisch zu stellen – ich greife schnell ein, da die Flasche wie ein Kegel um ein Haar mehrere andere umgeworfen hätte –, und fischt einen Bilderrahmen aus dem Getümmel. Er hält sich das Foto nah vor die Nase, um gleich darauf den Arm auszustrecken und die Augen zusammenzukneifen. Dann übergibt er es mir.

Ich blicke auf das Schwarz-Weiß-Porträt eines jungen Mannes. Ordentlich frisierte blonde Haare schauen unter einem Jägerhut hervor. Ungefähr Ende zwanzig. Viel jünger als sein Sohn, der vor mir sitzt. Oh, und ich hatte beim Gedanken an seinen Vater einen Fünfzigjährigen vor mir. Das ist ja übel. Da war der Ludwig bestimmt noch ganz klein, als sein Vater ermordet wurde. Und Mord wird es ja wohl sein, wenn die Leiche im Wald verscharrt war. Ich beiße mir auf den Daumennagel.

»'s guad«, sagt er mit Inbrunst.

»Wie bitte?«

Er wachelt mit seiner Hand ungefähr in meine Richtung.

»Ach, es ist gut, dass ich ihn gefunden hab? Das freut mich. Es ist wahrscheinlich besser, wenn man weiß, was mit einer geliebten Person geschehen ist, als wenn man im Ungewissen bleibt. Empfinden Sie das auch so?«

Garhamer starrt vor sich hin. Ohne eine nennenswerte Regung langt er wieder nach seiner Bierflasche und nimmt einen Schluck. Vielleicht habe ich mich für seinen Alkoholspiegel zu kompliziert ausgedrückt.

»Was haben Sie gedacht, wo Ihr Vater abgeblieben ist?«, versuche ich es mit einer Zusammenfassung und bin erfolgreicher. Jetzt schaut er mich an.

»Fort!«, ruft er aus und schwingt die Flasche Richtung obere Zimmerecke. Eine dünne Bierfontäne spritzt durch den Raum. Ich sitze günstig und bleibe trocken. Er kümmert sich nicht um die stinkende Spur, die auf dem Tisch zu sehen ist und über den Teppich und den anderen Sessel bis zu der Schrankwand verläuft. Es soll auch nicht meine Sorge sein. Ich werde bestimmt keinen Putzlappen holen. Wichtiger ist mir im Augenblick, dass ich das Gespräch am Laufen halte.

»Dass er fortgegangen ist?«, vervollständige ich seine rudimentäre Aussage. »Warum?« Mit einfachem Satzbau hatte ich bereits einmal Glück.

Sein Blick senkt sich auf die Flaschenansammlung vor ihm, und er sagt nichts. Als ich schon überlege, wie ich es anders formulieren könnte, öffnet er doch den Mund. »Zwengs mir.«

»Wegen Ihnen? Aber warum denn?«, rufe ich aus. Was kann ein kleiner Junge schon Schlimmes angestellt haben, dass sein Vater deshalb seine Familie verlässt? Oder ist es auch bei ihm die typische Sorge der Scheidungskinder und Waisen, dass sie denken, sie selbst seien schuld am Verlust?

»I hob g'sagt, i brauch ehrm ned«, flüstert er und schluckt trocken. Nach einer Weile nuschelt er: »I brauch koan. Gar koan.«

»Mama?« Susa steht in der Tür zum Wohnzimmer. Ich hebe schnell die Hand. Ich möchte nicht, dass sie ihn unterbricht. Gerade jetzt, wenn es spannend wird. Folgsam hält sie den Mund und lehnt sich an den Türrahmen.

Meine Angst war unbegründet. Garhamer hat nicht mitbekommen, dass er noch eine Zuhörerin mehr hat. Er schüttelt den Kopf. »I brauch gar nie ned irgendwen. Koa Frau. Koa Madl. Gar koan.« Er klingt bestimmter. »Sie braucht gar nimmer kumma. I brauch sie ned. I wui sie ned.«

Ich bleibe ganz still. Von wem spricht er denn jetzt? Mir ist klar, dass er nahtlos aus der Vergangenheit in die Gegenwart geschwenkt ist. Frau. Welche Frau? Hat er eine? Oder gehabt? Hm. Madl. Mädchen? Oder Tochter? Der Förster und Kinder? Ich kann es mir nicht vorstellen. Er ist der Prototyp des ewigen Junggesellen. Und das einzige weibliche Wesen, das ich hier in diesem Haus gesehen hab, war Birgit. Birgit? Ist sie etwa seine Tochter? Kann das sein?

Ich weiß nicht, was die Moosbichlerinnen an sich haben, aber ihre verquere Lebensweise fasziniert mich irgendwie und dass sie ohne Männer auskommen. Sie tun ja gerade so, als ob sie durch Jungfernzeugung entstanden sind. Da wär es ja der Hammer, wenn ich hier vor dem Vater der Birgit sitzen würde.

Garhamer hat weiter sein »I brauch gar koan« vor sich hin gebrabbelt.

Ich unterbreche ihn. »Ist die Birgit Moosbichler Ihre Tochter?«, frage ich laut.

»I brauch die ned«, gibt er zur Antwort. Bedeutet das *ja*?

»Dann ist die Gertraud Moosbichler Ihre Frau?«, kombiniere ich weiter.

Er haut mit der Faust auf den Tisch. »I heirat ned, nia! Des kunnst vergess'n. I brauch koan.«

Ja, langsam hab ich's kapiert. Er braucht keinen. Gar nie nicht. Ich würde sagen: im Gegenteil. So oft wie er es wiederholt hat, braucht er unbedingt jemanden.

Er richtet den Blick aus seinen rot geäderten Augen auf mich und scheint gerade erst wieder zu realisieren, dass ich in seinem Wohnzimmer sitze und ihm zuhöre. Seine Züge verfinstern sich. Er deutet mit dem Zeigefinger der Hand, die seine Bierflasche hält, auf mich. »Und di brauch i a ned.«

»Okay«, sage ich gedehnt. Ich ahne, dass mein Rausschmiss kurz bevorsteht. Aber eine Frage hab ich noch: »Die Birgit war heute bei Ihnen, oder?«

Mit einem Knall stellt er seine Flasche weg und erhebt sich. Kurz hält er sich schwankend an der Lehne des zweiten Sessels fest. Als er jedoch meint, seinen Stand gefunden zu haben, scheucht er mich hoch. »Gemma, gemma!« Er befördert mich zur Tür hinaus. Susa ist freiwillig vorausgegangen und wartet an der geöffneten Haustür.

»Ja, wir gehen schon«, bemühe ich mich, ihn zu beruhigen. Trotzdem schubst er mich über die Schwelle. Gerade will ich ihm noch eine gute Nacht wünschen, da schlägt er mir die Tür vor der Nase zu. Auch gut.

Ich schaue Susa an. »Hast du gewusst, dass die Moosbichler Birgit seine Tochter ist?«

»Echt?«, fragt sie matt. Anscheinend findet sie das nicht wirklich interessant. Oder sie ist einfach nur müde. Aber dann fällt ihr doch etwas dazu ein. »Mir hat sie mal erzählt, sie hat keinen Vater – und ihre Mutter auch nicht. Sie sind keltische Göttinnen, die haben keine Väter.« Sie geht langsam den Weg durch den Vorgarten entlang.

Ich bleibe stehen. Was ich vorher gedacht hab! Jungfernzeugung. Das glauben die Moosbichlerinnen doch nicht ernsthaft? Oder doch?

Susa ist bei unserem Auto angekommen. Sie lacht und winkt mir. »Mama, schau!«

»Was ist denn?« Im selben Augenblick sehe ich, was Susa so erheitert. Es ist auch wirklich zu süß. Runa hat sich auf der Rückbank zusammengerollt, den Kopf auf die Pfoten gelegt und schläft. Und auf dem Beifahrersitz lehnt Max mit seinem Kopf an der Scheibe und schläft ebenfalls. Er schaut zwar ganz zufrieden aus, aber ich bekomme trotzdem gleich ein schlechtes Gewissen, dass ich mich so lange beim Garhamer aufgehalten habe. Max muss ins Bett, sich ausstrecken. Der Arme!

Möglichst behutsam schließe ich auf und setze mich hinters Steuer. Als ich den Motor anlasse, wacht Max auf.

»Da bist du ja wieder«, murmelt er mit geschlossenen Augen, den Kopf immer noch an die Scheibe gelehnt.

»Ja, tut mir leid, dass ich –«, fange ich meine Entschuldigungsrede an, aber Max unterbricht mich.

Ohne seine Stellung zu verändern, meint er: »Schsch. Alles in Ordnung, Karin.« Und schläft wieder ein.

Dann bringe ich den letzten Mann für heute ins Bett.

Dienstag, 10. Mai

Der nächste Morgen ist viel zu schnell da.

Es hat gestern noch eine ganze Weile gedauert, bis Susa und ich den müden Max in seinem Bett verstauen konnten. Wenigstens bei Runa ging es rascher – und ohne unsere Mithilfe. Sie trottete in ihr Körbchen und drehte uns wieder einmal den Rücken zu. Meine kleine beleidigte Leberwurst.

Noch etwas derangiert sitze ich beim ersten Kaffee, als Anna hereinschneit. Ungewöhnlicherweise will sie nicht zu Linus, sondern zu mir.

»Der Sepp gefällt mir gar nicht!« Sie zieht sich einen Stuhl heran und setzt sich zu mir an den Küchentisch. »Er meint, er ist dem Tod geweiht. Der Garhamer Konrad wär ihm heut Nacht erschienen.«

Im Kaffee-Einschenken halte ich inne. »Sag das noch mal!«

Anna gestikuliert durch die Luft. »Ja, ich weiß, wie sich das anhört. Deshalb komm ich ja auch zu dir und geh nicht zur Mama. Aber der Opa schwört. Und das macht er nur, wenn es ihm wirklich ernst ist.« Sie rückt auf ihrem Stuhl ganz nach vorn. »Karin, komm mit und red mit ihm. Bitte! Er gefällt mir gar nicht.« Ihre braunen Augen blicken mich flehend an.

»Anna«, beginne ich und verstumme gleich wieder. Wie soll ich einer braven Enkelin sagen, dass ihr Opa gestern ziemlich bekifft war? Auch wenn sie schon siebzehn ist und nicht hinterm Mond wohnt. Ich schaue aus dem Fenster, überlege und versuche es mit Diplomatie. Ja, tatsächlich.

»Der Sepp war gestern auf dem Frühlingsfest von den Moosbichlerinnen, und da, nun ja, er hat, also, ja, er hat eine seiner Kräuterzigaretten geraucht.« Nun ist es heraus.

»Die raucht er dauernd.« Anna sieht nicht erschüttert aus. »Daran liegt's bestimmt nicht. Die verträgt er tadellos. Jetzt komm doch mit. Bitt' schön.«

Da mir die Geschichte auch nach mehrmaligen Nachfragen nicht einleuchtender wird und Anna partout darauf besteht, dass ich mir den Obermeier Sepp anschauen soll, richte ich mich zusammen und begleite sie.

Ihr Opa wohnt nicht weit von der Moosbichler-Gärtnerei am Waldrand in einem alten weißen Haus mit braunen Fensterkreuzen. Es war früher ein Sacherl, ein Bauernhof mit wenigen Tieren und geringem Grundbesitz. Jetzt steht im Stall kein Vieh mehr, und die Landwirtschaft wurde auch schon lange aufgegeben. Ein alter Hofhund liegt vor seiner Hütte und hebt noch nicht einmal den Kopf, als wir aus meinem Kangoo steigen. Ohne Weiteres treten wir durch die hölzerne Eingangstür in den Flur und biegen gleich in das erste Zimmer ab, die Küche. Die Decke ist niedrig, die Fenster klein. Draußen kann die Sonne noch so strahlen, hier drinnen ist es düster.

»Loni?« Annas Opa stürzt aus dem hinteren Teil des Hauses in die Küche und bleibt stehen. »Ach, ihr seid's.«

Ich wurde in meinem Leben schon enthusiastischer empfangen. Heute Morgen schaut Herr Obermeier noch waldschratiger aus als sonst. Sein Altmännerkinn zieren weiße Bartstoppeln, das Hemd hatte er die letzten Tage schon an, die Hose ist verbeult, und an seinen Füßen hängen ausgelatschte Filzpantoffeln. Er fährt sich durch die eh schon zerzausten weißen Haare und hastet zum Fenster. »Wo bleibt's denn bloß?«, fragt er und späht über die Küchengardine.

»Opa!« Anna eilt zu ihm und nimmt ihn am Arm. »Komm, setz dich und erzähl der Frau Schneider, was du mir erzählt hast. Komm.«

»Ich erzähl gar nichts. Ich hab nicht nach ihr geschickt.« Er schaut weiter aus dem Fenster.

»Opa! Jetzt komm!« Die Enkelin bleibt stur, der Großvater leistet Widerstand, aber nicht energisch genug, und so kann ihn Anna dann doch nach einer Weile zum Tisch führen. Seine klaren Augen unter den buschigen Brauen blicken mich misstrauisch an.

Davon lasse ich mich nicht beeindrucken. »Gestern haben wir uns prima unterhalten, gell?«, mache ich gut Wetter und setze mich zu ihm. »Über früher. Die sechziger Jahre. Ja, das war eine Zeit.« Ich nicke demonstrativ vergnügt vor mich hin. Auch wenn ich in den Sechzigern erst geboren wurde, bin ich doch ein Fan von diesem Jahrzehnt. Die Kleider, die Möbel, die Filme, ach, da könnte ich ins Schwärmen geraten.

Annas Opa ist allerdings nicht in der Stimmung, in meine

Schwärmerei einzusteigen. Er reckt den Kopf und horcht, dann fällt er wieder in sich zusammen.

»Damals waren Sie schon mit der Loni befreundet. Das haben Sie mir wenigstens gestern erzählt.« Ich krame in meinem Hirn. »Und auch mit dem Ignaz. Ist das der Ignaz Eichlehner, der Hotelier?«

Sepp Obermeier brummt. Ich nehme es als Zustimmung. Also weiter. »War der Garhamer Konrad auch mit von der Partie?«

Eine harmlose Frage, finde ich. Der Obermeier springt jedoch auf, dass der ganze Tisch wackelt, und läuft in der Küche herum.

»Jetzt, Opa, erzähl halt endlich, was du mir erzählt hast«, benzt seine Enkelin und läuft neben ihm her. »Opa!«

»Herrgott noch amal!«, schreit der Alte. Überraschenderweise bleibt die große Explosion jedoch aus. Stattdessen starrt er ein Loch in die Luft, schnauft tief durch und setzt sich wieder.

»Meinetwegen.« Er blickt mich streng an. »Wirst schon sehen, was du davon hast. Also, der Konrad ist mir heut Nacht erschienen. Ich hab mir das nicht eingebildet. Und ich war nicht besoffen – oder sonst was.« Er wischt jeglichen Widerspruch mit einer energischen Handbewegung weg. Wir zwei Frauen schauen nicht überzeugt.

»Es *war* der Konrad!«, fährt er lauter fort. »Es war seine grüne Jack'n, sein Jagahut mit dem silbernen Anstecker. Der ist im Mondschein aufblitzt. Sogar die blonden Haar haben gestimmt. Er ist auf einen Schlag in meinem Zimmer gestanden. Ohne einen Ton. Einfach dagestanden.« Ihn schüttelt es.

»Haben Sie sein Gesicht gesehen?«

»Naa. Ned deutlich. Aber er war's! Glaub's oder glaub's nicht. Das ist mir wurscht.« Er kreuzt die Arme über der Brust.

»Und Sie halten es nicht für möglich, dass der Genuss Ihrer Kräuterzigaretten da ein bisschen nachgeholfen hat?«

»Naa!« Er funkelt mich an.

»Warum sollt dir der Garhamer Konrad plötzlich nach all den Jahren erscheinen?«, mischt sich Anna ein.

»Weil sie ihn ausgegraben hat!«, schreit er und zeigt mit dem Finger nach mir.

»Opa!«

»Weil's stimmt.« Er reibt sich die Nase. Ausgiebig. Mürrisch schiebt er hinterher: »Und weil er keine Ruh findet. Deswegen.« Dann verfällt er in trübsinniges Schweigen.

Jetzt bin ich auch noch schuld, dass es beim Obermeier Sepp geistert. Na prächtig. Ich werde mich jedoch nicht mit ihm streiten. Das bringt gar nichts. Ich muss der Sache auf den Grund gehen. Schließlich habe ich es der Anna versprochen, mein Möglichstes zu tun.

»Warum findet er keine Ruhe?«, frage ich daher. Er antwortet nicht. »Herr Obermeier? Wollen Sie mir nicht Ihr Herz ausschütten?«

Er blickt zu seiner Enkelin. »Naa.«

Ich habe verstanden. Warum hab ich nicht gleich daran gedacht? »Anna, könntest du uns bitte ein paar Minuten allein lassen? Das wäre super.«

Ich kann ihr deutlich ansehen, dass sie darüber mit mir keineswegs einer Meinung ist. Aber da sie ein vernünftiges Mädchen ist, steht sie trotzdem auf, verlässt das Haus und lehnt sich draußen an die Kühlerhaube meines Kangoo. Wir können sie von der Küche aus sehen.

»Also, Herr Obermeier, was war?« Ich beuge mich zu ihm.

Er reibt sich wieder die Nase. »Ich weiß nicht, was dich das angehen sollt«, versucht er immer noch, sich zur Wehr zu setzen.

Ich lege ihm eine Hand auf den Arm. »Die Anna macht sich Sorgen, daher hat sie mich geholt. Und ich hab in meiner Praxis schon viel Seltsames und Unglaubliches gehört, deswegen bin ich mitgegangen. Vielleicht kann ich Ihnen ja helfen.«

Seine hellen Augen leuchten jung aus dem von Falten zerknautschten Gesicht, und ich frage mich, wie er vor Jahren einmal ausgeschaut hat. Wahrscheinlich ziemlich flott. Er tätschelt meine Hand. Seine Haut fühlt sich rau und trocken an.

»Also gut.« Er gibt sich einen Ruck. »Früher, vor fünfzig Jahr, sind wir ein lustiger Haufen gewesen. Die Loni, der Ignaz und i. Wir sind die Hippies vom Dorf gewesen, haben Janis Joplin gehört und uns in meiner Hütt'n getroffen. Da ist sonst keiner hingekommen. Da haben wir feiern können. Und wir haben gefeiert, das kannst mir glauben.« Seine Augen blitzen, als er mich ansieht, und ich kann den pfiffigen jungen Mann in ihm erkennen, der er einmal war.

»Die Loni hat schon immer jedes Kraut gewusst, und wir haben ein bisserl rumexperimentiert. Wir haben unser Bewusstsein erweitert, weiter geht's gar nimmer. Bis zum Mars und wieder zurück. Mei, des war a Sach! Aber einmal …« Er hält inne und kratzt gedankenverloren seinen Unterarm.

Ich warte.

Oder auch nicht. »Aber einmal?«, wiederhole ich und nicke ihm zu.

»Mei, einmal sind wir besonders lustig gewesen.« Er streicht weiter über seinen Arm. »Und wahrscheinlich ziemlich laut, weil wir haben gar nicht gehört, dass jemand zur Hütt'n gekommen ist. Eventuell hat er auch geklopft. Auf jeden Fall stand er plötzlich in der Tür, der Garhamer Konrad. Mit seiner grünen Jack'n und seinem Hut auf dem Kopf, die blonden Haar ordentlich kurz. Ziemlich blöd g'schaut hat er erst. Wegen der Loni. Die hat nämlich nicht viel angehabt, sie wollt ihren Körper nicht einengen, hat sie immer gesagt. Wie die Uschi Obermaier. Kennst die noch? Ist aber weder verwandt noch verschwägert mit mir.«

Dunkel kann ich mich an eine braun gelockte Schönheit erinnern, die mit dem Rainer Langhans in einer Kommune gelebt hat. Das war, glaub ich, erst in den Siebzigern. Egal.

Der Sepp redet eh schon weiter. »Und wir zwei Männer wollten uns natürlich nicht nachsagen lassen, dass wir g'schamig sind. Wennst verstehst, was ich mein. Ich weiß noch, dass wir auf den Matratzen gelegen sind und geraucht haben, und die Loni hat getanzt. Die war immer so aufdraht. Und da auf einmal steht der Konrad in der Hütt'n und kriegt seinen Mund nimmer zu vor lauter Schauen. Und die Grateful Dead im Hintergrund. Aber dann irgendwann hat er unseren Anblick so weit verdaut gehabt, dass er zum Brüllen angefangen hat. Er war ja der Förster und im Kirchenvorstand, da hat der sich schon aufregen müssen wegen so ein bisserl Kiffen und nackerter Haut. Mei.«

Er fährt sich ein paarmal über die Schläfe, wie um seinen Denkapparat anzuregen. Dann erzählt er weiter. »Wir haben das spaßig gefunden. Ganz rot im Gesicht ist er schon geworden, und auf seiner Stirn ist eine Ader rausgekommen, so echauffiert hat er sich. Er hat ausgeschaut wie ein Comic-Manschkerl – wie das HB-Manschkerl, wennst des no kennst. Und wir haben gelacht.

Da hat er die Loni am Arm gepackt und geschrien, dass er uns alle abführen lassen wird und dass wir ins Gefängnis gehören. Des war nicht nett. Des hat der Ignaz auch gefunden. Der hat sich aufgerappelt von der Matratz'n und wollt dem Konrad an die Gurgel. Er hat's nicht so gehabt mit dem love and peace, wenn's drauf angekommen ist. Mei, mit der love schon eher. Deshalb wollt er auch die Loni nicht so anpacken lassen.«

Aha, denke ich. Interessant.

»Er und der Konrad haben ein wengerl miteinander gerauft, ohne dass er die Loni ausgelassen hätt, und die hätt sich vor Lachen fast in die Hosen gemacht – wenn sie welche angehabt hätt. Die wären beinahe über mich drübergefallen, da bin ich auch auf und hab dann vier Obstler eingeschenkt. Oder ich hab gedacht, es wären Obstler.« Er reibt sich wieder seinen Zinken. »Die Flasche hat die Loni mitgebracht gehabt, für später, zum Probieren. Auf jeden Fall konnt ich die anderen überzeugen, dass sie sich nicht die Köpfe einhauen sollen, und hab jedem ein Stamperl in die Hand gedrückt. Wir auf ex. Da sind die zwei schon viel friedlicher gewesen. Noch eine Runde und der Konrad hat die Loni losgelassen. Noch eine und wir haben uns alle hingesetzt.« Er sinniert vor sich hin.

»Und dann?«

»Dann haben wir eine geraucht miteinander. Eine Friedenspfeife, wie die Loni gemeint hat. Die war damals nämlich auf dem Indianer-Trip. Der Konrad hat erst nicht so recht wollen, aber wie ihm die Loni die Hand aufs Knie gelegt hat und ihm tief in die Augen geschaut hat, da hat er auch probiert. Dem G'schau von der Loni konnt keiner widerstehen.«

Der Hippie-Opa blickt mich lange an. Das Jugendliche aus seinen Augen schwindet, die faltigen Lider drücken schwer und geben seinem Gesicht einen traurigen Ausdruck.

»Auf einmal fängt der Konrad zu husten an und hört gar nimmer auf damit. Hustet und hustet und nix hat geholfen. Wir reißen die Tür von der Hütt'n auf, damit der Dampf abzieht. Der Konrad rennt raus und schnappt ganz komisch nach Luft. Da wird er auf einen Schlag blau im Gesicht, kippt um und rührt sich nicht mehr.«

»Mein Gott.«

Wir hängen unseren Gedanken nach. Das war bestimmt ein Schock für die drei, als der Förster so einfach zusammengebrochen ist.

»Und dann?«

Der Obermeier zuckt mit den Schultern. »Nix *und dann*. Dann war er tot.«

Wir schweigen.

Die naheliegenden Fragen kann ich mir alle sparen. Die drei werden ihn eingegraben haben, weil sie nicht die Polizei rufen wollten. Sie hatten Hasch geraucht und wollten keine Scherereien. Und wer weiß, was in dieser Flasche drin war. Oder in der Friedenspfeife.

Ich sehe aus dem Fenster und denke nach. Draußen sitzt Anna inzwischen auf der Motorhaube. Das mag ich zwar nicht so gern, aber ich glaube, mein Kangoo hält das aus. Sie dreht gelangweilt ihre Haare und späht zur Haustür, aus der ich immer noch nicht herauskomme. Da fährt sie mit einem Mal herum. Ein Radfahrer prescht durch die Toreinfahrt. Besser gesagt, eine Radfahrerin. Loni. Der Kies knirscht unter ihren Rädern, als sie direkt vor Anna abbremst. Den kurzen Wortwechsel kann ich gedämpft durch die Fensterscheibe hören. Der Obermeier Sepp starrt immer noch auf seine Hände, die auf dem Tisch liegen. Anscheinend hat er nicht mehr so gute Ohren, oder er ist arg in die Vergangenheit abgetaucht, denn er rührt sich nicht.

Loni hat ihr Gespräch beendet, lehnt ihr Rad unsanft an mein Auto – das mag ich auch nicht – und läuft zum Haus. Das mag ich noch weniger. Gleich stört sie uns. Ich muss mich beeilen.

»Haben Sie hinterher erfahren, ob der Konrad Garhamer krank war?«

»Was?« Annas Opa war ganz in Gedanken und kommt erst langsam wieder in der Gegenwart an.

Ich wiederhole meine Frage und setze hinzu: »Hatte er Asthma? Oder was am Herzen?«

»Naa, der war bumperlg'sund. Wenigstens hat niemand was gewusst von einem Asthma oder so. Deswegen haben alle geglaubt, er ist auf und davon. Und die Loni –«

In diesem Moment bricht Apollonia Moosbichler wie eine Furie durch die Tür.

»Halt!« Ihre Haare lodern wie graue Rauchfahnen um ihren Kopf. Wild schaut sie vom Obermeier zu mir und wieder zurück. »Spinnst du, Sepp! Kein Wort mehr. Das ist doch die Schneider. Der erzählst du nichts!«

Der Obermeier springt auf. »Da bist ja endlich! Wo bleibst denn?« Er packt sie und zieht sie zu sich. »Heut Nacht ist mir der Konrad erschienen. Leibhaftig!«

»Schon gut, schon gut. Ich kümmer mich gleich um dich. Aber erst bring ich die Schneider raus.« Damit löst sie seinen Griff und tritt zu mir. Ihre hohe Gestalt ragt neben meinem Stuhl auf. Aus den Augenwinkeln sehe ich den Anhänger einer Kette vor ihrem Bauch baumeln. Ein silbernes Rund mit drei geschwungenen Einkerbungen, die sich quasi an der Hand halten. Susa hat auch so eine Kette und will sich dieses Zeichen sogar auf den Oberarm tätowieren lassen. Zwischen ihrem Wunsch und der Realität steht allerdings meine Einwilligung, meine fehlende. Immerhin hab ich auf diese Weise erfahren, dass die Schnörkel »Triskele« heißen und die dreieinige Verbundenheit darstellen.

»Ich geleite dich hinaus«, tönt es von oben auf mich herab. Sie rückt noch näher und will meinen Ellbogen fassen, aber ich schüttle sie ab und stehe auf.

»Danke für Ihre Ehrlichkeit, Herr Obermeier. Auf Wiedersehen.« Ohne Apollonia zu beachten, gehe ich aus der Küche.

Sie folgt mir auf dem Fuße. Kaum sind wir im Hausflur, greift sie doch nach mir und hält mich an der Schulter fest. Schmerzhaft. »Ich sag dir eins, Karin, halt dich da raus. Du hast nicht gehört, was du gehört hast. Und du wirst nicht darüber reden, sonst …« Wie ein Stummfilmstar rollt sie mit den Augen.

So eine Drama-Queen! Ich schnaube. »Was sonst? Willst du mir drohen? Da musst du schon früher aufstehen.« Ich drehe mich zum Ausgang und gleich wieder zurück. »Und überhaupt. Was meinst, was mir der Obermeier Sepp Verbotenes erzählt hat? Hm?« Ich mustere ihr Gesicht im dämmrigen Licht des Flures. Sie presst die Lippen aufeinander.

»Na also«, sage ich und bin aus der Tür.

Draußen sammle ich Anna ein und bringe sie nach Hause. Auf der kurzen Fahrt löchert sie mich mit Fragen, was denn der Opa erzählt habe und was die Loni von mir gewollt habe, aber ich halte mich bedeckt. Ich muss erst mal selbst darüber nachdenken.

Nachdem ich Anna abgeliefert habe, fahre ich zu Max. Er hat inzwischen ausgeschlafen, und ich begleite ihn zum Frühstück in den Speisesaal. Das ist einer der Vorzüge eines Hotelaufenthalts: Man kann sich einfach an einen frisch gedeckten Tisch setzen und muss sich um nichts kümmern.

Es ist fast halb zwölf, und allzu viele Leute sind nicht so spät dran wie wir. Das finde ich gut, denn so kann ich mit ihm meine neuesten Erlebnisse besprechen, ohne dass jemand zuhört.

Als ich meine Schilderung beendet habe, warte ich auf einen Kommentar von ihm. Er köpft in Ruhe sein Ei und greift zum Salzstreuer. »Du bist ja schon wieder mittendrin.«

»Was? Nein. Echt nicht. Ich musste doch Anna helfen. Sie war wirklich beunruhigt. Und sie ist doch die Freundin vom Linus. Da konnte ich gar nicht anders.«

Über den Rand der Kaffeetasse hinweg trifft mich ein skeptischer Blick.

»Ich schwöre dir, dass ich mich nicht weiter einmischen werde.« Demonstrativ halte ich drei Finger in die Luft.

Max stellt die Tasse ab und widmet sich seiner Semmel. »Okay.«

Okay. Dann wäre das geklärt. Ich bin fest entschlossen, mich nicht hineinziehen zu lassen. In was auch immer.

Nach dem Frühstück machen wir einen Ausflug nach Passau. Ein bisschen Shopping in der Altstadt und ein geruhsamer Spaziergang zur Ortsspitze. Dort, wo Ilz, Inn und Donau ineinanderfließen, lassen wir uns auf eine Bank nieder und schauen ins Wasser. Wir müssen nicht immer reden. Wir können auch gut miteinander schweigen.

Als wir abends ins Hotel zurückkommen, werden wir von lebhafter Livemusik in den Innenhof gelockt. Der Ignaz-Eichlehner-Platz ist bevölkert, die Biergartenstühle sind fast alle besetzt. Zwischen den Kastanienbäumen hängen bunte Lichterketten, die Luft ist frühsommerlich lau, und die Kellnerinnen stellen überschäumende Maßkrüge auf die Tische. Es duftet nach Bratwürsteln und Schweinsbraten. Auf der Bühne spielt eine Band. Ein dünner Mann mit roten Haaren bearbeitet eine Fidel und springt wie Rumpelstilzchen auf den Holzbrettern herum. Seine

Bandmitglieder unterstützen ihn nach Leibeskräften, und den Gästen scheint der irische Folk zu gefallen, sie klatschen und schunkeln mit.

Auf der Seite des Platzes, die in den parkartigen Garten übergeht, entdecke ich einige Buden. Soweit ich es erkennen kann, sind in einem Holzverschlag Tonwaren aufgebaut, im nächsten Schmuckstücke und im dritten ein Webrahmen samt fertiggestellten Stoffen und bunten Tüchern. In den Boden gespießte Fackeln verbreiten altertümliches Flair, lassen die glasierten Bäuche der Tonkrüge und die bronzenen Schalen schimmern.

Keltisch gekleidete Gestalten und Normalsterbliche scharen sich um die Verkaufsstände, mitten unter ihnen die drei Moosbichlerinnen. Sie sind wieder in ihre langen Gewänder gehüllt und geben sich göttinnenhaft würdevoll. Hinter dem Stand mit den Töpfersachen meine ich, Finn zu entdecken. Na, der traut sich was, denke ich. Nach dem, was er sich gestern geleistet hat. Da werde ich ein Auge auf ihn haben müssen, damit er nicht wieder Kilian zu nahe kommt.

»Lass uns doch deine Freundinnen begrüßen«, reißt mich Max aus meinen Gedanken und grinst mich an. Bevor ich etwas erwidern kann, rollt er schon durch die Menge auf den Schmuckstand zu. Dort zeigt Apollonia mehreren Kurgästen ihre Museumsstücke. Als sie mich erblickt, verschließt sich ihr Gesicht. Aber sie hat sich gleich wieder in der Gewalt und zeigt eine freundliche Miene.

»Zu diesem Armreif gibt es eine wunderbare Geschichte«, erklärt sie den vor ihr stehenden Frauen. Die Band macht gerade eine Pause, so kann ich den gewichtigen Unterton heraushören, den sie in ihre Stimme gelegt hat. Apollonia hält einen grünlichen Reif in den Händen. Wenn sie ihn hin und her bewegt, changiert seine Farbe im Licht der Fackeln weiß und golden. Wirklich ein besonderes Stück.

»Welches Material ist das?«, fragt eine der Zuhörerinnen.

»Glas. Die Kelten haben die Kunst der Glasherstellung zur Perfektion gebracht. Sie sehen hier einen Reif ohne Naht. Das heißt, sie kannten ein Verfahren, mit dem sie Glas nahtlos zu einem Ring verarbeiten konnten. Anders als die Römer, deren Ringe weitaus primitiver und an einer Stelle zusammengefügt waren.« Stolz blickt Apollonia in die Runde. »Auch die Färberezepte sind einmalig und wurden von Generation zu Generation weitergegeben. Leider gingen sie irgendwann völlig verloren. Heute können wir nur Mutmaßungen darüber anstellen.«

»Und was ist das für eine Geschichte zu dem Reif?« Susa. Ich hätte mich auch gewundert, wenn sie nicht hier gewesen wäre. Natürlich hat sie sich in ihre Keltenkluft geschmissen. Wo soll das nur hinführen? Ich schaue sie nachdenklich an. Sie sieht es und verzieht das Gesicht zu einer frechen Grimasse.

Apollonia hat unseren nonverbalen Schlagabtausch mitbekommen und lächelt meine Tochter an. »Die Geschichte, genau. Diesen Armreif«, dabei hält sie den Schmuck in die Höhe, »schenkte vor über zweitausenddreihundert Jahren ein Fürstensohn der Liebe seines Lebens.«

Es ertönt ein mehrstimmiges »Ohhh«.

Die Oberkeltin nickt zustimmend. »Aber«, sie macht eine Kunstpause, »sein Vater, der Fürst, war gegen diese Verbindung.«

»Oooch!« Die Leute rücken näher an Apollonia heran. Auch Gertraud lässt Finn bei den Töpferwaren allein, schiebt die Seitenabdeckung des Verkaufsstandes beiseite und stellt sich neben ihre Mutter. Mit wächsernem Gesicht schaut sie auf den Armreif.

Apollonia nimmt von ihrer Tochter allerdings keine Notiz. Dazu ist sie zu sehr in ihrem Element. Sie beugt sich vor und raunt: »Ja. Der Fürst schickte seinen Sohn in die Schlacht gegen die Römer – und ließ die junge Frau entführen. Seine Männer brachten sie zum Druiden in den Wald. Er sollte sie töten. Ein Opfer, um die Hilfe der Götter für die Schlacht zu erbitten. Sozusagen zwei Fliegen mit einer Klappe. Jedoch der Fürstensohn erfuhr davon, eilte zurück und rettete in letzter Minute das Mädchen. Sie flohen bei Nacht und Nebel. Der Druide verdammte die beiden. Nach einer schier endlosen Flucht fanden die Liebenden auf einem verlassenen Gehöft am Fuße eines Berges Unterschlupf. Dort wohnten sie, sehr bescheiden, aber glücklich.«

»Ahhh.«

Die Erzählerin lässt jedoch keine Entspannung zu. Ihre Augen verengen sich zu Schlitzen, und sie spricht schnell weiter. »Bis eines Tages eine Räuberbande das Gehöft überfiel. Sie töteten den Fürstensohn und verschleppten das Mädchen. Der jungen

Frau gelang es, zu entkommen. Ein altes Kräuterweib gewährte ihr Zuflucht. Eine Hexe, mit Verbindung zur Anderwelt.« Apollonia beschreibt mit der Hand einen Kreis in der Luft. »Die Alte sagte zu dem Mädchen: ›Wenn du dich selbst tötest, werde ich den Armreif mit deinem Blut benetzen, dann finden du und der Fürstensohn wieder zueinander. Im nächsten Leben.‹«

Wir alle halten die Luft an.

»Und so geschah es.« Apollonia richtet sich zu ihrer vollen Größe auf. Gleichzeitig senkt sie den Blick auf ihre Hände, in denen der Armreif sanft gebettet liegt. Ihre Zuhörerschaft tut es ihr gleich. Die goldenen Schlieren funkeln im hellen Grün.

»Bis heute wartet der Armreif darauf, seine Zauberkraft entfalten zu können und die beiden Liebenden wieder zusammenzuführen«, flüstert Apollonia.

Mir läuft eine Gänsehaut den Rücken hinab. Auf einmal hab ich das Bedürfnis, mich zu Max umzudrehen. Irgendwie ist es mir wichtig, zu sehen, wie er schaut. Amüsiert schaut er, amüsiert und mir direkt in die Augen.

»So ein Unfug!«, schimpft dagegen ein anderer.

Ich lasse Max' Blick los, wende den Kopf und suche den Kritiker. Ein grauhaariger Mann schiebt sich nach vorn. Kastner! Ich schnappe nach Luft. Da ist er ja wieder.

»Lassen Sie mich mal sehen«, sagt er und greift nach dem Ring. Apollonia schließt die Hände, sie ist jedoch nicht schnell genug. Kastner hat den Armreif ergattert und hält ihn gegen das Licht der Fackeln. Die Farbeinschlüsse blitzen auf, und ich kann einzelne Luftblasen im Glas erkennen.

Der Auktionator nimmt den Reif zum Mund und beißt zu. Vor Schreck stockt uns allen der Atem.

»Herr Kastner!«, rufen Apollonia und ich gleichzeitig. Und noch einer hat seinen Namen genannt. Laut und deutlich. Ignaz Eichlehner steht am Rande unserer Gruppe und sieht mit ernster Miene zu Kastner hinüber. Auch an diesem keltischen Abend trägt er einen klassischen grauen Anzug. Ich habe ihn noch nie in anderer Kleidung gesehen. Als Eichlehner bemerkt, dass wir ihn alle anstarren, wechselt sein ernsthafter Ausdruck zu einem geschäftsmäßigen Lächeln.

»Herr Kastner, seien Sie doch so gut und kommen Sie in einer

Stunde in mein Büro. Ich glaube, wir haben etwas zu besprechen.« Er nickt uns anderen zu und wendet sich zum Gehen. Da dreht er sich zu Birgit um und sagt in ebenso strengem Ton: »Und wir sehen uns morgen früh, Fräulein Moosbichler, in meinem Büro. Pünktlich um acht.«

Birgit erwidert nichts. Ihre Augen sprechen allerdings Bände.

»Ich kann ihn nicht ausstehen!« Gertraud hat die Worte leise, aber mit Temperament von sich gegeben. Ignaz Eichlehner hat sie wohl nicht vernommen, denn er schlendert zu einem der Tische, um sich mit den Gästen zu unterhalten. Gertraud sieht hinter ihm her und spuckt auf den Boden.

»Myrna! Benimm dich«, zischt ihre Mutter.

»Ich hab ihn nicht gebeten, uns zu helfen«, giftet Gertraud zurück. »Da braucht er sich nicht so aufzuspielen!«

Apollonia lächelt die Umstehenden gequält an. Durch die Zähne sagt sie: »Nicht jetzt.«

Gertraud unterdrückt einen Aufschrei, stößt einen Besucher zur Seite und läuft davon. Fast kommt sie mir so pubertär explosiv vor wie Susa.

Was haben die für eine Privatfehde am Laufen?

Apollonia ist dadurch so abgelenkt, dass sie den Kastner vergessen hat. Ich jedoch nicht. In dem kurzen Moment, in dem Ignaz Eichlehner und dann Gertraud alle Aufmerksamkeit auf sich gezogen haben, hat er sich aus dem Staub gemacht. Ich sehe, wie er jenseits des Biergartens und der Bühne den Eingang zum Hotel öffnet und das Haus betritt. Sofort halte ich nach dem grünen Armreif Ausschau. Er liegt nicht auf dem Tisch.

»Der Kastner …«, beginne ich.

Da drängelt sich ein Hund an meinem Bein vorbei, sieht einen Augenblick wedelnd zu mir empor und kriecht unter dem Tisch hindurch.

»Runa!« Mein Puls schnellt auf hundertachtzig. Hinter dem Tresen ist die Wiedersehensfreude groß, das treibt mir erst recht den Blutdruck hoch. Ich schiebe die sich eh schon zerstreuenden Leute beiseite, walze hinter den Verkaufsstand und packe meine Hündin am Ohr. Nicht kräftig, aber sie ist so eine Behandlung nicht gewohnt und jault auf. Eher aus Empörung als aus Schmerz.

»Ja, ich weiß, Tierquälerei«, ätze ich und bringe dadurch Apollonia erst mal zum Schweigen. Ich beuge mich zu Runa hinunter und nehme sie hoch.

»Was soll das?«, frage ich sie und bekomme nur unwilliges Strampeln zur Antwort. Ich halte sie fest in den Armen und trage sie durch die Menschenmassen zum Parkplatz. Auch wenn sie mich nicht versteht, halte ich ihr dabei einen hitzigen Vortrag über Loyalität und Gehorsam. Bei meinem Kangoo angekommen, schaffe ich es, sie in den Kofferraum zu setzen und die Klappe wieder zu schließen, ohne dass sie ausbüxen kann. Durch die große Heckscheibe schaut sie mich mit echtem Hundeblick an. Ich schüttle den Kopf. »Was hast du nur?«, frage ich traurig. »Ich verstehe dich nicht.«

In Gedanken bei dem seltsamen Verhalten meiner Hündin kehre ich zum Fest zurück.

Die Folkgruppe hat ihre Pause beendet und spielt wieder auf. Die ersten Leute tanzen, wobei ich nicht genau sagen kann, was. Auf jeden Fall ist die Stimmung großartig.

Ich halte nach Max Ausschau – Apollonia und ihre Keltenbande kann mir den Buckel runterrutschen – und entdecke ihn am Rand des Geschehens. Er sitzt neben Ludwig Garhamer. Die beiden scheinen aber nicht miteinander zu reden, sondern haben ihre Nasen über ihre Maßkrüge gesenkt. Das kann bei Männern allerdings täuschen. Womöglich haben sie gerade einen intensiven Gedankenaustausch. Ich werde mein Glück versuchen.

»Hallo, Herr Garhamer.« Ich bleibe abwartend vor den beiden stehen. Ich sehe den Förster heute zum ersten Mal in Zivil, mit Trachtenhemd und Lederbundhose.

Statt meinen Gruß zu erwidern, drückt er seinen bis auf ein Noagerl geleerten Maßkrug mit beiden Händen fest auf die Tischplatte. Ich kann die dunkle Gewitterwolke vor seiner Stirn direkt sehen. Was brütet der denn aus?, denke ich und schaue hilfesuchend zu Max. Der lächelt mich an – wenigstens etwas –, dann geht sein Blick an mir vorbei.

»Ludwig, wie schön, dass du gekommen bist.« Schon wieder steht Ignaz Eichlehner hinter mir. Seine Krawatte sitzt tadellos, und das Rotary-Abzeichen glitzert. »Mein Beileid.«

Ludwig Garhamer scheint aus einer Trance zu erwachen. Seine Hand schließt sich um den Henkel des Maßkruges. Er hebt den

Kopf und fixiert meinen Chef. Kein Laut kommt über seine Lippen. Sein Gesichtsausdruck wird nur immer gewittriger.

Ich bekomme Angst, obwohl ich lediglich Zuschauerin bin. Die Energie, die vom Förster ausgeht, ist ungut. Fast erwarte ich, dass er gleich mit dem Maßkrug auf den Eichlehner einschlägt. Ich stelle mich hinter den Rollstuhl vom Max. Da fühle ich mich sicherer.

»Wollen Sie sich nicht zu uns setzen?«, fordert Max den Hotelier auf. Er merkt wohl auch, dass hier irgendetwas falsch läuft.

»Naa!«, stößt der Garhamer hervor. Inzwischen ist seine Gesichtsfarbe unnatürlich rot. Auf seiner Stirn schwillt eine Ader. Er sieht aus, als ob er gleich platzen würde. »Das will der garantiert nicht.« Er schmeißt einen Zehn-Euro-Schein auf den Tisch und drückt sich in eine aufrechte Position. »Pfiadi, Max«, meint er. Mich ignoriert er. An Eichlehner geht er so knapp vorbei, dass er ihn unsanft zur Seite schubst. Ohne Entschuldigung eilt er davon.

Ignaz Eichlehner sieht ihm nach. »Der Arme«, murmelt er. Dann nickt er uns zu und geht zum Nebentisch, um seine Begrüßungsrunde fortzuführen.

»Vater, wart amal.« Sein Sohn Robert hält ihn auf. Bis zu diesem Moment habe ich ihn gar nicht bemerkt. Er ist auch der Unauffälligste der Eichlehner-Männer. Heute gibt er den guten niederbayerischen Wirt mit Lederhose, Weste und Trachtenhemd. Er steht von seinem Platz neben einem Ehepaar auf, mit dem er sich gerade unterhalten hat. Das Paar kenne ich. Sie war gestern bei mir im Entspannungskurs. Ihren Namen konnte ich behalten. Smirnow. Ganz einfach, wie der Wodka. Olga Smirnow. Eine nette Frau, finde ich. Ihr Mann ist wegen »großer Geschäfte« in Bad Griesbach, wie sie sich ausgedrückt hat. Er selbst ist mir weniger sympathisch. Er wirkt so unfreundlich. Und protzig. Seine goldene Armbanduhr ist so groß wie ein Wecker. Nicht zu übersehen. Na ja, wahrscheinlich sind das nur Äußerlichkeiten und er ist in Wahrheit nett und bescheiden.

Robert bedeutet seinem Vater, doch seinen Platz am Tisch einzunehmen. Der bleibt jedoch stocksteif stehen. Nach ein paar nichtssagenden Worten setzt er seinen Weg fort. Sein Sohn entschuldigt sich bei den beiden und läuft ihm hinterher. Als er ihn eingeholt hat, zieht er ihn hinter den Bierausschank. Obwohl ich kein Wort verstehe, ist aus ihrer Mimik und Gestik klar zu erkennen, dass sie sich streiten. Kurz, aber heftig. Dann richtet Ignaz Eichlehner seine Krawatte und lässt seinen Sohn stehen. Der starrt ihm wütend hinterher, bevor er sich zusammenreißt und wieder an den Tisch mit dem Ehepaar zurückkehrt. Das hat sich bereits erhoben und will gehen. Der Mann sieht sehr verärgert aus. Robert redet auf ihn ein, Smirnow wehrt ihn jedoch ab und strebt dem Hotel zu. Seine Frau läuft aufgeregt schnatternd hinterdrein.

Ich setze mich zu Max. »Darf ich?« Nach seiner Einwilligung nehme ich einen Schluck aus seinem Bierkrug. Das brauch ich jetzt. Dieser Abend ist anstrengend. So viele Streitereien und unausgesprochene Ressentiments. Mich drückt schon mein Kopf.

Bevor ich Max fragen kann, ob er etwas Neues vom Garhamer erfahren hat, tritt Kilian Eichlehner an unseren Tisch.

Zuerst hätte ich ihn für einen vom Keltenclan gehalten, denn heute trägt er einen braunen Kittel und karierte Hosen. Damit schaut er keltischer aus als gestern. Hat er sich die Rüge von Finn zu Herzen genommen? Nein, ich denke nicht. Aber woher hat er so schnell ein keltisches Outfit? Gibt's das beim Rossmeier im Kostümverleih? Nur seine gestylte Haarpracht und das perfekt rasierte Gesicht passen nicht zu seinem altertümlichen Auftritt.

Birgit folgt ihm wie ein Hündchen und lässt ihn nicht aus den Augen. Ihr langes weißes Kleid schleift über den Kies und hat sich schon einen wenig dekorativen Schmutzrand zugelegt. Über ihrem Arm hängt ein Weidenkorb, aus dem sie zwei Bleistifte und mehrere kleine Zettel holt und vor uns hinlegt. »Für Ihre Wünsche«, säuselt sie und himmelt dann Kilian weiter an.

Der lächelt freundlich. »In zehn Minuten beginnt das keltische Feuerritual. Wenn ich Sie in den Garten bitten dürfte.« Mit einer Hand zeigt er in Richtung Hotelpark, dann geht er schon zum nächsten Tisch, um sein Sprücherl aufzusagen. Birgit ist dicht hinter ihm.

»Da ist jemand aber schwer verliebt.« Max ist erheitert.

»Na ja, die beiden sind ja auch verlobt«, erinnere ich ihn an Birgits Auskunft bei mir im Auto.

Max hebt die Brauen. »Da hab ich inzwischen etwas anderes gehört«, meint er trocken. »Der junge Eichlehner soll die Tochter vom Hotel ›Schöne Aussicht‹ heiraten. Sein Großvater hat das eingefädelt. Demnächst wird die Verlobung bekannt gegeben.«

»Tatsächlich? Von wem weißt du das?«

»Von meiner Physiotherapeutin.« Max grinst. »Wir verbringen viel Zeit miteinander, da erfährt man so einiges.«

»Aha.« Das stelle ich mir lieber nicht genauer vor, denn ich verspüre dabei ein unbehagliches Gefühl. Wahrscheinlich ist die Physiomaus jung und hübsch und …

Max stößt mich mit dem Ellbogen an. »Was ist? Schauen wir uns jetzt dieses Feuerritual an?«

Ich zucke die Schultern. »Keine Ahnung. Wir können ja auch sitzen bleiben.« Mit einem Mal bin ich lustlos.

Allerdings habe ich die Rechnung ohne meine Tochter gemacht. Die eilt eben an uns vorbei, mit Finn im Schlepptau.

»Mama, los, los! Das dürft ihr nicht verpassen«, fordert sie uns auf. »Da können Wünsche in Erfüllung gehen.«

»Pass du lieber auf den Finn auf«, rufe ich ihr hinterher.

»Keine Sorge.« Sie winkt und läuft zwischen den Buden hindurch in den Garten.

Ich sehe Max an. »Na dann«, meine ich unentschlossen. »Hast du denn Wünsche, die sich erfüllen sollen?« Urplötzlich bin ich schüchtern und versuche, es zu vertuschen. Ich persönlich hätte schon den einen oder anderen Wunsch.

»Na klar.« Sein Lächeln wärmt meinen verkrampften Bauch. »Komm. Lass uns gehen.«

Im weitläufigen Garten des Hotels befindet sich hinter dem Naturbadeteich eine große Feuerstelle. Dort brennt bereits ein lustiges Feuer. Baumstümpfe und halbierte Stämme fungieren als rustikale Sitzmöbel und Tische. Büsche stellen natürliche Trennwände dar. Das warme Wetter hat am Flieder bereits die ersten Blütendolden hervorgelockt, und sie verströmen ihren Duft, den ich so liebe. Auch der Jasmin schickt sich an, seine weißen Blüten zu öffnen. Dazwischen strahlen kugelförmige Lampen wie unzählige milchige Monde in die Nacht. Es sieht sehr romantisch aus.

Einen weniger romantischen Eindruck machen die Dutzend Kelten auf mich, die sich um das Feuer scharen. Aber sie wollen wahrscheinlich weder romantisch noch ätherisch wirken, sondern kraftvoll und bodenständig. Und das gelingt ihnen. Ihre bunt gemusterten Kleidungsstücke sind einfach geschnitten und werden übereinander getragen, sodass selbst die zierlichsten Frauen kaum Figur erkennen lassen. Auch Gürtel aus Leder oder Ketten helfen nicht wirklich.

Finn und zwei andere Männer haben Trommeln mitgebracht, setzen sich etwas abseits und klemmen sich die Instrumente zwischen die Knie. Gut so. Solange Finn eine Trommel in Händen hält, kann er kein Messer zücken. Ich finde es eh sehr großmütig von Kilian, dass er Finn nach dem gestrigen Vorfall hier duldet und sich nicht an den missmutigen Blicken stört, die Finn ihm immer noch zuwirft.

Es dauert eine ganze Weile, bis die am Ritual Interessierten in den Garten hinübergewandert sind. Viele Gäste des Biergartens sind der Einladung gefolgt. Ungefähr vierzig Menschen waren neugierig genug, um ihren Sitzplatz unter den Kastanien und die Folkgruppe zu verlassen. Leise weht das muntere Fideln bis in den Garten herüber.

Max und ich haben uns einen Platz auf den Sitzgelegenheiten beim Feuer gesucht. Denn allmählich merke ich doch, dass es erst Anfang Mai ist und die Nächte noch kühl sind.

Kilian Eichlehner ist der einzige Repräsentant des Hotels hier. Er spricht ein paar einleitende Sätze und übergibt das Wort an Apollonia. Sie stellt sich in Positur, das schwarze Kleid kontrastiert wirkungsvoll mit ihren hellen Haaren. Sie blickt sich nach ihren Mitgöttinnen um, und an dem verschlossenen Gesichtsausdruck lese ich ab, dass sie deren Fehlen missbilligt. Nun senkt sie die Augen und steht still vor dem lodernden Feuer. Wartet sie? Oder meditiert sie? Gehört das schon zum Ritual? Ich schaue fragend zu Max, er schüttelt den Kopf. Anscheinend hat er auch keine Idee, was das soll. Hinter uns fangen die Ersten zu tuscheln an.

Doch da läuft Birgit herbei. Sie wischt sich über ihr weißes Kleid, kann damit die Schmutzflecken jedoch nicht entfernen. Weiß ist auch extrem unpraktisch für ein Gartenfest. Birgit stellt sich schräg hinter ihre Großmutter. Ihr Brustkorb hebt und senkt sich in schneller Folge, dabei blickt sie starr ins Feuer. Die Flammen werfen zackige Schatten in ihr Gesicht.

Apollonia rührt sich immer noch nicht. Wir schauen uns alle nach Gertraud um, aber sie kommt nicht.

Kilian tritt aus dem Hintergrund zu den beiden. »Wollen wir nicht …«, fordert er sie leise auf.

Apollonia nickt, ohne ihn anzusehen, und er zieht sich wieder zurück.

Sie wartet noch ein paar Augenblicke, dann hebt sie eine Hand und gebietet Ruhe. Auch das letzte Tuscheln erstirbt.

»Liebe Freunde! Es ist mir eine außerordentlich große Freude, mit euch allen Beltane zu feiern, das keltische Frühlingsfest. Unsere Vorfahren haben den Beginn des Säens sehnsüchtig erwartet. Der Winter war nun endgültig Vergangenheit, man richtete sein Streben auf den neuen Zyklus von Werden und Wachsen. Die Kelten hofften, dass die Saat aufgehe. Sie baten die Götter darum, in ausreichendem Maße Sonne und Regen zu schicken. Sie wünschten sich, dass die Ernte gut und reichlich werde. Die Zeit um Beltane war also eine Zeit des Hoffens, des Betens und des Wünschens.«

Sie streckt ihre Arme empor, die weiten Ärmel ihres Kleides fallen bis zu den Ellbogen zurück. Nun deklamiert sie wie ein Priester in der Kirche, sodass sie selbst in der hintersten Ecke des Gartens gut zu verstehen ist. »Auch wir sind voller Hoffnungen und Wünsche. Jetzt ist die Gelegenheit, sie dem Himmel anzuvertrauen und um Beistand für die nächste Zeit zu bitten.« Apollonia nimmt ihre Hände wieder herunter und greift nach den Zetteln, die Birgit ihr reicht. »Vertraut eure Wünsche dem Papier an, faltet es zusammen und werft es mit einem stillen Gebet ins Feuer. Unsere Freunde hier«, damit dreht sie sich um und zeigt zu Finn und seinen keltischen Kollegen, »werden uns mit Leidenschaft unterstützen.« Das war das Stichwort. Die Männer schlagen auf die Trommeln.

Apollonia ruft ihrem Publikum zu: »Keine Scheu! Steht zu euren Wünschen!«

Begeistert applaudieren die Zuhörer. Die ersten nehmen die Stifte in die Hand und legen los.

Ich sehe zu Max. Auch er hat keine Minute gezögert, sein Bleistift fliegt über das Papier.

Als er merkt, dass ich zu ihm schaue, hält er die Hand über das Geschriebene und feixt. »Nicht spicken, Karin. Denk dir selber was aus.«

»Ja, schon gut.« Ich lächle zurück. »Wahrscheinlich haben wir eh denselben Wunsch.« Ich denke an eine Prothese für sein Bein. Er hat schon lange nicht mehr davon gesprochen. Die Anpassung war doch letzten Monat, oder? Karin, was bist du nur für eine Egoistin! Du hast ihn gar nicht gefragt, wie es gelaufen ist.

»Gut möglich«, meint Max, zwinkert mir zu und schreibt weiter. Ich nehme mir vor, gleich nachher zu fragen. Vorerst kritzle ich »eine gut sitzende Prothese für Max« auf mein Stück Papier und falte es zusammen. An den zweiten Wunsch, den ich noch habe, denke ich lieber nicht. In der Liebe habe ich einfach kein Glück. Damit muss ich mich abfinden.

»Meine Freunde«, ruft Apollonia und hält ihren Zettel in die Höhe, »seid ihr bereit?« Applaus brandet auf. »Wunderbar! Wir werden nun den Anfang machen.«

Demonstrativ faltet sie das Papier, drückt es an ihr Herz und schreitet zum Feuer. Diesmal ist Gertraud zur Stelle, wenn auch atemlos. Ihre dunklen Augen glühen im Feuerschein. Sie zieht einen Zettel hervor. Sie und Birgit folgen Apollonia nach und treten hinter sie. Mit geschlossenen Augen und der Faust an ihrem Herzen murmelt Apollonia unhörbar ein paar Worte. Dann öffnet sie ihre Augen und wirft mit großer Geste das Papier ins Feuer. Gertraud und Birgit tun es ihr gleich. Im selben Augenblick schießen blaue Flammenfontänen hoch in den schwarzen Himmel. Es zischt wie Feuerwerk.

Alle kreischen.

Apollonia hält sich die Hände vors Gesicht, verliert das Gleichgewicht, taumelt nach vorn. Flammenzungen greifen nach ihr. Sie rudert mit den Armen und stößt einen Schrei aus. Ich springe auf, doch Gertraud ist schneller. Sie erwischt Apollonia an einem Zipfel ihres Gewandes, zieht sie zurück, und beide fallen ins nachtfeuchte Gras.

Chaos bricht aus. Leute laufen hin und her. Man schreit nach einem Feuerlöscher, einem Arzt, der Polizei.

»Du brennst!«, brüllt Gertraud und schlägt nach den Flammen, die sich an Apollonias Rocksaum kräuseln. Aber die scheren sich nicht darum, sie züngeln weiter.

Da drängt Kilian vor, wirft etwas über den Rock der immer noch am Boden Liegenden, stampft mit den Schuhen darauf. Sein nackter Oberkörper glänzt im Feuerschein.

Ich schiebe mich durch die Menge näher heran. Kilian hat seinen Kittel als Löschdecke verwendet. Jetzt hebt er ihn an und ist mit dem Ergebnis seiner Bemühungen zufrieden, denn er steht auf und schüttelt sein Hemd aus. Am Saum des Kleides schlängelt sich noch ein einzelner dünner Rauchfaden in die Luft und erlischt. Übrig bleibt ein grauer ausgefranster Rand, der sich bis in die Höhe von Apollonias Knie nach oben gefressen hat.

Das war knapp.

»Können Sie aufstehen?« Kilian hält Apollonia seine Hand entgegen.

Sie zieht sich daran in die Höhe. »Natürlich, natürlich. Mir geht es gut.« Mit fahrigen Bewegungen klopft sie auf den Rock ihres Kleides, wirft nur einen kurzen Blick auf den entstandenen Schaden und richtet sich dann kerzengerade auf. Gertraud und Birgit, die sie wie aufgeregte Hennen umflattern, wehrt sie mit einem unwirschen »Macht doch nicht so einen Wind« ab.

Inzwischen hat Kilian sich sein dreckiges Oberteil wieder übergezogen. Das Braun des Kittels wird durch dunkle Flecken, Schuhabdrücke und Brandlöcher ergänzt. So sieht der Junghotelier wie ein Untergrundkämpfer im Tarnanzug aus. Ihm wird von allen Seiten auf die Schulter geklopft. Die Gäste reden durcheinander und miteinander, auch Fremde tauschen sich über das soeben Erlebte aus.

Apollonia klatscht dreimal in die Hände, um die Aufmerksamkeit der Leute wieder auf sich zu ziehen. »Liebe Freunde«, sagt sie mit lauter Stimme, »es ist nichts passiert. Dank des selbstlosen Einsatzes von Kilian Eichlehner konnte das Feuer schnell gelöscht werden. Lasst uns ihn hochleben. Ein Hoch auf Kilian Eichlehner!« Sie fängt zu applaudieren an, und die Anwesenden stimmen mit ein. Hoch- und Jubelrufe erklingen. Alle sind froh, dass die Sache so glimpflich ausgegangen ist.

Kilian hebt abwehrend die Hände und bahnt sich einen Weg durch die Massen.

Birgit will ihn aufhalten. »Wo willst du hin?«, höre ich sie fragen. »Soll ich mitkommen?«

»Nein, nein, ich ziehe mir nur etwas Frisches an.« Er nimmt ihre Hand von seinem Arm und geht weiter.

Als Kilian hinter den Buden in den Biergartenteil des Hotels verschwindet, ebbt der Beifall ab, und Apollonia ergreift von Neuem das Wort.

»Liebe Freunde, lasst uns mit dem Ritual fortfahren.«

Ich schaue sie verdutzt an und mit mir sicherlich die meisten der Anwesenden. Das ist jetzt nicht ihr Ernst? Oder?

Sie macht eine einladende Geste. »Es ist alles bereit. Das Feuer brennt. Die Wünsche sind geschrieben. Die Zeit ist günstig. Wer macht den Anfang?« Sie lässt ihren Blick über die Menge schweifen und zeigt auf die Feuerstelle. »Bitte!«

Die Leute drehen die Zettel in ihren Händen, unschlüssig, was sie tun sollen. Da rollt Max aus dem Hintergrund nach vorn. Er will doch nicht? Wenn das Feuer nun wieder explodiert? Ich greife sicherheitshalber an die Griffe des Rollstuhls, um ihn im Notfall schnell zurückzuziehen.

Die Zögernden murmeln.

»Mir ist mein Wunsch wichtig«, sagt er. »Und nur wer wagt, gewinnt.« Er drückt sein zusammengefaltetes Stück Papier an seinen Brustkorb, dann wirft er es ins Feuer. Ich halte den Atem an.

Nichts passiert. Keine Explosion. Nur die Flammen fassen danach. Das Weiß des Zettels wird vom Rotgelb des Feuers überdeckt. Die Hitze bewegt ihn, faltet ihn ein Stück auseinander. Für einen kurzen Augenblick ist Max' Schrift zu erkennen. »Karin«, lese ich, dann geht das Papier in Flammen auf.

Karin?

Was hat sein Wunsch mit mir zu tun?

Max dreht sich vom Feuer weg. »Na los, Karin, schmeiß!«, sagt er leise zu mir. »Trau dich.«

Ich blicke in seine hellbraunen Augen und nicke. Rasch drücke ich einen Kuss auf das Papier und werfe es in die Flammen.

Wieder geschieht nichts Schlimmes. Keine Feuersäule steigt in den Himmel.

»Bravo!«, ruft Apollonia. »Der Anfang ist gemacht. Wer ist der Nächste?«

Max und ich geben den Platz vor der Feuerstelle frei. Nun sind auch die anderen mutig genug, das Ritual auszuprobieren. Die Trommler untermalen dies mit einem erdigen Rhythmus. Ich blicke zu ihnen hinüber.

Mensch! Wo ist Finn?

Schnell stupse ich Max an. »Finn ist weg!«

Er schaut sich um. »Stimmt. Und Kilian ist auch gegangen …«

Ohne weitere Worte beschließen wir, sofort nach ihnen zu suchen. Um schneller über die Wiese zu kommen, lässt es Max zu, dass ich mithelfe und schiebe. So sind wir recht flott. Als wir an den ersten Biertischen vorbeiziehen, sehe ich, dass Birgit vorn beim Hotel noch mal einen Blick zurückwirft und dann durch die Eingangstür tritt.

Die Folkgruppe sitzt an einem Tisch und trinkt ihr Bier. Der Platz hat sich geleert. Viele Besucher sind nach Hause gegangen. Die Kurgäste sind meistens keine Nachtschwärmer, da sie am nächsten Morgen wieder früh zu ihren Anwendungen oder in die Therme wollen.

Ich schaue über die verbliebenen Gäste und kann weder Finn noch Kilian entdecken. Max ist bereits vorausgerollt, ich eile ihm nach und öffne die Hoteleingangstür. Kaum haben wir das Foyer betreten, hören wir gedämpft einen verzweifelten Schrei.

»Da lang!«, ruft Max, stößt die Flügeltür zum linken Flur auf und treibt seinen Rollstuhl mit kräftigen Stößen voran. Es ist dunkel. Ich drücke auf den Lichtschalter, dann laufe ich Max hinterher. Hier ist der Verwaltungstrakt des Hotels. Das Sekretariat für die Hotelbuchungen, das Büro von Birgit, die Zimmer der Chefs. Um diese Zeit ist dort normalerweise niemand. Ein schlechtes Zeichen.

»Hilfe«, kreischt die Frauenstimme wieder. »Ich brauche Hilfe!«

Wir sausen weiter. Am hinteren Ende des Ganges kniet eine Frau. Ihr langes weißes Kleid umfließt sie wie ein See aus Milch. Birgit.

Sie beugt sich tief über eine vor ihr liegende Gestalt.

»Kilian, Schatzi, wach doch auf! Kilian!« Birgit küsst ihn ab.

Mit ein paar Schritten sind wir bei ihr. Sie hat Kilians Kopf auf ihren Schoß gebettet, seine Augen sind geschlossen. Birgit zieht eine Hand unter dem Kopf ihres Freundes hervor, um sich die Haare aus dem Gesicht zu wischen. Ihre Finger sind blutverschmiert. Mit einem Aufschrei putzt sie das Blut an ihrem Kleid ab, das eh schon mehrere unschöne Flecken aufweist.

»Birgit.« Ich knie mich neben sie und lege einen Arm um ihre Schultern. Mit der anderen Hand taste ich nach dem Puls an Kilians Schläfe. »Was ist passiert?«

Den Blick starr auf ihre immer noch roten Finger gerichtet, stammelt sie: »Ich … ich hab gemerkt, dass Finn nicht tromm… trommelt. Da hab ich sofort gewusst, dass Kilian in … in Gefahr ist, und bin ins Hotel gelau… gelaufen. Aber ich bin zu spät gekommen, zu spät.« Sie heult auf.

Ich drücke ihren Arm. »Birgit, Kilian lebt. Er ist nur bewusstlos.« Vorsichtig nehme ich seinen Kopf auf eine Hand und schiebe gleichzeitig Birgit sacht von ihm weg. »Wir müssen ihn auf die Seite legen. Los, hilf mir.«

»Was? Er lebt?« Birgit rutscht neben Kilian und streicht ihm die Haare aus der Stirn. »Oh, Göttin sei Dank.«

Darauf gehe ich nicht weiter ein. Gemeinsam bringen wir Kilian in die stabile Seitenlage. Nebenbei bekomme ich mit, dass Max in der Zwischenzeit nach einem Krankenwagen und der Polizei telefoniert.

»Sie sind gleich da.« Max steckt sein Handy wieder ein.

Wir debattieren gerade darüber, ob Max Finn suchen oder doch lieber bei uns bleiben soll – letztere Möglichkeit ist meine Präferenz –, als Kilian stöhnt und gleich darauf die Augen aufschlägt.

»Kilian!« Birgit stürzt sich auf ihn, um ihn unter Küssen zu begraben. Ich ziehe sie von ihm weg. Zur Krankenschwester wäre sie nicht geeignet.

Der Verletzte hat ihre Zuneigungsbezeugungen jedoch heil überstanden. Lauter stöhnend als beim ersten Mal wälzt er sich auf den Rücken und hält sich den Kopf.

»Was ist passiert?«, fragt er mit verwaschener Stimme.

»Du bist niedergeschlagen worden«, klärt ihn Birgit auf. »Ich habe dich gefunden und –«

»Niedergeschlagen?«

»Ja, du bist dagelegen, und ich –«

»Birgit, lass mich mal.« Ich rutsche so weit nach unten, dass ich Kilian normal ins Gesicht sehen kann. »Kannst du dich an irgendetwas erinnern?« Der Einfachheit halber gehe ich zum Du über.

Er schüttelt den Kopf, hält aber sofort mit leidendem Gesicht in der Bewegung inne. »Nein. Tut mir leid«, jammert er stattdessen. Zaghaft fasst er sich an den Hinterkopf und betrachtet seine Finger.

Es ist Blut daran, und Kilian wird kreidebleich. Er schluckt. »Ich hab Schritte hinter mir gehört und wollte mich umdrehen, da hab ich den Schlag auf den Kopf bekommen. Mehr weiß ich nicht.« Er sieht sehr kläglich aus.

»Natürlich! Du Armer, du musst dich ausruhen. Wir wissen, wer es war.« Birgits Stimme verändert sich und hat einen Touch von Revolverbraut. »Und das wird er büßen.«

»Warten wir doch erst einmal ab, Birgit.« Ich komme allerdings nicht dazu, ihr ins Gewissen zu reden oder mehr von Kilian zu erfahren, denn mit lautem Tatütata hält ein Krankenwagen auf der Hotelzufahrt. Blaulichtgewitter zuckt durch die Fensterscheiben.

Gleich darauf stürzen zwei Sanitäter mit Trage in den Flur. Schneller, als wir schauen können, haben sie seinen Status erfasst, ihn auf die Trage gehievt und die Räder darunter ausgeklappt. Sollten sie vorgehabt haben, ihn im Eilschritt nach draußen zu verfrachten, so hindern sie jetzt die hereindrängenden Menschen daran. Die Ankunft des Krankenwagens blieb beileibe nicht unentdeckt, und so strömen die Leute in den Gang. Allen voran Robert Eichlehner. Als er seinen Sohn auf der Bahre liegen sieht, wird er blass.

»Kilian, was ist passiert?« Er nimmt seine Hand und drückt sie.

Bevor Kilian allerdings dazu kommt, seinem Vater die spärlichen Kenntnisse seines Überfalls zu berichten, überlagert ein zweites Blaulicht das erste. Die gegenläufigen Rhythmen der Lichter ergänzen sich zu einem Stakkato der Dringlichkeit.

»Halt, lassen S' uns durch. Zur Seiten. Genga S' auf d' Seiten.« Jemand teilt die Massen und schiebt seinen Bierbauch durch die Menge. Polizeiobermeister Grieshuber. Nicht schon wieder! Ich halte mir die Hände vor die Augen – innerlich.

»Was ist passiert?« Grieshuber baut sich vor uns auf. Der Riedl bleibt im Hintergrund.

Robert Eichlehner, Birgit und Kilian fangen gleichzeitig zu sprechen an. Das kommt ihm nicht zupass, dem Herrn Polizeiobermeister. »Naa, einer nach dem andern!« Er blickt streng um sich.

»Sie!«, ruft er aus. »Naa, Sie scho wieder!« Das Auge des Gesetzes hat mich erblickt. »Was ham Sie damit zu schaffen?«

»Gar nichts. Herr Huber und ich haben nur den Herrn Eichlehner gefunden. Beziehungsweise die Frau Moosbichler hat ihn noch vor uns gefunden. Die sollten Sie befragen.«

Der Grieshuber schaut seinem Namen entsprechend grantig. »Riedl, du räumst jetzt erst mal den Gang. Dann forderst Verstärkung an und nimmst die Personalien von dene ganzen Leit auf. Gemma, Gemma!« Er wedelt mit seiner behaarten Hand. »Und Sie und Sie und Sie«, damit zeigt er auf Birgit, Max, Robert und mich, »genga da in des Büro eini und warten. Ich befrag jetzt erst mal den Verletzten.«

Er hat auf die Tür vom Büro des Seniorchefs gedeutet, und brav schicken wir uns an, seiner Aufforderung Folge zu leisten. Birgit steht am nächsten, öffnet die Tür und geht die ersten Schritte hinein. Max und Robert lassen mir den Vortritt, und ich folge Birgit.

Plötzlich kreischt sie – noch lauter als die Male zuvor – und kippt nach hinten. Auf mich drauf. Ich kann sie gerade eben noch auffangen, wir taumeln gemeinsam rückwärts, mein Blick fliegt ins Zimmer. Ich sehe, was Birgit gesehen hat. Am Schreibtisch sitzt Ignaz Eichlehner. Sein Kopf liegt auf der Tischplatte, als ob er schlafen würde. Doch sein Gesicht erzählt eine andere Geschichte. Zur Fratze verzerrt starrt es mich mit offenen Augen an. Auf der Unterlage glänzt eine Lache aus Blut, das aus einer Wunde am Hals gelaufen ist. Ich sehe deutlich den Schnitt. Ignaz Eichlehner wurde erstochen. Diese Erkenntnis wirft mich von den Füßen.

Ich komme wieder zu mir.

Ungern.

Da ich schon im Herandämmern das ungute Gefühl habe, dass die Welt momentan grausam ist und ich lieber etwas länger in Orpheus' Armen verweilen sollte, öffne ich meine Augen nicht. Bleibe einfach so liegen und lasse die Erinnerung langsam an die Oberfläche steigen. Als Erstes manifestiert sich das Gesicht von Max auf meinem geistigen Bildschirm. Das ist angenehm, sehr sogar. Am liebsten würde ich es festhalten, aber es verschwimmt, und stattdessen tauchen drei Hippies im Wald auf, spärlich bekleidet. Sie lachen und werfen mir etwas zu. Ich fange es auf, einen grünen Jägerhut mit silbernem Geblinke. Was soll ich damit? Bevor mir ein Grund einfallen könnte, verwandelt sich der Hut in meinen Händen zu Runa, meiner Hündin. Sie springt auf die Erde und verschwindet hinter den Bäumen. Dafür kommt eine Gestalt näher, ein Mann, der immer größer und größer wird und »Karin!« ruft, sein Gesicht eine schmerzhafte Grimasse.

»Ah!« Mir ist alles wieder eingefallen. Ignaz Eichlehner, auf seinem Schreibtisch, erstochen. Ich öffne die Augen.

»Karin!« Jemand streicht über meinen Arm. Max. Ich entspanne mich etwas und bemerke, dass ich auf einem Sofa liege. In einem Büro. Schnell blicke ich zum Schreibtisch. Gott sei Dank! Keine Leiche. Auch ein anderer Tisch. Also ein anderes Büro.

»Geht's wieder?« Max hört zu streicheln auf. Schade.

Ich reibe mir über das Gesicht, um ganz wach zu werden. »Ja, klar. Wie lange war ich denn weg?« Mir ist es ein bisschen peinlich, dass ich in Ohnmacht gefallen bin. Das machen doch nur feine Damen mit Wespentaille in Romanen des 19. Jahrhunderts. Mit ihnen habe ich jedoch keinerlei Ähnlichkeit.

»Na ja, schon eine Weile. Wir haben dich in Roberts Büro gelegt. Ein Sanitäter hat dich untersucht und dir dann eine Spritze in den Oberschenkel gegeben.«

Bei diesen Worten fahre ich automatisch über mein Hosenbein. Ich hasse Spritzen.

»In den anderen.« Max lächelt. »Er meinte, du wärst gleich wieder bei uns, aber es hat dann doch etwas gedauert. Ich hab angeboten, auf dich aufzupassen.« Jetzt grinst er, hört allerdings gleich wieder damit auf. »Den armen Ignaz Eichlehner haben sie schon mitgenommen. Die Spurensicherung ist noch am Arbeiten, glaub ich. Zwei Kommissare vernehmen alle möglichen Leute. Kilian war als Erster bei ihnen. Ich war auch schon dran.«

»Zwei Kommissare? Weißt du, wie die heißen?«

Max zuckt mit den Schultern. »Hab ich schon wieder vergessen. Es sind die vom letzten Jahr. Der Chef um die sechzig, im grünen Trachtenanzug und mit einem dicken weißblonden Schnauzer im Gesicht. Der andere groß und dünn mit stechendem Blick.«

»Grünleitner und Volz.«

»Genau. Und?«

»Für Polizisten ganz annehmbar. Zumindest der Grünleitner.« Ich rapple mich hoch und setze mich hin. »Wollen die auch mit mir sprechen?«

»Bestimmt. Ach ja.« Max haut mit der Hand leicht auf die Armlehne des Rollstuhls. »So wie es aussieht, haben sie schon die Mordwaffe gefunden.«

»Echt? Was ist es?«

»Das Messer vom Finn.«

»Also doch!« Ich fahre mir durch die Locken. »Mist! Wenn mir bloß früher aufgefallen wär, dass der Finn gar nicht trommelt. Vielleicht würde dann Ignaz Eichlehner noch leben.«

»Karin! Nun zieh dir bloß diesen Schuh nicht an! Du bist nicht für alle verantwortlich.«

Ganz überzeugt bin ich davon nicht. Ich setze die Ellbogen auf die Knie, lege meinen Kopf in die Hände und starre auf den Teppich. Daran muss ich auch noch arbeiten, dass ich mich nicht immer für alles zuständig fühle. Da hat er schon recht. Ich rubble meine Stirn und seufze. Dieser Finn, so ein dummer Junge. Da schießt mir ein Gedanke durch den Kopf. Blitzschnell richte ich mich auf.

»Aber warum den Ignaz?«, frage ich aufgeregt.

»Was?«

Ich rücke auf dem Sofa weiter nach vorn. »Ich würd es ja verstehen, wenn er den Kilian umgebracht hätt. Vor allem nach gestern. Auf den war er eifersüchtig. Den hat er gestern schon fast mit dem Messer gemeuchelt. Heute hat er ihn dagegen nur niedergeschlagen und dafür dessen Opa ermordet? Das passt doch nicht zusammen!« Ich stehe auf. »Wo ist der Grünleitner? Ich muss sofort mit ihm sprechen.«

Dieses Vorhaben setze ich sogleich in die Tat um. Ich trete in den Gang und finde mich inmitten von ungefähr dreißig Personen wieder, die auf ihre Zeugenvernehmung warten. Ich schiebe mich durch die Menge und entdecke den Riedl als Ordnungshüter vor einer Tür. Gerade kommt ein Mann heraus. Als Riedl mich erblickt, winkt er mich zu sich und bedeutet mir, hineinzugehen. Ich gehorche und schließe die Tür. Das Murren der Leute über meine Bevorzugung ist nur leise zu hören.

Vor mir sitzen meine alten Bekannten Hauptkommissar Grünleitner und Kommissar Volz. Der Volz hat jetzt raspelkurze Haare, das irritiert mich zuerst ein bisschen. Die Antipathie zwischen uns ist jedoch immer noch dieselbe.

Der Grünleitner kommt hinter seinem Schreibtisch hervor und schüttelt mir die Hand. Tatsächlich, er hat wieder seinen grünen Trachtenanzug an, wie schon auf dem Karpfhamer Fest. Damit könnte er sich gut mit unserem Förster zusammentun.

»Hauptkommissar Grünleitner, kennen Sie mich also noch«, versuche ich mich an einer flapsigen Begrüßung.

»Aber natürlich, Frau Schneider, das steht ja wohl außer Frage.« Er hat immer noch seine geschraubte Ausdrucksweise mit der eindeutig bayerischen Einfärbung. Höflich bietet er mir den Stuhl vor seinem Schreibtisch an. »Wo wir doch beim letzten Mal so gut zusammengearbeitet haben.«

»Ah ja?« Ich räuspere mich, damit mir kein Widerspruch auskommt. »Ich möchte Ihnen gleich sagen, dass ich diesmal meine Hände aus dem Spiel lassen werde.« Zur Verdeutlichung wackle ich mit den Fingern in der Luft.

»Sehr schön.« Er setzt sich wieder. »An meinen Kollegen Volz erinnern Sie sich.«

Das war keine Frage, da muss ich dann auch nicht darauf antworten.

»Führt Sie etwas Spezielles zu uns, oder sollen wir mit der Routinebefragung beginnen?« Grünleitner lächelt mich wohlwollend an.

»Möglicherweise kann ich das Ganze abkürzen. Der Finn hat unmöglich den Ignaz Eichlehner ermordet.«

Stille.

Na ja. Volz schnaubt durch seine prominenten Nasenflügel. Aber sonst ist für ein paar Sekunden nichts zu hören.

»Aha.« Der Hauptkommissar legt die Fingerspitzen aufeinander und sieht mich aus zusammengekniffenen Augen an. »Sie legen uns das jetzt bestimmt gleich näher dar.«

Und das mache ich dann auch.

Als ich geendet habe, schnaubt Volz wieder, und Grünleitner mustert mich immer noch.

»Soll ich Ihnen noch etwas erzählen?«

»Ich bitte darum.«

»Dieser Mord könnte mit einem Todesfall von 1968 zusammenhängen.«

»Was Sie nicht sagen.«

»Na, erst vor zwei Tagen tauchte doch die Leiche von Konrad Garhamer auf …« Ich erzähle ihnen die Geschichte, die mir der Obermeier Sepp berichtet hat. Denn ich bin der Ansicht, dass das Auftauchen der Leiche von Konrad Garhamer mit dem Mord an Ignaz Eichlehner zusammenhängt. Schließlich war Ignaz einer der drei Hippies, die an dem Tod des Försters nicht ganz unschuldig waren.

Grünleitner hat sich während meines Berichts immer wieder etwas auf dem Block, der vor ihm liegt, notiert. »Interessant«, murmelt er jetzt und legt den Stift beiseite. »Wir werden dem nachgehen. Allerdings deutet der Fundort des Messers, das von einigen Zeugen eindeutig einem Kevin Schmidtke zugeordnet wurde, darauf hin, dass es als Mordwaffe benutzt wurde. Die Untersuchungen werden es zeigen.«

»Kevin Schmidtke? Ich dachte, das Messer gehört dem Finn!«

»Ja, ja, das ist derselbe. Finn ist sein keltischer Name, wie uns erklärt wurde. Auf jeden Fall werden wir verstärkt dieser Spur nachgehen. Es würde helfen, wenn wir mit Herrn Schmidtke persönlich sprechen könnten.«

»Haben Sie ihn denn nicht verhaftet?«

Grünleitners Augenbrauen ziehen sich zusammen. »Nein. Er ist flüchtig.«

»Oh.« Darüber muss ich nachdenken. Bin ich doch auf dem Holzweg?

Grünleitner verabschiedet mich. Ich äußere ein »Wiederschauen« und öffne die Tür, da stehe ich vor Apollonia Moosbichler. Sie beugt ihre hochaufgerichtete Gestalt zu mir herab und fixiert mich.

»Du hast uns verraten«, zischt sie. Augenscheinlich bin ich ein offenes Buch für sie. »Das wirst du büßen.«

Darauf fällt mir so schnell keine Erwiderung ein, und so stolziert sie ins Zimmer und schlägt die Tür hinter sich zu.

Auch gut. Ich schüttle das schlechte Gefühl ab, das mir diese Begegnung übergestülpt hat, und schaue mich nach Max um. Der ist schnell gefunden, da er am Ende des Ganges auf mich wartet.

»Hast du eine Ahnung, wo Susa steckt?« Wir durchqueren das Foyer. Meine Tochter wird wohl am ehesten wissen, wo Finn abgeblieben ist.

»Leider nein.« Max sieht mich nachdenklich an. »Ich hab sie seit dieser Feuerzeremonie nicht mehr gesehen. Ich glaube auch nicht, dass sie befragt worden ist.«

»Hm.« Ich hole mein Handy aus der Tasche und versuche, sie anzurufen. Es springt nur ihre Mailbox an. Dann halt eine SMS. Alles sehr unbefriedigend.

»Ich muss nach Hause. Vielleicht schläft sie ja ganz friedlich in ihrem Bett …« Ich beuge mich zu ihm hinunter, um ihn auf die Wange zu küssen. In dem Moment dreht er sein Gesicht zu mir, unsere Nasen stoßen aneinander, beinahe hätte ich ihn auf den Mund geküsst. Erschrocken verharre ich in der Bewegung.

Max schaut mir ernst in die Augen. »Pass auf dich auf, Karin. Du bist schon wieder dabei, dich in einen Kriminalfall zu verwickeln.« Er reibt kurz seine Nasenspitze an meiner. »Und das wolltest du doch nicht mehr.«

Ich richte mich auf. Mein Herz klopft, das Gesicht brennt. Verlegen fummle ich in meiner Hosentasche nach dem Autoschlüssel, ziehe ihn heraus, sehe ihn an. Nicht Max.

»Das werde ich schon nicht.«

Mittwoch, 11. Mai

Es ist schon weit nach Mitternacht, als ich zu Hause ankomme. Auf der Fahrt hierher habe ich versucht, die Gedanken an Max zu verscheuchen. Warum war er so fürsorglich? Wenn ich an all die kleinen Gesten und netten Worte von ihm denke, an seine Augen, die mich konzentriert ansehen, dann schmerzt mein Inneres vor Sehnsucht.

Aber – er ist zu allen so nett wie zu mir. Er kann gar nicht anders. Und er ist zwölf Jahre jünger als ich. Zwölf! Das ist eine Menge. Außerdem ist er durchtrainierter, attraktiver. Er will nichts von mir. Das bilde ich mir nur ein. Er verdient eine Frau in seinem Alter, mit der er noch Kinder bekommen kann. Was sollte er mit so einer abgelebten Tante, wie ich es bin, zu tun haben wollen? Ich mache mich ja bloß lächerlich.

Ich hole Runa aus dem Auto und verbiete mir, auch nur noch einen Gedanken an Max und ein mögliches Uns zu verschwenden.

Das Haus liegt im Dunkeln. Runa tapst an mir vorbei und geht zu ihrem Körbchen. Ohne mich noch eines Blickes zu würdigen, legt sie sich hinein und schließt die Augen. Mein Verhältnis zu meinem Hund war auch schon mal besser. Morgen, verspreche ich mir und ihr, morgen machen wir was Schönes zusammen.

Gewohnheitsmäßig schlüpfe ich aus den Schuhen. Dann steige ich die Treppe in den ersten Stock hinauf und schaue in die Zimmer der Kinder. Vicky schläft tief und fest in ihrem Bett. Ich bin wirklich froh, dass sie so ein unkompliziertes und robustes Kind ist, das trotz seiner erst dreizehn Jahre autark sein Leben lebt. Vernachlässige ich sie? Noch so ein Gedanke, der in mein Herz sticht. Ich hoffe nicht. Jedenfalls nehme ich mir vor, mit ihr bei nächster Gelegenheit mal zu reden.

Linus ist nicht da. Unter der Woche schläft er meistens in seiner Studenten-WG in Passau oder bei Anna. Leider ist auch das Zimmer von Susa leer.

Mist.

Ich überprüfe mein Handy. Keine Nachricht von ihr. Da höre

ich, wie leise die Haustür aufgeht. Wer? Ich hoffe, dass sie es ist, und flitze die Treppe hinunter.

Ohne Licht zu machen, huscht Susa ins Haus. Sie ist allein. Über ihrem Arm hängt ein Einkaufskorb.

»Wo kommst du denn her?«

»Wah!« Sie hält sich eine Hand ans Herz. »Mensch, Mama! Hast du mich aber erschreckt! Schleich dich nie wieder so an mich ran!« Sie stellt den Korb an der Garderobe ab. Er ist leer.

»Da passen wir ja gut zusammen«, meine ich trocken. »Du schleichst dich ins Haus, ich schleiche hinter dir her. Also, wo warst du denn mitten in der Nacht?«

Susa geht in die Küche und macht das Licht an, ich folge ihr. Mit dem Kopf in der offenen Kühlschranktür murmelt sie irgendetwas Unverständliches.

Ich kann es nicht leiden, wenn die Kinder immer so nuscheln und ich mich deswegen wie eine schwerhörige Oma fühle, und ich kann es nicht leiden, wenn sie den Kühlschrank ewig offen lassen. Reinste Energieverschwendung. »Nun komm da raus und rede mit mir«, motze ich sie an und setze mich an den Tisch.

Sie schließt den Kühlschrank und gähnt. »Mama, ich bin so müde. Ich muss ins Bett. Gut Nacht.« Damit möchte sie entfleuchen.

»Susa!« Langsam werde ich ernstlich böse. »Hast du was mit dem Verschwinden vom Finn zu tun?« Meine Frage stoppt sie. Wenn auch nur kurz.

»Nee«, wirft sie mir über ihre Schulter hinweg zu und verlässt die Küche.

So nicht! Ich springe vom Stuhl auf, sause ihr hinterher und erreiche sie mitten auf der Treppe. »Das heißt also ›Ja‹!«, gifte ich. »Du weißt schon, dass du dich damit strafbar machst, mein Kind!«

Sie fährt herum. »Ich bin kein Kind mehr!«, schreit sie, ohne auf den Schlaf ihrer kleinen Schwester Rücksicht zu nehmen. Dann poltert sie die Stufen nach oben. Ihre Zimmertür kracht mit einem lauten Knall zu.

Ich stöhne. Das kann ja nur bedeuten, dass sie ihm geholfen hat, unterzutauchen. Na prächtig! Diese dummen Kinder. Ja, Kinder. Eindeutig Kinder. Die verwechseln wohl einen Mordfall mit einem Räuber-und-Gendarm-Spiel.

Angesäuert steige ich die restliche Treppe nach oben und klopfe an ihre Zimmertür. Keine Reaktion. Ich drücke die Klinke, die Tür ist verschlossen. Ich stöhne erneut. Wie ich dieses pubertäre Verhalten hasse. Susa ist doch schon sechzehn, da könnte das schön langsam mal aufhören.

»Susa«, sage ich streng und versuche, nicht allzu laut zu sein. »Mach auf!«

»Geh weg«, heult es aus dem Zimmer. Auch das noch.

Ich klopfe noch einmal. »Susa!«

Da wird der Schlüssel umgedreht, und aus dem Türspalt blickt mich meine Tochter mit roten Augen an. Ich schiebe sie beiseite, trete ein und öffne einladend meine Arme. »Was ist denn los?«

Susa stürzt zu mir. »Du musst ihm helfen, Mama, er ist unschuldig!« Dann bricht sie in Tränen aus.

Ich streiche ihr über den Kopf und lasse sie heulen. Aus Erfahrung weiß ich, dass die emotionale Sintflut erst ein wenig abgeebbt sein muss, bevor man wieder vernünftig mit ihr reden kann.

Wir setzen uns auf ihr Bett, und ich nehme ihre Hände. »Jetzt erzähl.«

Unter Schluchzern und Schniefen erfahre ich, dass Susa nach Bekanntwerden des Mordes Finn fieberhaft gesucht und tatsächlich auch gefunden hat. Hinter den Mülltonnen. Dort saß er und wollte darauf warten, dass die Polizei wieder abfuhr.

Ich schüttle den Kopf über so viel Naivität, sage aber kein Wort.

Gemeinsam überlegten die beiden, was sie am besten machen sollten. Finn musste sich verstecken, so viel war klar. Mehr noch, als sie hörten, dass sein Messer gefunden worden war.

»Aber er schwört, dass er es nicht war«, sagt Susa voller Inbrunst.

»Na dann.«

»Was?« Sie schnieft und sieht mich mit tränenverhangenem Blick an.

»Nichts. Erzähl weiter.«

Sie haben es irgendwie geschafft, unbemerkt vom Hotelgelände zu kommen, und sind vom Kurgebiet bis in den Steinkart marschiert. Das hat gedauert. Auf dem Weg dorthin haben sie bei uns zu Hause Station gemacht, und Susa hat eine Taschenlampe eingepackt, ein paar Lebensmittel, Wasser und eine Decke. Finn wollte nämlich im Wald Zuflucht suchen. So als Kelte.

Sie sind ein bisschen herumgeirrt; da sie jedoch nicht viel gesehen haben in der Nacht, haben sie sich für das Naheliegende entschieden. Finn versteckt sich jetzt in der Habererkirch. Das sind zwei große Felsbrocken, die so übereinanderliegen, dass sie eine natürliche Höhle bilden. Schon die Steinzeitmenschen haben darin Unterschlupf gesucht – und nebenbei ein bisschen die Wände angemalt. Eine lebensgroße Habergoaß, ein Ziegenbock, ist dort zu erkennen. Bei der Sommersonnwende wird die Figur von den durch einen Felsspalt hereinfallenden Sonnenstrahlen angeleuchtet. Schon verrückt, was die damals bereits gemacht haben. Andere interpretieren die Zeichnung als keltischen Druiden mit einer Flöte in der Hand. Oder als mittelalterlichen Teufel.

»Beim Teufelsfelsen ist er? Habt ihr euch das auch gut überlegt? Da laufen doch täglich Heerscharen von Spaziergängern mit ihren Hunden vorbei. In null Komma nichts ist er entdeckt.«

»Ja, aber wo hätte er sonst hinsollen?«, jammert sie. »Ich hab ihn ja schlecht hierherbringen können. Oder, Mama?«

Das hab ich nun davon. Hätt ich nur meinen Mund über die Untauglichkeit des Versteckes gehalten!

»Wahrscheinlich habt ihr recht. Der Teufelsfelsen ist ja ein bisschen abseits vom Weg. Da gehen die wenigstens hinter. Einheimische schon gar nicht, die kennen das ja schon. Und bei Fremden hat er nichts zu befürchten.

»Meinst du?«

»Bestimmt.«

Susa zieht die Nase hoch und schnüffelt noch ein bisschen. Dann hat sie sich wieder gefangen. »Aber wenn Finn es nicht war, wer war es dann? Kannst du nicht …?«

Ich schaue sie verwundert an. »Warst du es nicht, die mir das Versprechen abgenommen hat, mich nie, nie mehr wieder in Mordfälle einzumischen?«

»Ja. Schon. Aber er ist so süß!« Ihre Mädchenaugen strahlen mich verklärt an.

»Stört es dich nicht, dass er eigentlich was von der Birgit will?«

»Das ist vorbei«, sagt sie schnell. »Das war ein Missverständnis.« Sie boxt in ihr Kopfkissen.

»Sagt er.«

»Ja, sagt er, und ich glaube ihm.« Mich streift ein aufsässiger Blick. Ich bin alt genug, nicht zu widersprechen.

»Jetzt lass uns ins Bett gehen. Heute passiert eh nichts mehr.« Und – oh Wunder – meine Tochter fügt sich meinen Worten.

Nach ein paar Stunden Schlaf quäle ich mich schon wieder aus dem Bett. Ich bin überhaupt keine Frühaufsteherin, Vicky muss jedoch in die Schule, Runa in den Wald. Da hilft alles nichts.

Beim Frühstück teilt mir meine jüngste Tochter mit, dass sie nach der Schule gleich zu ihrer Freundin XeXe geht. Sie wollen ins Kino, und dann übernachtet sie bei ihr. Damit bin ich sofort einverstanden. Das entbindet mich von der Aufgabe, mir um Vicky Gedanken zu machen. Zwar schleicht sich erneut das schlechte Gewissen hinsichtlich meiner Mutation zur Rabenmutter heran, aber schließlich hat sich Vicky sozusagen selbst verräumt. Und hat ihren Spaß dabei.

Nachdem Vicky wie immer sehr eilig das Haus verlassen hat, um noch den Schulbus zu kriegen, nehme ich Runa an die Leine, und wir marschieren los. Am Waldspielplatz und dem dazugehörigen Parkplatz vorbei spazieren wir im frischen Morgen dahin. Die gute Luft und die Stille versöhnen mich mit der Unterbrechung meines Schönheitsschlafs. Wir sind allein unterwegs. Zwar ist die Forststraße seit ein paar Jahren Teil der anfänglich stark beworbenen »WaldWunderWelt«, die Begeisterung hat sich allerdings inzwischen wieder gelegt. Nur noch sehr selten bewandern sie Schulklassen oder Ausflugsgruppen, um die verschiedenen Tafeln zu lesen oder an den diversen Info-Gerätschaften zu drehen oder zu ziehen.

Nach ein paar hundert Metern ragt die alte Douglasie vor uns auf. Dort halten wir uns links, und bald zeigt rechter Hand ein kleiner Wegweiser zu einem Picknickplatz und dem dahinterliegenden Teufelsfelsen. Wir gehen den abschüssigen Hang zum Eingang der Höhle hinab. Von unseren Schritten aufgescheucht bricht etwas großes Braunes durch das Holz. Es ist selbstverständlich kein Reh.

»Hey Finn! Ich bin's, Karin! Ich tu dir nichts! Ich will nur mit dir reden!« Meine Hündin bellt unterstützend dazu.

Aber Finn hält nicht an, sondern springt den Abhang hinunter, über Farne und Felsen hinweg, und ist bald im Dickicht der Schlucht verschwunden.

Na prima. Ich gähne. Dann werde ich halt hier auf ihn warten. Seine Sachen hat er praktischerweise liegen gelassen. So mache ich es mir in der schmalen Höhle, die eigentlich nur aus einem Ein- und Ausgang und eineinhalb Metern Zwischenraum besteht, so bequem wie möglich. Runa legt sich neben mich auf die Decke.

Direkt vor uns ist die Habergoaß. Schon faszinierend, dass Steinzeitmenschen sie gezeichnet haben. Viel später nutzten Kelten die Höhle. Man hat in der Nähe einen Lagerplatz mit Scherben gefunden. Und jetzt bietet sie einem Jungkelten Unterschlupf.

Der gerade abgehauen ist.

Was seine Situation nicht verbessert. Für die Polizei eindeutig ein Indiz, dass er was mit dem Mordfall zu tun hat. Seine Flucht und sein Messer.

Das mit dem Messer ist wirklich blöd. Aber warum hätte er Ignaz Eichlehner umbringen sollen? War es ein Irrtum? Hat er ihn mit Kilian verwechselt? Schmarrn. Sie sehen sich nicht ähnlich: andere Haare, andere Statur, andere Kleidung. Ich denke, jemand hat Ignaz ermordet, Kilian kam dazu und wurde ausgeschaltet. Das ist doch logischer! Und Finns Messer konnte sich jeder beschaffen, der wollte. Es lag mehr oder weniger für alle zugänglich in Apollonias Museum. Ging nicht vorgestern der Kastner heimlich hinein? Wer weiß, was er da drin gemacht hat. Es wäre für ihn ein Leichtes gewesen, das Messer an sich zu nehmen.

Der Kastner. Mein besonderer Freund. Wollte Ignaz den Kastner nicht gestern Abend noch sprechen? Auch außergewöhnlich. So mitten unter dem Fest. Das muss etwas Dringendes gewesen sein.

Ich mache mir in Gedanken eine Notiz, im Hotel nachzufragen, was Ignaz vom Kastner gewollt haben könnte. Vielleicht finde ich ja ein Motiv. Ich reibe mir gedanklich die Hände. Zu gern würde ich dem Kastner den Mord nachweisen. Hat er nicht seine unlautere Gesinnung schon zur Genüge dargestellt? Eindeutig, wenn es nach mir geht.

Ich rücke etwas zur Seite, denn ein kleiner Felsvorsprung pikt in meinen Rücken. So, jetzt ist es bequemer.

Mein Hund ist hier ganz zufrieden. Er hat seinen Kopf auf die Pfoten gelegt und döst vor sich hin. Ich streichle ihm über den

Rücken. Sofort dreht mir Runa ihren Bauch zu, und ich kraule ihn. Dabei kann ich bestens nachdenken.

Wer hätte denn ein Motiv für den Mord an Eichlehner senior gehabt?

Die Familie ist ja immer zuerst verdächtig.

Also erstens: Robert Eichlehner. Im Grunde weiß ich nicht viel von ihm. Er ist der farbloseste von den drei Eichlehner-Männern. Immer korrekt. Ein bisschen langweilig. Angst muss man vor ihm eher nicht haben. Das war beim Senior schon anders. Der war eine Respektsperson, und die wird dem Hotel in Zukunft bestimmt fehlen. Überhaupt, die Zukunft. Wie wird es jetzt weitergehen mit den »Drei Eichen«? Da fällt mir die Streiterei zwischen Vater und Sohn ein. Die finanzielle Lage scheint schlecht zu sein. Müssen wir über kurz oder lang sogar die Schließung befürchten? Das wäre übel. Und die beiden waren sich über das weitere Vorgehen nicht einig. Robert will sich dem russischen Markt öffnen, Ignaz wollte nicht. Um keinen Preis. Und ich kann mir vorstellen, dass er auch für immer bei seiner Meinung geblieben wäre. Was hätte Robert dann gemacht? Hätte er seinen Vater tatsächlich umgebracht, des Hotels wegen?

Ich höre mit dem Streicheln auf. Runa hebt anklagend den Kopf. »Ist ja schon gut«, murmle ich und fahre über das weiche Fell.

Keine Ahnung.

Ob das russische Ehepaar etwas mit diesem ominösen russischen Markt zu tun hat? Ignaz wollte sich gestern partout nicht zu ihnen setzen. Der Mann war ganz schön sauer. Das habe ich gesehen. Ich nehme mir vor, die Frau bei nächster Gelegenheit ein bisschen auszufragen. Aber ich muss sie allein antreffen. Denn ich erfahre sicherlich nichts, wenn ihr Mann dabei ist.

Dann Familie, Teil zwei: der Enkel. Nun ja, Kilian wurde ja selbst Opfer des Angreifers. Er hat eh noch Glück gehabt, dass ihm nicht mehr passiert ist. Weiß der Himmel, was der Mörder gemacht hätte, wenn Kilian ihn auf frischer Tat ertappt hätte. So war der Täter wohl schon auf der Flucht, als Kilian den Gang entlanggegangen ist.

Aber nehmen wir mal an, er wäre nicht niedergeschlagen worden – schließlich könnte man das türken – oder es gibt einen

Komplizen, der ihn niedergeschlagen hat, um den Verdacht von ihm abzulenken. Also, was dann? Hätte Kilian ein Motiv?

Ich denke angestrengt nach, komme jedoch zu keinem Ergebnis. Er ist nett, eventuell ein bisschen oberflächlich. So Typ reicher Dandy, den Anschein gibt er sich gern. Allerdings arbeitet er im Hotel mit und soll demnächst wohl auch reich heiraten. Zumindest gehe ich davon aus, dass die Tochter von der »Schönen Aussicht« eine gute Partie ist. Dieses Hotel ist das zweitgrößte am Platz.

In dieser Richtung sollte ich mich auch mal kundig machen. Ich ärgere mich, dass ich nichts zum Schreiben dabeihabe. So muss ich mir alles merken – mit dem Gedächtnis einer »älteren« Frau. Der Stachel sitzt immer noch tief und lässt mich sofort an den Kastner denken. Wie gern würde ich dem was zurückgeben!

Aber weiter. Die Familie haben wir abgehakt.

Runa hebt den Kopf. Kommt jemand? Womöglich schaut Finn nach, ob die Luft rein ist? Ich lausche, und tatsächlich höre ich Zweige knacken. Ich sehe Runa in die Augen und halte den Zeigefinger an die Lippen. Still, meine Süße, sende ich ihr telepathisch. Unsinn, ich weiß. Sie macht allerdings keinen Mucks.

Leise rapple ich mich auf und gehe geduckt zum Höhlenausgang. Ich will gewappnet sein und Finn hinterherlaufen können, wenn er wieder flieht. Die Schritte kommen von oben, von der Forststraße her. Hm, seltsam. Ist er im Kreis gelaufen? Oder ist es doch jemand anderes?

Kaum hab ich diesen Gedanken zu Ende gedacht, sehe ich lange Beine in festen Schuhen den Hang heruntersteigen, dann eine Person in einem grünen Parker, ein schmales Gesicht, die sandfarbenen Haare exakt gescheitelt. Ludwig Garhamer.

Ich trete einen Schritt aus der Höhle heraus und richte mich auf. Er stutzt.

»Was machen Sie hier?«, fragen wir beide gleichzeitig.

Runa kommt nun auch raus, nachsehen, Schwanzwedeln. Den Garhamer verbindet sie mit Waldspaziergang.

»Nur eine kleine Rast auf der Morgentour.« Breitbeinig stelle ich mich vor den Eingang, damit er die Höhleneinrichtung nicht sieht.

Aber so füllig bin ich wohl doch nicht. Denn Garhamer schaut an mir vorbei und runzelt die Stirn. »Und da brauchen S' eine Deck'n und eine Wasserflasch'n?« Mich trifft ein kritischer Blick.

»Na ja.« Ich suche nach einer guten Erklärung. Mir fällt jedoch nichts ein. Es ist einfach noch zu früh am Tag für mein Hirn. Also ziehe ich die Decke aus der Höhle und lege sie zusammen. »Ich räum ja auch alles wieder weg.« Ganz die verantwortungsbewusste Waldnutzerin. »Bin gleich verschwunden.«

Garhamer brummt. »Es kann nicht sein, dass da jemand übernachtet hat?« Er bückt sich noch tiefer, um einen Blick in die Höhle zu werfen. »Eine Taschenlamp'n werden S' ja dennats nicht brauchen auf Ihrer Tour, oder?«

Mir entfährt ein Kichern. »Nein, nein.« Um der Pflicht zu einer detailreicheren Antwort zu entgehen, krieche ich in die Höhle zurück, stopfe Lampe, Flasche, leere Kekspackungen in die Decke und klemme mir das Paket unter den Arm. Wieder draußen, nehme ich mit der anderen Hand Runas Leine. »So, fertig.« Ich strahle ihn an.

Grummelnd lässt uns der Förster passieren, und ich klettere den Abhang nach oben. Er folgt. Wir gehen gemeinsam am Picknickplatz vorbei.

Bevor er weiter mein wildes Camping kritisieren kann, sage ich: »Sie waren gestern aber schnell verschwunden. Haben Sie schon gehört, was im ›Drei Eichen‹ passiert ist?«

Angriff ist die beste Verteidigung. Ich schiebe mein Paket unter den anderen Arm, lasse den Garhamer nicht aus den Augen.

Er richtet sich auf. »Freilich. Aber mich geht das ja auch gar nichts an …« Plötzlich hat er es eilig, zur Forststraße zurückzukommen. Ich spurte ihm hinterher.

»Ist ja schließlich bloß der Großvater Ihrer Tochter«, mosere ich in seinen Rücken.

Garhamer fährt herum. »Was?«, brüllt er mich an, sein Gesicht zu einem Gewitter verzogen.

Heute lasse ich mich davon allerdings nicht einschüchtern. »Bitte?« Unter Umständen kann ich ihm auf diese Weise eine gesittetere Kommunikation näherbringen. Mein Plan geht jedoch nicht auf. Im Gegenteil. Die Gesichtsfarbe des Försters nimmt einen ungesunden Rotton an.

»Wer sagt das?«, donnert er.

»Na, Sie.«

»Wieso ich?«

Ich schnaufe aus. »Sie haben mir vorgestern erzählt, dass die Birgit Ihre Tochter ist.« Ein kleiner Test, inwieweit er sich an unser Gespräch in seinem Wohnzimmer noch erinnern kann. Anscheinend nicht weit, denn er stiert mich ungläubig an.

»Ich hab Ihnen gar nichts erzählt«, blafft er zurück, aber mit weniger Elan als noch vor ein paar Sekunden.

»Doch.« Ich nicke. »Ich war bei Ihnen, und wir haben uns unterhalten. Darüber, dass Sie niemanden brauchen. Weder Ihre Tochter noch eine Frau. Da denke ich, Sie meinten Birgit und Gertraud Moosbichler. Stimmt's oder hab ich recht?«

Garhamer sagt nichts. Sein Gesicht wird noch röter, und ich habe langsam Angst, dass ihn hier im Wald ein Schlaganfall ereilt. Womöglich sollte ich einen Gang zurückschalten.

»Sie müssen gar nichts zugeben, wenn Sie nicht wollen«, meine ich nachsichtig. »Auf dem Foto von Ihrem Vater sieht man genau die Familienähnlichkeit. Die Birgit ist ihm wie aus dem Gesicht geschnitten.«

Anscheinend war meine Motivation, ihn zu schonen, nicht zielführend. Die Ader auf seiner Stirn pocht.

Er schnappt nach Luft, dreht sich um und läuft davon. Ich lasse ihn laufen. Dann frage ich ihn eben das nächste Mal, warum er gestern so schlecht auf den Ignaz Eichlehner zu sprechen war.

Ein Blick auf meine Uhr zeigt mir, dass ich mich beeilen muss. Ich will noch duschen, bevor ich ins Hotel gehe. Eigentlich hab ich heute um halb elf wieder meinen Entspannungskurs. Wenn er nicht abgesagt wird.

Zu Hause treffe ich Susa in der Küche an, die mit sehr kleinen Augen über ihrem Kaffee hängt.

»Guten Morgen, mein Schatz.« Ich bin inzwischen munter.

»Mama«, kommt es grußlos, aber vorwurfsvoll zurück. Sie zeigt auf mein Deckenpaket, das ich auf einen Stuhl lege. »Warum hast du dem Finn alle Sachen weggenommen?« Jetzt scheint auch sie mit einem Schlag wach zu sein.

»Erstens war der Finn nicht mehr da. Er ist vor mir davongerannt. Und zweitens hat mich der Förster erwischt. Da musste ich das ganze Zeug einpacken. Ich hab eh Glück, dass er nicht näher nachgefragt hat.« Und das nach dem weiteren Verlauf unseres Gesprächs auch nicht mehr machen wird. Nehme ich an.

Susa ist aufgesprungen. »Finn ist weg? Aber wohin ist er denn? Er muss sich doch verstecken!«

»Meinst du nicht, dass er alt genug ist, das allein hinzukriegen?«

»Nein!« Sie lässt Kaffee Kaffee sein und flitzt die Treppe nach oben. »Ich hab heut frei«, schreit sie noch, bevor sie die Badezimmertür zuschlägt.

Im Hotel ist alles beim Alten. Würde ich gern sagen. Ist es aber nicht. Das sieht man auf den ersten Blick. Im Foyer drängeln sich Gäste. Ihre Koffer haben sie um sich verteilt, ich komme kaum durch. Aufgeregt reden sie auf die Rezeptionistin ein. Hausdiener Hans steht daneben und macht ein betroffenes Gesicht. Ich schlendere zu ihm.

»Wollen die alle abreisen?«, flüstere ich. Das würde ich ihnen nicht verdenken. So ein Mordfall stört die Erholung.

Hans rollt mit den Augen. Er dreht sich ein wenig vom Foyer weg, sodass ich zwei Schritte Richtung Pflanzkübel machen muss, wenn ich verstehen will, was er mir zu sagen hat. Die Blätter der Dieffenbachia schlagen über uns zusammen.

»Naa«, raunt er mir zu. »Des sind alles Neue. Die ham vom Mord an unserem seligen Senior g'hört«, dabei bekreuzigt er sich, »und jetzt wollen s' bei den polizeilichen Ermittlungen dabei sein.«

»Oh.«

Er nickt bedeutsam mit dem Kopf. »Ja, so san s', die Leit.«

Nun hat der Eichlehner seine Auslastung, geht mir durch den Kopf. Aber so hat er sich das höchstwahrscheinlich nicht vorgestellt.

Da kommt mir eine Idee. »Der Kastner Emanuel wohnt schon noch hier, oder?«

Hans reißt seine Augen auf. »Wie kommen S' jetzt auf den?« Seine Stimme hat er noch weiter gesenkt.

Ich zucke mit den Schultern. »Ist mir nur gerade eingefallen. Der Herr Eichlehner wollte ihn gestern sprechen, und das hat sich nicht gerade freundlich angehört.«

Der Hausdiener nimmt mich am Ellbogen und drückt mich

noch tiefer in den Eingangsdschungel. Hinter vorgehaltener Hand raunt er mir zu: »Naa, der ist weg. Des war ein Betrüger.«

»Echt? Wie das?«

»A Einmietbetrüger. Der hat schon in mehreren Hotels ned gezahlt. Da ist ein Rundschreiben vom Verband gekommen, zur Warnung.« Wenn wir die Möglichkeit gehabt hätten, noch weiter in den Urwald einzudringen, Hans hätte uns hineingeschoben. Aber so rücken wir nur einen symbolischen Zentimeter weiter. »Der Chef wollt noch einmal reden mit ihm, ob er nicht zahlen möcht, bevor er die Polizei ruft.«

Ich blicke in Hans' große dunkle Augen. »Haben Sie das schon der Polizei gesagt?«

Blitzartig lässt er mich los und macht einen Schritt weg von mir. »Naa«, sagt er, »naa, und des mach ich auch ned.«

»Hans«, ruft es fordernd von der Rezeption, und der Hausdiener nimmt sofort die Gelegenheit wahr, mir zu entfliehen.

Auch gut, denke ich mir. Meine Information hab ich.

Ich lasse den Hans seine Arbeit machen und strebe dem Event-Büro zu. Als ich durch die Flügeltür gehe, sehe ich, dass die Polizei das Zimmer von Ignaz Eichlehner verplombt hat. Natürlich. Tatort. Ich will ins Event-Büro, da stürmt Kilian heraus und wirft mich beinahe um.

»'tschuldigung«, sagt er hastig und hält mich fest, damit ich meinen Stand wiederfinde.

»Guten Morgen.« Ich überlege, ob ich meinen Chef weiterhin duzen soll. »Wie schön, dass Sie schon wieder so schwungvoll unterwegs sind. Geht's gut?« Ich deute an meinen eigenen Kopf, um zu demonstrieren, dass ich seine Verletzung meine.

»Ja, ja. Danke.«

»Und mein Beileid.« Ich strecke ihm die Hand entgegen. »Gestern bin ich nicht dazu gekommen, Ihnen zu sagen, wie sehr mich der Mord an Ihrem Großvater –«

»Danke, danke«, unterbricht er mich. Er schüttelt kurz meine Hand. Dann eilt er in Richtung Foyer davon.

Ich betrete das Büro. Birgit sitzt an ihrem Schreibtisch und telefoniert.

»Was, er schleicht bei uns rum?«, flüstert sie so aufgeregt in den Hörer, dass ich sofort neugierig werde. Ich gehe zur Ablage auf einem Regal an der Wand und blättere die Anmeldezettel für meinen Kurs durch. Da muss doch die Zimmernummer des russischen Ehepaares eingetragen sein.

Birgit schwingt auf dem Bürostuhl zum Fenster, hält die Hand halb über die Muschel und dämpft ihre Stimme noch mehr. »Halt ihn fest. Ich komme, so schnell ich kann. Das wird er büßen. – Ja, ja. Das sehen wir dann. – Ich muss jetzt auflegen.«

Meine Ohren funktionieren noch recht gut. Ob sie von Finn geredet hat? Ist er zu Apollonia geflohen? Zuzutrauen wäre es ihm. Ich hole mein Handy heraus und schreibe Susa eine SMS. »Finn bei Apollonia?« Meine Tochter wird schon wissen, was sie damit macht.

»Guten Morgen, Birgit.« Ich tue so, als ob ich nicht gerade ihr Telefonat belauscht hätte. Stattdessen durchsuche ich weiterhin die Anmeldungen.

»Morgen«, nuschelt sie zurück.

Ah, da ist es ja. Herr und Frau Wladimir und Olga Smirnow. Zimmer 114. Okay.

Ich drehe mich zu ihr um. Sie stopft gerade ihre Brotzeit-Banane in die Handtasche und schaltet den Computer aus.

»Gehst du?«

»Mittagspause.«

Ich werfe einen Blick auf meine Armbanduhr. »Um Viertel nach zehn?«

»Was geht Sie das an!«

Großzügig ignoriere ich ihre Unfreundlichkeit. Ich habe weiter gehende Interessen als die, sie zu erziehen. Sie schlängelt sich am Tresen vorbei und möchte aus dem Zimmer. Ich verstelle ihr den Weg.

»Sag mal, Birgit, findet heute mein Entspannungskurs eigentlich statt?«

»Nein, wurde gestrichen.«

Sie will an mir vorbei und aus der Tür entwischen, ich halte sie am Ärmel ihres Strickjäckchens fest. Sie funkelt mich an, ich gebe trotzdem den Durchgang nicht frei.

»Mach nichts Unüberlegtes. Wir sollten die Ermittlungen in dem Mordfall der Polizei überlassen. Und vor allem: keine falschen Schlüsse ziehen.«

Mit einem genervten Schnauberer wendet sie sich ab und streicht ihren Rock glatt.

»Der Finn hat bestimmt nichts damit zu tun.«

Ruckartig wirft sie ihren Kopf herum. Ihre Katzenaugen glimmen. »Ach ja? Das seh ich anders. Warum ist er dann geflohen? Ha?«

Ich gehe näher. »Na, weil jeder erst mal so denkt wie du. Aber überleg mal! Warum sollte er den Kilian niederschlagen und den Senior erstechen? Er ist ja nur auf den Kilian eifersüchtig.« Ich mache eine kurze Pause. »Wegen dir.«

Sie schüttelt vehement den Kopf. »So ein Krampf!« Wie ein Rugbyspieler drückt sie mich zur Seite, hastet aus der Tür und den Flur entlang. Ihr Petticoat schwingt bei jedem Schritt. Das Klackern der Pfennigabsätze auf dem Marmorboden wird leiser. Sie ist verschwunden.

Was fange ich nun an? Mein Kurs fällt aus. Jetzt könnte ich mich nach der Russin umschauen. Ich trete an Birgits Schreibtisch und wähle hausintern die 114. Es klingelt und klingelt, aber niemand hebt ab. Nachdenklich lege ich wieder auf. Dann mache ich eben eine schnelle Runde durchs Hotel, eventuell läuft sie mir über den Weg.

Im Frühstücksraum ist sie nicht. Das Restaurant ist noch geschlossen. Der Wintergarten und die Bibliothek sind leer. Im Gegensatz zum Fitnessraum. Dort sind alle Geräte belegt. An so einem Schulter-Arm-Dingens trainiert Herr Smirnow mit grimmigem Gesicht. Sein T-Shirt weist dunkle Flecken auf. Seine Frau kann ich nicht entdecken, so ziehe ich mich zurück.

Als letzten Ort betrete ich die Beautyabteilung. Entspannungsmusik säuselt mir entgegen, und mehr als ein Hauch von Rosenduft umweht mich. Ich frage die Kosmetikerin am Empfang, die gerade das Terminbuch studiert, nach Frau Smirnow.

»Ja, die hat in einer halben Stunde eine Anwendung. Ich glaub, sie ist jetzt im Schwimmbad.«

»Danke.« Ich drehe mich um und will durch die Tür zu den Duschen.

»Halt!«

Ich hebe die Hand. »Ja, ja, ich weiß.« Brav streife ich die Schuhe von den Füßen und ziehe die Socken aus. Beides lasse ich vor der Tür stehen und kümmere mich nicht darum, dass die Hotelangestellte schon wieder schreit. Ich bin ja gleich zurück.

Beim Innenpool gibt es keine musikalische Untermalung, zumindest ist nichts davon zu hören, denn drei Kinder toben durchs Wasser. Gegen den Geräuschpegel hat keine Entspannungsmusik eine Chance. Die nervenstarke Mutter liest auf einer Liege neben dem Pool und kontrolliert lediglich ab und zu mit einem Blick über den Buchrücken, ob alle noch leben. Außer ihnen ist nur noch Frau Smirnow hier. Sie liegt im hintersten Eck, mit einem weißen Hotelbademantel bekleidet, und hat die Augen geschlossen. Wahrscheinlich hat sie sich als Einzige nicht vertreiben lassen. Sehr sympathisch. Denn der Kurgast an sich reagiert auf lustige Kindergaudi meist allergisch.

»Guten Morgen.« Ich setze mich auf die Liege neben ihr.

Frau Smirnow blinzelt und blickt mich an. »Ah, Frau Schneider, guten Morgen. Wie schön, Sie zu sehen.«

»Ganz meinerseits. Ihr Deutsch ist übrigens ausgezeichnet.« Lob ist ja nie verkehrt und ein guter Einstieg, um mit ihr ins Gespräch zu kommen. »Das wollte ich Ihnen schon gestern sagen. Haben Sie Deutsch in der Schule gelernt?«

Sie lächelt. »Ja, in der Schule. Fünf lange Jahre.«

»Fünf Jahre lang.«

»Nein, nein«, sagt sie schnell. »Fünf lange Jahre. Die Frau Lehrer war entsetzlich streng!«

Wir lachen.

»Warum ich eigentlich gekommen bin: Unser Entspannungskurs fällt heute leider aus. Herr Eichlehner senior ist gestern gestorben. Aber Sie haben das sicherlich mitbekommen, oder?«

Frau Smirnow macht ein betroffenes Gesicht. »Natürlich. Es war ja großes Angebot an Polizei hier. Auch Wladimir und ich wurden ausgefragt. Sehr bedauerlich für Herrn Eichlehner senior. War so ein netter alter Mann und so stark.«

Ich sehe sie verwundert an. »Stark« wäre mir in Verbindung mit dem Senior nicht in den Sinn gekommen.

»Ja, stark im Bleiben bei seiner Meinung«, führt die Russin aus.

Das ist mein Stichwort. »Da haben Sie recht. Hoffentlich sind Sie nicht enttäuscht, dass er nicht mit Ihrem Mann zusammenarbeiten wollte«, lasse ich eine Leuchtrakete steigen und warte, ob die dunklen Ecken dieser Geschichte erhellt werden.

Sie klimpert mit den Wimpern. »Och, nicht doch. Jetzt ist alles offen wieder. Kilian wird es machen.«

»Kilian?«

»Ja, die Jugend hat die guten Ideen. Er hat uns eingeladen. Wir werden sehen, was kommt.« Sie wirft einen Blick auf ihre goldene Armbanduhr und stößt einen kleinen Schrei aus. »So spät schon! Entschuldigung, Frau Schneider, aber ich muss zu meiner Behandlung.« Damit schlüpft sie in ihre Badeschuhe und eilt hinaus. Nachdenklich schaue ich ihr hinterher.

Das Vibrieren meines Handys reißt mich aus meinen Überlegungen. Ich werfe einen Blick darauf. Eine SMS von Susa.

»Mama!«

Sonst nichts. Was ist denn jetzt wieder passiert?

»Ja?«

Ich warte. Keine Antwort. Braucht sie Hilfe, Finn vor den Frauen zu beschützen? Wer weiß, was sie mit ihm anstellen. Und ob Susa ihnen gewachsen ist! Da wird mir wohl nichts anderes übrig bleiben, als beim Moosbichler-Hof vorbeizuschauen.

Ich sause aus dem Hotel. Auf dem Parkplatz kann ich Birgits fahrbaren Untersatz nirgends entdecken, natürlich, sie ist bestimmt schon vor einer Viertelstunde losgefahren. Wenn ich mich beeile, kann ich den Roller womöglich noch einholen. So schnell ist der ja nicht.

Ich drücke auf die Tube und lasse Griesbach bald hinter mir. Auf der Staatsstraße durch den Wald halte ich nach Birgit Ausschau. Aber kein Petticoat flattert vor mir im Wind. Kurz checke ich das Handy. Immer noch nichts. Hoffentlich ist Susa nichts passiert!

Ich biege zum Moosbichler-Hof ab. Heute ist die Zufahrt frei, und mein Kangoo rumpelt über die Schlaglöcher der Schotterstraße.

Vierzig Meter vor mir sehe ich Birgit. Ich habe sie tatsächlich eingeholt. Gerade erreicht sie den Hof und legt eine Vollbremsung hin. Der Kies spritzt, und ihr Hinterrad bricht wie ein junges Fohlen zur Seite aus. In einer Bewegung springt sie vom Roller, lässt ihn achtlos auf den Boden kippen und hechtet auf einen Mann zu. Er wollte eben aus der Hofeinfahrt rennen, schlägt jetzt einen Haken und verpasst Birgit gleichzeitig einen kräftigen Stoß. Ihre Unterröcke fliegen in die Höhe, sie landet im Dreck. Im Hintergrund schüttelt Apollonia die geballten Fäuste und schreit.

Der Mann lässt sich davon nicht aufhalten. Finn ist es eindeutig nicht. Mit weit ausholenden Bewegungen läuft er auf dem Schotterweg in Richtung Staatsstraße. Ich brettere auf ihn zu. Sieht er mich nicht?

Doch, jetzt. Seine Augen werden weit, sein Gesicht ist rot. So rot wie sein Pullunder. Kastner!

Er atmet mit aufgerissenem Mund. Kurz vor meinem Auto – als ich schon in die Bremsen steigen will, um einen Zusammenstoß zu vermeiden – wendet er sich nach links, setzt mit ein paar großen Sprüngen über die Blumeneinfassung des Weges und spurtet über die Wiese.

Hinterher!

Mein Kangoo ist zwar kein Geländewagen, aber trotzdem nicht zimperlich. Er holpert über die Stauden, bockspringt über einen kleinen Graben und poltert Kastner hinterdrein. Der schaut sich gehetzt um und legt einen Zahn zu. Versucht es zumindest. Er strauchelt, fängt sich wieder, läuft weiter. Ich weiche intuitiv den größeren Löchern im Grün aus. Rasend schnell bin ich nicht. Einen Plan habe ich auch nicht.

Wie soll ich den Typen bloß stoppen? Aber stoppen will ich ihn. Er hat auf dem Hof irgendetwas angestellt, sonst wäre er nicht weggelaufen. Und ich persönlich halte ihn für den Mörder vom Eichlehner. Also, davonkommen werde ich ihn nicht lassen. So viel ist klar!

Dort vorn fängt der Wald an. Niedriges Buschwerk begrenzt die Wiese und bildet den Unterbau zu den dunklen Nadelbäumen, die wie Soldaten aufgereiht in dichten Reihen vor uns stehen.

Wenn Kastner es schafft, die Bäume zu erreichen, hat er gewonnen. Dann kann ich nur versuchen, ihm zu Fuß nachzulaufen. Auch wenn er älter ist als ich und schon ziemlich auf dem Zahnfleisch daherkommt, weiß ich nicht, ob ich ihn einholen könnte. Von meinen sportlichen Fähigkeiten bin ich nicht überzeugt. Ich war noch nie eine Läuferin, und seit dem »Unfall« im letzten Sommer bin ich noch nicht hundertprozentig wiederhergestellt. Vor allem meine kaputte Schulter schmerzt bei jeder Gelegenheit.

Ich lenke mein Auto nach rechts und beschleunige. Es hoppelt über das Gras, und ich kralle mich ans Lenkrad, drücke das Gaspedal durch. Der Kangoo macht einen Satz, ich überhole Kastner, steuere nach links und schneide ihm den Weg zum Wald ab. Er kurvt zur Seite und wirft mir einen mordlüsternen Blick zu. Wir bewegen uns parallel zu den Bäumen. Ich erkenne, dass er einen Rucksack auf dem Rücken trägt.

»Gib endlich auf!«, schreie ich ihm durch die geschlossene Fensterscheibe zu.

Er antwortet nicht.

Er bleibt stehen.

Mein Kangoo fährt weiter.

Bis ich kapiert habe, dass Kastner nicht mehr neben mir ist, vergehen ein paar Sekunden. Ich reiße den Kopf herum und sehe, dass er hinter meinem Auto auf den Wald zuläuft. Ich trete auf die Bremse. Mein Kangoo schlittert auf der feuchten Wiese, dreht sich, gräbt die Reifen tief in die Erde, und der Motor stirbt ab. Verdammt!

Ich drücke die Tür auf und löse den Sicherheitsgurt. Springe heraus, und es wird kalt. Wasser sickert durch den Stoff meiner Schuhe. Ein Sumpfloch!

Schimpfend wie ein Rohrspatz fange ich zu laufen an. Kastner ist nicht weit vor mir. Das schaffe ich! Ich höre ihn keuchen und husten. Der ist am Ende. Ich denke nicht weiter nach, sondern renne über die Wiese in den Wald. Der Abstand zwischen uns wird immer geringer. Gleich hab ich ihn! Da bleibt er stehen und stützt sich an einem Baumstamm ab. Macht Geräusche wie ein kaputter Wasserkessel. Schon bin ich bei ihm. Aus seinen Augen rinnen Tränen, laufen über seine hochroten Wangen. Beinahe könnte er mir leidtun.

Ich packe seinen herabhängenden Arm. Er wehrt sich nicht. Wir beide versuchen, zu Atem zu kommen. Mir gelingt das eher als ihm. Klar. Mit dem Atem weitet sich auch der Blick. Ich sehe Birgit herbeieilen. Ihr Kleid ist dreckverschmiert, und auch ihr

Gesicht und die blonden Haare haben eine Schlammschicht abbekommen. Weiter hinten stampft Apollonia heran. Die Verstärkung ist im Anmarsch. Das gibt mir Mut.

»Was haben Sie gemacht, Kastner?« Ich rüttle an seinem Arm.

Er antwortet nicht, ist immer noch mit Atmen beschäftigt, schwankt. Mit einem Mal wird er weich, gleitet mir aus der Hand und auf den Boden. Liegt unter den Fichten im Moos. Die eine Hand über die Stirn geworfen. Immer noch röchelnd.

Ich beuge mich zu ihm hinunter. »Hey! Kastner?« Hoffentlich habe ich ihn nicht zu Tode gehetzt! Aber noch lebt er. Wenn er auch nicht gut aussieht.

Schlagartig wird er weiß im Gesicht.

Oh, oh. Nicht das auch noch! Ich nehme seine Beine und hieve sie nach oben. Sie sind schwer. Mit Mühe schiebe ich ihn ein paar Zentimeter zur Seite und lehne seine Füße an den Baumstamm.

Birgit keucht heran. »Was machen Sie da?«

»Dem haut's gerade den Kreislauf zusammen.«

»Was?« Sie torkelt nah zum Kastner und lehnt sich über ihn, die Hände auf den Knien abgestützt. »Du Schwein, hast du noch mehr gestohlen?«

Inzwischen ist Apollonia ebenfalls bei uns angelangt. Auch sie ist völlig außer Atem und hält sich an dem Stamm fest, an dem Kastners Füße lehnen.

»Kastner?« Ich fächle ihm Luft zu. Bilde ich es mir nur ein oder bekommt sein Gesicht wieder eine Spur Farbe?

Da höre ich ein Ächzen – als ob ein Baum gefällt zu Boden stürzt –, und im nächsten Moment liegt Apollonia im Gras. Herrje, was ist heute nur los!

»Omi!« Birgit stürzt zu ihrer Großmutter, kniet neben ihr nieder und schlägt ihr auf die hochroten Wangen.

»Birgit, halt!« Ich fasse nach ihrer Hand. Apollonia gibt ungesund klingende Röchellaute von sich. Schnell nehme ich ihren Arm und schiebe eine Hand unter ihre Schulter. »Hilf mir«, fordere ich Birgit auf. »Wir müssen sie aufsetzen. Deine Oma hat Probleme mit dem Kreislauf.«

»Der doch auch!« Birgit blickt zum Kastner, tut dann allerdings, worum ich sie gebeten habe. Gemeinsam zerren wir Apollonia zum nächsten Baum und lehnen sie mit aufrechtem Oberkörper an den Stamm. Ich öffne ein paar Knöpfe ihres hochgeschlossenen Kleides.

»Ja, aber der Kastner hat zu niedrigen Blutdruck, Apollonia zu hohen …« Ich betrachte meine beiden Patienten. Die eine mit aufgerichtetem Oberkörper, der andere mit hochgestellten Füßen. Kastner hat nur noch ein paar Schweißperlen auf seiner Oberlippe, ansonsten hat sich seine Gesichtsfarbe wieder dem Normalbereich angenähert. Er bewegt die Beine, sie rutschen vom Stamm. Dann liegt er still da. Apollonia dagegen gefällt mir gar nicht. Sie lehnt mit geschlossenen Augen an der rauen Rinde der Fichte und atmet schwer.

»Nimmt deine Oma Herztabletten?«

Birgit beißt auf ihre Oberlippe, die Augenbrauen verzweifelt in die Höhe gezogen. »Ja, ich glaub schon.«

»Dann los, hol sie! Hol alles, was mit Herz oder Kreislauf zu tun hat!«

Sie springt auf. »Kann ich Sie allein lassen?« Mit dem Kinn nickt sie in Kastners Richtung.

»Klar, kein Problem. Der tut mir nichts.« Kastner hat sich nicht mehr gemuckst. Ich denke, der wird noch eine Weile brauchen, bis er wieder munter wird.

Birgit will loslaufen.

»Kannst du Auto fahren?«

Sie dreht sich um. Hebt unsicher die Schultern. »Na ja.« Überzeugt klingt anders.

»Hast du einen Führerschein?«

Birgit zieht eine Grimasse. »Nicht so direkt.«

»Was heißt, nicht so direkt? Du wirst doch wissen, ob du fahren kannst oder nicht.« Ich mache eine wegwerfende Handbewegung. Lange Diskussionen können wir uns nicht leisten. »Egal. Nimm mein Auto, dann bist du schneller.« Über die Wiese wird sie es ja gerade noch schaffen, hoffe ich.

»Okay.« Birgit rennt zu meinem Auto. Die Tür steht noch offen. Sie steigt ein, schafft mit dem zweiten Versuch, den Kangoo anzulassen. Aber anstatt loszufahren, graben sich die Räder tiefer in die Wiese.

»Halt!« Heftig mit den Armen winkend laufe ich zu ihr. Sie

entdeckt mich, und der Motor stirbt ab. Na prima! Jetzt, wo's pressiert, sitzen wir fest!

In Windeseile zerre ich die Fußmatten aus dem Wageninnern und lege sie vor die Vorderräder. Nachdem ich Birgit in Lichtgeschwindigkeit erklärt habe, wie sie Gas geben und lenken soll, laufe ich zur Rückseite meines Autos, schiebe, so kräftig ich kann, und bekomme eine Ladung Matsch ins Gesicht.

Ich fluche.

Das hilft.

Beim nächsten Mal greifen die Räder, und mein Wagen saust davon. Ich verziehe das Gesicht, als Birgit zu schalten vergisst und der Kangoo mit dem Sound eines tief fliegenden Doppeldeckers über die Wiese braust. Eine rote Hummel über dem grünen Gras.

Er wird es überleben.

Ich laufe zu den anderen beiden zurück. Kastner liegt immer noch mit dem Arm über dem Gesicht da. Hat er etwa gerade lauernd darunter hervorgeschaut? Ich fixiere ihn. Jetzt hat er die Augen geschlossen und rührt sich nicht. Na gut.

Apollonias Zustand ist besorgniserregender. Ich wende mich ihr zu. Sie stöhnt leise. Neben ihr kniend streiche ich über ihren Oberarm.

»Gleich wird es besser. Birgit holt schon deine Tabletten«, versuche ich, sie zu beruhigen. Sie antwortet mir mit einem schwachen Nicken. Da dudelt »Over The Rainbow« aus meiner Hosentasche. Mein Handy! Im Aufstehen pfriemle ich es heraus. Susas Nummer!

»Ja? Susa?« Ich gehe ein paar Schritte von den beiden weg.

»Mama?«, schreit es mir aus dem Hörer entgegen. Die Verbindung ist schlecht. Eh ein Wunder, dass sie hier draußen überhaupt funktioniert.

»Ja! Susa! Was ist?«, versuche ich es noch lauter.

»Finn kraschrasch hier! Wir schraschrapfhaschrapf ause.«

»Der Finn ist bei dir?«, wiederhole ich laut, was ich mir aus dem Rauschen zusammengereimt habe. »Und ihr seid bei uns zu Hause?«

»Jaschraschraf.«

»Okay. Ich komme, sobald ich kann«, schreie ich. »Geht nicht weg. Haltet euch ruhig. Ich muss jetzt auflegen.«

»Oschrapfsch…« Dauerrauschen beendet unser Gespräch. Ich stecke mein Handy ein und drehe mich um. Der Schreck fährt in meine Glieder.

Kastner ist weg!

Er liegt nicht mehr neben Apollonia. Mein Blick fliegt durch den Wald und erhascht den Flüchtenden zwischen den Bäumen.

Von hinten höre ich den Kangoo heranhüpfen. Gut, dann ist Birgit gleich bei Apollonia, und ich kann sie kurz allein lassen. Ich setze Kastner nach. Springe über Wurzeln, weiche tief hängenden Ästen aus und umrunde Ameisenhügel. Dieser Volltrottel meint, er könne mir entkommen!

Die Distanz zwischen uns schrumpft. Allzu schnell ist er nicht. Dafür prescht mich meine Wut durch das Gestrüpp.

»Hab ich dich!« Ich packe den Griff seines Rucksacks. Daran reiße ich ihn zurück. Er keucht und hält sich an zwei nahe beieinanderstehenden Baumstämmen fest. Ich zerre vehementer. »Hiergeblieben!« Wir keuchen im Duett.

»Karin!« Birgits Schrei weht zu mir. Sie klingt verzweifelt.

Ich schaue mich nach ihr um, erkenne zwischen den Stämmen bruchstückhaft, dass sie sich über ihre Großmutter beugt. Gleichzeitig zieht Kastner am Rucksack. Gedankenfetzen rasen durch mein Gehirn. Was ist dort vorn geschehen? Soll ich ihn einfach laufen lassen? Brauchen sie meine Hilfe?

Mit einem Mal bemerke ich, dass der Gegenzug verschwunden ist. Und mit ihm Kastner. Ich halte den Rucksack in der Hand, schaue auf das braun karierte Muster, dann in das Dunkel des Waldes, in dem sich Kastner aufgelöst hat, dann zurück zu Birgit, die immer noch in gebeugter Haltung vor ihrer Großmutter steht.

»Ach, Scheißdreck!« Ich lasse Kastner Kastner sein und laufe zu den Frauen zurück.

Apollonia nimmt meine Hand. »Ich weiß nicht, wie ich dir danken kann.«

Ich lege meine andere Hand auf ihre. »Ist schon gut. Gern geschehen. Du hättest dasselbe für mich gemacht.« Aber froh bin ich doch, dass es so glimpflich ausgegangen ist. Und Birgit anscheinend auch, denn seitdem heult sie nur noch und jammert, dass es ihr so leidtue. Und dass ihre Großmutter beinahe gestorben wäre. Und das wollte sie nicht. Und so weiter.

Wenigstens hat sie vorhin im Wald noch nicht so einen Zirkus gemacht. Als sie zu Apollonia zurückkam, konnte ihre Großmutter fast nicht atmen. Deshalb hatte Birgit so verzweifelt nach mir geschrien. Ich war in wenigen Sekunden bei ihnen. Apollonia saß stocksteif da, Todesangst in den Augen. Hektisch durchsuchte ich das Täschchen mit den Medikamenten, das Birgit mitgebracht hatte, und entdeckte die Rettung. Eine Nitroglyzerin-Kapsel. Ich brach sie entzwei und ließ den Inhalt auf Apollonias Zunge laufen. Das brachte sie wieder zu uns.

Als sie sich etwas erholt hatte, fuhr ich den Kangoo so nahe wie möglich heran, und Birgit und ich schafften es, Apollonia hineinzusetzen.

Nun liegt sie zu Hause auf dem Sofa und lächelt mich an. Was gibt es Schöneres?

»Birgit.« Sie winkt ihre Enkelin zu sich. »Reich mir mal die Tasche von dem Auktionator.«

»Omi, du sollst dich doch ausruhen.« Birgit schnieft, holt aber trotzdem den Rucksack und lässt den Inhalt auf den kleinen Beistelltisch gleiten. Vor uns breiten sich keltische Schätze aus. Armreife, Ketten, kleine Tongefäße mit filigranen Mustern, Amulette, ein Messer.

Es ist schartig und rostig. Könnte das die Mordwaffe sein? Ach nein, die wurde ja im Hotel gefunden. Angeblich. Wer weiß, vielleicht kam ja nach den Untersuchungen heraus, dass Finns Messer gar nicht die Mordwaffe war? Ich nehme eine Serviette vom Tisch, wickle achtsam das Messer ein und halte es Apollonia entgegen.

»Das musst du der Polizei übergeben! Dringend!« Ich schildere den beiden meinen Verdacht.

Apollonia nickt, aber es scheint sie nicht sonderlich zu interessieren. Geistesabwesend fahren ihre Finger über die Gegenstände. »Der Kretin! All das wollte er mir stehlen. Ich hab ihn ja schon länger um das Museum herumstreifen sehen. Da hab ich dich angerufen, mein Kind. Und du bist gleich gekommen.« Sie streicht Birgit liebevoll über die schmutzige, tränenverschmierte Wange. Die schmiegt sich in die Hand ihrer Oma und atmet schluchzend ein. Apollonia tätschelt sie, ihr Blick gleitet zu mir. »Wenn ihr beide nicht gewesen wärt.« Sie seufzt. Dann zieht sie einen Armreif aus all den Schätzen und hält ihn gegen das Licht. Sofort glimmen goldene und grüne Sprengsel auf.

»Hier.« Sie hält mir den Reif entgegen. »Ich möchte, dass du ihn erhältst. Er wird dafür sorgen, dass du deinen Seelenverwandten triffst.«

»Was? Nein, nein, das kann ich nicht annehmen.« Ich hebe abwehrend die Hände. »Das ist wirklich nicht nötig. Ich habe es gern gemacht.« Ich will aufstehen, doch Apollonia hält mich zurück.

»Meine Liebe, sträube dich nicht. Ich stehe tief in deiner Schuld. Das ist das Mindeste, was ich für dich tun kann.« Sie drückt mir den Reif behutsam, aber unnachgiebig in die Hand. Ihre alte Stärke scheint langsam wieder zu ihr zurückzukehren. »Außerdem ist es wichtig für dich.«

Hab ich das jetzt gerade richtig verstanden? Ich schaue ihr in die bernsteinfarbenen Augen und meine, ein Licht aufblitzen zu sehen. Das Klingeln an der Haustür hält mich von weiteren Diskussionen ab. Das wird der Hausarzt sein, den Birgit angerufen hat. Und auch wenn Apollonia schon wieder einen relativ stabilen Eindruck macht, braucht sie Ruhe.

So verzichte ich auf jegliche Widerrede, sondern nehme das Geschenk dankend an und streife den Reif über mein Handgelenk. Kurz halte ich inne, ob ich eine besondere Wirkung auf mich spüre. Aber nein, nichts. Als der Arzt ins Zimmer tritt, verabschiede ich mich.

Mein Kangoo hinterlässt eine beeindruckende Schmutzspur auf dem Asphalt der Staatsstraße. Erdbatzen schlagen rhythmisch gegen das Unterblech, bevor sie auf die Straße fallen und wie eine Ansammlung von Kuhfladen meinen Weg nachzeichnen. Na, der nächste Regenguss wird das schon wieder wegspülen.

Ich fahre jedoch zur Tankstelle, wo ich meinem tapferen Auto eine gründliche Wäsche zuteilwerden lasse. Quasi als Belohnung für gute Dienste. Erst dann schlage ich den Weg nach Hause ein.

Kaum habe ich den Wagen vor dem Haus abgestellt, hält ein Polizeifahrzeug hinter mir. Grünleitner und Volz steigen aus. Und Finn versteckt sich bei uns!

Ich gehe ihnen entgegen. »Wollen Sie zu mir?« Ich schüttle den beiden die Hand.

»Ja, wir hätten da noch ein paar Fragen an Sie. Können wir reinkommen?«

»Natürlich.« Ich schließe die Haustür auf und bete, dass Susa und Finn nicht gleich auf uns zustürmen. Das ist zum Glück nicht der Fall, aber ich höre im Wohnzimmer etwas scheppern. Ich lasse die beiden Polizisten in den Windfang, ziehe jedoch die Tür zum Treppenhaus zu. »Ich bringe nur schnell den Hund in den Garten.« Hoffentlich harmlos grinse ich. »Er mag keine Besucher.«

Damit schlüpfe ich durch die Tür und schließe sie schnell wieder. Wer weiß, wie viel Zeit mir bleibt, Susa und Finn zu suchen und zu warnen. Die Polizisten werden nicht ewig draußen warten, für so schüchtern halte ich sie nicht. Deshalb eile ich an der Küche – leer – vorbei ins Wohnzimmer. Dort sitzen die beiden einträchtig nebeneinander auf dem Sofa und schauen mich mit großen Augen an. Ich lege schnell meinen Zeigefinger an die Lippen und wedle mit der anderen Hand in Richtung Terrassentür. Mein Hund liegt nicht in seinem Körbchen und ist auch sonst nirgends zu sehen. Mir darüber Gedanken zu machen, habe ich jetzt keine Zeit.

»So, Runa …«, ich spreche extra laut, damit die Polizisten draußen mich hören, und öffne die Glastür, »geh du in den Garten. Wir haben Besuch. Die Polizei.« Dabei winke ich verstärkt mit den Armen und scheuche die beiden, die mich endlich verstanden haben, hinaus. »Versteckt euch im Gartenhaus«, flüstere ich Susa zu und beobachte, wie sie um die Ecke flitzen. Erleichtert schließe ich wieder die Terrassentür.

»Na, ist Ihr gefährlicher Wachhund gesichert?«

Ich fahre herum. Grünleitner und Volz stehen im Zimmer. Letzterer blickt süffisant lächelnd auf mich herab. Haben sie noch was gesehen? Aus ihren Mienen kann ich nichts ablesen. Was soll's? Spielen wir die Komödie weiter.

Ich streiche mir eine Haarsträhne hinter die Ohren. »Ja, ja, jetzt kann Ihnen nichts mehr passieren. Bitte, setzen Sie sich doch.« Ich deute auf die Sessel und nehme selbst auf dem Sofa Platz. Nur um gleich wieder aufzuspringen. Ich bin ja sternvoll Dreck! Meine

Hose, meine Schuhe, selbst meine Jacke ist schlammverkrustet. Ich brösle braune Krümel um mich herum.

»Einen Moment bitte.« Ich laufe in den Flur. Dort kicke ich meine Schuhe von den Füßen und ziehe auch gleich die Socken aus. Die Hose kremple ich bis zum Knie hoch. Meine Jacke lege ich über meinen Schmutzhaufen. Dann spurte ich in die Küche und frage durch die Durchreiche, ob die beiden etwas trinken wollen. Gleichzeitig wasche ich mir die Hände. Mit einer Wasserflasche und drei Gläsern komme ich ins Wohnzimmer zurück.

»So.« Ich lasse mich wieder auf das Sofa nieder, greife nach der Flasche und schenke ein. »Jetzt bin ich bereit.«

»Welche Wiese haben Sie denn umgegraben?« Grünleitners dichter Schnurrbart zittert.

Lacht er mich aus? Sein Kollege hat auch immer noch sein spöttisches Gesicht auf und fläzt sich im Sessel. Na warte!

Ich setze mich aufrecht hin. »Ich habe den Auktionator Emanuel Kastner festgenommen, weil er in das Museum der Apollonia Moosbichler eingebrochen ist und mehrere keltische Wertgegenstände stehlen wollte«, sage ich würdevoll und trinke einen Schluck. »Bei der Verfolgungsjagd ging es wild her.« Ich weise auf die Schmutzspuren an mir.

»Aha. Sie haben ihn festgenommen.« Die buschigen Augenbrauen vom Grünleitner wandern gen Haaransatz. »Und wo ist er jetzt? In Ihrem Privatgefängnis?«

Aha, denke auch ich. Ist er schon wieder angefressen. »Herr Kriminalhauptkommissar Grünleitner, ich weiß, Sie reagieren allergisch auf die Einmischung von Privatpersonen in die polizeilichen Ermittlungen.«

»Ganz recht«, knurrt er.

Ich lasse mich davon jedoch nicht ablenken. »Und ich gebe zu, dass ich in der Vergangenheit, nun ja, manchmal übers Ziel hinausgeschossen bin. Aber«, ich strecke einen Finger in die Luft, »ich habe Ihnen auch schon – hoffentlich glaubhaft – versichert, dass ich die Nase voll von irgendwelchen Ermittlungen habe. Ich kann allerdings gar nichts dafür, wenn ich ohne mein Zutun irgendwo hineingerate. So wie heute, als ich just in dem Moment auf den Moosbichler-Hof komme, in dem der Kastner mit einem Rucksack voller Beute fliehen will und die alte Frau

Moosbichler um Hilfe schreit. Da kann ich ja nicht einfach wegschauen, oder?«

Ich sehe die Kriminaler durchdringend an. Sie bewegen keinen Muskel.

»Das nennt man Nothilfe, wenn ich richtig informiert bin.« Sie sagen immer noch keinen Ton. Also fahre ich fort.

»Und um auf Ihre Frage von vorhin zurückzukommen, Herr Hauptkommissar: Der Kastner ist mir entwischt. Lachen Sie nur, Herr Volz – wenn ich den Ton, den Sie gerade von sich gegeben haben, als Lachen qualifizieren soll –, aber auch für das Entwischen gibt es einen Grund. Apollonia Moosbichler bekam einen Herzanfall, und ich leistete Erste Hilfe. So, jetzt wissen Sie es.« Ich verschränke die Arme vor der Brust und schaue sie an.

Gerade als Grünleitner sich räuspert und den Mund zu einer Entgegnung öffnet, fällt mir noch etwas ein. Mein Finger schnellt wieder in die Höhe. »Ach ja, ich konnte allerdings den Rucksack sicherstellen, mitsamt dem Diebesgut. Er liegt auf dem Moosbichler-Hof.« Bis auf diesen Armreif, denke ich und drehe ihn kurz unter dem Ärmel meiner Bluse. Das werde ich ihnen jedoch nicht auf die Nase binden.

Zufrieden lehne ich mich wieder zurück.

Aber da hätte ich ja fast das Wichtigste vergessen! »Und«, mein Finger wackelt schon wieder in der Luft herum, »in dem Rucksack war ein Messer. Ein Messer, das ungefähr die Größe von Finns Messer hat. Es kann also gut sein, dass Sie gestern gar nicht die Mordwaffe gefunden haben, sondern dass sie jetzt bei den Moosbichlerinnen liegt. Das heißt auch, dass der Finn nicht der Mörder ist, woran ich – unter uns gesagt – sowieso nie geglaubt habe. Weil warum soll er den Senior umbringen? Vielmehr hat der Kastner ein Motiv: Er ist nämlich ein Einmietbetrüger, und der Eichlehner senior wollte ihn gestern anzeigen. Womöglich fand das Gespräch statt, sie haben gestritten, und der Senior wollte die Polizei rufen, da ist der Kastner ausgeflippt und hat ihn erstochen. Der Kilian hat das Geschrei gehört und kam den Gang entlang, da hat der Kastner ihn niedergeschlagen.« Ich hole tief Luft und schließe meinen Mund. Jetzt ist alles gesagt.

Der Volz hat inzwischen einen Block aus seiner Jackentasche hervorgezogen und notiert sich etwas. Grünleitner schaut mich nachdenklich an. Ich zucke mit den Augenbrauen. Jetzt könnte er schon schön langsam sagen, dass ich wunderbare Arbeit geleistet habe.

Grünleitner streicht an seinem Schnurrbart entlang. »Danke für Ihre Ausführungen, Frau Schneider. Sehr interessant.« Aus seinem Tonfall kann ich nicht heraushören, ob er das ernst oder sarkastisch gemeint hat. »Wir werden dem nachgehen …« Er nickt seinem Kollegen zu. »Allerdings sind wir wegen etwas anderem zu Ihnen gekommen. Wenn Sie erlauben, stellen wir jetzt mal unsere Fragen.«

»Okay.« Dann halt kein Lob. Bin ich ja schon gewohnt. Ich trinke mein Wasserglas leer.

»Am Tatort wurde eine Kette mit einem keltischen Anhänger gefunden.« Er sieht in sein Notizbuch. »Einer sogenannten Triskele. Ihre Tochter Susanne besitzt doch so eine Kette?«

Den letzten Schluck hätte ich beinahe wieder ausgespuckt. »Was!« Hektisch wische ich mir die Wassertropfen von der Bluse. Eine Kette von Susa? Die Gedanken rasen durch meinen Kopf.

»Na klar!«, schmettere ich ihm entgegen. »Susa arbeitet schließlich im Hotel und wird auch dann und wann beim Senior im Zimmer gewesen sein. Da hat sie die Kette dann verloren. Das ist doch ganz normal.« Alles halb so wild. Er wollte mir nur einen Schreck einjagen. Das ist ihm auch …

»Ignaz Eichlehner hatte sie in der Hand.« Grünleitner sagt das völlig emotionslos.

Freilich. Warum sollte er auch Emotionen haben, ist ja nicht seine Tochter. Sondern meine! Und mir drücken die Emotionen das Blut aus dem Hirn.

Ich schnappe nach Luft. »Und was jetzt?«

»Wir würden gern mit Ihrer Tochter sprechen«, sagt Volz mit einem aufgesetzten Lächeln.

»Natürlich.«

»Ist sie zu Hause? Im Hotel war sie nicht.« Grünleitner mustert mich. Mir wird heiß.

»Sie hat heute ihren freien Tag«, kommt es lahm von mir.

»Und ist sie dann zu Hause?«, wiederholt Volz die Frage seines Vorgesetzten. Mit seinem Habichtsblick bohrt er sich durch meine Schädeldecke. Mir wird noch heißer. Ich checke schnell meine

Körpersprache. Verhalte ich mich unauffällig? Aber wie verhält sich eine Mutter, der man gerade eröffnet hat, dass ihre Tochter des Mordes verdächtigt wird?

Ich greife mir an den Hals. »Ähm, ja, entschuldigen Sie, ich stehe noch unter Schock. Das werden Sie verstehen. Hoffe ich«, murmle ich. Dann stehe ich mit einem Ruck auf. »Ich weiß nicht, ob Susa zu Hause ist. Ich bin ja selber gerade erst gekommen. Ich gehe mal nachschauen.« Wie ferngesteuert stakse ich aus dem Zimmer.

Meine Herren! Da dachte ich, wir hätten endlich Finn von jedem Verdacht befreit, da hängt Knall auf Fall dieses Damoklesschwert über meiner eigenen Tochter. Ich könnte heulen! Mit Macht verdrücke ich aber jeden gefühlsmäßigen Ausbruch und laufe die Treppen nach oben. »Susa?«, rufe ich für die Herren da unten.

Als ich am Gangfenster vorbeikomme und mein Blick automatisch in den Garten fällt, sehe ich, wie Susa die Tür vom Gartenhäuschen öffnet und heraustritt. Mir bleibt das Herz stehen.

Ich zerre mein Handy aus der Hosentasche und tippe wie eine Wilde darauf ein.

»Zurück!!!«

Mehr nicht, Erklärungen würden zu lange dauern. Ich drücke auf »Senden« und halte die Luft an.

Susa wendet sich nochmals zum Gartenhaus um, dann schlendert sie über den Rasen auf die Terrasse zu. Noch verdecken sie Sträucher. Mein Gott, los! Die SMS müsste doch schon längst bei ihr ankommen!

Aber nichts. Noch ein paar Schritte und die Polizisten könnten sie durchs Wohnzimmerfenster entdecken.

Was mach ich? Was mach ich? In meiner Not lange ich nach dem Griff, um das Fenster zu öffnen und ihr etwas zuzuschreien. Unwichtig, wenn mich die da unten hören. Ich will sie nur in Sicherheit bringen. Sie soll fliehen.

Da stockt Susa mitten im Gehen. Sie holt ihr Handy hervor. Schaut drauf. Liest meine SMS. Runzelt die Stirn.

Susa zurück! Versteck dich!, schreie ich in meinem Kopf.

Und tatsächlich. Langsam dreht sie sich um und geht wieder aufs Häuschen zu. Immer schneller werdend. Zum Schluss spurtet sie zur Tür und verschwindet dahinter.

Mir ist schlecht! Ich stütze mich auf dem Fensterbrett ab und bemühe mich, meine entgleisten Körperfunktionen wieder ins Lot zu bekommen. Als es so einigermaßen geht, steige ich die restlichen Stufen in den ersten Stock.

»Su…«, rufe ich, aber schon die erste Silbe bleibt in meinem rauen Hals stecken. Ich räuspere mich. »Susa?«

Dann öffne ich die Tür. Ihr Zimmer ist leer. Natürlich. Ich schließe die Tür. Stapfe zum Badezimmer, reiße auch hier die Tür auf, knalle sie wieder zu. Ebenso in den Geschwisterzimmern und in meinem Schlafzimmer. Mit dieser Scharade vergeht Zeit, und ich kann mich fangen.

Relativ gefasst kehre ich zu den Polizisten zurück.

»Sie ist nicht zu Hause«, konstatiere ich und bleibe neben den Sesseln stehen. Ich will, dass die beiden gehen. Sofort!

Es funktioniert. Grünleitner erhebt sich und legt seine Visitenkarte auf den Couchtisch.

»Dann rufen Sie an, wenn Sie sie wiedergefunden haben.« Er wirft mir einen schrägen Blick zu. Im Moment ist es mir völlig schnurz, was er denkt.

Ich begleite die beiden hinaus. Als die Haustür hinter ihnen ins Schloss fällt, lehne ich mich dagegen, und die Tränen beginnen zu laufen.

Große Krisensitzung im Wohnzimmer. Susa, Finn, Max und ich. Max ist sofort mit dem Taxi gekommen, als ich ihn angerufen habe.

Susa knetet ein Taschentuch zwischen ihren Händen und reibt sich von Zeit zu Zeit die verlaufene Wimperntusche von den Wangen. Finn sitzt blass daneben. Er hat einen Arm um ihre Schultern gelegt. Seine Haare sind verfilzt, er ist immer noch als Kelte verkleidet, und sein Deo hat versagt. Eindeutig. Aber das ist jetzt Nebensache.

»Weißt du denn, ob es wirklich Susas Kette ist, die sie beim toten Eichlehner gefunden haben?«, fragt mich Max sicherlich schon zum dritten Mal.

Auch ich wische mir mit einem Taschentuch über die Augen. »Keine Ahnung, er hat gesagt, es sei Susas Kette. Weiß der Himmel, ob sie Fingerabdrücke gefunden haben oder was weiß ich. DNA-Spuren.« Ich fuchtle in der Luft herum.

»Susa«, wende ich mich an meine Tochter, »kannst du dir vorstellen, wie deine Kette in Eichlehners Hand gekommen ist?« Diese Frage habe ich ebenfalls schon mehrmals gestellt.

Susa schnieft und hebt ratlos die Hände. »Keine Ahnung, Mama, ich war nicht im Zimmer, als er gestorben ist. Das musst du mir glauben.« Sie fängt wieder zu weinen an.

Ich lege meine Hand auf ihren Arm. »Natürlich glaube ich dir, mein Schatz«, sage ich mit fester Stimme, bevor mir die Tränen erneut aus den Augen schießen.

»Wann hast du sie denn das letzte Mal gesehen?«

Susa zuckt die Schultern. »Beim Beltane hab ich sie noch gehabt. Das weiß ich.« Auch diese Antwort hat sie mir schon ein paarmal gegeben. Es hat keinen Zweck, wir drehen uns im Kreis.

Ratlos sehe ich von einem zum anderen. Finn müsste wirklich dringend unter die Dusche. Wie hat er es nur fertiggebracht, seit gestern so verwahrlost auszusehen? Seine Dreadlocks tragen auch nicht dazu bei, dass er einen ordentlichen Eindruck macht.

»Wo warst eigentlich du heute den ganzen Tag?«, frage ich ihn. »Ich hab dich in der Früh beim Teufelsfelsen aufgescheucht, und dann?«

Er druckst herum. »Hab ich mich versteckt.«

»Das ist mir klar! Und wo?«

»Hohler Stein.«

»Aha, geht das auch noch ausführlicher?« Mein Ton ist unfreundlich. Ich weiß, ich bin ungerecht. Meine Nerven liegen jedoch blank, und seine langsame Art bringt mich zur Weißglut.

»Mama«, jammert auch sogleich meine Tochter und sieht mich vorwurfsvoll aus ihren verheulten Augen an.

»Ist ja gut«, quetsche ich hervor. Ich bemühe mich um einen neutralen Tonfall. »Also? Was ist der Hohle Stein? Und wo? Von dem hab ich noch nie gehört.«

»Felsen im Steinkart«, beginnt Finn leise. So leise, dass ich ihn am liebsten anbrüllen möchte. Er soll endlich lauter sprechen. Und schneller! Aber ich presse meine Lippen zusammen, und Finn redet so verhalten wie bisher weiter. Na, immerhin redet er. »War 'ne Wohnhöhle von den Kelten. Ganz gemütlich. Und nicht so überlaufen wie am Teufelsfelsen. Ist ziemlich im Wald.«

Er wuschelt sich durch seine Dreadlocks, was ihren Zustand nicht verbessert.

Nach diesen Ausführungen hängen wir alle unseren Gedanken nach. Es ist so still, dass ich das Kratzen der Barthaare hören kann, als Max mit der Hand über sein Kinn streicht. Mich macht diese Unsicherheit wahnsinnig! Ich beiße auf meinem Daumennagel herum. Was sollen wir bloß tun?

»Karin«, beginnt Max, und er klingt sehr, sehr vorsichtig. »Eventuell sollte Susa mit der Polizei reden und –«

»Kommt nicht in Frage!« Ich springe auf und fange an, im Wohnzimmer auf und ab zu laufen, meine Hände wild knetend. »Ich lasse nicht zu, dass sie Susa in die Finger kriegen. Wer weiß, was denen dann alles einfällt. So ein junges Mädchen ist ja leicht zu manipulieren, und dann – zack – sitzt sie im Gefängnis, weil sie zu unfähig sind, den wahren Mörder zu fassen.« Ich hebe beide Hände in die Höhe. »Nein, nein, nein!«

»Mama, du übertreibst«, quäkt Susa.

»Nein, ich übertreibe nicht! Wen haben die denn schon als Verdächtigen? Finn?« Ich zeige auf den Jungen. »War es Finn? Nein! Jetzt kommen sie auf dich.« Ich schlage gegen meine Stirn. »Und wer ist als Nächster dran? Max hier?« Meine Magensäure brodelt, so sehr muss ich mich aufregen.

Nachdem ich zum Abreagieren noch ein paarmal durchs Wohnzimmer gerannt bin, bleibe ich vor der Couch stehen. Die drei sitzen mit niedergeschlagenen Augen vor mir.

Ich atme tief durch. »Also gut. Wir machen Folgendes: Susa und Finn verstecken sich im Hohlen Stein. Max und ich finden den Mörder. Ganz einfach. Auf, auf, wir haben keine Zeit zu verlieren.«

Keiner wagt, mir zu widersprechen. Ich scheuche die Kinder in die Küche, stopfe ihnen ein paar Stofftaschen mit Lebensmitteln und Wasserflaschen voll, schicke Susa in den Speicher, Schlafsäcke holen, und verfrachte alles in den Kangoo. In Windeseile mache ich mich frisch und ziehe mich um. Dann spurte ich auf die Straße und überprüfe die Lage. Ich kann kein siedlungsfremdes Auto entdecken. Nachdem ich den beiden eingeschärft habe, sich auf den Rücksitzen so zusammenzukauern, dass man ihre Köpfe von außen nicht sieht, kurve ich auf dem schnellsten Weg in den

Wald. An der vereinbarten Stelle lasse ich sie aussteigen, von hier aus müssen sie gehen. Inzwischen ist es schon später Nachmittag. Die beiden werden aber noch vor Einbruch der Dunkelheit beim Hohlen Stein ankommen. Ich umarme Susa noch mal ganz fest, verabschiede mich von Finn und fahre zu Max zurück.

»Warum hast du sie nicht woandershin gebracht?«, will er von mir wissen, sobald ich zur Tür hereinkomme. »Nach München zu deinem Mann oder hier zu Freunden? Eine keltische Wohnhöhle ist doch ein seltsames Versteck, findest du nicht?«

Ich hänge meine Jacke an die Garderobe und drehe mich zu ihm um. Da sitzt er vor mir im Rollstuhl, wie immer in einem kurzärmligen T-Shirt, der dunkle Bart umrahmt sein freundliches Gesicht, und ich verliere mich in seinen Augen. Am liebsten würde ich mich auf seinen Schoß setzen, meine Arme um seinen Hals legen, den Kopf auf seine Schulter sinken lassen und den ganzen Schlamassel vergessen. Aber das darf ich nicht.

Stattdessen schlüpfen meine Fingerspitzen unter meinen Ärmel und drehen den Armreif. Das ist mir schon zur Gewohnheit geworden.

»Karin?« Max rollt auf mich zu.

Ich reiße mich von seinem Anblick los und gehe voraus in die Küche. »Na ja, München geht nicht. Martin hat sehr dezidiert erklärt, dass er in Zukunft aus meinen Mordgeschichten herausgehalten werden möchte. Keine Unterstützung mehr in irgendeiner Art und Weise. Und Freunde hier? Da wäre immer die Gefahr, dass die Polizei vorbeikommt und nachfragt. Ich möchte niemandem zumuten, wegen meiner Tochter die Polizei zu belügen. Nein, der Hohle Stein ist das Beste. Unter der Woche kommen wahrscheinlich wirklich nicht viele Spaziergänger in diesen Teil des Waldes.« Ich setze mich an den Küchentisch und rubble meine Nase. »Außerdem besteht die Chance, dass Susa danach endlich von dem Keltenquatsch kuriert ist. Sie hasst nämlich Campen.« Ich verziehe einen Mundwinkel zu einem schiefen Grinsen, nur um gleich wieder ernst zu werden. »Nun ja. Lass uns arbeiten.«

Ich setze mich an den Küchentisch und ziehe aus dem Altpapier ein großes weißes Kuvert. Dann nehme ich den Kugelschreiber zur Hand, der hier immer bereitliegt, um Einkaufszettel zu schreiben. »Stellen wir doch mal zusammen, wen wir als Verdächtige haben.«

Nach einer Stunde intensiven Nachdenkens und lebhafter Diskussion stehen ein paar Namen auf dem Papier, zusammen mit unserer Einschätzung der Sachlage.

Kastner. Dahinter große Ausrufezeichen, und das Ganze von mir mit dicken Kugelschreiberstrichen eingekastelt. Mein Hauptverdächtiger.

Gründe: windiger, angeblicher Auktionator, Einbrecher und Dieb, Einmietbetrüger, der vom Senior gestellt wurde. Und nicht zu vergessen sein kriminelles Verhalten mir gegenüber. Nur ein wirklich böser Mensch lässt eine ängstliche Frau in der Dunkelheit allein im Wald zurück. Ihm traue ich alles zu. Alles!

Die Russen: Olga Smirnow ist mir ja sympathisch. Aber ihr Mann scheint ein knallharter Geschäftsmann zu sein. Sie wollen mit dem Hotel Geschäfte machen, der Senior war jedoch dagegen. Jetzt scheint der Weg offen. Darüber müssten wir noch Genaueres erfahren. Von Kilian? Hat er sie wirklich eingeladen? Oder gehören sie etwa zur russischen Mafia, die Bad Griesbach in ihre Finger kriegen will?

Robert: Ich habe mit eigenen Ohren den Streit mit seinem Vater angehört. Um die finanzielle Situation des Hotels steht es wohl sehr schlecht. Am Mordtag haben sie sich wieder in die Haare bekommen. Ist er die treibende Kraft hinter dem Geschäft mit den Russen?

Gertraud-Myrna: Aus dem hintersten Winkel meines Gedächtnisses habe ich die Erinnerung an ihre Reaktion auf Eichlehner gezogen. Wie sie beim Keltenfest im Hotel gegiftet hat, als sie ihn gesehen hat. Was hat sie gleich noch mal gesagt? Sie hätte ihn nicht gebeten, ihnen zu helfen? Was meinte sie damit? Da muss ich nachhaken. Und sie kam zu spät zum Feuerritual, hätte also die Möglichkeit gehabt, zu Eichlehner zu gehen. Hatte sie einen Grund, ihn umzubringen?

Birgit: Auch sie war wütend auf Eichlehner. Ob er mit ihrer angeblichen Verlobung einverstanden war? Wahrscheinlich nicht, wenn er die Verbindung zur »Aussicht« eingefädelt hat. Aber ob das verzogene Kelten-Prinzesschen deswegen kaltblütig einen Menschen ermorden würde?

Garhamer: Er war auch an dem Abend im Hotel und richtiggehend feindlich zu Eichlehner. Warum? Hat das mit dem Tod seines Vaters zu tun? Und noch einen Schritt weitergedacht: Sind dann auch Obermeier und Apollonia in Gefahr? Die waren damals ja auch in der Hütte dabei, als Konrad Garhamer gestorben ist. Soll ich sie warnen? Oder fache ich damit nur unnötig Panik an?

Kilian: Er wurde zwar niedergeschlagen, trotzdem schreibe ich ihn auf die Liste. Wer weiß, ob er seine Verletzung nicht vorgetäuscht hat. Mögliches Motiv: auch die russische Geschäftsverbindung? Möchte er lieber Birgit heiraten anstatt die »Aussicht«?

Fragen über Fragen. Ein bisschen zu viele Verdächtige für meinen Geschmack. Unbefriedigend, jedoch nicht zu ändern. Wir vereinbaren, einen nach dem anderen abzuarbeiten. Max soll versuchen, etwas aus Kilian herauszubekommen, und ich mache mich an die Gertraud-Geschichte heran. Ich muss mir bloß noch etwas ausdenken, warum ich sie sprechen möchte.

Fast sind wir schon aus der Tür, da klingelt das Telefon.

»Frau Schneider, Gertraud Moosbichler hier. Ich wollte Ihnen nur sagen, Runa ist bei uns.«

»Runa?« Mit einem Schlag erreicht mich die Erkenntnis, dass ich meinen Hund in dem ganzen Trubel einfach vergessen habe. Oh. Ich blicke zu ihrem leeren Körbchen. Das hätte mir auch wirklich schon früher einfallen können.

»Ja. Apollonia meinte, ich soll Ihnen Bescheid geben.«

»Okay. Ja. Das ist nett. Ich bin schon auf dem Weg.« Das wäre ich auch, wenn sie nicht angerufen hätte. Jetzt habe ich allerdings den perfekten Vorwand. Und das perfekte schlechte Gewissen.

Nachdem ich Max beim Hotel abgeliefert habe, fahre ich also zum zweiten Mal an diesem Tag zum Moosbichler-Hof hinaus. Und zum zweiten Mal sehe ich schon von Weitem, dass die Frauen Besuch haben. Ein dunkler BMW steht vor dem Haus. Ich parke daneben, kämpfe mich aus meinem Sicherheitsgurt und steige aus. Im selben Moment geht die Haustür auf, und Grünleitner samt Volz tritt heraus.

»Was machen *Sie* denn hier?« Grünleitners Tonfall interpretiere ich als vorwurfsvoll.

Daher hebe ich abwehrend die Hände. »Ich hole nur meinen Hund.« Netterweise schlängelt sich in diesem Augenblick Runa an den Männern vorbei und begrüßt mich freudig. Diese treulose Seele. Da sie mir aber gerade meine Reputation gerettet hat, kann ich ihr nicht böse sein. Ich streichle und lobe sie.

Die Polizisten steigen in ihr Auto und fahren. Ich drehe mich zu Gertraud um.

»Danke, dass ihr mich angerufen habt. Wie lange ist sie denn schon da?« Ich lege Runa die Leine an, damit sie mir nicht wieder abhaut. Sie sieht mich entrüstet an.

»Keine Ahnung. Ich bin vorher auch erst gekommen.« Sie fährt mit den Fingernägeln über den Handrücken, und ich sehe, dass ihre Neurodermitis schlimmer geworden ist. Beide Hände sind bereits blutig, und auch die dunklen Stellen am Hals sind mit roten Kratzspuren durchzogen.

»Was wollte die Polizei?« Ich folge Gertraud ins Haus. Wir gehen den langen Gang entlang, der sich vorn zur Halle hin öffnet. Gertraud reibt über ihren Hals. Ich kann gar nicht mit ansehen, wie sie ihren Ausschlag immer schlimmer macht. Am liebsten würde ich ihre Hände festhalten.

»Sie waren wegen dem Kastner da.« Sie wendet sich zu mir um. »Aber das wissen Sie ja besser als ich. Danke, dass Sie sich um Apollonia gekümmert haben.« Sie sieht mir kurz in die Augen und gleich darauf wieder weg.

»Na klar, das war doch selbstverständlich. Wie geht es ihr denn?«

»Mir geht es sehr gut«, kommt es mit kräftiger Stimme von der Couch. Apollonia liegt auf bunte Kissen gebettet, ihr Oberkörper ist aufgerichtet. Die bernsteinfarbenen Augen haben ihren durchdringenden Blick zurückgewonnen. Sie streckt eine Hand nach mir aus, die ich ergreife. Schwungvoll werde ich aufs Sofa gezogen und sitze neben ihr. Runa sucht sich ein ruhiges Plätzchen im hinteren Teil des Raumes.

»Hallo, Apollonia«, sage ich lächelnd. »Schön, dass du wieder so munter bist. Aber solltest du dich nicht lieber im Krankenhaus durchchecken lassen? Mit so einem Herzanfall ist nicht zu spaßen.«

»Das sage ich ihr auch schon die ganze Zeit!«, jammert es aus dem Lehnsessel zu meiner Rechten. Erschrocken drehe ich mich um. Ich habe gar nicht gesehen, dass da auch jemand sitzt. Birgit kauert in einer Ecke. Sie hat immer noch ihre schlammverkrusteten Kleider an. Die sonst so sorgfältig hochtoupierte Frisur steht wirr vom Kopf ab. Ihre Wangen schmücken dunkle Schmutzstreifen, durch die sich Spuren von getrockneten Tränen ziehen.

»Servus, Birgit, geht's dir gut?«, rutscht mir bei ihrem Anblick heraus. Ich selbst sehe heute auch nicht wie aus dem Ei gepellt aus, aber trotz allem Stress hab ich mir saubere Klamotten angezogen. Dieses Desinteresse an ihrer Aufmachung sieht Birgit gar nicht ähnlich.

»So ist sie schon die ganze Zeit. Birgit, los, geh duschen, umziehen!« Apollonia scheucht ihre Enkelin weg.

Diese rutscht von ihrem Sitz und gleitet neben der Couch auf die Knie. Mit beiden Händen umklammert sie eine Hand ihrer Großmutter, führt sie zum Mund und küsst sie. »Oma, du darfst nicht sterben. Es tut mir ja so leid. Ich werde es auch nie wieder tun.«

»Oma?« Apollonia macht ein Gesicht, als hätte sie in eine Zitrone gebissen. »Seit wann nennst du mich Oma? Ich heiße Loni, schon vergessen?« Sie entzieht ihrer Enkelin die Hand.

»Jetzt geh dich endlich waschen«, befiehlt sie, »oder gleich ins Bett. War ein anstrengender Tag für dich.« Sie nimmt Birgits Kinn und hebt es so weit an, dass sie ihr in die Augen sehen kann. »Was ist heut bloß los mit dir?«

Birgit schüttelt den Kopf, reißt sich los und rennt aufschluchzend aus der Tür. Beinahe wäre sie mit Gertraud zusammengestoßen, die mit einer Teekanne hereinkommt.

»Was ist denn mit ihr los?« Gertraud stellt die Kanne ab.

»Das fragen wir uns auch.« Apollonia wachelt mit der Hand. »Sie wird sich schon wieder einkriegen.«

»Hat euch die Polizei wegen dem Mord noch mal befragt?« Es gibt interessantere Gesprächsthemen als eine durchgeknallte Enkelin.

Gertraud schenkt den Tee aus. »Sie haben den Rucksack vom Kastner mitgenommen. Mit allem: dem Schmuck, den Töpferwaren, dem Messer. Wir haben eine Quittung bekommen.«

»Aha. Und wegen dem Mord an Ignaz Eichlehner, haben sie da noch mal etwas wissen wollen?« Ich beobachte, wie sie in Ruhe den Tee eingießt. »Zum Beispiel, dass Sie seine Tochter sind?«

Gertraud zuckt, ein paar Spritzer gehen daneben. Dann stellt sie die Kanne mit Bedacht auf den Tisch und setzt sich. Die Augen immer noch auf die Teekanne gerichtet, streicht sie eine Strähne hinter die Ohren, die feuerrot aus den dunklen Haaren hervorleuchten.

Apollonia hat sich in die Kissen zurückgelegt und die Augen geschlossen. Sie tut zumindest so, als ob sie nun doch müde wäre und schlafen müsste. Aus ihrer Miene kann ich nichts ablesen.

Die Tochter nimmt die Tasse in beide Hände und pustet auf das dampfende Getränk. Keine der beiden antwortet.

»Das stimmt doch, oder?«, insistiere ich. »Sie sind sich vom Typ her ähnlich, die Haare, die Ohrläppchen.« Ich zupfe zur Verdeutlichung an meinen. »Und Ihr Alter stimmt auch. Der Obermeier Sepp hat angedeutet, dass 1968 Ihre Mutter und Ignaz Eichlehner ein Liebespaar waren. Er ist Ihr Vater, nicht wahr?«

»Eine keltische Göttin hat keinen Vater«, tönt es vom Sofa. Mich trifft ein Blitz aus bernsteinfarbenen Augen.

So ein Stuss, denke ich. Verkneife mir allerdings jeden Kommentar. Stattdessen beobachte ich Gertraud. Ihre künstliche Ruhe hat inzwischen einen Sprung bekommen. Sie fährt mit den Nägeln erneut an ihrem Hals entlang und hinterlässt blutige Spuren.

Ich nehme meinen Tee und trinke einen Schluck. Wie nebenbei sage ich: »Ein kleines Mädchen braucht einen Vater, sehnt sich bestimmt nach einem Papa. Oder?«

Stille. Nur das Schaben von Gertrauds Fingernägeln ist zu hören.

»Myrna, sag etwas dazu«, fordert sie Apollonia auf. »Eher wird Karin keine Ruhe geben.«

Steif steht Gertraud auf. Sie sieht keinen von uns an. »Eine keltische Göttin hat keinen Vater«, presst sie zwischen dünnen Lippen hervor. Dann stolziert sie aus dem Zimmer.

Apollonia schließt wieder ihre Augen. »Ich danke dir für deine heutige Hilfe, Karin. Aber jetzt findest du allein den Weg hinaus.«

Ich habe verstanden. Ich stelle die Tasse ab, nehme Runas Leine, und wir gehen.

Draußen verfrachte ich meine Hündin in den Kofferraum. Inzwischen ist es dunkel geworden. Als ich einsteigen will, wird mein Blick von dem einzigen erleuchteten Fenster im ersten Stock des Hauses angezogen. Das ist wahrscheinlich Birgits Zimmer. Sie schläft also noch nicht. Die dritte keltische Göttin ohne Vater.

Einen Fuß habe ich schon im Auto, da blinkt etwas auf. Was war das? Steht Birgit am Fenster? Ich kneife meine Augen zusammen. Tatsächlich. Sie ist kaum zu sehen. Eine dunkle Jacke umhüllt ihren Körper. Hat sie einen Hut auf? Nein, oder?

Jetzt zieht sie sich ins Zimmer zurück. Ich schüttle den Kopf und steige endlich ein. Aus dem Mädchen werde ich nicht schlau. Aus allen drei Moosbichler-Frauen werde ich nicht schlau. Birgit ist heute völlig durch den Wind. Hat sie der Herzanfall von Apollonia so erschüttert? Oder gibt es noch einen anderen Grund? Und Gertraud ist offensichtlich mit den Nerven am Ende. Warum? Hat sie mit Ignaz am Ende tatsächlich ihren Vater umgebracht?

Donnerstag, 12. Mai

Bevor ich am nächsten Morgen Max besuche, spaziere ich mit Runa wie üblich eine Runde durch den Wald. Mir geht der gestrige Abend nicht aus dem Kopf. Was haben die Moosbichlerinnen zu verbergen? In Gedanken wälze ich verschiedene Möglichkeiten hin und her. Es ist wirklich vertrackt! Dazwischen schiebt sich immer wieder die Sorge um Susa. Warum hat die Polizei Susas Kette gefunden? Ist es überhaupt ihre Kette? Zum Verrücktwerden!

Runa scheint meine Unruhe zu spüren. Sie stupst mich an. Vielleicht riecht sie auch nur die Leberwurst. Für uns Hundehalter praktischerweise in einer Tube abgepackt. Und meine Geheimwaffe, die ich heute ausnahmsweise dabeihabe. Damit will ich meinen Hund überlisten und langsam wieder daran gewöhnen, auch ohne Leine bei mir zu bleiben. Ich ziehe die Tube aus der Tasche. Das reicht, um sofort die volle Aufmerksamkeit von Runa zu haben. Sie lässt mich nicht mehr aus ihren dunklen Hundeaugen und klebt nur noch an mir. Fast tut sie mir leid, sie soll sich ja auch austoben beim Spaziergehen. Also öffne ich den Karabiner und schmeiße einen Stock. Runa springt gleich freudig hinterher, packt den Stecken – und dann kann ich richtig sehen, wie es hinter ihrer Stirn arbeitet. Schnell reiße ich die Leberwurst hoch und wedle damit durch die Luft. Aber zu spät. Runa schaut mich an, lässt den Ast fallen und ab durch die Mitte. Und ich darf jetzt wieder hinter ihr her.

»Runa!« Ich bin sauer! Vor allem auf mich. Warum hab ich sie auch von der Leine gelassen? Ich hätte mir denken können, dass sie wieder abhaut. Wahrscheinlich ist sie schon auf dem Weg zur Moosbichlerin. Ich weiß nicht, was diese keltische Tante mit meinem Hund anstellt, dass Runa süchtig nach ihr ist. Ob sie die Leckerli in einen Zaubertrank tunkt?

Recht undamenhaft fluchend verlasse ich den Forstweg und stapfe zwischen Buchen und blühenden Holunderbüschen über den weichen Waldboden. Dort vorn muss bald die Luisenburg kommen, die heilige Stätte von der Moosbichlerin. Für mich sind es nur ein paar Felsen, aber ich bin auch nicht eingeweiht.

Allerdings führt da die Abkürzung zu ihrem Hof vorbei. Und dorthin will ich.

Ungeduldig biege ich Zweige zurück und kämpfe mich durchs Unterholz. Mitten in der Bewegung halte ich inne. Da bellt ein Hund. Eindeutig meiner.

Ha, jetzt hab ich dich!

Ich drücke mich durch einen Jungfichtenbestand, stehe am Rand der großen Lichtung und staune.

Vor mir erstreckt sich eine Szene wie aus einem Historienfilm. Sonnenstrahlen bringen die morgendlichen Tautropfen auf den moosbewachsenen Steinen zum Funkeln. Ein umgefallener Baumriese streckt seine Äste gen Himmel. An seiner Seite stehen Fingerhutstauden, deren Knospen schon die purpurroten Blüten erahnen lassen. Mitten auf der Waldwiese liegt der Altar, ein kolossaler, flacher Felsbrocken. Drei Frauen gruppieren sich darum. Es sind Apollonia Moosbichler mit Tochter und Enkelin. Alle drei haben sich in ihre bodenlangen Gewänder gehüllt, Apollonia in Schwarz, Gertraud in Rot und Birgit in Weiß. Sie spielen mal wieder Große Göttin.

Auf dem Opferstein liegt eine Frau, auch mit einem langen weißen Kleid angetan. Also eher ein Mädchen, da man ihrer Auffassung nach Weiß nur als Jungfrau tragen darf. Birgit schmückt die Liegende gerade mit einem Blumenkranz, und Gertraud fächert Rauch, der aus einem Gefäß hochsteigt, über ihren Körper. Davor hüpft mein Hund aufgeregt hin und her.

Ich schüttle den Kopf über so viel Theatralik und will Runa zu mir rufen, als das Mädchen sein Gesicht in meine Richtung dreht.

Susa!

Was macht meine Tochter hier? Sie soll sich doch im Hohlen Stein verstecken! Warum liegt sie auf diesem Altar?

Gerade will ich mich über ihren Leichtsinn aufregen, als Apollonia ein Beil hochhebt.

Ein Beil?

Im nächsten Augenblick weht ein grässliches Geräusch zu mir herüber, Gänsehaut jagt über meinen Rücken. Das weiße Gewand meiner Tochter verfärbt sich blutrot.

Wie erstarrt stehe ich auf meinem Platz, bringe keinen Ton heraus, kann meinen Blick nicht abwenden. Ich sehe nur Susa.

Sie liegt ganz still.

Die Frauen stimmen einen Singsang an, Gertraud schwenkt ihr Räuchergefäß. Meine Hündin hat die Vorderbeine auf den Felsen gestellt und bellt wie von Sinnen. Da führt Apollonia das Hackbeil zu Susas Hals.

»Nein!« Ich stürze auf die Lichtung.

Runa rast bellend zu mir, springt an mir hoch, rast zurück. Die Frauen scheinen in ihrer Bewegung eingefroren. Birgit mit den letzten Blüten in der Hand, aus Gertrauds Räuchergefäß kräuselt der Rauch, Apollonia hält das blutige Mordinstrument. Aus dem Augenwinkel sehe ich, dass noch jemand auf die Lichtung läuft. Finn. Gut, dann kann er mir helfen, diesem Wahnsinn ein Ende zu bereiten. Ich sprinte zum Opferstein.

Wie ein Gespenst in der Geisterbahn fährt meine Tochter hoch und dreht sich in meine Richtung. Der blutgetränkte Fleck leuchtet auf ihrem weißen Kleid. Mit großen Augen schaut sie zu mir, erkennt mich und setzt sich auf.

»Aber Mama!« Vorwurfsvoll schüttelt sie den Kopf – einzelne Blüten rieseln herab – und rutscht von dem Felsen.

Ich bin sofort bei ihr, reiße sie in meine Arme. »Ihr bleibt alle schön weg!«, schreie ich den Frauen zu.

Sie haben sich seit meinem Auftritt sowieso noch nicht gerührt, und auch Finn traut sich nicht näher. Als ich sehe, dass keine der Moosbichlerinnen Anstalten macht, Susa wieder in ihre Gewalt zu bringen, drücke ich meine Tochter von mir weg und mustere sie von oben bis unten. Trotz des Blutes scheint sie unverletzt. Der riesige Fleck auf ihrem Bauch vergrößert sich nicht. Überhaupt könnte sie mit einer Verletzung, die in so kurzer Zeit so viel Blut verliert, weder sitzen noch stehen. Das Kleid sieht wie gebatikt aus, überall rote Schlieren und Spritzer, und auch auf Susas Gesicht erkenne ich Blutsprengsel. Ich will sie abwischen, sie sind schon angetrocknet.

Langsam setzt sich in mir die Erkenntnis fest, dass meine Tochter unversehrt ist. Und die Umwelt dringt wieder zu mir durch.

Runa springt pausenlos an uns beiden hoch. Ich tätschle ihren Kopf und murmle Beschwichtigungen. Apollonia redet mit mir, merke ich. Über Susas Schulter hinweg sehe ich zu ihr hinüber. Sie steht immer noch hinter dem Altar, das blutige Hackbeil in der Hand. In der anderen Hand hält sie ein weiß-grau gefiedertes Huhn an den Füßen gepackt. Ein Huhn ohne Kopf. Mir wird anders. Dann ist das Blut, das Susas Kleid durchtränkt hat und nun auch an meiner Jacke klebt, von dem armen Tier. Igitt.

»… ein Ritual, verstehst du, Karin, es war nur ein Ritual.« Apollonia legt Beil wie Huhn auf die grob behauene Steinplatte und kommt näher. Im Gehen redet sie weiter, und während sie redet, putzt sie sich die Hände an den Seitennähten ihres Kleides ab. »Wir bauen einen Schutzzauber um Susa auf. Dann kann ihr nichts geschehen. Die Polizei wird ihr nichts anhaben. Und der wahre Mörder auch nicht.«

Nun ist Apollonia bei mir angelangt und nimmt mich an den Schultern. Ich sehe lieber nicht auf ihre Hände, die sind bestimmt noch voller Blut.

Runa springt nun auch an Apollonia hoch. Mir dämmert, dass ihr vorheriges Gespringe nicht aus Sorge um uns geschah. Meine Hündin muss schier verrückt werden, weil wir alle nach frischem Hühnerblut riechen.

Apollonia jedoch lässt sich von Runa nicht ablenken. Wie eine Statue ragt sie vor mir auf. Von ihrem gestrigen Schwächeanfall ist nichts mehr zu merken. »Verstehst du, Karin, es war ein Ritual.«

Meine Tochter nickt emsig zu diesen Worten. Auch Gertraud, Birgit und Finn, die im Hintergrund zusammenstehen, nicken. Sogar die Äste der Bäume rund um den Platz schwanken zustimmend im Wind.

»Okay«, grummle ich. »Ein Ritual.« Wenn alle davon überzeugt sind, wird es so gewesen sein. Hab ich es halt falsch aufgefasst. »Aber hätte es nicht eines ohne Blut gegeben?« Ich zeige auf das Opfer der Zeremonie. »Das arme Huhn.«

Apollonia hat mich immer noch an den Schultern gepackt. »Nein, Karin, nein. Wir brauchen ein kraftvolles Ritual. Das war notwendig. Und um Else musst du dir keine Gedanken machen. Ich habe sie vorher betäubt. Sie hat nicht gelitten und wandelt nun in der Anderwelt, ihr geht es gut.«

»Else?«

»Die Henne.«

»Oh.«

Die Göttin lässt von mir ab. »Aber wir müssen es nun zu Ende bringen.« Sie geht zurück, nimmt die Ritualgegenstände vom Steinblock, wischt mit dem Ärmel ihres Kleides über die Oberfläche und macht eine einladende Handbewegung. Meine Tochter steigt ohne zu zögern hinauf und legt sich zurecht. Ich stelle mich mit verschränkten Armen daneben.

Gertraud schwenkt von Neuem das Räuchergefäß. Der daraus hervorkräuselnde Rauch verströmt einen intensiven Duft und erinnert mich an Weihnachten. Verbrennen die hier Weihrauch? Für ein keltisches Ritual. Darf man das?

Mehr als eine mögliche Blasphemie interessiert mich jedoch Gertrauds Zustand. Sie hat den Blick gesenkt und eine undurchdringliche Miene aufgesetzt. Ihre Hände und ihr Hals sehen furchtbar aus. Rote entzündete Flächen. Ihre Augen sind geschwollen.

Auch Birgit sieht nicht wie das blühende Leben aus, sondern ist ziemlich blass um die Nase. Sie fächelt den Rauch mit einer beeindruckend großen Feder über Susa. Sicherlich von einem Adler. Ab und zu wirft sie einen Blick zu Finn, der an einer Feuerstelle Holz aufschichtet. Es sind keine freundlichen Blicke.

Einzig Apollonia scheint wieder ganz bei Kräften zu sein. Beide Hände gen Himmel gerichtet, deklamiert sie – ein Gedicht? Ein Gebet? Eine Beschwörungsformel? Ich verstehe kein Wort. Aber das ist gleichgültig, Hauptsache, sie hat das Beil aus der Hand gelegt.

Susa ist ganz ruhig und lässt alles über sich ergehen. Auf ihren Lippen schwebt ein leichtes Lächeln. Ob sie an den Hokuspokus, der hier veranstaltet wird, glaubt? Als ihr Apollonia mit dem Blut von Else ein Zeichen auf die Stirn malt, zuckt sie doch zusammen. Und ich muss meinen Ekel zurückhalten. Ich wäre keine gute Neo-Keltin. Das Archaische ist nichts für mich.

Nun stimmen sie ein Lied an, wieder in einer mir unverständlichen Sprache. Ich summe die Melodie ansatzweise mit. Ich will ja mal nicht so sein und meinen Beitrag für den Schutzzauber meiner Tochter leisten.

Endlich ist es vorbei.

Susa steigt vom Altar, umarmt nacheinander die Göttinnen und wirkt sehr heiter. Auch mich drückt sie. »Siehst du, deine Aufregung war ganz umsonst.« Als ich brav nicke, lässt sie mich wieder los und läuft zu Finn, der das Holz in der Feuerstelle inzwischen angezündet hat. Auch er wird umarmt, und sie knutschen sich ab. Junge Liebe, wie niedlich.

Die Umstände sind jedoch weniger niedlich. Das sollte ich nicht vergessen. Ich habe hier schon viel zu lange herumgetrödelt.

Ich gehe zu Susa. »Sag mal«, störe ich die traute Zweisamkeit, »ihr solltet schleunigst wieder zum Hohlen Stein. Sonst sieht euch doch noch jemand.«

»Aber jetzt gibt es doch erst mal Essen!«

»Sie können bei uns bleiben.« Apollonia hält Susa eine Schüssel hin, in der das tote Huhn liegt. Und Susa, meine Tochter, die immer die Adern aus jedem Stück Fleisch auf ihrem Teller herausoperiert, weil sie zu eklig sind, diese Susa nimmt ganz selbstverständlich die Schüssel und fängt an, das Huhn zu rupfen. Mir fallen gleich die Augen aus dem Kopf!

»Wir essen jetzt erst einmal in Ruhe«, fährt Apollonia fort, »denn kein Kelte würde Fleisch verderben lassen, auch nicht von einem Opfertier. Außerdem verstärkt der Verzehr die Wirkung des Rituals. Danach nehme ich die beiden mit zu uns. Wir können sie auf dem Hof verstecken.«

»Prima!« Susa ist von der Idee angetan. Auch Finn schaut begeistert. Wahrscheinlich haben sie vom wilden Keltenleben in der freien Natur schon die Nase voll.

»Aber wenn die Polizei kommt?« Gertraud hat mir die Worte aus dem Mund genommen.

»Das kann ich euch nicht zumuten«, blase ich auch in das gleiche Horn. Ich möchte nicht, dass Susa bei den Moosbichlerinnen ist. So nett, wie das Angebot von Apollonia vermutlich auch gemeint ist – Gertraud ist offensichtlich neben der Spur. Ich frage mich ernsthaft, ob sie etwas mit dem Tod vom Eichlehner senior zu tun hat. Und Birgits Verhalten gefällt mir in letzter Zeit auch nicht. Nein, ich möchte mein Kind nicht bei ihnen wissen.

»Die Polizei war schon da. Die taucht so schnell nicht wieder auf«, hält Apollonia dagegen. »Außerdem ist unser Hof weitläufig genug, und sie werden schon nicht mit einem Durchsuchungsbefehl antanzen.« Sie legt ihre große Hand auf meine Schulter. »Mach dir keine Sorgen, Karin, wir passen schon auf dein Kind auf.«

»Und ich bin kein Kind mehr«, sagt meine Tochter ruhig und schmust sich von der anderen Seite an mich hin. »Ich kann selber auf mich aufpassen.«

»Und ich bin schließlich auch noch da«, fängt auch noch Finn an und schmeißt sich in die Brust.

»Okay, okay. Susa, kann ich dich kurz mal allein sprechen?« Ich ziehe sie am Ellbogen in den Wald. Als ich das Gefühl habe, mich weit genug von den anderen entfernt zu haben, lasse ich sie wieder los.

»So, jetzt pass mal bitte auf«, fange ich in ernstem Ton an. »Ich kann nicht ausschließen, dass Gertraud die Mörderin vom Ignaz Eichlehner ist. Sie ist seine uneheliche Tochter. Sie hasst ihn. Sie war beim Feuerritual eine Weile nicht da, genau in der Zeit wurde Eichlehner umgebracht. Und jetzt kratzt sie sich vor lauter Nervosität oder Schuldgefühlen oder was weiß ich ihre Haut auf. Hast du mal ihren Hals gesehen?«

Susa möchte etwas sagen, aber ich hebe einhaltgebietend die Hand und rede weiter.

»Außerdem benimmt sich Birgit auch total seltsam. Gestern hat sie sich an ihre Oma geklammert wie ein kleines Kind. Mit zwanzig Jahren!«

»Schon«, wirft Susa ein. Das ist jedoch auch schon alles, was sie sagen darf, denn ich bin gerade nicht zu stoppen.

»Genau! Und gestern stand sie am Fenster und hat mir hinterhergesehen. Komisch hinterhergesehen. Mit der stimmt auch was nicht. Und sie behauptet, mit dem Kilian verlobt zu sein. Max weiß aber, dass der bald die Tochter vom Nachbarhotel heiraten wird. Warum erzählt sie das dann?« Ich hole Luft. »Wahrscheinlich spinnen die alle so, weil sie nie Väter hatten oder haben durften. Die Gertraud nicht den Ignaz, die Birgit nicht den Ludwig. Und der hat sie auch nicht alle mit seinem ›Ich brauche niemanden‹. Der hat den Ignaz auch gehasst. Am Mordtag ist er den Eichlehner ganz schön angegangen. Der hatte eine Wut!«

»Mama! Du verdächtigst ja jeden und alle!«

Ich sehe sie an und spüre, wie verkrampft mein Blick ist. Wahrscheinlich mache ich im Moment für Außenstehende auch keinen guten Eindruck.

»Kann schon sein.«

»Ganz bestimmt!« Sie lacht auf. »Wen hast du denn noch auf deiner Liste? Kilian, Max, Papa?«

»Na ja, deinen Vater wohl nicht, der glänzt ja durch Abwesenheit. Max? Nein, wirklich nicht. Kilian? Na ja. Keine Ahnung. Der macht angeblich Geschäfte mit den Russen oder will sie machen, und Ignaz war dagegen.« Ich fahre mir durch die Haare. »Irgendwie hätten alle ein Motiv. Und darum möchte ich, dass du wieder allein untertauchst. Oder halt mit Finn. Weil Finn ist der Einzige, den ich nicht verdächtige.«

»Das ist ja schon mal was«, sagt Susa vergnügt.

»Du hast den Ernst der Lage immer noch nicht verstanden.« Ich fahre durch die Luft.

»Doch, Mama, doch.« Sie fängt meine Hände und hält sie fest. Langsam und eindrücklich sagt sie: »Und deshalb werde ich mit Finn zu den Moosbichlerinnen gehen. Denn wenn ich bei ihnen wohne, kann ich mir besser ein Bild davon machen, ob dein Verdacht stimmt.« Sie legt einen Finger an meine Lippen, weil ich protestieren will. »Wenn du mal eine Minute in Ruhe darüber nachdenkst, wirst du meiner Meinung sein.«

»Und wie alt bist du?« Sie kommt mir gerade sehr erwachsen vor.

»Sechzehn.« Susa grinst und drückt meine Hände. »Mama, du brauchst keine Angst zu haben. Mir passiert schon nichts. Und«, sie verzieht ihre Nase zu einer lustigen Grimasse, »ich schätze an der modernen Welt durchaus Badezimmer und Betten und Klospülungen.«

Na, hab ich's nicht gesagt?

Trotzdem ist mir nicht wohl bei dem Gedanken, dass Susa bei den verrückten Göttinnen wohnt. Ich entziehe meiner Tochter die Hände und beiße mir auf den Daumennagel. Soll ich darauf vertrauen, dass ich mich in Gertraud täusche und alles nicht so schlimm ist, wie ich befürchte? Dass der Mörder vom Eichlehner doch woanders zu suchen ist? Wenn ich wenigstens eine heiße Spur hätte! Aber das hilft ja alles nichts. Nichts Genaues weiß man nicht. Ich zerzause meine Locken, hole tief Luft und springe.

»Okay. Halte dich an Finn, laufe nicht allein irgendwo rum, schon gar nicht nachts. Und ich will dreimal am Tag eine SMS, ob du noch lebst.«

Sie schüttelt den Kopf über ihr altes Mütterlein. Auf jeden Fall komme ich mir unter ihrem mitleidigen Blick alt vor.

»Echt, Mama! Aber gut. So machen wir's.« Sie hebt drei Finger zum Schwur hoch. »Wenn es gefährlich werden sollte, sag ich Bescheid.«

So habe ich meine Tochter also doch bei den Moosbichlerinnen zurückgelassen, mit Bauchweh zwar, aber ich habe. Jetzt fahre ich zu Max ins Hotel. Womöglich hat er etwas Interessantes aus Kilian oder über Kilian herausbekommen. Das ist meine Hoffnung.

Als ich nach einem schnellen Klopfen in Max' Zimmer stürme, pralle ich bei dem sich mir bietenden Anblick sofort zurück. Max in inniger Umarmung mit einer Frau.

Und es stört sie auch gar nicht, dass plötzlich die Tür aufgerissen wurde. Sie umarmen sich gemütlich immer weiter, na ja, nicht gerade gemütlich, denn Max sitzt im Rollstuhl, und die Frau beugt sich zu ihm hinunter. Aber trotzdem!

Jetzt macht die Tussi die Augen wieder auf – veilchenblaue Augen mit dichten, dunklen Wimpern –, blinzelt und registriert, dass ich hier dumm rumstehe wie eine Ehefrau, die überraschend nach Hause gekommen ist. So fühle ich mich auch. Vom Blitz der Untreue getroffen und tief verletzt.

Sie macht sich von ihm los, sagt »Oh, hallo« in meine Richtung und lächelt mich an. Lächelt! Ich weiß nicht, was es da zu lächeln gibt! Ich lächle ganz gewiss nicht.

Nun hat auch Max bemerkt, dass sie nicht mehr allein sind, er dreht sich um, erblickt mich und lächelt mich an. Der also auch.

»Hallo, Karin, schön, dass du da bist. Komm doch rein.« Er rollt auf mich zu und macht eine einladende Handbewegung.

Ich stehe immer noch regungslos in der offenen Tür. Denken kann ich nicht viel. Immer nur, dass Max wieder eine Freundin hat. Und er hat mir nichts davon gesagt, mich nicht wenigstens ein bisschen vorgewarnt. Aber – ich schlucke den Kloß voller Enttäuschung hinunter – es ist ja schön, dass er wieder eine neue Liebe hat. Sehr schön.

»So, ich geh dann mal«, sagt die neue Liebe, die ihre schlanke Figur in einen dunkelblauen Regenmantel gehüllt und ihre honigblonden Haare zu einer eleganten Frisur hochgesteckt hat. Jung schaut sie aus, so Ende zwanzig. Genau das richtige Alter für Max. Wenn ich mich beeilt hätte, könnte sie eine meiner Töchter sein. Dieses junge, gut aussehende Wesen legt ihm noch mal die Hand auf den Arm, lächelt mir in mein versteinertes Gesicht und schließt die Tür von außen.

»Karin, schau nicht so, da kriegt man ja Angst.« Max rollt zum Tisch und schenkt sich ein Glas Apfelschorle ein. »Du auch?« Er hebt fragend die Flasche und ein Glas hoch.

Ich nicke.

Langsam gehe ich zu ihm und nehme das angebotene Glas aus seiner Hand. Ich trinke einen Schluck. Die Kohlensäure perlt an meinem Gaumen und kitzelt mich in der Nase. Ich mag das Gepritzel eigentlich nicht, aber ich leere das Glas in einem Zug und stelle es ab.

»Okay«, sage ich, und gleichzeitig bahnt sich die Kohlensäure ihren Weg aus meinem Magen wieder zurück in die Freiheit. Ich murmle eine Entschuldigung und schlage mir auf den Brustkorb.

Max übergeht meinen Fauxpas und fährt zum Sofa. »Setz dich, ich habe interessante Neuigkeiten.« Er sieht mich strahlend an. Glücklich und voller Leben.

Ich bleibe lieber beim Tisch. »Wie schön, dass du wieder eine Freundin hast«, bringe ich heraus.

»Ja.«

Mehr nicht. Einfach *ja.* Glaub ich's denn! Muss man ihm alles aus der Nase ziehen? Dass die Männer nie etwas von sich aus erzählen können!

»Geht das schon … kennt ihr euch schon lange?«

»Hm. Eine ganze Weile.« Er klopft auf das Sofa neben sich. »Komm, setz dich.«

Karin, du wirst dir jetzt nicht die Blöße geben und ihn fragen, wann er dich mal darüber informieren wollte. Oder ob er dich überhaupt informieren wollte. Du hältst deinen Mund. Er ist dir gar keine Rechenschaft schuldig! Er lebt sein Leben. Du lebst deins. Halt deinen Mund. Es gibt jetzt Wichtigeres als dein verkorkstes Liebesleben.

Ich überwinde mich und die paar Meter zum Sofa und setze mich steif.

»Okay, stell dir vor, Karin, was ich herausgefunden habe.« Er rückt sich im Rollstuhl zurecht.

»Wann hättest du sie mir denn mal vorgestellt?«

»Was?«

»Na, sie.«

»Wen? Belinda?«

»Belinda heißt sie also. Belinda, das ist jetzt nicht dein Ernst, oder?« Ich stoße pustend ein hämisches Lachen aus. Er kann doch nicht ernsthaft eine Freundin haben, die Belinda heißt!

Max sagt nichts.

Ich war gemein. Okay. Ich muss mich zusammenreißen, wenn ich ihn nicht als Freund verlieren will. Wenn er überhaupt noch Zeit hat für mich mit seiner Belinda! Ich kreuze die Arme vor der Brust.

»Okay. Tut mir leid«, stoffle ich ihm hin. »Es geht mich ja auch gar nichts an.«

Er fährt über seinen Oberarm. Seinen muskulösen, perfekten Oberarm, der gerade eine andere umarmt hat. Ich ziehe schnell meine Jacke über meinem Busen zusammen und verschränke die Arme fester.

»Genau«, murmelt er.

Ich habe es geschafft, ihm das Strahlen aus dem Gesicht zu motzen. Prima, Karin, ganz toll gemacht. Ich hole Luft. »Es tut mir wirklich leid, Max. Echt. Wird nicht wieder vorkommen. Was hast du herausgefunden?«

Er rubbelt noch ein bisschen über seinen Arm und schlägt dann beide Hände auf die Lehnen des Rollstuhls. »Hör zu. Die Eichlehner-Männer haben sich in letzter Zeit nur gestritten. Ich hab mit Hans, dem Hausdiener, geredet und mit meiner Physiotherapeutin. Beide haben übereinstimmend ausgesagt – ha, jetzt hör ich mich schon wie ein Detektiv an –, also, sie waren fest davon überzeugt, dass es über kurz oder lang zu einem großen Streit zwischen den drei Chefs gekommen wär. Die beiden jüngeren wollten den Senior zwingen, abzudanken. Aber der hat auf stur gestellt.«

Sofort denke ich an den belauschten Krach zwischen Ignaz und seinem Sohn Robert. Hat es sich wirklich so ernst angehört? Na ja. Laut waren sie. Die, die sonst so auf Contenance bedacht sind. Und es ging um die Zukunft des Hotels. Das ist für Hoteliers sicherlich *das* Thema.

Max beobachtet mich. Habe ich so weggetreten geschaut? »Und?«, fordere ich ihn zum Weiterreden auf.

»Was denkst du?«

Ich zucke mit den Schultern. »Na ja. Es ist durch alle Zeiten ein Problem gewesen, wenn die Alten nicht Platz machen wollten. Da sind durch die Jahrhunderte schon viele Meuchelmorde passiert.«

»Du meinst: ›Auch du, mein Sohn Brutus?‹«

»So in der Art.« Ich reibe meine Augen, lasse die Hände fallen und sehe Max an. »Ich habe keine Ahnung, was ich denken soll. Ich weiß nur, dass es Susa nicht war.«

»Klar!«

»Ja. Klar, für uns schon. Aber die Polizei … Ach, egal.« Ich winke ab. Ich will nicht schon wieder an Grünleitner und Volz denken.

»Ist Susa immer noch beim Hohlen Stein? Mit Finn?«

»Nein.« Ich berichte in knappen Worten, was sich in den letzten Stunden ereignet hat. Meine Stimme hört sich ziemlich kratzig an. Der Schreck über das Beilritual sitzt mir noch in den Knochen.

Als ich geendet habe, nimmt Max meine Hand. »Mensch, Karin, du machst ja was mit.« Sein Mitgefühl treibt mir Tränen in die Augen. Ich hasse das. Vor allem jetzt. Gerade ist seine Tussi zur Tür hinausgeschwebt, und nun sitze ich alte Tante hier und heule ihren Freund an. Das geht ja gar nicht. Ich entwinde ihm meine Hand und räuspere mich. Energisch streiche ich meine Locken hinters Ohr, auch wenn sie da nicht bleiben wollen.

»Okay. Überlegen wir weiter.« Ich schaue knapp an ihm vorbei. Momentan ist es eine schiere Unmöglichkeit für mich, in seine seelenvollen Augen zu blicken. Am besten, ich verschränke wieder die Arme. So.

»Nehmen wir mal an«, fahre ich fort, »Robert und Kilian wollen Ignaz beseitigen. Ja, ja, einfach nur mal angenommen, okay? Sind sich denn Robert und Kilian einig?«

»Keine Ahnung.«

»Hast du mit einem von beiden geredet?«

»Nein. Dazu war keine Zeit. Die sind immer nur gestresst an

mir vorbeigelaufen. Ist ja auch ziemlich was los hier im Hotel. Der Mordfall hat viele Neugierige angelockt. Die haben alle freien Zimmer belegt und lungern jetzt herum, auf der Suche nach der Sensation. Hans schob heute einen Grant und musste sich oft den Schweiß von der Stirn wischen.« Max grinst.

»Gruselig. Aber Schaulustige gibt's halt nicht nur bei einem Unfall auf der Autobahn. Lass uns mal unser Glück versuchen und in Kilians Büro gehen.« Ich stehe auf. »Musst du irgendwelche Reha-Termine absprechen?«

»Da fällt mir schon was ein.« Max rollt zur Tür und lässt mir galant den Vortritt.

Als ich die Tür vom Event-Büro öffne, stoße ich sie einem Mann in den Rücken. Der ist allerdings nicht der Einzige, der hier ansteht und sich über Sport- oder sonstige Angebote informieren will. Durch die Türöffnung kann ich erkennen, dass der kleine Raum vor dem Tresen gesteckt voll mit Leuten ist. Max kommt mit seinem Rollstuhl unmöglich hinein.

Zwar wird Kilian keine Zeit haben, mir ein paar Fragen zu beantworten. Aber mich würde schon interessieren, was da drin los ist.

»Karin, geh du rein. Ich schau mal, ob ich Robert irgendwo erwische«, sagt Max leise. Er ist offenbar meiner Meinung, dass wir diesem ungewöhnlichen Andrang auf den Grund gehen müssen. »Wir treffen uns in einer halben Stunde bei mir. Und dann hab ich dir noch was zu erzählen.« Er zwinkert mir zu.

»Noch was?« Ich stutze. Was schaut er denn so vergnügt? Das kann doch nur heißen …

»Etwa über Belinda?«, äußere ich meinen Verdacht und versuche, diesen Namen ganz neutral auszusprechen.

»Kann schon sein. Aber erst später, okay?«

»Okay«, kommt es lahm von mir. Jetzt habe ich gerade begonnen, Belinda und alles, was damit zusammenhängt, zu vergessen, und nun fängt er schon wieder damit an. Ich sehe Max hinterher, der schwungvoll Richtung Foyer rollt, und seufze. Dann quetsche ich mich ins Büro.

Die Luft ist stickig und feucht. So viele Leute auf einmal hat dieses Zimmer auch noch nie gesehen. Alles Gäste um die fünfzig aufwärts, gut genährt und sehr mitteilsam. Wenn ich mich allerdings nicht täusche, reden die sämtlich russisch. Kam da etwa ein ganzer Bus?

Ich drängle mich durch die Massen. Hinter dem Tresen steht Kilian ganz allein und versucht, sich in einer Mischung aus Englisch, Französisch und Deutsch verständlich zu machen. Vor ihm liegen jede Menge Hochglanzflyer vom Hotel, in denen die Angebotspakete beschrieben sind. Mit dem Kugelschreiber deutet er auf die einzelnen Fotos. Es sieht allerdings nicht so aus, als ob sein Gegenüber viel verstehen würde, denn die Frau redet russisch auf ihn ein und ihre Stimme wird immer höher. Die Menschen hinter ihr langen über sie drüber und holen sich Flyer vom Tresen, um sich dann lautstark mit ihren Landsleuten zu beraten. Mir schwirrt schon nach dieser kurzen Zeit der Kopf, und auch Kilian sieht nicht mehr wirklich entspannt aus. Seine sonst so perfekt gestylte Frisur hat sich aufgelöst, und einzelne Strähnen hängen ihm ins Gesicht. Unwirsch wischt er sie zur Seite.

Ich stelle mich neben ihn. Sofort stürzt sich ein Mann auf mich und brabbelt mich voll.

»Wo kommen die denn plötzlich alle her?«, frage ich Kilian und nicke dem Mann freundlich zu. Er versteht ja wahrscheinlich doch nicht, was ich sage. Ich zumindest verstehe kein Wort.

»Das ist das erste Kontingent, das uns geschickt worden ist«, murmelt Kilian zwischen zusammengepressten Lippen. »Eine Idee von meinem Vater. Sehr durchdacht.«

Erstaunt sehe ich den Juniorchef an. So viel Kritik an seinem Vater hätte ich von ihm nie erwartet. Kurz bin ich abgelenkt, da der Russe mit dem Flyer vor meinem Gesicht hin und her wedelt. Ich lächle ihn an und halte ihm den Prospekt mit den Wanderungen unter die Nase. Vielleicht will er sich auf die Spuren der Kelten begeben, das neueste Angebot. Natürlich auf die Initiative von Birgit ins Programm genommen und von mir am Muttertag schon getestet und für gut befunden. Aber der Russe interessiert sich anscheinend nicht für Kelten, denn er deutet auf den Flyer, den er bereits in der Hand hält, und schimpft auf mich ein. Wenigstens hört es sich für mich nach Schimpfen an. Auch die Dame, mit der Kilian verhandelt, hat die Lautstärke hochgedreht.

»Wir brauchen jemanden, der Russisch spricht«, sage ich. »Soll ich Olga Smirnow fragen?«

Kilian sieht mich entsetzt an. »Nein, das geht auf keinen Fall.«

»Warum? Sie ist nett. Sie macht das bestimmt.« Und langweilig ist ihr auch.

Aber Kilian schlägt mit dem Kugelschreiber auf die Theke. »Nein. Haben Sie verstanden?«

»Okay, okay.« War ja nur eine Idee. Ich werde sicherlich nicht mit ihm streiten. Seine Nerven sind derzeit nicht die besten. Nun fangen auch die weiter hinten an, sich über den Stillstand zu beschweren. Langsam wird es ungemütlich. »Wie schaut's beim Personal aus? Arbeitet hier keine Russin?«

Kilian runzelt die Stirn, dann hellt sich sein Gesicht auf. »Klar! Irina und Svetlana. Rufen Sie bei der Hausdame an, sie soll die Zimmermädchen runterschicken. Schnell!«

Ich drehe mich zu Birgits verwaistem Schreibtisch um und suche nach einem internen Telefonverzeichnis. Durchsuche den Stapel an Unterlagen auf dem Tisch, öffne eine Schublade.

»Dreiundsiebzig«, ruft Kilian.

»Danke!« Ich tippe die Nummer ins Telefon und blicke immer noch in die Schublade, während ich warte, dass die Hausdame abnimmt.

Neben einer Bürste und einer angebrochenen Tafel Erdbeer-Crisp-Schokolade liegt eine kleine rote Schachtel. Eine Comicfigur hüpft hoch, und unter ihren Füßen explodiert etwas. »Party snaps. A super noisemaker!«, steht in weißer Schrift daneben. Für was braucht Birgit Knallfrösche?

»Bauernfeind.«

»Was?«

»Bauernfeind, Housekeeping, was kann ich für Sie tun?«

»Oh, ja.« Ich schließe die Schublade. »Herr Eichlehner bittet Sie, Irina und Svetlana ins Event-Büro zu schicken.«

»Wie bitte?«

»Ja, Sie haben richtig gehört. Wir brauchen dringend Dolmetscherinnen für Russisch.«

»Die beiden machen gerade die Zimmer fertig. Das geht nicht«, widersetzt sich die pikierte Stimme am Telefon.

Ich werde lauter. »Wir haben hier einen Notfall. Und ich glaube nicht, dass Ihr Chef darüber diskutieren will. Also, bitte!«

»In Ordnung.« Ohne Gruß hat sie aufgelegt.

»Verstärkung kommt«, informiere ich Kilian und greife schon wieder zum Hörer. Aus der Küche lasse ich zwei Kannen Kaffee bringen.

Nachdem die beiden Zimmermädchen die Verständigung übernommen haben und die russischen Gäste mit dem Kaffee besänftigt worden sind, klappt die Buchung der Anwendungen und Veranstaltungen tadellos. Nach einer Dreiviertelstunde ist der ganze Spuk vorbei.

Kilian entlässt die Mädchen wieder zu ihrer eigentlichen Arbeit und sperrt das Büro zu. »Mittagspause.« Er fährt sich durch die Haare. »Die haben wir uns redlich verdient. Vielen Dank für Ihre spontane Hilfestellung, Frau Schneider.«

»Gern geschehen.« Jetzt gefällt er mir wesentlich besser als so angespannt wie in der letzten Stunde. »Aber sagen Sie, warum sind plötzlich so viele russische Gäste hier?«

Sein eben noch freundliches Gesicht verschließt sich. »Das war die Idee von meinem Vater. Seine Öffnung für den russischen Markt. Völliger Schwa… Nun ja.« Er reibt die Handflächen aneinander und bedeutet mir den Weg in Richtung Foyer. Zögernd setze ich mich in Bewegung.

»Eine gute Idee«, stochere ich in die mir dargebotene offene Seite. »Auch die Russen haben das Reisen entdeckt. Zumindest die, die es sich leisten können. Wie hat der Chef dafür Werbung gemacht? Das braucht bestimmt eine lange Vorlaufzeit. Und einen russischen Partner. Schon allein die Sprachschwierigkeiten …« Ich bleibe stehen und schaue ihn fragend an. Wenn wir am Ende des Ganges angelangt sind, ist auch das Gespräch zu Ende. Das ist mir klar.

Er ist zu höflich, um einfach weiterzugehen. »Das ist nicht so schwer. Im Internet findet man schnell eine Kooperationsmöglichkeit. Das Ganze war in drei Wochen perfekt.« Kilian setzt wieder zum Gehen an.

»Aha, wie interessant.« Ich mache einen Schritt, dann halte ich erneut. »Wenn das so ist, hat er das schon eingefädelt, bevor Herr Eichlehner gestorben ist, nicht? War der Senior nicht strikt gegen den russischen Markt? Der hätte heute gestaunt, wenn er die ganzen russischen Gäste gesehen hätte.«

Die eng stehenden Augen des Juniorchefs verdunkeln sich.

Seine Brauen stoßen fast über der Nasenwurzel zusammen. »Was wollen Sie damit andeuten?«

Ich puste die Wangen auf. »Ich will damit gar nichts andeuten. Ich frage mich nur, was Herr Eichlehner zu dem russischen Ansturm gesagt hätte.«

Er kommt bedrohlich näher. »Sie verdächtigen nicht etwa meinen Vater, meinen Großvater umgebracht zu haben, weil der sich der Auslastung des Hotels durch russische Gäste widersetzt hätte? Das ist doch lächerlich!«

Er sieht nicht so aus, als ob er gleich lachen würde. Vorsichtshalber weiche ich zurück. »Ich verdächtige gar niemanden. Aber Geld war schon immer ein gutes Motiv.«

Kilian packt mich. »Sie …«

»Hallo, Karin, da bist du ja.«

Mein Chef lässt mich los und tritt zurück. Da ist Max gerade zur rechten Zeit gekommen. Er rollt auf uns zu. »Hallo, Herr Eichlehner«, grüßt er frisch.

»Herr Huber.« Kilian nickt ihm zackig zu, dann stürmt er davon. Ich atme aus.

Max wiegt mit dem Kopf. »Karin, Karin, was hast du nur wieder angestellt?«

Ich ordne meine Kleidung. »Gar nichts hab ich angestellt. Der Kilian hat mir quasi seinen Vater als Verdächtigen präsentiert.«

»Na, dann passen sie ja zusammen. Der Vater meinte, dass er seinem Sohn zuvorgekommen ist, weil der gleich das ganze Hotel an eine russische Firma verkaufen wollte.«

»Du meine Herren, was für ein Tohuwabohu!« Ich laufe neben Max her. »Das würde auch mit der Bemerkung von Frau Smirnow zusammenpassen, dass Kilian es schon richten würde.«

Nachdenklich gehen wir zu seinem Zimmer zurück. Max bietet mir einen Platz an, aber ich bleibe stehen.

»Was wolltest du mir denn vorher noch erzählen?« Mein Bauch fängt zu grummeln an. Ich hätte das Thema nicht anschneiden sollen. So wie es ist, ist es gut. Ich will keine Einzelheiten aus seinem Liebesleben wissen.

Mein Handy klingelt. »'tschuldige.« Ich gehe ein paar Schritte zur Seite und sehe aus dem Fenster, das einen schönen Ausblick in den Hotelgarten bietet. Ein Mann in einem roten Pullunder verschwindet zwischen den Bäumen. Bevor ich mir darüber Gedanken machen kann, schreit es in mein Ohr.

»Mama! Du musst kommen!«

»Susa, was ist denn?« Sofort vertreibt Herzrasen mein Bauchgrummeln.

»Finn ist weg. Myrna hat ihn rausgeschmissen. Die dreht voll durch! Komm bitte jetzt, Mama!«

Die Leitung ist tot. Ich starre das Display meines Handys an, aber das kann mir auch nicht weiterhelfen. Hat Susa geweint? Es hat sich so angehört.

»Ich muss zu den Moosbichlerinnen«, sage ich zu Max und bin schon auf dem Weg zur Tür.

»Warte!«

Ich fahre herum. »Nein, Max, ich hab jetzt keine Zeit für deine Frauengeschichten. Ich wünsch dir viel Spaß damit, ich hab jetzt aber Wichtigeres zu tun.« Ohne auf seine Erwiderung zu warten, laufe ich hinaus.

Als ich in meinem Kangoo sitze, könnte ich mit dem Kopf gegen das Lenkrad hauen. Was hab ich nur wieder gesagt! Aber egal. Für romantische Schwurbeleien hab ich keine Zeit. Ich lege den Rückwärtsgang ein und schieße aus der Parklücke.

Die fünfzehn Minuten, die es dauert, bis zum Hof zu fahren, verbringe ich mit Lippenkauen und Tränenzurückhalten. Ich weiß auch nicht, warum ich mit einem Mal so aus der Fassung gerate. Einen psychischen Zusammenbruch kann ich mir nicht leisten!

Ich drücke das Gaspedal bis zum Bodenblech durch, mein Kangoo röhrt laut auf und saust davon. Jetzt muss ich mich darauf konzentrieren, dass mir das Auto nicht unter dem Allerwertesten auseinanderfällt. Da bleibt kein Platz für Sorgen oder Sentimentalitäten.

Mit quietschenden Reifen biege ich in den Schotterweg zum Moosbichler-Hof ab und muss Geschwindigkeit zurücknehmen, denn nun springt mein altes Gefährt durch die Schlaglöcher. Trotzdem ziehe ich eine gewaltige Staubwolke hinter mir her. Wie ein Tornado falle ich in den Hof ein. Die Hühner stieben in alle Richtungen davon.

Gottlob funktionieren die Bremsen. Die letzten Reste der Staubwolke verflüchtigen sich und geben den Blick auf die Gebäude frei.

Nach dem ersten Eindruck ist Haus und Hof verlassen. Alle Türen und Fenster sind geschlossen. Weder der Pick-up der Gärtnerei noch der Roller von Birgit stehen rum. Ich gehe zur Haustür und klingle. Warte. Niemand öffnet. Vergeblich drücke ich die Klinke hinunter. Abgeschlossen. Die Hühner kommen zurück und scharren im frisch aufgewirbelten Kies.

Ein Geräusch lässt mich zur Scheune blicken. Das Tor bewegt sich im Wind und jammert wie eine kleine Katze. Der riesige Holzkelte daneben sieht mich streng an. Ich zeige ihm eine gekräuselte Nase und wende mich ab.

Mit den Händen in den Hüften drehe ich mich rundherum. Bei den Beeten oder im Gewächshaus ist keiner zu sehen. Niemand kommt den Fahrweg von der Straße herauf. Die Wiesen sind leer. Der Wald steht stumm. Keiner da.

Ich schaue auf mein Handy. Nur ein Strich Empfang, trotzdem versuche ich, Susa anzurufen. Es piept seltsam, dann ist die Leitung tot. Missmutig stopfe ich das Telefon wieder in meine Hosentasche zurück.

»Susa!« Ich verlege mich aufs Rufen. »Apollonia? Gertraud? Birgit? Irgendjemand? Hallo?«

Keine Antwort.

Ich stöhne. Was soll ich jetzt machen? Wieder fahren? Bestimmt nicht. Erst will ich wissen, was mit meiner Tochter ist. Die Polizei holen? Auch nicht wirklich. Ich verstecke doch Susa nicht, um dann die Polizei zum Suchen zu rufen. Nein.

Auf gut Glück gehe ich los und komme an der Scheune vorbei. Die Angeln quietschen leise.

Wie um mich zu rufen.

Na, dann schauen wir halt mal da rein. Ich öffne einen Flügel des Scheunentores. Die Nachmittagssonne fällt ins Innere und wirft meinen Schatten lang und dunkel auf die Erde. Staubpartikel schwirren im Licht. Um das Tor am Zufallen zu hindern, klemme ich einen großen Stein unter das Türblatt. Ich betrete in dem hellen Korridor, den das Sonnenlicht bildet, den hohen Raum. Die Dunkelheit verkriecht sich in die Ecken.

Es ist alles so wie bei meinem ersten Besuch. Die Regale voller Töpferware. Die sperrigen Möbel. Eine stilisierte Krähe, die auf der Lehne eines Holzstuhls hockt. Der zur Treppe umfunktionierte Baumstamm zur Galerie hinauf.

»Hallo? Ist hier jemand?«

Niemand antwortet. Dennoch fühle ich mich beobachtet. Mein Blick springt von Gegenstand zu Gegenstand, und ich überlege, wo sich jemand verbergen könnte. Kauert einer hinter der hölzernen Bettstatt? Oder oben auf der Galerie? Vorsichtig gehe ich näher und umrunde den klobigen Stuhl.

Da explodiert der Holzvogel zu schwarzen Schwingen und streicht knapp über meinem Kopf davon.

Schreien und ducken ist eins. Gänsehaut läuft über meinen Körper. Ich blicke der Krähe hinterher. Mit schnellen Flügelschlägen fliegt sie zum Tor hinaus und strebt den Tannen am Waldrand zu.

Die war ja echt!

Mein Herz rast. Bevor ich noch mehr unliebsame Überraschungen erlebe, wende ich mich um und laufe hinaus. Es schüttelt mich. Da drin war es mir nicht geheuer.

Überhaupt finde ich den Hof so ganz ohne Bewohner unheimlich. Ich halte nach dem Vogel Ausschau und meine, ihn in einem Baum zwischen dunkelgrünen Zweigen sitzen zu sehen. Beobachtet er mich?

Gehört er hier zum Hausstand, oder saß er nur zufällig in der Scheune? Aber wie kam er dann hinein? Seltsam.

Aus den Augenwinkeln immer wieder nach dem Vogel blickend, gehe ich zum Wohnhaus zurück. Ich will hinters Haus schauen, vielleicht ist dort jemand, der mich vorn nicht gehört hat.

Das Holzhaus besteht aus den fürs Rottal so typischen dunklen Lärchenschindeln. Die Fenster sind klein und werden von einem Fensterkreuz durchschnitten. Viel Licht gibt es da drin nicht. Eins der Argumente, warum ich nie in so einem traditionellen Bauernhaus wohnen möchte. Auch wenn es urig aussieht.

Es ist allerdings größer, als ich gedacht habe. Die Längsseite führt weit nach hinten. Buschwerk wächst nah am Haus, und ich muss immer wieder Zweige zur Seite biegen, um vorwärtszukommen. Hinten liegt nur ein Stück bucklige Wiese, die nach ein paar Metern vom Wald verschluckt wird. Zwei Pfosten, zwischen denen eine Wäscheleine gespannt ist, sind die einzige Zier. Ziemlich unpraktisch, denke ich mir, hier kommt ja nie die Sonne hin. Wie auf Kommando wird es noch dunkler. Der Himmel strahlt nicht mehr frühlingsblau auf mich herab. Wolken sind aufgezogen. Keine von der Sorte, die den typischen weiß-blauen Bayernhimmel ausmachen, sondern lang gezogene graue Wolkenflächen. Es wird wohl bald regnen. Ich sollte mich beeilen, wenn ich nicht nass werden will.

Also steige ich die ausgetretene Steinstufe zum Hintereingang hinunter. Ohne große Hoffnung klopfe ich. Nichts rührt sich. Das habe ich fast erwartet. Ratlos stapfe ich weiter, um meinen Rundgang zu beenden. Durch diese Fenster stiehlt sich nie ein Sonnenstrahl. Völlig duster ist es da drin. Ich blicke hinein. Zwei Augen starren mich an.

Ich stolpere. Gerade noch kann ich mich an der Hauswand abstützen. Meine Finger schrappen über das raue Holz. Dass sich dabei mehrere Spreißel in die Fingerkuppen bohren, bemerke ich kaum.

Ganz langsam mache ich einen Schritt zurück. Ich wappne mich innerlich, bevor ich durch das Fenster luge. Da steht jemand. Das Weiß der Augen leuchtet aus dem Dunkel des Zimmers hervor. Jetzt blitzen auch noch weiße Zähne in einem seltsam verzogenen Mund. Soll das ein Grinsen sein? Eine Hand winkt und deutet zur Hintertür. Die Gestalt verschwindet. Ich bin drauf und dran, auch zu verschwinden und mich um die Hausecke in Sicherheit zu bringen. Aber zu spät.

Gleich darauf öffnet sich die Tür.

»Suchen Sie jemanden?«, fragt eine Frauenstimme. Gertraud.

Ich trete näher. »Ach, ist doch jemand zu Hause«, sage ich leichthin, obwohl mir das Herz bis zum Hals klopft. »Ich dachte schon, ich bin umsonst gekommen.«

Gertrauds Blick ist starr. Kein Muskel in ihrem Gesicht bewegt sich. Dafür läuft seitlich an ihrem Hals eine dünne Blutspur hinunter.

»Oh, haben Sie sich verletzt?« Ich deute an die Stelle.

Gertraud fährt mit der Hand darüber und wischt sich das Blut, ohne auch nur hinzusehen, an ihrer Jeans ab. Ihr Hosenbein ist schon voller dunkler Striche.

»Kommen Sie doch rein«, fordert sie mich auf und macht einen steifen Schritt zur Seite.

Mir gefällt das alles nicht. Ihre Stimme gefällt mir nicht. Ihr Blick. Und das Blut an ihrem Hals. Nun frischt auch noch der Wind auf und lässt die Temperatur sofort um einige Grad nach unten fallen. Wenigstens kommt es mir so vor. Ich fröstle.

»Ich suche Susa. Ist sie hier?« Ich rühre mich nicht vom Fleck.

»Nein, sie ist nicht hier.«

»Nicht?«

»Nein.«

»Wo ist sie dann? Heute Vormittag meinte Apollonia doch, dass sie Susa mit auf den Hof nimmt.«

Gertraud nickt abgehackt. Die ganze Zeit starrt sie mir an den Hals. Ich fingere an die Stelle, spüre meine Kette, nehme den Anhänger in die Hand. Das Medaillon mit den Familienfotos. Auf der einen Seite meine Eltern, auf der anderen meine vier Kinder mit Runa.

»Wo ist also Susa?« Ich bemühe mich, meine Stimme ruhig klingen zu lassen. Trotz des Anflugs von Panik, der aus den Tiefen meiner Eingeweide emporsteigt.

»Die ist weg.« Gertraud hustet. »Mit Apollonia.«

»Wieso weg! Wohin sind sie denn?«

Gertraud macht mit einer Hand eine unbestimmte Geste. »Zum Einkaufen. Die müssten gleich wieder da sein.« Sie fährt sich wieder über ihren Hals und wischt die Hand ab. »Wollen Sie reinkommen? Warten?« Sie tritt erneut zurück, um mich vorbeizulassen.

Ich zögere immer noch. Gertraud ist eindeutig nicht im Vollbesitz ihrer geistigen Kräfte. Irgendwas stimmt nicht mit ihr. Aber andererseits: Soll ich zum Auto zurückgehen und dort warten? Das wirkt auch komisch. Nachdenklich mustere ich sie. Mit den Händen in den hinteren Hosentaschen steht sie da. Sie erwidert meinen Blick nicht, hat die Augen gesenkt. Wie ein Muli wartet sie, dass ich mich entscheide. Genauso dunkel und undurchschaubar. Und irgendwie traurig.

Diese Traurigkeit zieht mich an. Hat sie großen Kummer und

ist deshalb so verändert? Womöglich würde es ihr helfen, mit mir zu sprechen. Und was soll sie mir schon antun? Sie ist so groß wie ich und schlanker. Dafür wahrscheinlich durchtrainierter von ihrer Arbeit als Gärtnerin, das kann schon sein, aber was soll's? Wer nicht wagt … Ich mache einen großen Schritt und trete über die Schwelle. Bevor sie die Tür schließt, höre ich, dass es zu regnen beginnt.

Wir gehen durch den Flur. Vom Hintereingang aus ist der Weg kürzer, bis wir zur Halle kommen. Durch die offene Tür sehe ich in das riesenhafte Wohnzimmer. Es ist düster und – soweit ich das im Vorbeigehen beurteilen kann – leer. Gertraud lässt es links liegen und biegt nach rechts in ein anderes Zimmer ab. Die Küche. Ein altertümlicher Herd, der noch mit Holz befeuert wird, dominiert die eine Seite des Raumes und verbreitet einen zarten Geruch von Lagerfeuer. Neben unglaublichen Fünfziger-Jahre-Anrichten mit Linoleumarbeitsflächen steht im Herrgottswinkel die Eckbank. Auf dem Tisch liegt eine blau-weiß karierte Decke mit weißen Blümchen in den blauen Karos. Dieses Muster nehmen die Vorhänge an den Fenstern wieder auf. Draußen schlägt der Regen an die kleinen Scheiben.

Gertraud schaltet das Licht an, da der Wolkenbruch den Nachmittag zum Abend werden lässt. »Wollen Sie was trinken?« Sie deutet auf einen Küchenstuhl und kratzt mit der anderen Hand an ihrem Hals. Sofort fängt Blut an, die Haut hinunterzukriechen. Ich kann gar nicht hinschauen, deshalb ziehe ich den Stuhl heraus und setze mich. »Gern. Ein Glas Wasser?«

Sie holt ein Glas aus der Anrichte und füllt es am Wasserhahn. Als sie es vor mich hingestellt hat, setzt sie sich nicht etwa zu mir, sondern nimmt einen Lappen und wischt die Arbeitsflächen ab. Sauber waren sie schon vorher. Im Gegensatz zu meinem Glas, an dem drei blutige Fingerabdrücke kleben. Mein Durst ist verschwunden.

»Wo ist eigentlich Finn?«

Gertrauds Rücken versteift sich, sie hört zu wischen auf. Ohne sich zu mir umzudrehen, sagt sie: »Der ist auch weg.« Danach fährt sie hektischer als vorher über die Arbeitsfläche.

»Was kaufen sie denn ein?« Ich hoffe, dass meine Hartnäckigkeit sie aus ihrer Erstarrung scheucht. Irgendwie muss ich erfahren, wo meine Tochter ist. Ich habe immer noch den verzweifelten Ton von ihr im Ohr.

Aber mein Plan geht nicht auf. Gertraud bleibt stumm. Wie eine Besessene säubert sie den immer gleichen Fleck. Von der vornehmen Ausstrahlung, die sie früher für mich hatte, ist nichts übrig geblieben. Auch die handfeste Gärtnerin hat sich in Luft aufgelöst. Was ist nur passiert?

Ich reibe meine feuchten Hände über die Jeans. Unmöglich, einfach hier zu sitzen und zu warten – auf was auch immer ich warten soll. Denn ich glaube nicht, dass Susa und Finn mit Apollonia irgendwo beim Einkaufen sind. Das ist Nonsens. Selbst Apollonia ist nicht so wirklichkeitsfremd, meine Tochter beim Rewe verstecken zu wollen. Und Susa war eindeutig in Not, aber sicher nicht, weil sie kein Klopapier hatten.

»Kann ich auf die Toilette?«

Gertraud reagiert nicht.

»Ich finde sie schon allein.« Ich stehe auf, der Stuhl schrappt über den Holzboden.

Sie fährt herum. »Wen!«

»Die Toilette.« Ich trete auf den Gang. Gertraud direkt hinter mir. Instinktiv wende ich mich nach links, Richtung Vordereingang. Ich spüre ihren Blick in meinen Rücken.

»Die zweite.«

Ich hebe die Hand zum Dank für die Auskunft und verschwinde im Klo. Ein irrwitzig kleiner Raum, nur mit dem Allernötigsten ausstaffiert. Es gibt noch nicht einmal einen Spiegel über dem Waschbecken. Ich setze mich auf den zugeklappten Deckel. Was mach ich jetzt? Gertraud hat – aus welchem Grund auch immer – eine üble Persönlichkeitsveränderung hingelegt, und ich bekomme kein anständiges Wort aus ihr heraus. Susa und Finn sind nirgends zu sehen. Mir bleibt nichts anderes übrig, ich muss nach meiner Tochter suchen.

Vorsichtig öffne ich wieder die Tür und spähe durch den Spalt hinaus. Ich kann jedoch nicht erkennen, ob Gertraud immer noch im Gang steht. Mutig erweitere ich die Lücke und strecke den Kopf hindurch. Keiner da. Ich höre ein Scharren aus der Küche. Wahrscheinlich putzt sie weiter. Das soll mir recht sein.

Mit angehaltenem Atem trete ich aus der Kammer und schleiche den Flur in die entgegengesetzte Richtung entlang. Leise öffne ich eine Tür. Eine Stube. Ein schneller Blick zeigt Sofa, Sessel, Fernseher. An den Wänden kolorierte Blumenstiche. Höchstwahrscheinlich das Wohnzimmer von Gertraud. Das würde besser zu ihr passen als die hochherrschaftliche Halle von Apollonia.

Ich ziehe mich wieder zurück. Dann gibt es auf dieser Seite nur noch die Treppe in den ersten Stock, den vorderen Hauseingang und eine massive Holztür mit einem Riegel davor. Die führt wohl in den Keller. Ob ich den Riegel geräuschlos aufschieben kann? Ich bezweifle es, trotzdem liegt meine Hand schon auf dem Knauf und drückt. Es knirscht leise. Sofort halte ich ein, schaue zur Küche und lausche. Keine Gertraud stürzt heraus. Alles bleibt ruhig. Also verstärke ich meinen Druck, und der Riegel gleitet zurück. Die Tür schwingt auf. Glücklicherweise ganz ohne Knarren.

Die Steinstufen in den Keller liegen vor mir und verlieren sich schnell in der Dunkelheit. Ich suche einen Lichtschalter und finde ihn an der huckligen Wand gleich neben dem Türstock. Ich drehe das Licht auf, werfe noch einen letzten Blick zur Küche zurück, ziehe die Tür hinter mir zu und steige die Treppe hinunter.

Nach nur zehn Stufen stehe ich auf dem unebenen Kellerboden. Die Decke ist niedrig. Zwar stoße ich nicht wirklich an, aber ich habe trotzdem das Gefühl, meinen Kopf einziehen zu müssen. Kalt ist es hier unten. Die Wände sind aus nacktem Stein, davor Regale mit Einmachgläsern und Flaschen. Ein paar letzte Äpfel vom Vorjahr liegen in einer Holzkiste. Ein Fass wölbt mir seinen ausladenden Bauch entgegen. Wahrscheinlich Met. Das würde auch den süßlichen Alkoholgeruch erklären, der in der Luft hängt. In einer Ecke sehe ich eine Holzklappe, die kaum einen Meter hoch und einen Meter breit ist. Vielleicht lagern dahinter Kartoffeln. Das ist alles. Keine Susa. Kein Finn. Hier kann sich niemand verbergen.

Enttäuscht drehe ich mich um und will die Treppe wieder hinaufsteigen, da höre ich einen jammernden Laut, der mir in den Nacken fährt. Was war das? Kam das aus der Ecke mit dem Holzverschlag? Da wird doch nicht jemand drin sein?

Susa?

Mit drei Schritten bin ich vor der Klappe und knie mich nieder. Ich presse mein Ohr an das Holz, aber ich höre nichts. Nichts außer dem lauten Rauschen meines Blutes. Ich klopfe. Horche. Keine Reaktion. Rechts ist ein eiserner Ring angebracht, um das Ding öffnen zu können. Ich ziehe daran. Drehe. Ziehe. Nichts rührt sich. Verdammt noch mal.

»Susa«, rufe ich und hoffe gleichzeitig, dass sie mir nicht antwortet. Denn sonst wäre sie da drin. In diesem Erdloch, wer weiß, in welchem Zustand. Was hat Gertraud nur mit ihr gemacht!

»Jihhh.« Schon wieder dieser lang gezogene Laut, der mir die Haut bei lebendigem Leib abzieht. Er kam aus dem Verschlag. Kein Zweifel!

Jetzt packt mich Panik. Mein Kind ist da drin!

»Susa?«, schreie ich noch lauter. Im selben Augenblick wird oben die Tür aufgerissen, und Gertraud stürmt die Stufen hinunter.

»Was machen Sie da!« Sie zieht mich aus der Ecke und reißt mich hoch. Ich habe mich geirrt. Sie ist verdammt viel stärker als ich.

Aber ich gebe nicht auf. Kaum bin ich auf den Füßen, versetze ich ihr einen Stoß. Sie lässt mich für einen Augenblick los und taumelt nach hinten. Schnell hat sie sich wieder gefasst und greift nach mir.

»Wahhh!«, brülle ich wie eine Amazone auf Kriegspfad und zerre an ihrem Arm. Wir rangeln. Ich könnte heulen! Diese Verrückte hält mich fest, wo ich doch diesen Verschlag aufmachen muss. Sofort. Ich muss mein Kind befreien, bevor es erstickt!

»Loslassen«, kreische ich.

Gertraud umklammert meine Handgelenke. Ihr Gesicht ist meinem ganz nah. Ich sehe in ihre unbeweglichen Augen. Ihre Lider zucken, und auch der rechte Mundwinkel führt ein Eigenleben. Ist sie jetzt gänzlich verrückt geworden? Fast erwarte ich, dass Schaum aus ihrem Mund quillt. Ihr Griff wird noch härter. Will sie meine Handgelenke brechen?

Ich feuere blitzende Blicke auf sie ab. »Lass los!«, brülle ich so laut, dass meine Stimme überschlägt.

Aber ich erreiche sie nicht. Abrupt verdreht sie die Augen, ich sehe nur noch das Weiß der Augäpfel. Ihr Körper vibriert. Die

Beine halten sie nicht mehr, und sie stürzt zu Boden, reißt mich mit. Ich falle auf sie und spüre, wie ihre Muskeln sich unkontrolliert verkrampfen. Dabei stößt sie lallende Schreie aus.

Sie hält mich nicht mehr fest. Ihre Hände tanzen vor meinem Gesicht, haben keine Kraft mehr, mich zu packen. Ich rolle von ihr herunter und stehe auf. Ihre Beine zappeln in der Luft. Im nächsten Augenblick biegt sich ihr Rücken durch, der Kopf schlägt mit einem dumpfen Knall auf die Erde.

Von unserem Kampf außer Atem und benommen dämmert mir langsam, dass Gertraud gerade einen epileptischen Anfall durchlebt. Mein Heilpraktikerhirn springt an. Was muss man da machen? Ich hüpfe einen Schritt zur Seite, um nicht von ihren herumschleudernden Gliedmaßen getroffen zu werden, und stoße an eines der Regale. Die Gläser klirren.

Man muss die Leute vor Verletzungen schützen, schießt mir durch den Kopf. Aber wie? Gertraud führt einen Veitstanz inmitten einer Glasmenagerie auf. Ein Fuß tritt gegen ein Regalbrett und katapultiert die darauf abgestellten Flaschen auf den Steinboden. Ein Regen aus Glasgeschossen spritzt nach allen Seiten. Ich reiße die Arme vors Gesicht. Da lässt mich ein weiterer Knall zwischen meinen Unterarmen hindurchblicken. Gertraud fegt Marmeladengläser von den Regalen.

Ich packe ihre Fußknöchel, was gar nicht so einfach ist, und zerre sie zur Treppe. Jetzt sind wenigstens die Vorräte außerhalb ihrer Reichweite. So gut es geht, halte ich Gertraud fest. Genauso könnte ich mit einem durchgehenden Pferd kuscheln. Ihr harter Körper biegt sich in die unmöglichsten Richtungen. Plötzlich schießt ein Schwall hellroten Blutes aus ihrem Mund.

Scheiße. Sie hat sich gebissen. Ich hätte ihr etwas zwischen die Zähne schieben sollen!

Gertraud röchelt. Rote Blasen blubbern aus ihrem Mund, gleiten an ihrem geschundenen Hals entlang auf die Erde und bilden einen See. Es ist verdammt viel Blut, und es kommt immer noch mehr, ihre Mundhöhle ist überschwemmt. Hoffentlich ist die Zunge noch dran!

Langsam werde ich hektisch. Ich ziehe und zerre an ihr, bis ich sie so weit umgedreht habe, dass man das als Seitenlage ansehen könnte. Von stabil keine Spur. Ich muss sie festhalten.

Wenigstens fließt jetzt das Blut ab, und sie röchelt nicht mehr. Die Kontraktionen werden flacher.

Mit einer Hand hole ich mein Handy aus der Hosentasche. Ich brauche einen Notarzt. Aber ein Blick auf das Display bestätigt mir, was ich schon befürchtet habe. Kein Netz. Mist!

»Jihhh.« Der Klagelaut. Sofort schießt eine weitere Megaladung Adrenalin durch meine Adern. Ich schnappe nach Luft.

»Susa«, schreie ich wieder.

»Jihhh!«

»Susa!« Ich muss zu ihr. Wahrscheinlich ist sie geknebelt. Und das hat Gertraud ihr angetan. Die Wut, die Gertrauds Anfall zurückgedrängt hat, schwappt wieder hervor und baut sich zu einer monumentalen Welle auf, die gleich über mir zusammenschlagen wird. Ich spüre kein Mitleid mehr.

Ich klettere über Gertraud hinweg, die wieder heftiger zu zucken anfängt. Aber darauf nehme ich keine Rücksicht. Ich muss Susa aus dem Kellerverschlag befreien, sonst erstickt sie.

Glasscherben liegen überall auf dem Boden verstreut. Ihre spitzen Ecken und Kanten schneiden in meine Handflächen. Ich achte nicht darauf, sondern krabble in die Ecke, hocke mich vor den Verschlag und packe den Eisenring. In diesem Moment höre ich ein Kratzen jenseits des Holzes. Ich heule auf.

»Susa, halte durch! Ich hole dich da raus!«

Tränen laufen mir über die Wangen. Ich klammere mich an den Eisengriff, stemme die Füße gegen die Wand und ziehe mit aller Kraft. Und schreie. Ein Zacken Glas hat sich in meine Handfläche gebohrt. Ich pflücke ihn aus meinem Fleisch und gehe wieder in Stellung. Hinter mir höre ich, wie Gertraud in neuerlichen Krämpfen gegen die Treppenstufen tritt. Sie stößt kehlige Laute aus. Gleichzeitig meine ich, ein Bellen zu hören. Aber da spielt mir meine Angst einen Streich. Ich schalte alle Reize aus und konzentriere mich darauf, diese dämliche Klappe aufzubekommen.

Ich zerre an dem Eisenring, das Blut macht meine Handflächen jedoch glitschig, und ich rutsche immer wieder ab. Schnell wische ich die Hände an meiner Jeans trocken und greife erneut an den Ring. Da rollt eine klackernde Kaskade die Treppe hinunter, direkt hinter mir bellt es, laut und vernehmlich, und eine Hundeschnauze stößt an meine nasse Backe. Runa!

Wo kommst du denn her?, denke ich, aber eigentlich ist es einerlei. Es ist nur wichtig, dass ich den verdammten Verschlag endlich öffne. Ich lehne mich zurück und ziehe. Runa bellt.

»Ist wer da unten?« Apollonia läuft mit schweren Schritten die Kellertreppe hinunter. »Beim Teutates! Myrna, was ist?«

Mein Hund tobt. Gertraud hustet. Egal. Egal. Ich muss das hier aufbekommen. Die Adern an meinen Schläfen schwellen. Gleich platzt mein Kopf.

»Karin! Was machst du da?«

»Susa«, presse ich zwischen zusammengebissenen Zähnen hervor. Mit einem Ruck gibt die Holzklappe nach und schnellt auf. Mich wirft es rückwärts auf meinen Allerwertesten. Ein schwarzes Etwas springt über mich hinweg, faucht Runa an, die nun völlig außer sich gerät, und flitzt die Kellertreppe hinauf. Runa setzt ihr nach und schmeißt dabei Apollonia um. Die schreit auf.

Ich keuche. Wische meine Locken aus dem Gesicht.

»Mama?«

Leichtfüßiges Getrappel auf der Treppe. Dann steht meine Tochter auf der letzten Stufe. Heil und ganz. Mit offenem Mund besieht sie sich das Chaos.

Ich übersteige zerbrochene Flaschen, glitschige Marmeladenhügel und eine ruhige Gertraud, schiebe Apollonia zur Seite, starre einen Augenblick Susa an. Aber sie ist es wirklich. Dann nehme ich sie in meine Arme und drücke sie, bis sie lachend um Hilfe ruft.

Einige Stunden später sitzen wir in Apollonias Halle. Es ist inzwischen Abend. Ein Arzt war da, um nach Gertraud zu sehen. Die Zunge ist noch dran, Gott sei Dank. Unglaublich, wenn man bedenkt, wie viel Blut beteiligt war. Sie wurde mit ein paar Stichen genäht. Gertraud schläft jetzt oben in ihrem Zimmer.

Apollonia hat in der Zwischenzeit draußen etwas erledigt. Jemand ist gekommen. Ich vermute, dass es Kundschaft für die Gärtnerei war, und Gertraud war ja außer Gefecht gesetzt. Apollonia kehrt mit einer schrecklichen Laune zurück. Auf meine Frage, ob die Kundschaft so schwierig war, antwortet sie wortkarg. Sie verschwindet eine Weile im ersten Stock. Ungewöhnliche Düfte nach Kräutern wabern durch das Haus. Dann kommt sie zurück und stellt uns eine Brotzeit auf den Tisch. Nach so einem Schock müsse man was essen, meint sie und schaut wieder entspannter aus. Zumindest Finn langt ordentlich zu, wir anderen sind zurückhaltender.

Beim Essen erzählt Apollonia, dass Gertraud als Kind öfter epileptische Anfälle gehabt hat und damals auch Tabletten nehmen musste. Damit hat sie als Erwachsene aufgehört. Trotzdem ist seit Jahren nichts mehr vorgefallen. Ob sie die Ermordung von Ignaz Eichlehner so aufgewühlt hat? Lange hält sich Apollonia nicht mit Spekulationen auf.

Ich habe zu Hause angerufen und eine fröhliche Vicky am Hörer gehabt. Sie macht das Beste aus meiner momentan dauerhaften Abwesenheit und hat ein paar Freundinnen eingeladen. Ich gehe ihr nicht ab, hat sie mir versichert. Um meinen Mutterpflichten wenigstens in einer homöopathischen Dosis nachzukommen, habe ich sie daran erinnert, dass morgen Schule ist und sie nicht zu lang aufbleiben sollen. Ja, ja, war die Antwort.

Um Vicky muss ich mir also keine Sorgen machen. Um Susa auch nicht. Sie und Finn waren tatsächlich mit Apollonia unterwegs. Allerdings nicht im Rewe, sondern in Österreich auf einem Mittelaltermarkt. Den wollte sich Apollonia anschauen, weil sie dort in Zukunft ihre keltischen Erzeugnisse ausstellen möchte. Dieser Ausflug diente auch der Deeskalation, da Gertraud zu diesem Zeitpunkt schon megaschlecht drauf war und Finn nur angeschnauzt hat. Sie hat ihn tatsächlich hinausgeworfen, wie Susa mir am Telefon vorgeheult hat, aber warum, weiß keiner.

Susa und ich kuscheln auf dem Sofa. Apollonia hat alle Fensterläden geschlossen, die Vorhänge zugezogen und ein Feuer im Kamin angezündet. Nun döst sie auf ihrem Thron. Finn lümmelt im Sessel. Runa liegt auf dem Teppich neben uns. Sie hat die Katze nicht erwischt. Zu ihrem Glück, denn Katzen haben durchschlagende Argumente, wenn sie angegriffen werden. Wie sie überhaupt in den Kartoffelkeller gekommen und eingesperrt worden ist, ist ein Rätsel. Das mich jedoch nicht interessiert. Im Moment interessiert mich gar nichts, außer dass mal Ruhe ist. Keiner in Gefahr, den ich retten muss. Niemand, der tot oder halb tot vor mir liegt. Entgegen anderslautenden Gerüchten bin ich kein Adrenalinjunkie.

Es ist sehr gemütlich hier. Im Kamin knistern die Flammen. Runa und Finn schnarchen leise vor sich hin. Da höre ich die Haustür ins Schloss krachen, gleich darauf öffnet sich die Zimmertür, und mit einem Schwall kalter Luft kommt Birgit in die Halle gefegt. Sie stürzt auf Apollonia zu und schmeißt sich auf ihren Schoß.

»Oma«, heult sie. »Sie ist draußen.«

Apollonia ist – wie wir alle – aus ihrem wohligen Dämmerzustand aufgeschreckt. »Du sollst mich doch nicht Oma nennen«, murmelt sie und rappelt sich hoch.

Birgit hängt wie ein Kleinkind an ihrem Hals und schluchzt. »Als ich vom Roller abgestiegen bin, hat sie sich auf mich gestürzt. Sie ist ganz knapp über meinen Kopf geflogen. Ich bin gerannt, damit ich ins Haus komm. Nie wieder geh ich raus. Nie wieder.«

Wir sitzen alle kerzengerade. Gibt es schon wieder die nächste Katastrophe? »Wer hat sich auf dich gestürzt?« Apollonia scheint genauso verdattert wie wir.

Birgit richtet sich auf, ihre babyblauen Augen weit geöffnet: »Die Krähe, Oma, die schwarze Krähe.«

»Die Krähe?«, fragen Apollonia und ich wie aus einem Mund. Ich hab ja geahnt, dass die gefährlich ist. Spätestens seit Hitchcock weiß man, dass man Vögeln nicht trauen darf. Möwen, Krähen, alles eins.

»Mich hat sie auch angegriffen«, komme ich einer Antwort von Apollonia zuvor.

»Dich?«

Nun habe ich die ganze Aufmerksamkeit. Was mich etwas verlegen macht. »Na ja, angegriffen nicht direkt«, schwäche ich ab. »Sie ist in der Scheune gesessen. Erst hab ich geglaubt, sie ist aus Holz, eine Figur zum Verkaufen oder so. Aber plötzlich ist sie losgeflogen, auch knapp über mich drüber, und dann raus aus der Scheune in den Wald. Ich dachte, sie ist vielleicht euer Hausvogel.«

»Nein, ganz bestimmt nicht.« Birgit schüttelt den Kopf. »Die ist gruselig!«

»Schmarrn!« Apollonia zieht ärgerlich die Augenbrauen zusammen und schiebt Birgit von ihrem Schoß. »Das wird Bodua gewesen sein. Die tut nichts. Sie gehorcht mir.«

»Sie bringt Unglück«, meint Birgit mit Grabesstimme und setzt sich auf den Teppich, Apollonia zu Füßen.

»Unglück? Wie eine schwarze Katze?«, fragt Susa. »Die Katze aus dem Keller war doch schwarz, oder?«

»Bodua bringt kein Unglück!«

»Aber in der keltischen Mythologie –«, beginnt Birgit, wird allerdings durch einen genervten Schnauberer ihrer Großmutter gestoppt.

»In der Mythologie? Ja?« Susa versucht, das Gespräch in Gang zu halten.

Niemand antwortet. Apollonia hat die Augen geschlossen, Birgit starrt auf das Teppichmuster, und Finn schaut an die Decke. »Ich soll doch alles über die keltischen Sagen lernen. Oder, Loni?«

Apollonia seufzt und richtet ihren Blick auf Susa. »Also gut. Die Kelten glaubten daran, dass drei fliegende Krähen den Tod ankündigen.«

Stille.

Nur das Feuer prasselt.

»Und zwei sind schon geflogen«, stelle ich fest.

Nicht, dass ich daran glauben würde. Die Kelten liegen mir fern. Das sind doch nur Ammenmärchen, was über sie erzählt wird. Die haben ja nie etwas aufgeschrieben. Woher soll man dann so Dinge wie Glauben oder Aberglauben wissen? Allerdings verunsichert mich der Ernst, mit dem Apollonia das eben gesagt hat.

»Eigentlich müssten die drei Krähen als Schwarm über einen fliegen. So einzeln zählt das nicht.« Apollonia tätschelt Birgit auf den Kopf und erhebt sich. »Und du sag endlich ›Loni‹. Ich hasse ›Oma‹, und das weißt du.«

»Aber –«

»Nichts aber.« Apollonia wischt jeden Einwand mit einer Handbewegung fort. »Wir gehen jetzt alle ins Bett. Karin, du kannst gern hier auf dem Sofa schlafen. Ich bring dir eine Decke. Finn legt sich wieder in Myrnas Wohnzimmer, und Susa geht mit Birgit. Alles klar? Dann Abmarsch!« Sie schiebt Birgit vor sich her aus dem Raum. Die anderen folgen ihr.

Ich überlege, ob ich ihr Angebot annehmen soll oder doch

lieber zu Vicky nach Hause fahre. Aber ich bin hundemüde von all den Aufregungen heute, und so nehme ich die Decke, die mir Apollonia kurz darauf in die Arme drückt, dankend an. Mein Hund schläft bereits. Das Feuer ist bis auf eine glimmende Glut heruntergebrannt. Ich lege mich auf dem Sofa zurecht, und schon bin ich entschlummert.

Um sogleich wieder aufgeweckt zu werden. Es ist stockdunkel im Zimmer. Jemand rüttelt an meiner Schulter.

»Mama, wach auf.«

Ich schieße in die Senkrechte. »Susa. Was ist?«

»Die Birgit hat den Senior umgebracht. Glaub ich.«

»Was!«

Ich taste an der Seite des Sofas herum, wo nach meiner Erinnerung eine Stehlampe sein müsste. Endlich hab ich das Kabel in der Hand, fahre daran entlang, finde den Schalter und mache Licht.

Vor mir steht eine blasse Susa mit verwuschelten Haaren, angetan mit einem Nachthemd, das ich nicht kenne und das sie normalerweise niemals freiwillig anziehen würde. Hello Kitty in Pink.

»Okay, jetzt noch mal langsam.« Ich rücke zur Lehne, damit meine Tochter auf dem Sofa Platz hat, und klopfe neben mich. Sie setzt sich an den äußersten Rand. »Was hast du gesagt?«

»Die Birgit hat den Eichlehner Ignaz umgebracht.«

Ich hab mich nicht verhört. »Und wie kommst du da drauf?«

Susa lehnt sich näher zu mir und zählt unter Zuhilfenahme ihrer Finger auf: »Erstens: Sie weint im Schlaf. Zweitens: Sie redet im Schlaf. Drittens: Ich hab in ihrem Schrank eine Herrenjacke gefunden, die bestimmt nicht ihr oder sonst jemandem in diesem Haus gehört. Und viertens ist sie seit dem Mord total durch den Wind.« Susa setzt sich wieder gerade hin. Anscheinend ist ihre Beweisführung beendet.

»Aha. Und was redet sie?«

»Dass es ihr so leidtut. Dass sie es nie machen wollte. Dass sie auch nicht weiß, warum sie es gemacht hat. Lauter so Zeug.«

Ich nicke nachdenklich. Susa hat mit ihrer Einschätzung sicherlich recht, Birgit war in den letzten Tagen nicht mehr sie selbst.

Allein wie sie sich an ihre Großmutter geklammert hat, spricht schon Bände. Als ob sie vier wäre und nicht zwanzig.

»Nun gut. Ich werde darüber nachdenken. Aber jetzt geh zurück und leg dich wieder schlafen. Das hat auch noch Zeit bis morgen.«

»Nein, komm mit!« Susa nimmt meine Hand. »Ich kann eh nicht schlafen. Die heult schon die ganze Zeit. Das geht bestimmt so weiter. Hör dir das selber an.« Entschlossen zerrt sie an mir.

»Okay, okay. Lass los. Du reißt mir noch den Arm ab.« Ich streiche mir die Haare aus dem Gesicht und stehe auf. Schlafen muss ich wohl ein andermal.

Wir schleichen durch das dunkle Haus. Ich bin froh, dass Susa dabei ist, denn mir sind dunkle alte Bauernhäuser ein Graus. Überall knackst und knarrt es. Es riecht nach den Generationen, die hier gelebt haben. Ich darf gar nicht daran denken, wie viele in diesem Haus im Laufe der Jahrhunderte gestorben sind, und bestimmt nicht immer friedlich in ihren Betten. Sicherlich spuken die hier herum. Mich schüttelt es, und ich dränge Susa schneller die Treppe hinauf.

Oben gibt es fünf Türen. Die vom Bad steht offen, und die schmale daneben wird wieder das Klo sein. Die anderen drei sind Türen zu den Zimmern der Hausbewohnerinnen. Hinter zwei von den dreien höre ich Stöhnen und Schluchzer. Nur Apollonia scheint ein reines Gewissen zu haben.

Mich würde zwar mehr interessieren, warum Gertraud so schlecht schläft – von ihrem Anfall mal abgesehen. Aber Susa öffnet bereits die Tür von Birgits Zimmer und zieht mich hinein.

Hier ist es heller als auf dem Gang. Durch die Spalten der Fensterläden fällt Mondlicht. Und so kann ich auch ohne künstliches Licht alles erkennen. Das Sofa, auf dem Susa genächtigt hat. Einen riesigen Schrank, bei dessen Anblick mir jetzt klar ist, wo Birgit ihre täglich wechselnde Garderobe aufbewahrt.

Einen verschnörkelten Spiegel, an dessen Rahmen Fotos von ihr und von ihr mit Kilian stecken. Einen kleinen Tisch mit Stuhl am Fenster. Keine Bücherregale, dafür einen übervollen Schminktisch mit einem weiteren Spiegel, an dessen oberer Ecke ein Hut sitzt. Und das Bett. Dieses Bett ist ein Ereignis. Ein Statement. Ein Himmelbett von riesigen Ausmaßen, mit weißen gedrechselten

Säulen, die den Himmel aus rosa Stoff tragen, der in großzügigen Falten an den Seiten herabwallt. Und wie um dem Ganzen die Krone aufzusetzen, bewachen goldene Engel, die sich jeweils an den vier Ecken des Himmels postiert haben und putzig gucken, den Schlaf von Birgit.

Offensichtlich machen sie ihren Job jedoch nicht gut, denn die so lieblich behütete Prinzessin – und nichts anderes ist das hier, ein Prinzessinnenzimmer – wälzt sich in ihren Daunen und quengelt Unverständliches. Erholsam schaut das nicht aus.

»Siehste«, wispert Susa. Sie schleicht zum Schrank und öffnet ihn, sorgsam jeden Laut vermeidend. Petticoats und Blüschen quellen hervor. Susa schiebt sie energisch beiseite und hangelt nach einem schweren Kleiderbügel, den sie mit Mühe herauszieht.

»Tut mir so leid. So leid!« Diese Worte stechen deutlich aus der gemurmelten Litanei heraus. Schnell schauen wir zu Birgit. Wird sie wach? Aber nein. Mit einem Ruck dreht sie sich zur Wand und jammert leise weiter. Wir wenden uns wieder der Jacke zu, die Susa kaum halten kann. Ich nehme sie ihr ab und lege sie über den Stuhl am Fenster. Dicker Loden. Klassischer Schnitt. Hirschhornknöpfe. Ein Geruch von Mottenkugeln entströmt ihr. Ich kann die Farbe in dem Zwielicht zwar nicht erkennen, ich wette jedoch, sie ist jägergrün.

Instinktiv drehe ich mich zum Schminkspiegel um und pflücke den Hut vom Rahmen. Genau wie ich vermutet habe, ein unmoderner Männerhut mit einem Anstecker. Bataillon der Gebirgsschützen, 1951. Ich setze ihn auf. Er ist mir zu groß. Genau den gleichen trug der Garhamer Konrad auf dem Foto, das mir sein Sohn, der Garhamer Ludwig, gezeigt hat.

Ein gellender Schrei zerfetzt meine Überlegungen. Susa und ich fahren herum. Birgit sitzt hoch aufgerichtet in ihrem Bett. Sie starrt mich an und macht ein Gesicht, als ob sie ein Gespenst sehen würde. Mit einem zitternden Finger deutet sie in meine Richtung.

»Da«, stammelt sie, »da.«

Meint sie mich? Ich drehe mich um und erhasche einen Blick in den Spiegel. Für einen Augenblick sieht mich ein Mann daraus an. Ein Jäger mit Hut und entschlossenen Zügen.

Da verändert sich das Bild. Der Mann verschwindet, und mein Gesicht taucht auf.

So ein Quatsch! Da war immer nur ich. Etwas anderes ist undenkbar. Es war nur eine Täuschung. Daran ist das Mondlicht schuld. Mondlicht kann einen in die Irre führen. Das bin ich. Niemand anderes. Ich wende mich wieder zu Birgit und rupfe mir den Hut vom Kopf.

»Birgit, keine Angst, wir sind's bloß. Susa und Karin.« Ich lege den Hut auf den Tisch und gehe langsam zu ihrem Bett. Birgit bebt am ganzen Körper. »Das wollte ich nicht«, sage ich behutsam, »ich wollte dich nicht erschrecken. Verzeih mir.« Ich lasse mich vorsichtig neben ihr nieder. Ihre riesengroßen Augen sind auf mich gerichtet.

»Das wollte ich nicht«, flüstert sie. »Nicht erschrecken. Verzeih mir.« Dann schlägt sie die Hände vors Gesicht und weint.

»Birgit, das war doch nur die Ma… die Karin!« Susa hat sich auf deren andere Seite gesetzt und sie in den Arm genommen. »Du musst keine Angst haben. Schau doch. Das sind nur wir.«

Ich weiß jetzt, dass meine Tochter das mitfühlende Herz ihrer Mutter geerbt hat, und das macht mich stolz. Ich genieße dieses Gefühl einen klitzekleinen Augenblick, dann kümmere ich mich ebenfalls um Birgit. Zu zweit schaffen wir es, dass der größte Weinkrampf vorübergeht und nur noch gelegentliches Schluchzen übrig bleibt.

Susa knipst die Nachttischlampe an, die das Zimmer in einen rosa Schimmer taucht. Dieses viele Rosa würde mir arg auf die Nerven gehen, und ich danke im Stillen meinen Töchtern, dass sie damit spätestens im Alter von sieben Jahren aufgehört haben. Das rosa Licht schmeichelt auch nicht dem Aussehen. Birgits verquollenes Gesicht mit den rot geweinten Augen sieht dadurch noch krasser aus.

»Willst du uns vielleicht erzählen, woher du die Sachen hast?«, fange ich behutsam an. Aber wohl nicht behutsam genug, denn Birgit sieht bockig auf ihre Hände, und neue dicke Tränen kullern aus ihren Augen.

Ich schaue Susa hilfesuchend an. Vorher hat sie ja auch den richtigen Ton getroffen.

Meine Tochter streicht ihr über den Rücken. »Schau, Birgit,

wenn du uns alles erzählst, können wir dir helfen. Und du brauchst Hilfe, das ist ganz sicher. Sag, warum hast du den Eichlehner umgebracht?«

Keiner atmet mehr.

Birgit und ich sehen Susa entgeistert an.

»Wie kommst du denn da drauf? Die Birgit hat doch nicht den Senior umgebracht. Susa!«

»Nicht?«

»Nein, nicht.«

Birgit schüttelt auch den Kopf. Worte hat sie noch keine gefunden.

»Aber warum sagt sie dann immer ›es tut mir leid‹ und ›verzeih mir‹, wenn sie nichts getan hat?« Susa blickt mich ratlos an.

»Na ja, getan hat sie schon etwas, denke ich mir. Aber niemanden umgebracht. Oder, Birgit?«

Die hört nicht auf mit dem Kopfschütteln.

»Willst du es uns jetzt erzählen?«

Weiteres Kopfschütteln. Sie erinnert mich an diese Dackel auf der Hutablage in den Siebziger-Jahre-Autos. Die haben damals zwar genickt und nicht geschüttelt, aber trotzdem. Wenn man deren Kopf angeschubst hat, haben die auch so schnell nicht aufgehört damit.

»Soll ich dann sagen, was ich mir denke?«

Birgit schüttelt weiter. Stutzt. Und nickt.

Okay.

Ich angle den Hut vom Tisch. »Das ist der Hut vom Garhamer Konrad. Und das da drüben seine Jacke.«

»Die echte?«, unterbricht mich Susa.

»Ja, die echte. Er hatte bestimmt mehr als nur eine Montur.« Nachdenklich drehe ich den Hut in meinen Händen. »Eine hatte er an, und eine hatte wahrscheinlich sein Sohn Ludwig als Andenken aufbewahrt. Und wenn ich sein unverständliches Gelalle letztens richtig deute, dann hat er sie vermisst.« Das wird mir eben erst bewusst.

»Das war der Tag, an dem Birgit bei ihm war. Und so schließe ich daraus, dass sie Jacke und Hut mitgenommen hat. Das würde erklären, warum sie beim Beltanefest, das am Abend nach ihrem Besuch beim Garhamer stattgefunden hat, eine Jacke über dem

Arm getragen hat, als sie heimgekommen ist. Den Hut hatte sie wohl in der Tasche. Stimmt's, Birgit?«

Sie nickt.

»Und was hat sie damit getan?« Susa schaut von mir zu Birgit und wieder zurück.

Da Birgit immer noch den Anschein macht, nichts dazu sagen zu wollen, fahre ich fort.

»Am nächsten Tag war Anna bei mir und bat mich, zu ihrem Opa mitzukommen.«

»Linus' Anna?«

»Genau. Sepp Obermeier hatte in der Nacht vorher eine Erscheinung.«

»Eine Erscheinung?« Susa lacht auf.

Ich finde das nicht so lustig. Wenn ich es recht bedenke, finde ich es sogar ziemlich verwerflich, diesem netten alten Waldschrat so mitgespielt zu haben. Ich sehe zu Birgit. Und jetzt ist sie noch nicht mal ehrlich genug, es zuzugeben. Langsam steigt Wut in mir auf.

»Ja, eine Erscheinung«, wiederhole ich deshalb mit harter Stimme und fixiere Birgit. Ich würde mir wünschen, dass sie endlich den Mund aufmacht und selbst redet. Aber sie schweigt und schnieft. Verärgert fahre ich fort. »Sein alter Bekannter Konrad Garhamer ist ihm in der Nacht erschienen. Er stand plötzlich in seinem Schlafzimmer. Hatte eine grüne Jacke an und seinen Jägerhut auf. Sogar den silbernen Anstecker hat er gesehen. Und die blonden Haare.« Rasch drücke ich Birgit den Hut auf den Kopf. »So hat er ausgeschaut.«

Birgit schreit auf und fetzt den Hut herunter. Er fliegt im hohen Bogen durch das Zimmer und rollt unter ihren Schminktisch.

»Mama!«

»War es so, Birgit?«

Die fängt wieder zu schluchzen an. War ich zu grob? Möglicherweise. Jetzt kann ich allerdings nicht mehr zurück. Ich will, dass sie es zugibt.

Ich beuge mich zu ihr. »Los, rede!«, befehle ich. »Das war nicht nett, wie du dem alten Mann einen Schreck eingejagt hast. Er dachte wirklich, der tote Konrad stehe in seinem Zimmer. So wie du es vorhin gedacht hast, als du mich mit dem Hut gesehen hast.

Bei mir war's aber keine Absicht, im Gegensatz zu dir. Warum hast du das gemacht? Warum bist du dem Obermeier als toter Konrad erschienen? Sag!«

Unter Schluchzern schüttelt Birgit den Kopf. Ströme von Tränen rinnen ihr die Wangen hinunter. Susa hat immer noch einen Arm um sie gelegt. Sie schaut mich entgeistert an. So hat sie mich noch nie erlebt.

»Und warum das Ganze?«, insistiere ich. »Aus Spaß? Nein. Nein, nicht aus Spaß. Du wolltest ihn bestrafen. Für etwas, wofür er gar nichts kann. Es war ein Unfall, Birgit, ein Unfall.«

»Nein!«, kreischt sie. Sie hält die Hände auf die Ohren und schreit immer weiter. »Nein, nein, nein.«

»Doch. Ein Unfall. Er hat dasselbe geraucht und getrunken, was alle anderen auch geraucht und getrunken haben. Aber nur er ist daran gestorben. Es war ein böser Unfall, Birgit. Sonst nichts.«

»Er war mein Opa!«, schreit sie. »Mein Opa! Und die haben ihn umgebracht. Und dann einfach im Wald liegen lassen. Das sind Verbrecher.« Sie kämpft sich hoch und robbt auf den Knien ganz nah zu mir. Ich kann ihren Atem riechen. »Ich wollt, dass er bereut. Bereuen sollt er!«

»Ach ja, bereuen. Sollte das deine Oma auch, die Apollonia, hm? Ist sie auch eine Verbrecherin, weil sie dabei war? Sag! Hast du mit ihr auch etwas gemacht?«

In rasender Geschwindigkeit krabbelt Birgit rückwärts, bis sie an die Bettumrandung stößt. Der Himmel wackelt, die rosa Vorhänge wogen. Sie nimmt ein Kissen und drückt es wie ein Schutzschild an ihren Bauch. Sie weint nicht. Ich kann ihr Gesicht fast nicht erkennen, tiefdunkelrot ist es in der Ecke. Nur ihre großen Augen leuchten daraus hervor. »Ich wollte, dass sie verbrennt.«

»Was?« Susa ist genauso geschockt wie ich.

»Ich hab die Explosion gemacht, bei dem Feuerritual im Hotel. Ich ganz allein. Ich hab Explosionspulver aus Knallerbsen in ein Papier eingewickelt und dann so getan, als ob es mein Wunschzettel wär. Ich hab ihn ins Feuer geschmissen, als Loni direkt davorstand. Sie sollte brennen.«

Mir fehlen die Worte. Was kann man da drauf noch sagen?

»Aber«, beginne ich und suche nach der richtigen Erwiderung. »Aber Loni ist doch deine Großmutter. Sie ist genauso eine Verwandte für dich wie Konrad Garhamer. Und sie hat dich aufgezogen. Was hast du dir dabei nur gedacht?«

Aus Birgits Ecke höre ich wieder Schluchzer. »Ich wollte Rache«, heult sie. »Rache.«

Susa und ich schauen uns an. Meine Tochter ist arg verstört, das sehe ich.

»Und was hast du dir für Ignaz Eichlehner ausgedacht gehabt?« So sicher bin ich mir jetzt nicht mehr, dass sie mit seinem Tod nichts zu tun hat. Auch wenn ich ihr nicht zutraue, das Messer in ihren Großvater gestoßen zu haben.

»Gar nichts!«, schreit es aus der finsteren Ecke. Allerdings mit einer kurzen Verzögerung. Was bedeutet das? Musste sie erst ausschluchzen und Luft holen? Oder war es eine Lüge?

»Bist du dir sicher? Ignaz Eichlehner ist der dritte von den ›Verbrechern‹, und den wolltest du ungeschoren davonkommen lassen? Das glaube ich dir nicht.«

»So war es aber!«, brüllt sie. »Geht weg! Weg!« Sie strampelt mit den Beinen und teilt Tritte aus. Wir springen vom Bett, bevor uns ihre Füße treffen.

Die Tür geht auf. Licht vom Flur fällt ins Zimmer. »Was ist hier los?« Apollonias große Gestalt steht als Schattenriss in der Türöffnung. Sie schaltet die Deckenlampe an. Das gleißende Licht lässt mich die Augen zusammenzwicken. Da huscht etwas an mir vorbei und springt Apollonia an, die vollkommen bekleidet ist. Birgit hängt heulend an deren Hals.

»Oma, vergib mir, bitte!«

»Was hast du denn?« Apollonia versucht, das schreiende Bündel von sich wegzuhalten, damit sie ihr ins Gesicht sehen kann. Aber es gelingt ihr nicht, obwohl sie schon aufgrund ihrer Körpergröße viel stärker sein müsste als ihre Enkelin. Doch Birgit scheint an ihr festgepappt zu sein.

»Vergib mir, ich wollte das nicht. Ganz bestimmt nicht. Bitte! Es war ein Fehler. Und dumm. Oma, du musst mir wieder gut sein. Bitte!« Birgit ist nicht zu stoppen.

Apollonia sieht uns an. »Könnt ihr mir erklären, was mit ihr los ist?« Ihre Miene wechselt zwischen Verärgerung und Ratlosigkeit.

Ich nehme Susa bei der Schulter und dränge Richtung Tür. »Das wird dir Birgit jetzt selber erzählen. Wir stören da nur.«

Ermattet steigen wir die Treppe hinunter und schlurfen in die Halle. Dort legen wir uns zu zweit auf das Sofa, was zwar sehr eng ist, uns beiden momentan jedoch völlig einerlei.

»Was war denn das?«, fragt mich Susa. »So kenn ich sie ja überhaupt nicht.«

»Sie sich wahrscheinlich auch nicht.«

»Aber warum hat sie das gemacht? Hast du das kapiert?«

»Nein. Nicht wirklich. Versuchen wir jetzt, zu schlafen. Das Rätsel lösen wir heute nicht mehr.« Ich drücke sie fest und gebe ihr auf den Haaransatz einen Kuss. »Auf jeden Fall bin ich froh, dass du so bist, wie du bist.«

»Und ich bin froh, dass du meine Mutter bist und nicht Gertraud.« Susa drückt zurück.

Ja, Gertraud. Dieses Rätsel gehe ich morgen an.

Freitag, 13. Mai

Sehr früh am Morgen wache ich auf dem Teppich liegend auf. Wie hat es meine Tochter bloß geschafft, mich über sich drüberzuwälzen und auf den Boden zu schmeißen?

Ächzend erhebe ich mich. Mir tut nicht nur mein gesamtes Gestell weh, sondern auch mein Kopf. Gestern war alles andere als easy going.

Ich schaue auf die Uhr. Es ist erst halb sechs. Diese Tatsache bringt mich zum Gähnen. Susa schläft noch, und ich habe auch nicht vor, sie zu wecken. Ich rufe Runa und nehme sie mit nach draußen. Die Sonne macht sich gerade daran, irgendwo weit im Osten aufzugehen. Man erahnt, dass es gleich Tag werden muss. Die Dämmerung wird heller. Die Vögel sind mitten in ihrem Morgenkonzert und veranstalten ein ganz schönes Spektakel. Eigentlich sollte man viel öfter so früh aus den Federn. Da ist die Natur noch unberührt.

Ich stehe vor dem Haus und blicke um mich. Der Horizont wird blau. Mit jeder Minute sieht man mehr. Hier ist es eindeutig sehr idyllisch. Die Gebäude mit dem dunklen Holz, die Kletterrose am Haus mit den noch winzigen Blütenknospen, überhaupt die vielen, vielen Pflanzen, das riesige Gewächshaus, die pickenden Hühner in ihrem Gehege, die Wiesen, über denen der Morgendunst schwebt, und der nahe Wald. Kurz scanne ich die am Rand stehenden Tannenbäume. Aber es ist noch viel zu dunkel, um irgendwo einen schwarzen Vogel zwischen dem Schwarzgrün der Äste ausmachen zu können. Wird schon keiner da sein und es auf mich abgesehen haben, denke ich. Und so entspanne ich mich wieder und genieße den Anblick. Ja, Niederbayern ist schön!

Runa liegt vor dem Hühnergehege. Henwatching ist eines ihrer Hobbys, auch wenn es verboten ist. Allerdings macht ja Verbotenes nicht nur Menschen noch mal so viel Spaß. Ich pfeife, und sie gehorcht. Sie lässt die Hühner Hühner sein und rast zu mir. Braver Hund. Im Vorbeilaufen holt sie sich eine Streicheleinheit ab, pest weiter, schnüffelt zwischen den Stauden herum, hebt das Bein und läuft zum Treibhaus. Dort steht sie und bellt.

»Runa, leise!« Mit Gesten scheuche ich sie weiter, und sie trabt Richtung Wald.

Gemütlich gehe ich den Kiesweg entlang, der zwischen den Beeten hindurch zum Gewächshaus führt. Von der Ferne gesehen ist das Glashaus eine Pracht. Es sieht wie ein Pavillon aus. Eventuell sogar Jugendstil. Das würde mich nicht wundern, denn manchmal findet man im Rottal noch solche Kleinodien der Baukunst. Die oberen Glasfenster sind kuppelhaft geschwungen. Ich möchte nicht wissen, was es kostet, eins davon ersetzen zu lassen, wenn es zerbrechen sollte. Die Verstrebungen sind auch nicht so dünn wie die an meinem Gartengewächshaus, sondern bestehen aus grün lackierten Holzbalken, die dem Ganzen einen stabilen Eindruck verleihen. Wirklich eine Augenweide.

Dazu passend säumen Büsche von Pfingstrosen den Weg. Ich liebe diese Bauernrosen mit den faustdicken Knospen. Da können die zarten Hybriden aus den Gartencentern nicht mithalten. Ich wandere weiter. In diesem Garten gibt es nicht nur Blumen, sondern auch die ersten Salate, Gemüsepflänzchen und Kräuter. Vor dem Pavillon sprießt die Petersilie schon üppig, so üppig, dass sie sicherlich im Gewächshaus überwintert hat und erst vor Kurzem ins Freie gekommen ist.

Ich bücke mich, um einen Zweig abzubrechen und in den Mund zu stecken. Als ich mich wieder aufrichte, erschrecke ich. Weit hinten im Glashaus meine ich eine Bewegung auszumachen. Ja, tatsächlich, da gleitet ein dunkler Schemen von rechts nach links und wieder zurück. Es sieht so aus, als ob jemand auf einer Leiter steht und Fenster putzt. Seltsam. Um diese Zeit? Man sieht ja kaum was. Und wer? Weder Gertraud noch Birgit sind nach dieser Nacht fähig – und bestimmt auch nicht willens –, die Glasscheiben des Treibhauses zu säubern. Und Apollonia macht so was grundsätzlich nicht. Oder?

Aber was kümmert's mich? Ich will im Augenblick von niemandem etwas wissen, sondern in Ruhe meinen Morgenspaziergang genießen. Also wandere ich weiter.

Als ich nach einer guten Stunde wieder aus dem Wald trete und in Richtung Moosbichler-Hof schaue, halte ich abrupt an. Reflexartig verstecke ich mich hinter dem nächsten Baum. Vor dem Haupthaus steht ein Fahrzeug, und wenn mich nicht alles täuscht, ist das der Dienstwagen von Grünleitner und Volz. Was wollen die schon wieder hier? Wissen sie, dass Susa bei den Moosbichlerinnen ist? Da muss ich hin. Mein Kind beschützen.

Eilig trabe ich auf das Haus zu. Da ich keinen Schlüssel habe, will ich klingeln, bemerke allerdings, dass die Tür nur angelehnt ist. Ich gehe hinein. Runa bleibt draußen, sie wieselt zu ihren Freundinnen, den Hühnern. Das ist mir im Moment einerlei.

Schon im Gang höre ich aufgeregte Stimmen. Apollonias Tonlage ragt aus allen anderen heraus. »Wie kommen Sie darauf, dass der Kastner hier sein könnte? Er stiehlt doch nicht zweimal am selben Platz.«

Gemurmel.

Nun stehe ich vor der Tür und trete ein. In der Halle sind die Herren von der Polizei und die Moosbichlerinnen versammelt. Alle drei Frauen sehen entsetzlich aus. Apollonia hat schwarze Schatten unter den Augen und eine fahle Gesichtsfarbe. Sie ist offensichtlich in dem Alter, in dem man nicht mehr ungestraft eine Nacht durchmachen kann. Und diese Nacht war wahrlich kein Fest.

Gertraud ähnelt einem Preisboxer nach dem entscheidenden Kampf. Blaue Flecken, wohin man schaut, dazu ihr zerkratzter Hals. Das Schlimmste sind allerdings ihre Lippen, zu blauroten Ballons aufgeschwollen und geöffnet, da die dunkle Zunge ebenfalls deutlich an Volumen zugelegt hat. Mich würde wundern, wenn sie damit verständlich sprechen könnte.

Birgit ist nur noch ein Abziehbild ihrer selbst. Blass und ungeschminkt kauert sie neben Apollonia auf der Lehne des Throns.

Susa sehe ich nirgends. Sehr gut.

Volz hat mich als Erster entdeckt, zieht die Augenbrauen in die Höhe und informiert seinen Chef, wer eingetroffen ist. Nun drehen sich alle zu mir um.

Warum bin ich hier?

Ich werde kaum erzählen, dass und warum ich hier geschlafen habe. Oder haben das die Moosbichlerinnen schon besorgt? Ich fahre mir durch die verwuschelten Locken und sehe, wie Apollonia kaum merklich den Kopf schüttelt.

»Ja, Frau Schneider. Sie hier?« Grünleitner sieht mich mit seiner undurchdringlichen Nussknacker-Miene an. Nicht einmal sein Bart vibriert.

»Guten Morgen.« Ich nehme meine Finger aus den Haaren. Da ist eh nichts mehr zu retten. »Ja, ich bin's. Guten Morgen allerseits.« Ich nicke in die Runde und überlege, welchen Grund ich für mein Hiersein haben könnte. Da fällt mein Blick auf den Blumenstrauß, der auf einem Beistelltisch steht. Wunderbare Pfingstrosen, gemischt mit kleinen weißen Blümchen. »Ich will Stauden kaufen. Für mein Blumenbeet im Vorgarten. Genau.« Ich rubble mir über die Nase. »Und da ich ja seit Neuestem weiß, dass es beim Moosbichler-Hof gute Ware gibt, hab ich mir gedacht, ich fahre mal her.« Ich bin zufrieden mit meiner Notlüge.

Grünleitner und Volz blicken mich an, ohne auch nur ein Fitzelchen Reaktion zu zeigen. Mir wird warm. Ich reibe die Hände aneinander. »Aber ich will nicht stören. Ich kann auch ein andermal kommen.« Die Hand zum Abschiedsgruß erhoben, will ich mich umdrehen.

Da meint Grünleitner: »Ich dachte schon, dass Sie da sind, Frau Schneider. Schließlich steht Ihr Auto vor der Tür.«

Mist, mein Kangoo.

»Jaha. Genau. Ich war schon ziemlich früh hier. Dann war es mir jedoch zu früh, um zu klingeln, und so hab ich noch eine Runde durch den Wald gedreht. Ich wollte nicht unhöflich sein. Schließlich ist es jetzt erst kurz vor sieben.« Frechheit siegt.

Manchmal.

Diesmal leider nicht.

»Hören Sie auf, uns anzulügen«, sagt der Hauptkommissar sachlich, »und setzen Sie sich zu uns. Mir ist egal, warum und wie lange Sie schon im Haus sind. Es gibt Wichtigeres.«

Prima. Nun fühle ich mich wieder einmal wie ein abgekanzeltes Schulmädel. Ich gehe zum nächstbesten Sessel und setze mich.

»Wie ich schon sagte, bevor wir unterbrochen wurden: Wir haben Grund zu der Annahme, dass sich Kastner auf Ihrem Grundstück aufhält. Entweder Sie lassen die Männer, die gleich eintreffen werden, freiwillig alles durchsuchen, oder wir holen uns einen Durchsuchungsbefehl. Und ich versichere Ihnen, wir bekommen einen.«

Apollonia schaut zu Gertraud, Birgit und auch zu mir. »Wir haben nichts zu verbergen. Suchen Sie, wen Sie wollen.«

Ich bin entsetzt. Zusammenarbeit mit der Polizei, schön und

gut. Aber was, wenn sie Susa finden? Dann kann ich sie ihnen ja auch gleich ausliefern. Ich springe auf. Apollonias Blick lässt mich meinen Mund wieder zuklappen.

»Und ich versichere Ihnen«, sagt sie zu Grünleitner, »dass sich Kastner nicht im Haus aufhält. Das hätten wir bemerkt.«

»Wir werden sehen. Wir beginnen erst mal auf dem Gelände.«

Eine halbe Stunde später stehe ich mit einer Kaffeetasse in der Hand am Fenster und beobachte, wie zehn Polizisten das Grundstück durchsuchen. Runa liegt neben mir. Ich habe sie vorsichtshalber hereingerufen, damit sie den Männern nicht im Weg ist.

Warum sucht ein Großaufgebot, na ja, ein an der hiesigen Polizeistation gemessenes Großaufgebot, nach Kastner? Hat er noch mehr auf dem Kerbholz als Einmietbetrügerei und Antiquitätendiebstahl? Anzunehmen. Zutrauen tu ich es ihm auch.

Aber warum suchen sie ihn hier auf dem Hof?

Hinter mir unterhalten sich die Moosbichler-Frauen über dasselbe Thema. Susa und Finn haben wir in Birgits Zimmer geschickt. Die redet zwar nach letzter Nacht nicht mehr mit uns, es hat ihr allerdings eingeleuchtet, dass es Wichtigeres gibt als ihre Befindlichkeiten.

»Wer von euch war eigentlich heute früh schon im Gewächshaus?« Ich sehe in verblüffte Gesichter. Eine nach der anderen schüttelt den Kopf.

»Keine? Nein?«

Ich stelle die Kaffeetasse ab und laufe hinaus.

Ein paar Polizisten kommen aus dem Geräteschuppen, ein paar hinter dem Haus hervor. Sie teilen sich erneut auf. Einige durchkämmen die Scheune, die anderen durchstreifen das Gelände in Richtung Wald. Ungefähr in der Mitte liegt das Gewächshaus.

Ich überhole einen Polizisten.

»Sie haben hier nichts verloren«, mosert er. »Gehen Sie zurück ins Haus!«

Ohne auf ihn zu achten, beschleunige ich meine Schritte.

Ich will wissen, ob ich recht habe.

»He!«, schreit er und folgt mir. Auch seine Kollegen strömen herbei, und ein Wettlauf beginnt. Die letzten Meter renne ich.

Mit knappem Vorsprung erreiche ich das Gewächshaus, drücke die Klinke herunter und bleibe wie angewurzelt stehen.

Weit hinten schwingt das, was ich noch vor zwei Stunden lediglich als schwarzes Etwas ausmachen konnte, sacht im morgendlichen Licht. Die Schatten der Nacht sind verschwunden. Durch die hohen Glasfenster fallen Sonnenstrahlen und lassen jedes Detail klar erkennen.

Von dem stabilen Mittelbalken hängt ein Seil herab. Das Seil führt zu einem Hals, schlingt sich darum und gräbt sich tief in die Haut. Daran baumelt der Körper eines Mannes. Nur ein Schuh. Der andere liegt unter ihm auf den Terrakottafliesen. Ein umgestürzter Holzschemel daneben.

Ich kralle mich am Türstock fest und zwinge meinen Blick erneut nach oben: dunkle Hosenbeine aus Wollstoff, zu lange Fingernägel, ein Pullunder. Rot.

Sofort blicke ich zum Gesicht.

Und drehe mich weg.

Kräftige Hände schieben mich beiseite. Ich lasse mich schieben, beginne zu taumeln, die unsicheren Schritte werden schneller, bis ich anfange zu laufen.

Als ich den Wald erreiche, suche ich mit einer Hand Halt an einem Baum, beuge mich nach vorn und gebe den Morgenkaffee wieder von mir.

Das Grauen jedoch bleibt.

Die nächsten Stunden vergehen mit Vernehmungen, während draußen die Spurensicherung ihre Arbeit macht. Mir hat die Entdeckung des toten Kastners alle Energie geraubt. Nicht schon wieder eine Leiche.

Ich hänge in dem mir von Volz zugewiesenen Stuhl in Gertrauds Wohnzimmer, das die Polizisten als Vernehmungszimmer okkupiert haben. Mir ist alles egal. Ich habe schon zugegeben, dass ich die Nacht auf dem Moosbichler-Hof verbracht habe. Mein Märchen vom Staudenkauf hat mir eh keiner geglaubt. Mit letzter Kraft weigere ich mich, den Aufenthaltsort von Susa preiszugeben. Ich kann nur hoffen, dass sie nicht darauf bestehen, das Haus zu durchsuchen. Bis dahin verschanze ich mich hinter meinem Zeugnisverweigerungsrecht. Schließlich bin ich die Mutter. Momentan überprüfen sie allerdings unsere Alibis.

»Ich habe in dieser Nacht wirklich überhaupt nichts von draußen mitbekommen«, sage ich. »Es gab hier einen Notfall nach dem anderen. Erst hatte Gertraud einen epileptischen Anfall. Das wird Ihnen auch der Arzt bestätigen können. Später hatte Birgit psychische Probleme, und ich und … äh … Apollonia haben uns um sie gekümmert. Da hatte keine von uns die Möglichkeit, ins Gartenhaus zu schleichen und den Herrn Kastner zu treffen.« Mir wird schon wieder schlecht, wenn ich an meinen Fund denke.

»Welche psychischen Probleme?« Grünleitner legt seinen Finger natürlich gleich auf meine unbedacht ausgesprochene Information.

Ich stütze den Ellbogen auf die Stuhllehne und lege den Kopf in die Hand. Was erzähl ich ihm jetzt bloß?

»Könnte ich ein Glas Wasser haben?« Das sagen doch immer die Verbrecher, um eine Denkpause zu bekommen. Hab ich damit schon zugegeben, dass ich ihnen gleich wieder eine Lüge auftische?

Volz schenkt mir schweigend ein Glas ein und hält es mir hin. Ich nehme und trinke.

»Nun, an so einem jungen Mädchen geht der Mord an ihrem Arbeitgeber natürlich nicht spurlos vorüber. Sie hat Alpträume und macht sich Vorwürfe, dass sie zu seinen Lebzeiten nicht freundlich genug zu ihm war.« Ist das jetzt zu dick aufgetragen? Wie immer kann ich nichts in den Mienen der Kommissare entdecken. »Das ist doch nur verständlich«, schiebe ich hinterher.

Volz kritzelt etwas in sein Notizbuch. Grünleitner beobachtet mich. Wie ich diese durchdringenden Blicke hasse. Da muss man sich doch automatisch als Schwerverbrecher fühlen. Ob er seine Frau auch so ansieht? Hat er überhaupt eine Frau? Aber ich sollte mich auf den Fall konzentrieren und nicht darüber nachdenken, wie das Privatleben der Polizisten aussieht.

»Warum hat sich der Kastner ausgerechnet hier umgebracht?«, frage ich deshalb.

»Ob es Selbstmord war, werden die Ermittlungen zeigen.«

»Heißt das, Sie gehen von Mord aus?«

Grünleitner streicht sich über den Schnurrbart. »Wir haben hier eine Leiche. Mehr kann ich dazu nicht sagen.«

Mord. Selbstmord. Ich bin es leid, mich mit dem Polizeikram abgeben zu müssen. Ich bin müde. Ich will nach Hause, mit Susa, zu Vicky, und einfach mein Leben leben. Und wenn die Polizei nicht irgendwelche Spuren von Susa gefunden hätte und deswegen hinter ihr her wäre, würde ich das auch machen. Was gehen mich die Leichen an?

»Wenn Sie keine Fragen mehr an mich haben …« Ich stehe auf.

»Wir wissen ja, wo wir Sie finden, Frau Schneider.« Grünleitner erhebt sich ebenfalls.

»Beruhigend.« Ich nicke ihnen zu und gehe.

Irgendwann haben sie genug gefragt, auch die Spurensicherung hat ihre Arbeit erledigt, und der Hof ist wieder frei von Polizei. Ich steige die Treppen zu Birgits Zimmer hinauf, um nach Susa zu sehen. Als ich auf der obersten Treppenstufe angekommen bin, öffnet sich die Zimmertür von Gertraud. Die Schwellungen an ihrer Mundpartie sind zurückgegangen, und sie sieht nicht mehr ganz so aus, als ob sie unter einen Zug geraten wäre.

»Ich wollte mich bedanken.« Sie redet langsam und schleust die Worte um ihre zerschundene Zunge herum. »Sagen wir Du zueinander?«

»Okay, gern. Karin.«

»Gertraud.« Wir geben uns die Hand. »Ohne dich wäre ich gestern erstickt. Doch. Doch. Keine Widerrede.« Sie schluckt und setzt erneut zu sprechen an. »Ich möchte mich auch entschuldigen, dass ich dir Angst eingejagt hab.«

»Ist schon okay.« Ich halte das Gespräch für beendet und will endlich zu Susa. Aber Gertraud öffnet einladend ihre Tür.

»Kommst du kurz mit rein? Ich möchte dir noch etwas erzählen.«

Ich blicke zu Birgits Zimmertür. »Na gut.«

Das Schlafzimmer liegt nach Westen, und die Sonne scheint herein. Es ist also schon Nachmittag. Und ich habe den ganzen Tag noch nichts gegessen. Mein Magen antwortet prompt auf diesen Gedanken. Ich lege ihm zur Beruhigung die Hand auf und werfe einen Blick aus dem Fenster. Von hier aus sieht man ungehindert auf die Blumenbeete, den Gemüsegarten und das Gewächshaus.

»Hast du etwa was beobachtet heute Nacht?« Ich drehe mich zu ihr um. Sie schüttelt den Kopf und deutet auf einen Sessel nah am Fenster. Ich setze mich. Gertraud nimmt auf dem Bett Platz, über dem eine geblümte Tagesdecke ausgebreitet ist. Sie schlägt die Beine übereinander, und ihre Finger spielen mit einer Kordel an ihrer Hose. Sie lässt sich Zeit, und ich werde ungeduldig. Was will sie mir denn so Wichtiges erzählen? Ich schiele zur Tür. Wenn sie nicht bald zu sprechen beginnt, gehe ich.

Gertraud räuspert sich, blickt immer noch auf die Kordel in ihren Händen. »Ich wollt meinen Vater umbringen.«

»Was? Du wolltest den Eichlehner umbringen?« Jetzt hat sie meine ungeteilte Aufmerksamkeit. »Aber du hast nicht. Oder?«

Sie blickt kurz auf, um sich dann wieder ihrer Spielerei zuzuwenden. »Ich hab Finns Messer genommen, aus dem Museum.« Aufgrund ihrer Verletzungen spricht sie bedächtig. »Damit hab ich den Ignaz erstechen wollen. Ich hab gesehen, wie er ins Hotel ist. Da hab ich ein bisschen gewartet und bin ihm dann gefolgt. Ich wollt nicht, dass es so ausschaut, dass ich ihm hinterhergeh. Ich wollt auch sicher sein, dass mich keiner sieht. Als dann alle zum Feuerritual los sind, bin ich ihm nach.«

Sie schluckt wieder vernehmlich. Ich sitze mucksmäuschenstill auf meinem Stuhl.

»Ich hab mich durch den Nebeneingang reingeschlichen, meine Handschuh aus der Innentasche geholt und das Messer.«

»Halt«, unterbreche ich sie. »Welche Innentasche? Du hast doch dein Göttinnenkleid angehabt.«

»Ja, freilich. Und da ist eine geheime Tasche eingenäht.«

Sie steht auf und holt ein Kleid aus ihrem Schrank. Es ist ein langes rotes Baumwollkleid mit dunkelroten Borten am Saum. Daneben hängen noch zwei ähnliche Gewänder. Gertraud stülpt den Rock nach oben und zieht einen Beutel hervor. Er ist aus demselben Stoff wie das Kleid und an der Taille und zwei weiteren Stellen angenäht. Durch eine offene Naht an der Seite kann man die Hand hineinstecken.

»Das ist ja praktisch«, murmle ich.

»Ja, da passt was rein, und von außen sieht's keiner, weil das Gewand so weit ist. Das ist bei allen unseren Gewändern so. Loni hat die Idee gehabt.« Sie legt das Kleid auf das Bett und setzt sich daneben. »Also, ich geh den Gang entlang. Zuerst kommt man an einem Abstellkammerl vorbei, dann an Toiletten, dann zu seinem Büro und dann zu denen vom Robert und vom Kilian. Gerade wie ich bei der Klotür bin, seh ich, dass die Bürotür vom Ignaz sperrangelweit offen ist. Ich bleib stehen und überleg, was ich tun soll. Da hör ich was Komisches. So was wie einen Schrei, aber ganz leise. So gedämpft. Ich bin dann schnell in eine der Toiletten. Keine drei Sekunden danach ist jemand an mir vorbeigelaufen, zum Seitenausgang. Bevor er ganz verschwunden ist, hab ich geschaut.«

»Und wen hast du gesehen?«

Sie holt tief Luft. »Den Garhamer Ludwig.«

»Den Garhamer Ludwig?«

Gertraud nickt. »Ich hab dann ein ganz komisches Gefühl gehabt. Ich musste einfach nachschauen gehen. Und wie ich zur Tür vom Ignaz komm, ist's mir sofort ganz anders worden. Ich hab schon gewusst, dass er tot war. Noch bevor ich es gesehen hab.« Sie greift sich an ihren Hals. »Als ich ins Zimmer geschaut hab, da ist er auf seinem Tisch gelegen. Tot.« Sie fährt sich über das Gesicht. »Da bin ich auf und davon. Das Messer hab ich schnell in den Wäscheschacht im Gang geschmissen. Das war wie ein Reflex. Damit es keiner bei mir finden kann.«

Ich überlege. »Und dann bist du gleich zum Feuerritual?«

»Ja. Das war ja mein Alibi. Auch in meinem Plan.«

»Das erklärt, warum du so gehetzt ausgeschaut hast. Kein Wunder.« Ich reibe mir die Stirn und beobachte Gertraud. Sie ist ganz ruhig. Nur die Finger beschäftigen sich.

»Du hast aber eine große Selbstbeherrschung«, stelle ich fest.

»Mei …«

»Und jetzt. Tut es dir leid?«

»Was?«

»Dass nicht du ihn umgebracht hast, sondern jemand anderer?«

Sie schaut mich aufgeschreckt an.

»Oder dass er tot ist?«

Zuerst verändert sich nur ihr Blick. Wie ein Schleier legt sich Traurigkeit darüber. Ihre geschundenen Lippen beginnen zu beben, und sie verdeckt sie mit einer Hand. »Ja, mir tut es leid, dass er tot ist«, sagt sie mit kratziger Stimme.

»Aber du wolltest ihn selber auch umbringen?«

»Ja, wollt ich.« Tränen springen aus ihren Augen.

Ich stehe vom Sessel auf und setze mich neben sie. Vorsichtig lege ich eine Hand auf ihren Arm. »Und warum?«, frage ich leise.

Raue Schluchzer schütteln ihren schmalen Körper. Ich streiche ihr behutsam über den Rücken.

Nach einer Weile reißt sie sich zusammen. Sie fährt sich mit harten Bewegungen über die Augen und richtet sich gerade auf. Sie hat sich wieder in der Gewalt.

Nun blickt sie mir ins Gesicht. »Weil er …«, beginnt sie und ist fast nicht zu verstehen. Durch das Weinen ist nun auch ihre Nase zugeschwollen, und die Lippen schauen wieder dicker aus. »Weil mein Vater nie mein Vater gewesen ist.«

»Was?«

»Er ist nur – wie sagt man – mein biologischer Vater. Wahrscheinlich. Anerkannt hat er mich nie. Er hat auch nie Alimente gezahlt. Er hat einfach meine Mutter geschwängert, damals in den tollen sechziger Jahren, wo ja die ›freie Liebe‹ war, und dann hat er sich nicht darum geschert. Um das Kind. Um mich.« Sie wischt über ein Auge, danach wird ihr Gesichtsausdruck noch härter. Verächtlicher. »Nein. Er hat seinen Spaß gehabt, und dann ist ihm eingefallen, dass er lieber spießig wird. Er hat schnell eine Reiche geheiratet und sein Hotel groß gemacht, und dann ist auch schon der Erbe gekommen. Ein Sohn. Der feine Robert.« Den Namen spuckt sie fast aus.

»Ja, das ist bitter.«

»Ha! Das kannst laut sagen. Der Waschlappen ist der Nachfolger. Der ist durch sein Leben getragen worden. Selber hat der nichts fertiggebracht. Ich hab die Gärtnerei ganz allein aufgebaut. Ich steh meinen Mann!« Sie ballt die Hände zu Fäusten. »Ich bin die Ältere. Ich hätt viel mehr das Recht gehabt, mit dem Ignaz das Hotel zu leiten. Ich hätt das leicht gekonnt. Aber mich wollt er ja nicht. Nichts hab ich gekriegt von ihm. Gar nichts. Ich war überhaupt nicht da für den.«

Gertraud stiert ins Leere. Im ersten Moment fällt mir nichts ein, was ich darauf erwidern könnte. Es muss furchtbar sein, so eine Sehnsucht nach einem Vater zu haben, die nicht erfüllt wird.

»Und weiß Birgit, dass …«

»Nein, die Birgit weiß gar nichts«, fährt mich Gertraud an. »Wir sind keltische Göttinnen, wir haben keinen Vater.«

Der Schmarrn wieder. Das vergesse ich lieber gleich. Dafür denke ich an etwas anderes.

»Aber zur Birgit war er immer gut«, sage ich vorsichtig. »Sie durfte bei ihm arbeiten. Wollte er an ihr wiedergutmachen, was er bei dir versäumt hat?«

Gertraud starrt mich mit ihren stahlgrauen Augen an. Eindeutig die Augen von Ignaz Eichlehner. Da braucht es keine amtliche Feststellung, dass er ihr Erzeuger ist. Sie schweigt, aber ich merke, dass heftige Gefühle in ihr aufsteigen.

»Ich hab ihn nicht darum gebeten«, schreit sie so plötzlich, dass ich mich unwillkürlich ducke. »Und er hat versprochen, ihr nichts zu sagen.« Sie springt auf und geht ans Fenster. Mit verschränkten Armen schaut sie hinaus. Sie atmet schnell.

Ich warte, bis sich ihr Brustkorb nicht mehr so hektisch hebt und senkt. »Und was meinst du, warum hat Ludwig ihn umgebracht?«

Sie lässt sich mit der Antwort Zeit, und als sie endlich zu reden anfängt, spricht sie zum Garten hin.

»Das ist auch so einer ohne Vater.«

Von unten höre ich Apollonia rufen, dass es Essen gibt. Sofort knurrt mein Magen, was mir etwas peinlich ist. Schließlich sind wir gerade bei einem sehr ernsten Thema.

»Hast du das vom Ludwig der Polizei erzählt?«, frage ich.

Sie schüttelt den Kopf.

Was mach ich nun mit dieser Information?

Wir sitzen in der Halle an einem Holztisch. Apollonia hat einen keltischen Eintopf aus Rüben und Bohnen gekocht. Es schmeckt nicht so schlecht, wie es sich anhört. Auf jeden Fall, wenn man Hunger hat. Jeder von uns hängt seinen eigenen Gedanken nach und schaufelt schweigend das Essen in sich hinein.

»Ich will heim«, unterbricht Susa die Stille.

»Dann bleib ich aber auch nicht hier«, sagt Finn.

»Das ist die Idee.« Ich sehe ihn nachdenklich an. »Finn, ich bringe dich nach dem Essen nach Hause.«

»Und ich?« Meine Tochter hat das »ich« jammervoll in die Länge gezogen. »Ich bleib nicht länger hier. Nicht mit der Leiche da draußen.« Sie zeigt mit dem Finger in die Richtung, in der nach ihrer Meinung das Gewächshaus steht. Ist nicht die richtige, und die sterblichen Überreste vom Kastner sind auch schon lange abtransportiert, ich verstehe sie allerdings trotzdem.

Ja, der Kastner. Irgendwie scheint uns alle der Fund seiner Leiche nicht sonderlich zu interessieren. Das ist seltsam.

»Ich gehe mal davon aus, dass keiner von uns den Kastner im Gewächshaus aufgeknüpft hat, stimmt's?« Ein schneller Blick in die Runde. Alle nicken. Keiner macht den Eindruck, etwas zu verbergen.

»Und ich gehe weiter davon aus, dass der Kastner hier nicht Selbstmord begangen hat. Oder?« Ich warte. Kein Widerspruch wird laut.

»Dann wäre doch die Frage: Wer hat ihn hier ermordet oder ihn ermordet und hierhergebracht? Und sich die Mühe gemacht, ihn gerade in eurem Gewächshaus aufzuhängen?« Ich sehe sie alle fragend an. »Wer will euch eine Leiche unterschieben?« Mein Blick geht zu Gertraud.

Ich nehme an, sie weiß, an wen ich denke, zuckt allerdings die Schultern. Auch von den anderen sagt keiner ein Wort. Da ich hier nicht weiterkomme, werde ich einfach den nächsten Schritt machen und zu Garhamer gehen. Wie ich aus ihm herausbekommen will, dass er Eichlehners Mörder ist, weiß ich noch nicht. Ich hoffe jedoch auf meine Intuition. Sie wird mir schon im richtigen Moment helfen

Also breche ich auf. Ich nehme Susa und Finn mit. Birgit will mit dem Roller ins Hotel fahren. Sie muss zu ihrem Verlobten, wie sie theatralisch von sich gegeben hat. Auch recht. Da mische ich mich nicht ein.

Bei dem Wort »Hotel« denke ich allerdings sofort an Max. Ob er sich Sorgen macht? Schließlich habe ich mich ewig nicht mehr gemeldet. Vielleicht sollte ich vor meinem Besuch beim Garhamer ebenfalls ins Hotel fahren oder Max zumindest anrufen. Jedoch verschließt sich auch bei dieser Alternative alles in mir. Das Bild von Belinda und ihm taucht vor meinem inneren Auge auf, und da weiß ich, ich will mit ihm nichts zu tun haben. Wenigstens vorerst.

Also rumple ich mal wieder mit meinem Gefahrentransporter über den Schotterweg Richtung Heimat. Susa liegt auf der Rückbank. Finn sitzt vorn bei mir. Runa hab ich auf dem Hof gelassen, auch wenn es ihre Bindung zu Apollonia noch mehr stärkt. Aber das ist jetzt zweitrangig.

Zu meiner Erleichterung kommt uns kein Polizeifahrzeug entgegen. Ich fahre in unsere Garage und schließe das Tor. Erst dann darf sich Susa aufrichten.

In der Küche liegt ein Zettel von Vicky.

»Falls du mal wieder nach Hause kommen solltest, Mama, ich bin bei XeXe und schlafe dort. Bussi, Vick«.

Oh ja, ich hab ja noch eine Tochter. Das schlechte Gewissen beißt mich in den Magen. Ich verspreche mir und in Gedanken ihr, mir was Tolles für sie auszudenken, wenn der Unsinn hier vorbei ist.

Dann nehme ich mir Susa vor. Ich schärfe ihr ein, nicht ans Telefon, nicht an die Haustür, nicht in den Garten zu gehen und auch ihre Musik nicht so laut aufzudrehen, dass sie von außen gehört werden kann. Oder die Jalousien rauf- und runterzulassen oder Licht anzumachen, wenn es in einer Stunde dunkel wird.

»Darf ich aufs Klo gehen?«, mault sie.

Ich überlege kurz. »Ja, aber am besten nur im ersten Stock. Unten könnte dich jemand sehen.«

»Wirst du nicht schön langsam paranoid, Mama?«

Da muss ich nicht nachdenken. »Nein. Und tu das, was ich sage.«

Die Abschiedsszene zwischen Finn und ihr halte ich knapp. Dann umarme ich meine Tochter auch noch einmal.

»Und wenn du was essen willst, am besten kalt, damit die Dunstabzugshaube –«

»Ja, Mama«, unterbricht sie mich, »ich bin nicht da. Ich hab's kapiert.«

»Hoffentlich.«

Ich lade Finn wieder ein und fahre zum Garhamer. Und sofort daran vorbei, denn der Wagen von Grünleitner und Volz steht vor der Tür. Bei der nächsten Querstraße biege ich um die Ecke, dann noch einmal. Jetzt sind wir an der hinteren Seite seines Hanggrundstücks. Hier steht kein Haus, sondern ein leerer Baugrund mit einem Maklerschild. Glück gehabt. So kann ich ungehindert an den rückwärtigen Zaun von Garhamers Garten gelangen.

Wir vereinbaren, dass Finn nach vorn geht und ganz unschuldig nach Hause kommt. Sobald es ihm möglich ist, soll er mir die Terrassentür zu seinem Zimmer im Souterrain öffnen. Ich will mich hineinschleichen und horchen. Denn ich muss unbedingt wissen, was die Polizei vom Garhamer will. Womöglich ist sie ihm ebenfalls schon auf der Spur, und ich muss mir keine Gedanken mehr machen. Dann wäre der Fall in zwei Stunden gelöst, und ich hätte wieder ein normales Leben, ohne dass ich meine Töchter verstecken oder vernachlässigen müsste.

Finn zischt ab.

Ich parke meinen Kangoo ein Stückchen weiter neben einem Gartenzaun. Dort wuchern Fliederbüsche und verdecken die Sicht auf das auffällige Rot meines Autos. Als ich aussteige, überfällt mich der betörende Duft der Blüten, der ja beim Einsetzen der Abenddämmerung immer am intensivsten ist. Ich liebe Flieder und nehme es als gutes Omen für meine bevorstehende Aktion.

Völlig unauffällig schaue ich die Straße hinauf und hinunter, ob denn just in diesem Augenblick ein Nachbar spazieren gehen oder den Müll hinaustragen möchte. Ich sehe niemanden. Auch kann ich keine neugierigen Gesichter hinter den Fenstern der umliegenden Häuser erkennen.

Dann los!

Leider wachsen auf der unbebauten Wiese keine Sträucher, hinter denen ich mich verbergen könnte. Deshalb schleiche ich wie ein Indianer auf Kriegspfad mit gebeugtem Rücken vorwärts, bis mir klar wird, dass das ja superverdächtig aussieht. Also richte ich mich wieder auf und gebe vor, wilde Blumen pflücken zu wollen. Hin und wieder bücke ich mich und rupfe ein Unkraut aus. Auch mit Wurzel.

Gottlob hat der Garhamer einen Miniaturwald in seinem Sechshundert-Quadratmeter-Garten angelegt, der aus drei großen Fichten und viel Gebüsch besteht. So bin ich mir ziemlich sicher, wenigstens von dieser Seite nicht schon vorzeitig entdeckt zu werden.

Meinen extravaganten Blumenstrauß entsorge ich, als ich beim Gartenzaun vom Garhamer angelangt bin. Maschendraht. Übliche Höhe. Das schaffe ich.

Noch ein paar prüfende Blicke über meine Schulter, dann nehme ich die Überwindung der Einzäunung in Angriff und klettere darüber. Mit Leichtigkeit. Hab ich's doch gewusst, ich bin gar nicht so unsportlich.

Ich drängle mich durch das Gebüsch, bis nur noch eine Reihe Sträucher zwischen mir und dem Haus steht. Vorsichtig luge ich durch die Zweige. Inzwischen ist die Dämmerung schon weit fortgeschritten. Aber nur in einem großen Fenster brennt Licht. Das muss das Wohnzimmer sein. Da das Haus an den Hang gebaut und das Erdgeschoß vom Garten aus quasi der erste Stock ist, sehe ich leider nicht viel.

Ich erkenne die Schrankwand, an der lehnt Volz mit verschränkten Armen. Er hat bestimmt sein arrogantes G'schau aufgesetzt. Da muss ich nicht die Details ausmachen können. Vom Grünleitner erblicke ich nur den Charakterkopf, er sitzt in dem Sessel, den der Garhamer mit Bier getauft hat. Na ja, das wird ja inzwischen wieder getrocknet sein. Der Hausherr hat es sich auf dem Sofa bequem gemacht. Obwohl. So gemütlich sieht seine Körperhaltung nicht aus. Eher stocksteif. Trotzdem sind meine Beobachtungen nicht wirklich aufschlussreich. Die drei könnten da drin über alles Mögliche reden. Ich muss rein!

Ungeduldig halte ich nach Finn Ausschau. Irgendwo hier unten muss doch sein Zimmer sein. Da geht Licht an und erleuchtet einen schmucklosen Raum mit einem ordentlich gemachten Bett, einem Schrank, einem Tisch und einem Stuhl. Finn kommt auf mich zu und öffnet wie vereinbart die Terrassentür. Ich werfe einen Blick in den ersten Stock. Niemand steht am Fenster. Also laufe ich los und husche hinein.

»Prima«, lobe ich ihn. »Wir schleichen uns jetzt rauf, du versteckst mich irgendwo, in der Küche oder so, dann gehst du ins Wohnzimmer und sagst, dass du wieder da bist. Lässt aber die Tür offen. Wenn sie dich nicht dabeihaben wollen, machst du auf keinen Fall die Tür hinter dir zu. Verstanden?«

»Na klar. Warum willst überhaupt wissen, was die reden? Das kann dir doch schnuppe sein.« Er meint es sicherlich nicht so ungehobelt, wie es dahergekommen ist. In meiner momentanen Verfassung vertrage ich jedoch keine Widerworte von einem Jungspund.

»Das kann ich dir schon sagen«, ätze ich und gehe dabei weiter. »Weil die Polizei, wie du weißt, die Kette von Susa an Ignaz' Leiche gefunden hat und ich nicht will, dass sie meiner Tochter den Mord anhängen, nur weil sie den wahren Täter nicht finden.«

Ich bin bei der Tür und will hinaus. Allerdings soll Finn vorgehen, er weiß, wo wir hinmüssen. Der steht aber immer noch wie eine Statue in seinem Zimmer herum.

Ich greife zur Türklinke, da spüre ich, wie etwas an meine Hand schlägt. Eine Kette baumelt von der Klinke. Ein Lederband mit einem silbernen Anhänger. Automatisch nehme ich ihn in die Hand. Das verschlungene Zeichen, das darauf graviert ist, kenne ich. Es ist eine Triskele.

Was macht die Kette hier?

Langsam drehe ich mich zu Finn um. »Wie kommt Susas Kette hierher?« Mein Ton ist eisig. Passend zu den kalten Schauern, die mir im Nacken sitzen.

»Was?«

Ich reiße die Kette von der Klinke und halte sie vor seine Nase. »Diese Kette«, knurre ich. »Und sag die Wahrheit.«

»Was?« Er weicht einen Schritt zurück.

Ich fixiere ihn. Hat dieser kleine Kelte doch was mit dem Mord an Ignaz zu tun? War das mit dem Messer nur eine raffinierte Finte von ihm? Sollten wir alle nur denken, dass er der Mörder war und dann eben doch nicht sein konnte, weil sein Messer nur zum Fake in der Nähe des Tatorts gefunden wurde? Ist er wirklich so ausgefuchst? Und kriegt dann noch nicht mal die Zähne auseinander, als der Verdacht auf Susa fällt. Weil's grad so praktisch ist? Dieser …!

»Du schaust so komisch, Karin.« Seine Stimme klingt ängstlich.

»Du hast die ganze Zeit Susas Kette hier gehabt, obwohl du gewusst hast, dass die Polizei davon ausgeht, dass Eichlehner sie in der Hand hält? Du … du …!« Mir fehlen die Worte. Ich packe ihn am Schlafittchen. Auch denken kann ich nicht mehr richtig, denn die Wut über seinen ausgebufften Verrat an meiner Tochter steigt mir zu Kopf und rennt gegen alle Gehirnwindungen.

»Karin?« Mit zitternden Fingern greift Finn nach der Kette und dreht den Anhänger um. »Schau, das ist meine. Da.« Er zeigt auf einen eingeritzten Buchstaben. »Da steht ›F‹ wie Finn. Es ist meine. Verstehst du? Meine.«

Ich schaue auf das »F« und dann in Finns braune Welpenaugen, in sein verzweifelt verzogenes Jungengesicht, und sehe wieder klar. Nein, der junge Mann kann keiner Fliege was zuleide tun.

Das hat man ja auch bei seinem »Angriff« auf Kilian gesehen. Er ist ein unbedarftes Früchtchen. Nie könnte er einem Menschen tatsächlich das Messer reinrammen. Dazu braucht es schon eine Menge an aggressiven Emotionen. Und ein Motiv. Und das hat Finn beides nicht.

Kopfschüttelnd lasse ich ihn wieder los. Streiche sein Hemd glatt. Trete einen Schritt zurück.

»Warum hast du nicht gleich gesagt, dass das deine Kette ist? Hm?«

Er schluckt. »Du hast mich ja nicht gelassen.«

»Okay, okay. Jetzt weiß ich Bescheid.« Ich winke Richtung Gang. »Lass uns raufgehen. Wir haben schon genug Zeit vertrödelt.«

Finn schaut immer noch wie ein kleines Häschen. »Du hast mir wirklich Angst gemacht, Karin, ganz echt.«

»Sorry, Finn.« Ich klopfe ihm auf die Schulter und öffne die Tür. »Nichts für ungut.«

Nachdem Finn sich aus seiner Schockstarre gelöst hat, schleichen wir die Treppe ein Stück hinauf. Oben im Gang brennt Licht, das durch die Milchglastür auf die Stufen vor uns fällt. Stimmen schallen undeutlich zu uns. Ich stupse Finn an.

»Geh rauf und lass die Tür offen.«

Er nickt und tut, was ich ihm befohlen habe. Als er in den Flur tritt, werden die Stimmen lauter. Die Männer interessieren sich nicht für Finn. Er bleibt einfach stehen. Ich drücke mich in den Schatten an die Wand und halte die Luft an.

»Es wird nicht lange dauern.« Das war Grünleitner. Garhamer murmelt etwas. Schuhgetrampel, eine Jacke wird von der Garderobe genommen. Dann höre ich die Haustür zufallen.

Mensch, die sind schon fertig! So ein Mist! Jetzt war alles umsonst. Warum hab ich auch mit dem Finn so viel Zeit vertan!

Ich steige die Stufen nach oben. Finn verschwindet in der Küche. Wachsam schaue ich mich nach Garhamer um. Ich möchte nicht hinterrücks von ihm erwischt werden. Ich spähe ins Wohnzimmer. Auf dem Tisch befindet sich heute keine Ansammlung von Alkoholika. Auch hat er den Polizisten nichts zu trinken angeboten. Er hat es wohl nicht so mit den Konventionen.

Das Foto seines Vaters, das er mir bei seinem Besäufnis gezeigt hat, hängt nun über dem Fernseher. Daneben sind noch drei weitere. Soweit ich es von der Tür aus erkennen kann, ist darauf immer sein Vater mit einem kleinen Buben zu sehen. Das ist wahrscheinlich er selbst.

Seltsam, dass er die Bilder erst jetzt aufgehängt hat. Sie müssen ihm ja vorher auch schon viel bedeutet haben, wenn sie die einzige Erinnerung an seinen Vater sind. Woher kommt dann aber der plötzliche Sinneswandel?

Ich schleiche zu Finn in die Küche. »Wo ist er?«, flüstere ich.

Finn hat sich ein Salamibrot gemacht und beißt hinein. »Der Ludwig ist mit den Polizisten mitgegangen«, mümmelt er.

»Was? Und das sagst du mir erst jetzt?«

Er zuckt mit den Schultern. »Ich hab gedacht, du hast das mitgekriegt.« Schon schiebt er sich die nächste Ladung in den Mund.

»Ja, glaub ich's denn!« Ich stampfe mit dem Fuß auf. Dann war das ganze Indianer-Angeschleiche völlig umsonst. Andererseits könnte das bedeuten, dass die Polizei etwas gegen ihn in der Hand hat und ihn jetzt einkassiert. Täter gefasst. Fall erledigt. Meine Laune hebt sich. Aber noch ist es zu früh, um mich zu freuen.

»Sag mal, ist der Garhamer mit seinem eigenen Auto gefahren?«

»Hä?«

»Kannst du mal nachschauen, ob sein Auto noch da ist?«

Finn sieht aus dem Küchenfenster. »Nö.«

»Hat er keine Garage?« Dieser Junge kostet mich noch meinen letzten Nerv.

Er schlurft zur Haustür. »Sein Schlüssel hängt nicht am Brett. Ist mit dem Auto weg.«

»Garage?«, wiederhole ich.

Er stöhnt, läuft dann allerdings doch hinaus und kommt gleich wieder zurück. »Leer.«

Mist.

Das heißt dann wohl, dass er nach dem Was-immer-sie-Machen wieder heimdarf. Und sie das vorher schon wussten. Na ja. Wäre ja auch zu schön gewesen.

Aber was stell ich jetzt an? Ich blicke mich in der Küche um, als ob mich da die Erkenntnis aus den Ecken anspringen könnte. Bis auf die Gewissheit, dass so ein Junggesellenhaushalt ziemlich trostlos ist, springt mich allerdings nichts an.

Dann fahr ich ins Hotel, denke ich. Schau doch mal beim Max vorbei. Muss ich wohl.

Ich verabschiede mich von Finn, der nicht mitkommen, sondern sich vor den Fernseher schmeißen will. Auch gut. Ich brauch ihn nicht. Registriere jedoch bei mir, dass er sich nicht gerade ein Bein ausreißt, um Susa zu helfen. Na ja. Ist wohl nicht so weit her mit der Verliebtheit. Aber das ist im Moment meine geringste Sorge. Wenn es denn überhaupt eine ist.

Als ich die »Drei Eichen« erreiche, ist es acht und schon dunkel.

Ich betrete das Hotel durch den Seiteneingang, durch den auch Gertraud am Dienstag gekommen ist, bevor sie den Mord beobachtet hat. Ich habe ihn bisher nie benützt. Der offizielle Hintereingang, der zum Biergarten führt, ist im Hauptgebäude vis-à-vis vom Foyer. Und der Personaleingang, den ich manchmal nehme, liegt im anderen Anbau.

Die automatische Beleuchtung geht an und vertreibt düstere Schatten. Um zu überprüfen, welche Räume sich hier hinten befinden, öffne ich die erste Tür. Der Abstellraum, den Gertraud genannt hat. Ich werfe einen Blick hinein. Regale vom Boden bis zur Decke mit Kartons, Putzmitteln, Glühbirnen. In der Mitte ein Industriestaubsauger. Drum herum noch jede Menge Platz. Die Toiletten nebenan sind kleine Räume mit jeweils einer Kabine. Davor Waschbecken, Papierhandtuchspender, Abfallkorb und Spiegel. Wie schau ich bloß wieder aus! Die letzten Tage haben meinem Erscheinungsbild ziemlich zugesetzt. Ich streiche meine Locken aus der Stirn und blase die Backen auf. Aber darum kann ich mich jetzt nicht kümmern.

Das nächste Zimmer ist das Büro vom Seniorchef. Es ist immer noch versiegelt. Da will ich auch nicht hinein. Auf keinen Fall!

Schon vorher dachte ich, Stimmen zu hören. Jetzt bin ich mir sicher. Sie kommen aus einem der Büros. Ich klopfe leise an die Tür von Robert Eichlehner, erhalte keine Antwort und öffne. Es ist dunkel. Niemand darin. Im selben Moment geht die Tür des Nachbarzimmers auf, schnell schlüpfe ich in Eichlehners Büro. Nebenan ist die Event-Zentrale von Kilian und Birgit. Ich ziehe meine Tür bis auf einen Spalt zu und lausche.

»Lass mich los!«, ruft eine Frau erbost. Eindeutig Birgit. Gleich darauf fällt die Tür drüben wieder zu.

Ich husche hinaus, tappe auf Zehenspitzen hinüber und bleibe davor stehen. Sehr nah davor. Die Worte dringen gedämpft, aber gut verständlich durch das Holz.

»Lass mich los, hab ich gesagt!«

»Ist ja schon gut. Beruhig dich wieder.« Kilian!

»Ich soll mich beruhigen? Du laberst mich den ganzen Tag voll, wie schön und toll ich bin, und dann erzählst du so mir nichts, dir nichts, dass du die von der ›Aussicht‹ heiratest. Ja, spinn ich?«

»Brigitte«, sagt Kilian, wobei er den Namen Französisch ausspricht. Also Brieschitt. »Das hat doch nichts mit unserer Liebe zu tun.«

»Ha! Mit was dann, frag ich dich! Außerdem hat es sich ausbrieschittet für dich, das sag ich dir. Ab jetzt wieder Birgit.«

»Aber du bist doch so sexy wie Brieschitt Bardot!«

»Bleib mir vom Leib, hab ich gesagt!« Ich höre ein kurzes Handgemenge. »Und du brauchst nicht glauben, dass zwischen uns noch was geht, wenn du die heiratest. Ich bin doch kein Flitscherl!«

»Natürlich bist du keins!«

»Und ich mach ab jetzt nur noch Dienst nach Vorschrift, dass du's weißt. Keine Extras. Ich hab eh schon viel zu viel für dich getan.« Ihre Stimme schlägt ins Weinerliche. »Viel zu viel!«

»Aber Babe! Brieschitt. Nicht weinen. Du warst toll. Ich bin so stolz auf dich. Ich weiß, dass ich mich immer auf dich verlassen kann.« Stoff reibt über Stoff. »Wir sind ein Traumpaar. Wir zwei gemeinsam gegen die Welt.«

Birgit schnieft. »Und überhaupt ist alles so schlimm. Da vertrag ich nicht auch noch, dass du heiratest.«

»Was ist schlimm, Baby?«

»Na alles!« Sie schluchzt auf. »Dein Großvater ist tot. Ermordet. Und gestern haben sie den Kastner bei uns im Gewächshaus gefunden.«

»Den Kastner? Den Betrüger?«

»Ja, der hat sich bei uns aufgehängt«, heult sie.

»Was?«

Die folgenden Sätze verstehe ich nicht. Schluchzer zerstückeln ihre Worte.

»Mein armes, armes Baby. Komm her.« Kilians Stimme klingt wie durch Watte. Anscheinend ist ihm die Annäherung doch wieder geglückt.

»Heiratest du sie noch?«, fragt sie wie ein kleines Mädchen. Ich kann mir den dazu passenden Aufschlag ihrer blauen Augen genau vorstellen.

»Mal schaun.«

»Ich möcht jetzt eine Antwort.« Sie hört sich schon bestimmter an.

»Versteh das doch. Das ist Geschäftspolitik. Mein Großvater hat das eingefädelt, nicht ich. Das hat nichts mit uns zu tun.«

»Das ist krank!« Nun wird sie lauter. »Wir sind hier nicht bei der ›Verbotenen Liebe‹. Du kannst doch heiraten, wen du willst.«

»So einfach ist das nicht, Baby.«

»Ich bin nicht dein Baby!« Inzwischen brüllt sie. »Du hast es mir versprochen. Ich helf dir doch nicht erst, deinen Opa …« Plötzlich verstummt sie. Mir stockt der Atem. Hab ich das richtig verstanden? Ich drücke mein Ohr noch fester an die Tür.

»Halt deinen Mund!«, zischt Kilian und hört sich gar nicht mehr wie der smarte Junghotelier an. »Pass auf, was du sagst, Birgit.« Den Namen säuselt er nicht, sondern knallt ihn ihr entgegen. »Und wem du was sagst. Ich möchte dir nicht wehtun müssen.«

Ich schlage mir die Hand vor den Mund, um den Aufschrei zu ersticken. Hat Kilian tatsächlich?

»Ich sag schon nichts, Kilian, ehrlich. Du kannst mir vertrauen.« Alles Fordernde ist aus ihrer Stimme gewichen.

»Das weiß ich doch, Brieschitt, das weiß ich. Komm her. Wir werden es uns schön machen in Zukunft. Und kein Wort mehr über diese verdammte Hochzeit. Einverstanden, Baby?«

»Einverstanden.«

Was ich jetzt höre, lässt mich mein Ohr vom Türblatt nehmen. Ich schleiche schnell an der Tür vorbei und bete, dass sie nicht gerade in diesem Moment aufhören und herauskommen. Ich möchte auf keinen Fall gesehen werden und renne den Gang entlang. Als ich unbemerkt das Foyer erreiche, atme ich auf.

Das ist ja der Wahnsinn! Kilian hat seinen Großvater umgebracht, und Birgit hat ihm dabei geholfen. Unvorstellbar! Birgit, dieses naive kleine Ding. Wieso hat sie sich nur in diese Sache hineinziehen lassen? Mein Gott! Ich darf gar nicht daran denken, was Apollonia und Gertraud dazu sagen werden. Denen wird es den Boden unter den Füßen wegziehen. Wenigstens würde es mir so gehen, wenn meine Tochter einem Mörder geholfen hätte.

Ich stehe vor dem Aufzug im Foyer und drücke auf den Knopf.

Dann hat mir Gertraud einen Schmarrn erzählt. Also war es doch nicht der Garhamer? Oder er hat den Ignaz auch tot gefunden und ist weggelaufen, ohne was zu sagen? Dem hätt ich's jedoch zugetraut, dass er den Eichlehner ersticht. Als Jäger hat er bestimmt schon öfter getötet, da weiß er auch mit einem Messer umzugehen. Aber der Kilian? Dieses schicke Hotelbürscherl? Nie und nimmer hätte ich das gedacht! Da sieht man mal wieder, dass man niemandem trauen kann.

Und was mach ich jetzt? Eigentlich müsste ich zur Polizei, oder? Dem Grünleitner erzählen, was ich gehört hab. Und es ihnen überlassen, die Beweise zusammenzusammeln. Ja, so macht man das wahrscheinlich. Dann verhaften sie allerdings die Birgit, und das tut mir ja schon in der Seele weh. Wie geht es dann erst ihrer Mutter und ihrer Großmutter? Nicht, dass sie mir sehr ans Herz gewachsen sind, die beiden, aber, na ja, irgendwie schon.

Ich muss erst mal aus der Birgit herausbringen, was sie überhaupt gemacht hat. Eventuell war es gar nicht so schlimm, und der Kilian hängt sie nur hin. Nein, das darf nicht sein. Sie ist doch noch so jung. Jung und dumm, aber dafür kann sie nichts. Ich werde …

Als ich noch überlege, was ich werde, finde ich mich vor Max' Zimmertür wieder. Max, ja, das ist die Lösung, ich werde mit Max reden. Der weiß bestimmt, was ich machen soll.

Automatisch hebe ich die Hand, um zu klopfen, verharre jedoch in der Bewegung. Denn aus heiterem Himmel befällt mich Befangenheit.

Wenn ich hier auch wieder bei einem romantischen Tête-à-Tête störe? Das wäre mir unangenehm, überaus unangenehm sogar. Wer weiß, was sich in der Zeit ereignet hat, seit ich Max nicht mehr gesehen habe. Vielleicht ist er nun fest mit Belinda zusammen.

Ich stehe blöd vor Max' Tür herum und bringe es nicht fertig, zu klopfen oder gar einzutreten. Mehrmals nehme ich die Hand hoch, um mit meinen Fingerknöcheln an das Türblatt zu schlagen, halte allerdings jedes Mal inne. Ich beiße mir in die Faust. Langsam werde ich wütend.

Mit wem willst du denn sonst reden?, schimpfe ich mit mir. Benimm dich nicht wie ein Teenager. Geh ran! Oder nein, nein. Geh rein, meine ich. Geh rein.

Wieder hebe ich die Hand.

»Willst du zu mir?« Max rollt den Gang entlang auf mich zu.

Schnell ziehe ich die Hand zurück. Mein Gesicht wird heiß. »Ja.« Die Stimme lässt mich auch im Stich.

»Das ist schön.« Er lächelt mich an, und meine Knie werden weich. So geht das wirklich nicht! Ich habe gerade erfahren, dass Kilian der Mörder ist, und wir müssen handeln, aber ich hab Suchten wie ein liebeskranker Esel. Warum lass ich mich immer von irgendwelchen Männern beeinflussen? Ich bin eine erwachsene, emanzipierte Frau! Schluss jetzt!

»Karin?« Max ist in seinem Zimmer und sieht zu mir her. Hab ich was verpasst?

»Ja. Ja, ich komme«, stammle ich und trete ein.

Hier sieht es aus wie immer. Es liegen keine erotischen Hinterlassenschaften von Belinda herum. Ich weiß auch nicht, was ich erwartet, oder besser: befürchtet habe. Auf jeden Fall hat sie keine Markierung gesetzt. Zumindest keine sichtbare.

»Ich hab mir schon Sorgen gemacht«, meint Max und hält mir ein Glas Apfelschorle entgegen. Ich nehme es und setze mich aufs Sofa.

»Oh, das musst du nicht.« Ich trinke einen Schluck und rede mir innerlich gut zu, endlich mit dem Wesentlichen anzufangen, anstatt nach Lippenstiftspuren und verlorenen Dessous zu spähen.

»Schön.« Er lächelt sein Lächeln, und ich schmelze dahin. »Erzähl mal, was dir alles passiert ist.«

Das ist mein Stichwort, das mich ins Jetzt zurückbringt. Ich setze mich zurecht. »Also.«

Nachdem ich meine Schilderung von Gertrauds Beobachtung, Birgits Geständnis, Garhamers Mitwirkung und meinem aktuellen Lauschangriff beendet habe, geht es mir besser. Nun trage ich die Verantwortung für die nächsten Schritte nicht mehr allein.

»Und warum kommst du damit zu mir?«, fragt mich Max mit ernstem Gesicht.

»Wie bitte?«

Hab ich mich getäuscht? Will er mit der Sache nichts zu tun haben? Natürlich nicht! Nach seinen Erfahrungen im letzten Sommer. Ich bin eine Idiotin!

»Warum bist du nicht bei der Polizei?«

Ich schieße vom Sofa hoch. »Entschuldige, Max, das war egoistisch von mir.« Mit hochrotem Kopf haste ich zur Tür.

»Halt!«, ruft er mir hinterher und rollt auf mich zu. »Wo willst du denn jetzt so plötzlich hin?«

Verlegen schiebe ich meine Haare hinters Ohr. Ich kann ihn gar nicht ansehen, so peinlich ist es mir, dass ich gedankenlos zu ihm gelaufen bin. »Tut mir leid, Max. Ich wollte dich nicht damit behelligen. Ich gehe schon.« Ich drücke die Klinke nach unten, kann die Tür aber nicht weit genug öffnen, da Max mit seinem Rollstuhl im Weg steht.

»Ähm. Du müsstest mich rauslassen.« In meinem Hals bildet sich ein Kloß. Ich werde auf keinen Fall hier zu heulen anfangen! Auf keinen Fall!

Er nimmt meine Hand. »Karin, setz dich wieder. Ich hab mich falsch ausgedrückt. Ich wollte nur wissen, was du vorhast.«

Als ich mich nicht rühre, fährt er fort: »So wie ich dich kenne, gehst du mit deinen Informationen nicht zur Polizei. Hab ich recht?«

Ich nicke und blicke stur zu Boden.

»Okay. Dann lass uns überlegen, was wir machen können. Los, wir reden darüber.« Er drückt meine Hand fester.

Ich bringe es immer noch nicht fertig, mich zu bewegen. »Max, es tut mir leid. Ich hätte nicht kommen dürfen. Wirklich!«, sage ich mit Bestimmtheit, weil er mir widersprechen will. »Ich will dich da nicht hineinziehen. Echt! Nicht nach dem, was letztes Jahr passiert ist. Du würdest noch auf zwei Beinen herumlaufen, wenn ich dich damals nicht überredet hätte. Ich will nicht, dass dir wieder was passiert. Ich gehe jetzt.« Langsam, aber hartnäckig entziehe ich ihm meine Hand. Ich kann ihm immer noch nicht in die Augen sehen, sonst bröckelt meine Fassade.

»Karin«, fängt Max zu sprechen an. Aber ich lasse ihn nicht.

Ich schüttle den Kopf und schiebe die Tür weiter auf, bis sie an die Räder seines Rollstuhls stößt. »Bitte.«

»Jetzt stell dich nicht an. Karin, komm …«

»Bitte.«

Schweigend verharren wir eine Weile voreinander. Ich zwinge mich, meinen Blick gesenkt zu halten. Die Sekunden verstreichen. Ich halte den Atem an. Zähle, damit ich nicht denken muss. Eins, zwei, drei, vier, fünf …

Da rollt Max ein Stück zurück. Ich schlängle mich durch den Spalt hinaus und beginne zu laufen, eilig die Tränen von meinen Wangen wischend.

Vor der blanken Edelstahltür des Aufzugs hole ich tief Luft. Ich reibe mir die Augen trocken und fahre mir durch die Haare. Schluss mit den Sentimentalitäten!

Was fange ich jetzt bloß an?, frage ich mein leicht verzerrtes Spiegelbild. Als die Aufzugstür zur Seite gleitet, weiß ich es.

Auf dem Parkplatz, der durch eine niedrige Hecke vom Hotel abgetrennt ist, halte ich nach Birgits Roller Ausschau. Ich finde nicht nur ihn, sondern auch seine Eigentümerin. Am Ende des Platzes hockt sie auf dem Sitz und starrt zum Hotel. Obwohl ich noch einige Meter von ihr entfernt bin, kann ich die Verbissenheit in ihrem Gesichtsausdruck erkennen.

Eine Limousine ist eben auf dem Rondell vorgefahren. Der schwarze Lack glänzt im Licht der stimmungsvollen Beleuchtung. Hans, der Hausdiener, schickt sich an, zum Fahrzeug zu gehen, um den Schlag zu öffnen. Da eilt Kilian Eichlehner aus dem Hotel, umrundet den Wagen und kommt seinem Angestellten zuvor. Mit einer Verbeugung hält er die Autotür auf und bietet der Person im Wageninneren eine Hand an. Ein schlankes Bein erscheint, und hohe, dunkle Pumps werden achtsam auf das Pflaster gestellt. Ein zweites Bein folgt. Die dargebotene Hand wird ergriffen, und die Fahrerin erhebt sich aus dem Auto. Eine gut angezogene junge Dame mit einer Hochsteckfrisur. Sie nimmt huldvoll den Handkuss entgegen, den Kilian symbolisch andeutet, und dreht sich lachend zur Seite, sodass Licht auf ihr Gesicht fällt.

Belinda.

Ihr Anblick versetzt mir einen Stich ins Herz. Aber nicht nur mir scheint es so zu ergehen. Birgit lässt den Motor ihres Rollers aufjaulen und braust vom Parkplatz. Ich schaue noch mal zum Hotel. Kilian verschwindet Arm in Arm mit Belinda im Eingangsbereich. Ist das seine zukünftige Braut? Belinda, die Freundin von Max.

Um darüber nachzudenken, bleibt mir jedoch keine Zeit. Ich muss Birgit einholen. Deshalb laufe ich zu meinem Kangoo und düse ihr hinterher.

Obwohl sie sich manchmal umschaut und mich bemerkt, hält sie nicht an. Mit Vollgas saust sie durch die Kurven der Altstadt von Bad Griesbach. Erst auf der Staatsstraße, die zum Moosbichler-Hof führt, kann ich mich neben sie setzen. Auch ohne Straßenlaternen ist es relativ hell. Zwar ist erst morgen Vollmond, sein noch unvollendeter Vorgänger ist jedoch bereits aufgegangen und bescheint die Welt.

Ich lasse das Fenster auf der Beifahrerseite herunter. »Birgit, fahr rechts ran, ich muss mit dir reden!«

Sie schüttelt nur den Kopf und pest weiter.

So eine sture Matz!

Ich kann allerdings genauso stur sein. Vor allem, da es ja nur zu ihrem Besten ist, wenn ich mit ihr allein spreche. Vorerst. Also halte ich meinen Kangoo neben ihr, auch wenn ich von anderen Autofahrern angehupt werde, weil ich so langsam bin und den Verkehr aufhalte. Aber das ist mir egal.

»Birgit! Ich weiß, dass Kilian der Mörder ist!«

Sie zuckt zusammen, der Roller fängt zu schlingern an. Hoffentlich baut sie jetzt keinen Unfall! Ich mache einen Bogen um sie, damit sie mein Fahrzeug mit ihrer Schlangenlinienfahrerei nicht touchiert, beschleunige und biege nach einigen hundert Metern in den nächsten Waldparkplatz ab. Neben dem Schild mit dem wandernden Paar bleibe ich stehen und steige aus. Birgit röhrt heran, ich winke, obwohl mein roter Kangoo sicherlich nicht zu übersehen ist, und trete von dem Waldweg auf den Grasstreifen, damit Birgit Platz zum Parken hat.

Aber was macht sie? Anstatt abzubremsen, damit wir reden können, brettert sie an mir vorbei. Ich fasse es nicht!

Ärgerlich laufe ich zu meinem Auto und springe hinein. Der Motor heult auf, ich kehre um und setze Birgit nach. Weit ist sie nicht gekommen. Hupend klebe ich wieder neben ihr. Sie wirft mir böse Blicke zu. Abwechselnd drücke ich auf die Hupe und mache ausladende Winkbewegungen zur Seite hin. Gottlob ist sonst keiner auf der Straße, der mir die Polizei auf den Hals hetzen könnte.

Endlich gibt Birgit auf. Bevor es links zum Hof gehen würde, fährt sie rechts in einen Forstweg hinein und bleibt stehen. Erleichtert folge ich ihr.

Als ich aussteige, reißt sie sich den Helm vom Kopf – die blonden Haare leuchten im Mondlicht und stehen nach allen Richtungen ab – und stürzt auf mich zu.

»Hat's dich!«, brüllt sie mich an. »Willst du mich umbringen?« Sie schlägt mit ihrem Sturzhelm zu.

»Au!« Sie hat mich empfindlich in die Rippen getroffen. »Ich will dir doch nur helfen!« Gleichzeitig versuche ich, ihren Arm festzuhalten, da sie wieder ausholt.

»Ich – brauche – deine – Hilfe – nicht!«, keucht sie und will sich meinem Griff entwinden.

»Birgit! Jetzt sei doch vernünftig! Ich weiß alles!«

Aber sie hört nicht auf zu kämpfen. »Was weißt du? Nichts weißt du!« Sie kann ihren Arm befreien und haut mir den Helm wieder in die Seite. Ich stolpere.

»Aua!« Ich lasse von ihr ab und flüchte hinter ihren Roller. Sie läuft mir hinterher, wie ein Stier, der dem Torero nachsetzt. Fast erwarte ich, Rauch aus den Nüstern aufsteigen zu sehen. Ich umrunde ihr Gefährt, um sie mir vom Leib zu halten. »Kilian hat seinen Opa umgebracht, und du hast ihm geholfen.«

»Bullshit!« Sie schwingt ihren Helm quer über den Roller. Ich springe zurück. Beinahe hätte sie mich wieder erwischt.

»Birgit! Ich will dir helfen!« Wer hätte gedacht, dass dieses niedliche Fünfziger-Jahre-Groupie so ausflippen könnte. Ab und zu gleiten die Scheinwerfer eines Autos über die Szene. Für Außenstehende sieht es sicherlich komisch aus, wie die Blondine im rosa Petticoat mit der Frau in Jeans Fangermandl rund um die gelbe Vespa spielt. Aber es ist kein Spiel. Sie ist ernsthaft böse.

»Herrgott! Nimm doch Vernunft an!« Ich versuche, sie zu beruhigen. Sie tobt jedoch wie eine Furie hinter mir her. Langsam bekomme ich es mit der Angst zu tun. Birgit lässt nicht von mir ab. Sie jagt mich, Schreie ausstoßend, um die Vespa und, als ich hinter meinen Kangoo flüchte, auch um mein Auto. In anderer Kleidung wäre sie eine perfekte keltische Kriegerin. Furchteinflößend. Vor allem in diesem Mondlicht, das mit einem Mal noch heller scheint.

Birgit wirft ihren Helm nach mir, ich ducke mich. Er fliegt knapp an meinem Kopf vorbei und landet irgendwo hinter mir. Da sie jetzt ihre Waffe verloren hat, reißt sie einen herumliegenden Ast hoch, schwingt ihn über dem Kopf und hechtet mir hinterher.

Ich laufe rückwärts um mein Auto und lasse sie nicht aus den Augen. So übersehe ich einen Felsbrocken, verliere das Gleichgewicht und stolpere. Rudere mit den Armen, falle nach hinten. Birgit ist sofort über mir und holt zum Schlag aus. In diesem Augenblick trifft sie eine große Kugel in den Kniekehlen. Sie knickt ein und geht mit einem Aufschrei zu Boden. Ihr Sturzhelm klackert zur Seite. Ich habe keine Zeit, mich zu wundern, sondern stürze auf sie zu, entwinde ihr den Ast und drücke sie mit beiden Händen hinunter. Ich keuche mir die Lunge aus dem Leib. So realisiere ich erst allmählich, dass wir von Scheinwerfern angestrahlt werden und jemand applaudiert.

»Touch down in der zweiunddreißigsten Minute«, schreit ein Mann hinter mir.

Ich drehe mich um. Ein Geländewagen steht neben der Straße, dessen Scheinwerfer mich blenden. Ich halte mir eine Hand über die Augen und blinzle ins Licht. Was ich da erkenne, kann ich kaum fassen. Max sitzt neben der geöffneten Beifahrertür auf dem Waldboden, klatscht und johlt. Ludwig Garhamer kommt auf mich zu.

»Lassen Sie mal los«, meint er, und ich gebe Birgit frei. Noch ehe sie wieder Unfug anstellen kann, hat Garhamer sie schon auf die Füße gezogen und hält sie fest. Gegen ihn hat sie keine Chance. Das erkennt sie schnell und gibt jede Gegenwehr auf. Schlapp hängt sie in seinen Armen.

Ich rapple mich hoch und klopfe mir den Dreck von Knien und Hintern. Noch immer völlig perplex gehe ich zu Max. Er hat sich inzwischen mit Hilfe von Trittbrett und Sitz in die Höhe gezogen und lehnt am Auto. Triumph blitzt in seinen Augen.

»Max?«

Er grinst. »Schaut so aus, gell?«

Ich bleibe vor ihm stehen. »Wo kommst du auf einmal her?«

Sein Grinsen verbreitert sich. »Ja, da schaust, gell?«

Ich gebe ihm einen Knuff in die Schulter. »Jetzt red gescheit!«

Er beugt sich zu mir hinunter, bis seine Nase fast an meine stößt. Ich bleibe standhaft und zucke nicht zurück. »Wenn du meinst, du hast es mit einem hilflosen Krüppel zu tun, dann hast du dich geschnitten«, sagt er und schaut mir fest in die Augen.

»Das hab ich nie …«, fange ich an. Aber Max legt mir einen Finger auf die Lippen. Ich verstumme.

»Und wenn du meinst, ich möcht mich in eine Ecke verkriechen und nicht mehr am Leben, an deinem Leben teilhaben, dann irrst du dich gewaltig. Geht das rein in deinen hübschen Kopf?«

Ich nicke. Obwohl es doch gar nicht sein kann, dass er jetzt hier steht und mir das sagt. Das muss ich träumen!

»Gut. Dann können wir ja endlich den Fall lösen.« Er richtet sich auf.

Garhamer hat Birgit am Oberarm gepackt, und sie läuft ohne zu mucken neben ihm her. Er führt sie zu uns.

»Was machen wir jetzt mit ihr?«

»Hast du inzwischen kapiert, dass wir dir nur helfen wollen?«, richte ich das Wort an sie. »Wir wissen, was passiert ist. Also zumindest Max und ich und …« Ich mache eine unbestimmte Geste hin zum Garhamer.

»So ziemlich. Der Max hat was erzählt.«

»Wir wissen also Bescheid. Aber wir wollen erst mal die ganze Wahrheit, bevor wir entscheiden können, ob wir zur Polizei gehen.«

Ich spüre Max' Blick auf mir. Ja, ich werde Birgit doch nicht auf die Nase binden, dass Polizei erst mal keine Option für mich ist, teile ich ihm telepathisch mit. Hat er anscheinend verstanden, denn er schaut zu Birgit.

»Setzen wir uns doch alle in das Auto vom Herrn Garhamer«, schlage ich vor, »und reden.«

So wird es gemacht. Max steigt hinten ein, zusammen mit Birgit. Garhamer und ich vorn. Er schaltet die Innenbeleuchtung an und aktiviert die Kindersicherung, damit uns Birgit nicht einfach abhauen kann.

»Wir duzen uns, oder?«, sagt er leise zu mir.

Ich gebe ihm die Hand. »Karin.«

»Ludwig.«

Dann drehe ich mich auf dem geräumigen Sitz so, dass ich gleichzeitig Ludwig und die beiden hinten sehen kann. Auch Ludwig setzt sich quer hin. Der Geländewagen ist ein riesiges Teil, sodass sich unsere Knie nicht einmal berühren.

»Also erzähl«, fordere ich Birgit auf. Alle Augen richten sich auf sie.

Birgit hat sich so weit wie möglich in die äußerste Ecke des Sitzes gedrängt, die Hände unter ihre Achseln gekniffen, und starrt auf die Lehne vor ihr. Ich seufze.

Das scheint ein zähes Aus-der-Nase-Ziehen zu werden. Um das Ganze abzukürzen, sage ich: »Ich hab gehört, dass Kilian dir gedroht hat.« Mich trifft ein erschrockener Blick. »Ja, und ich weiß, dass du die Drohung ernst nimmst. Würde ich auch an deiner Stelle. Schließlich hat Kilian seinen eigenen Großvater kaltblütig ermordet.«

Ich mache eine Pause, um die Worte wirken zu lassen.

»Aber«, fahre ich fort und deute auf Max, Garhamer und mich, »du hast hier Verbündete.« Ich nicke ihr zu, die anderen nicken ebenfalls. »Wenn wir wissen, was genau passiert ist, werden wir uns einen Plan ausdenken, wie wir Kilian zur Strecke bringen können. Und diesen Plan werden wir ausführen. Und dann wandert Kilian hinter Gitter, und du musst keine Angst mehr haben.«

Eigentlich ganz einfach.

Birgit sieht es jedoch anders. Von ihr kommt nicht das geringste Zeichen an Zustimmung. Sie starrt wieder auf die Rückenlehne. Diesmal mit zusammengezwickten Augen. Überlegt sie? Na, dann lass ich sie eine Weile überlegen.

Ich schaue zu meinen zwei Kumpanen, die beide scheinbar emotionslos warten. Birgit rutscht auf ihrem Sitz hin und her. Gut so. Dann arbeitet es in ihr. Sie steckt einen Daumen in den Mund und beißt auf dem Fingernagel herum. Wie ich es immer mache. Schau ich auch so kleinkindhaft damit aus? Ich nehme mir fest vor, diese kindische Geste ein für alle Mal zu lassen.

Langsam werde ich doch ungeduldig. Ich hab's eben überhaupt nicht mit dem Warten.

»Denk doch mal an Gertraud und an deine Großmutter«, lege ich nach. »Wenn die erfahren, dass du Kilian geholfen hast. Kilian, dem Mörder. Die sind doch am Boden zerstört. Deiner Mutter geht es im Moment eh schon so schlecht. Und der Loni hast du übel mitgespielt. Die wolltest du brennen sehen. Das ist echt heftig«, rede ich auf sie ein, ernte jedoch nur störrische Blicke.

»Warum hast du dem Kilian überhaupt geholfen?« Möglicherweise habe ich mit einer Frage mehr Glück.

»Na, er ist mein Verlobter!«, schmeißt sie mir hin. »Und der alte Eichlehner war immer dagegen, dass wir heiraten. Er wollte, dass der Kilian die Schicks'n von der ›Aussicht‹ heiratet. Als ob er die wollen tät.« Sie verzieht verächtlich das Gesicht.

»Na, da hat mir die Schicks'n, wie du sie nennst, aber etwas anderes erzählt«, sagt Max.

»Pah! Die lügt doch, wenn sie nur den Mund aufmacht!«

Max übergeht diese rüpelhafte Aussage und wendet sich zu mir. »Das wollte ich dir das letzte Mal erzählen, bevor du weggerannt bist.«

»Ja, klar will sie ihn nicht. Sie ist ja auch deine Freundin!«

»Wie kommst du denn da drauf? So ein Schmarrn! Belinda ist eine alte Bekannte. Wir sind zusammen in die Schule gegangen.«

»Das muss ja nicht gleich heißen, dass ihr dann nicht ein Paar sein könnt.«

»Das ist aber so.« Max schaut mich zornig an.

Ich schaue zornig zurück. »Wer's glaubt. Das sah vollkommen anders aus.«

»Hallo?«, mischt sich Garhamer ein. »Könnt ihr euren Ehestreit auf später verschieben? Wir haben gerade ein anderes Thema.«

Recht hat er. Ich werde rot. Jetzt hatte ich die Birgit schon so schön am Reden, und ich versau alles mit meiner dummen Eifersucht. Ich fahre mir über die Stirn. Wo waren wir gerade? Ach ja.

»Hab ich dich richtig verstanden? Du hast dem Kilian geholfen, weil du gedacht hast, dass er dich dann heiratet.«

»Ja«, antwortet sie wortkarg. Sie hat sich wieder in ihre Muschel zurückgezogen.

»Heiratet er dich denn jetzt?«

Mit einer verärgerten Handbewegung wischt sie meine Frage

weg. »Außerdem ist es dem Eichlehner recht geschehen. Der hat mit den anderen meinen Opa umgebracht, damals im Wald, und liegen lassen. Damit ist er einfach so davongekommen! Das hat nicht sein dürfen.« Sie tippt dem Garhamer auf die Schulter, der vor sich hin stiert, seit die Geschichte von damals erwähnt wurde. »Das findest du doch auch, oder? War schließlich dein Vater, den sie da ermordet haben.«

Er antwortet nicht. Fixiert immer noch denselben Fleck.

»Ludwig, du hast ihn gesehen, oder? Den Eichlehner, als er schon tot war«, frage ich ihn.

Langsam hebt er den Blick und sieht mich erstaunt an. »Woher weißt du das?«

Ich zucke die Schultern. »Ich weiß es einfach. Du bist rein in das Büro, weil …?« Ich lasse den Satz unbeendet und hoffe, dass Ludwig zu sprechen beginnt.

Er lehnt sich gegen die Tür. Hinter ihm sehe ich die Staatsstraße. Manchmal fahren Autos vorbei. Sie werden nicht langsamer, die Fahrer bemerken uns wahrscheinlich überhaupt nicht. Oder es ist ihnen egal, welch seltsame Zusammenkunft gerade in dem Geländewagen am Straßenrand stattfindet.

»Die Birgit hat recht.«

Von Birgit kommt ein triumphierendes Schnauben. Der Garhamer fängt leise zu reden an.

»Sie haben meinen Vater einfach liegen lassen. Vielleicht war es ein Unfall damals. Das kann schon sein. Aber sie hätten die Polizei holen müssen. Oder erst mal den Sanka. Aber sie haben nichts getan. Niemandem Bescheid gesagt. Ihn einfach vergraben im Wald. Und haben weitergemacht mit ihrem Leben. Haben nicht daran gedacht, dass der Konrad ja auch noch eine Frau gehabt hat, die auf ihn gewartet hat. Und einen Sohn.«

Er hält kurz inne. Ein Lastwagen brettert vorbei, und der Geländewagen vibriert. Als es wieder ruhig ist, spricht Ludwig weiter.

»Und der kleine Bub hat auf seinen Vater gewartet. Den ganzen Abend und die ganze Nacht. Irgendwann ist er eingeschlafen. Wie er am Morgen aufgewacht ist, hat er gleich wieder an seinen Vater gedacht und die Mutter gefragt, ob er denn nach Hause gekommen ist und vielleicht schon arg früh wieder in den Wald. Aber die Mutter hat nur den Kopf geschüttelt. Der Bub hat das nicht verstehen können, wo plötzlich sein Vater hin ist. Er hat mitgekriegt, dass die Mutter am nächsten Tag zur Polizei ist. Ihn wollt sie nicht mitnehmen. Er hat zu Hause warten müssen. Und das hat er dann gemacht. Er hat gewartet. Bis es Samstag war. Am Samstag sind er und sein Vater immer auf die Jagd gegangen. Da hat der Bub ja nicht in die Schule müssen. Aber an dem Samstag hat der Vater ihn nicht in aller Herrgottsfrüh aufgeweckt. Da ist der Bub von allein aufgestanden, hat sich die Jacke vom Vater angezogen. Es war ja noch eine zweite da. Sie war ihm viel zu groß, aber das war wurscht. Und den Jagahut hat er sich auch aufgesetzt. So ist er in den Wald, ist zu allen Plätzen gelaufen, wo er mit seinem Vater schon war. Aber nirgends hat er ihn gefunden. Stundenlang ist er allein durch den Wald. Durst hat er gehabt und Hunger. Aber er konnt nicht aufhören mit dem Suchen. Als es Nacht geworden ist, hat er sich auf einen Baumstamm gesetzt und hat immer noch gewartet.«

Er schluckt.

»Irgendwann sind dann Männer gekommen. Mit Hunden. Die haben ihn gesucht gehabt. Und die haben ihn wieder nach Hause zur Mutter gebracht. Er wollt gar nicht, er wollt im Wald bleiben, weil er da seinen Vater am meisten noch gespürt hat. Aber die Männer haben nicht mit sich reden lassen. Sie haben gesagt, dass die Mutter doch nur ihn noch hätt und er wieder heimmüsst. Die Mutter würd ihn brauchen. Da ist er mitgegangen, und als er zu Haus bei der Tür reingegangen ist, ist die Mutter auf ihn zugestürzt. Sie hat ihm in die Augen geschaut und ihm dann eine runtergehauen. So fest, dass er an den Türstock geflogen ist. Dann hat sie sich an den Tisch gesetzt und geflennt. Und der Bub ist in seine Kammer und hat sich aufs Bett geworfen. So ist das also, wenn man gebraucht wird. Das ist nicht schön.«

Wir schweigen. Ich sehe den kleinen Jungen direkt vor mir, wie er auf seinen Vater wartet, und ich kann seine Ausweglosigkeit spüren.

Garhamer blinzelt. »Ja, so war das damals.« Er fährt sich mit beiden Händen übers Gesicht, wie um einen bösen Traum zu vertreiben. »Und wie dann nach fünfzig Jahren plötzlich seine … seine Leiche aufgetaucht ist und wie mir dann die Birgit erzählt hat, dass damals die Apollonia, der Sepp und der Ignaz immer in der Hütt'n gefeiert haben, wo der Konrad vergraben war, und dass sie nach seinem Verschwinden damit aufgehört haben, da hab ich zwei und zwei zusammengezählt. Da ist es mir auf einmal aufgegangen, dass nicht der Bub schuld gewesen ist, dass sein Vater weggegangen ist damals. Dass er umsonst die ganzen Jahr gewartet hat. Da hab ich so einen Hass gekriegt!«

Er ballt eine Hand zur Faust und haut sie so fest in die Rückenlehne, dass das Auto wackelt.

»So einen Hass, dass ich gar nicht mehr gewusst hab, wohin damit. Da bin ich ins Hotel, weil ich mir anschauen wollt, ganz bewusst, wie einer von denen damals so lebt, jetzt, mit dem Wissen, dass er einem Kind seinen Vater weggenommen hat. Und da bin ich dann gesessen und hab mir das Ganze angeschaut. Den aufgesetzten Biergartenscheiß mit dem irischen Kasperl, das depperte Keltenfest.«

Er verzieht angewidert das Gesicht.

»Und dann hat sich der Eichlehner nicht g'schamt, zu mir zu kommen und mir sein Beileid zu wünschen. Der aufgeblasene Gockel. Da bin ich erst auf und davon. Aber draußen, da hab ich mir gedacht, den bring ich jetzt um. Hab ja auch schon einiges intus gehabt. Mein Jagdmesser hab ich auch immer in der Lederhos'n dabei. Da bin ich zurück und hab gesehen, dass der Ignaz nirgends mehr draußen war. Ich bin dann heimlich in das Hotel hinein und zu seinem Büro. Ich wollt ihn abstechen.«

Stocksteif sitzt Garhamer da und blickt ins Leere. Wir rühren uns nicht. Trauen uns schon fast nicht mehr zu atmen. Da wird sein Blick wieder lebendig. Er sieht mich an.

»Aber wie ich ihn auf seinem Schreibtisch liegen gesehen hab, tot, da wusst ich in der Sekunde, dass ich es nicht können hätt. Ich bin dann schnell weg. Mich hat keiner gesehen.«

Na ja. Nicht ganz, denke ich mir. Sage jedoch nichts.

Birgit versucht, Garhamer zu umarmen. Die Kopfstütze ist jedoch im Weg. Sie langt trotzdem rechts und links daran vorbei. Begeistert ruft sie aus: »Ich bin ja so glücklich, dass es dir genauso gegangen ist. Dass du ihn auch töten hast wollen. Siehst, und der Kilian hat es getan. Er hat für mich den Konrad gerächt. Da sieht man, wie sehr er mich liebt!«

Ich schaue sie entgeistert an. Das meint sie jetzt nicht im Ernst?

Garhamer nimmt ihre Hände und drückt sie von sich weg. »Du hast nichts verstanden, Birgit.« Die zusammengezogenen Augenbrauen verstärken den abweisenden Ton seiner Worte. »Ich hab's mir nur eingebildet, dass ich so einen Hass auf den Ignaz hab, dass ich ihn töten könnt. Aber wie ich ihn da liegen gesehen hab, ist mir mit einem Schlag klar gewesen, dass mein Hass nicht ausreicht, einem Menschen das Leben zu nehmen. Und ich bin froh drüber.« Sein Gesicht verfinstert sich noch mehr. »Und kein Mörder sollt stolz drauf sein, was er gemacht hat.«

»Aber er war mein Opa!«, begehrt Birgit auf.

»Und mein Vater.«

Birgit verzieht schmollend den Mund. »Jawohl. Und ein Kind braucht seinen Vater.«

Max und ich schauen zur Seite. Ich weiß, dass Birgit da von sich und dem Garhamer gesprochen hat. Das war eine Anklage an den abwesenden Vater, und ich will mich aus dieser intimen Diskussion herausziehen. Max geht es wohl ähnlich.

Garhamer sagt lange nichts darauf.

»Wenn man keinen Vater gehabt hat, dann kann man selber auch kein Vater sein.« In seiner Stimme schwingt keine Emotion mit. Ich kann mir allerdings nicht vorstellen, dass das keine Gefühle bei ihm auslöst. Auch wenn er immer behauptet, er brauche niemanden.

»Deswegen war mir der Opa so wichtig«, jammert Birgit. »Der hätt mich bestimmt gewollt. Und wär mit mir in den Wald gegangen.«

Garhamer schweigt.

»Wenn dir Verwandtschaft so wichtig ist, Birgit«, schaltet sich Max ein, »dann verstehe ich nicht, warum du geholfen hast, deinen Großvater umzubringen.«

»Das war doch nicht ich!« Birgit schlägt sich an die Stirn. »Das waren der Ignaz und der …«

»Der Ignaz war auch dein Opa«, sage ich.

Birgit schaut verständnislos von Max zu mir.

»Ignaz Eichlehner ist der Vater von deiner Mutter. Wusstest du das nicht?« Ich sehe ihr an, dass sie mir nicht glaubt.

»Nein«, sagt sie mit einem verwirrten Gesichtsausdruck. »Nein.« Sie beginnt den Kopf zu schütteln und schüttelt immer weiter. Immer weiter. »Nein.«

»Doch.«

Ihr Blick hetzt von mir zu Max zu Garhamer. Wir sehen sie mit Ernst und Bedauern an, da uns klar wird: Sie hat es nicht gewusst.

Alle wussten es, es war ein offenes Geheimnis, Birgit hatte davon jedoch keine Ahnung.

»Birgit, das stimmt«, versucht Max, zu ihr durchzudringen.

Sie schüttelt immer noch den Kopf. Ihre Augen werden feucht. Die Mundwinkel sind nach unten gezogen.

»Nein. Nein. Nein«, stößt sie aus. Es klingt wie der Klagelaut eines Tieres.

»Der Ignaz hat die Apollonia geschwängert.« Diese harten Worte vom Garhamer versetzen Birgit einen Schlag. Sie zuckt vor ihm zurück. Mit zitternden Händen tastet sie nach dem Hebel an der Autotür. Aber die Kindersicherung verhindert, dass sie die Tür öffnen kann. Sie zerrt daran und schlägt gleichzeitig gegen das Autofenster.

»Lass mich raus!«, brüllt sie. »Lass mich raus!«

Ihr Ausbruch erschreckt mich. Wir können sie doch nicht in diesem Zustand auf die Straße lassen. Sie läuft ja vor das nächste Auto.

»Birgit.« Ich fasse über die Lehne nach hinten, damit sie mich anschaut. »Wir bringen dich heim. Okay? Warte. Wir bringen dich zu deiner Familie.« Ich gebe Garhamer ein Zeichen, dass er losfahren soll.

Als Birgit merkt, dass sich der Wagen in Bewegung setzt, lässt sie sich kraftlos nach hinten in die Lehne fallen und wimmert vor sich hin.

Wie ich befürchtet habe, werden die nächsten Stunden sehr anstrengend und emotionsgeladen. Die drei Moosbichler-Frauen müssen mit unangenehmen Wahrheiten fertigwerden. Garhamer nähert sich nach einiger Zeit der Mutter seiner Tochter an und tröstet sie. Apollonia und Birgit reden lange miteinander. Max kocht Tee, ich versorge die einzelnen Parteien mit Getränken und Taschentüchern und halte mich ansonsten raus.

Nachdem ich mal wieder eine leere Teekanne gegen eine volle ausgetauscht habe, kehre ich zu Max zurück und setze mich zu ihm an den Küchentisch.

Er studiert mein Gesicht. »Wie geht's denn da drin? In der letzten Stunde war es so leise.«

»Ich glaube, alle sind inzwischen zu fertig, um zu schreien.« Ich lächle müde. »Soweit ich es mitbekommen habe, liegen die Karten auf dem Tisch. Oma, Tochter und Enkelin haben sich ausgesprochen, der Ludwig macht sich eigentlich auch ganz gut. Das wird.« Ich reibe mit der Hand über die hölzerne Tischplatte. »Wenn der Anlass nicht so ein dramatisch trauriger wäre, würde ich sagen, es ist gut, dass es passiert ist. Jetzt haben sie die Chance, tatsächlich eine Familie zu werden. Ich spüre so etwas wie Zusammenhalt.«

»Weißt du inzwischen, was genau die Birgit gemacht hat?«

Ich wiege den Kopf hin und her. »Wenn ich es richtig verstanden habe, hat sie dem Kilian die Plastiktüte versteckt, die er über den Kopf gezogen hat, um ihn anschließend gegen einen Mauervorsprung zu hauen. So hatte er die Verletzung, aber an der Mauer waren keine Spuren. Ja, und das Messer nicht zu vergessen. Das hat sie auch mitgenommen und später in die Rott geworfen. Hat ganze Arbeit geleistet, das Mädchen. Und uns hat sie dann eine schöne Komödie vorgespielt, als wir sie vor dem ›ohnmächtigen‹ Kilian gefunden haben. Tja, ein ausgebufftes Frauenzimmer.«

»Da wird dann einiges auf sie zukommen.«

»Was meinst du?«

»Na, Polizei, Gerichtsverhandlung, Gefängnis.«

Ich sacke zusammen, als ob es mich persönlich betreffen würde. »Ja, wahrscheinlich. Aber wenn sie Glück hat, wird bei ihr noch Jugendstrafrecht angewandt. Das ist nicht ganz so drastisch.«

»Drastisch genug.«

Ich nicke. Da öffnet sich schwungvoll die Tür, und Apollonia tritt ein. »Kommt ihr? Wir haben einen Plan.«

Stundenlang tüfteln wir an dem Vorhaben der Moosbichlerinnen herum. Ich bin mir zuerst überhaupt nicht sicher, ob ich daran wirklich mitwirken soll. Denn schließlich ist es keine Kleinigkeit, was Birgit gemacht hat. Sie hat Kilian, einem Mörder, geholfen. Aber schwerer wiegt für mich die Tatsache, dass ebendieser Mörder ohne unser Eingreifen davonkommen würde. So wie es bislang aussieht, hat ihn die Polizei nicht einmal in Verdacht. Er hat es auch verdammt clever angestellt.

Außerdem vergleiche ich Birgit ein bisschen mit Susa. Obwohl Birgit ein paar Jahre älter ist als meine Tochter, scheint sie immer noch so einen pubertär verwirrten Verstand zu haben wie eine Sechzehnjährige. Und noch dazu hat ein gut aussehender junger Mann dem Mädchen den Kopf verdreht. Da kann ich nachvollziehen, dass sie Dinge macht, die sie normalerweise nicht machen würde. Ja, in der Beziehung gleicht sie sogar mir. Letztes Jahr war ich ja auch wie vernagelt.

Zu guter Letzt: Susa wird ja immer noch verdächtigt. Diese dämliche Kette, die sie in Eichlehners Hand gefunden haben. Ich werde sicherlich nicht danebenstehen und meine Tochter verhaften lassen. Lieber liefere ich der Polizei den wahren Täter. Auch wenn die Methode, ihn zu einem Geständnis zu bringen, nicht ganz koscher ist.

Und so lasse ich mich für den Moosbichler-Plan einspannen. Vielleicht hat auch der ungewöhnlich würzige Tee, den uns Apollonia kannenweise kocht, sein Übriges getan. Wer weiß. Jedenfalls werden wir im Laufe der Nacht immer einfallsreicher und unternehmungslustiger. Sogar Max sagt seine Mithilfe zu, obwohl er anfangs stereotyp gemeint hat, wir sollten das Ganze der Polizei überlassen. Nachdem er aber gesehen hat, dass wir alle eisern entschlossen sind, es durchzuziehen, bietet er sich an, den Garhamer mit seinem Wagen an den vereinbarten Punkt zu fahren. Da der Geländewagen Automatik hat und Max' rechtes Bein vollkommen funktionsfähig ist, sollte das kein Problem sein.

»Ich brauch keinen Chauffeur«, sagt Garhamer brüsk.

Max fährt sich über den Arm, hat die Augen gesenkt. »Ich weiß. Aber das ist das Einzige, was ich machen kann.«

Mir brechen seine Worte fast das Herz, und auch am Förster scheinen sie nicht spurlos vorübergegangen zu sein. Denn er haut auf den Tisch und sagt: »Abgemacht.«

Und so gehen wir im Morgengrauen auseinander.

Samstag, 14. Mai

Leise höre ich es an der Haustür klingeln. Ich drehe mich um und ziehe mir die Bettdecke über den Kopf. Niemand zu Hause. Es klingelt trotzdem weiter.

Mein Hirn ist noch dumpf vom Schlaf, allerdings dringt langsam die Erinnerung an die gestrige Nacht durch. Wenn der Plan klappt, dann kommt Birgit noch mal davon. Dann haben sie auch die Chance, alle zusammen glücklich zu werden.

»Wenn du nicht aufmachst, geh ich.« Susa ist in meinem Schlafzimmer. Schon angezogen. Ein ungewöhnlicher Anblick am Samstagmorgen, denn normalerweise kriecht sie nicht vor elf aus ihrem Bett.

Ich schlage die Decke zurück und setze mich auf. Hui, mein Kreislauf. Auch ich vertrage es nicht mehr, eine Nacht durchzumachen. Aber ich habe die Hoffnung, dass bald alles überstanden ist, und so kreise ich mit den Armen und stehe auf. Ich angle meinen Bademantel vom Stuhl und schlüpfe hinein.

»Wer ist es denn?«

»Finn.«

»Finn?« Ich sause die Treppe hinunter. Meine Tochter hinter mir. Es klingelt schon wieder. Tatsächlich, Finn steht vor der Tür. Ich ziehe ihn schnell zu uns rein.

»Wie geht's?« Er traut sich nicht, mich direkt anzusehen. Blinzelt nur so von unten.

»Uns geht es gut. Und dir? Ausgeruht?« So ein bisschen Sarkasmus kann ich mir nicht verkneifen. Schließlich wollte der Kleine lieber fernsehen, anstatt Susa zu helfen.

Er tritt von einem Bein auf das andere. »Gestern hab ich eine Auszeit gebraucht. So ein bisschen chillen. Ist ja schwer was los gewesen in letzter Zeit. Da musste ich erst mal wieder zu mir kommen.« Mit einer Hand zerwuschelt er seine eh ziemlich zerzausten Dreads.

»Ist schon okay.« Ich gehe in die Küche. Die beiden folgen mir.

»Aber ich will schon helfen«, fängt er wieder an. »Ich will ja auch nicht, dass Susa eingesperrt wird.«

Wenn ich mich nicht täusche, dann knutschen die beiden hinter meinem Rücken.

»Prima.« Ich dreh mich um. Sie stieben auseinander. »Auch einen Kaffee?«

»Joh. Äh. Ich mein, gern, danke.«

Wir setzen uns zusammen, frühstücken, und ich weihe sie in den Plan ein. Es ist gut, dass Finn gekommen ist. Ihn haben wir noch gebraucht.

Nachdem ich mich gesellschaftsfähig gemacht habe, fahre ich zur Polizeistation. Ich habe Glück, Grünleitner und Volz sind vor Ort, sie haben wie letztes Jahr das Büro von POM Eckbauer okkupiert, und sie empfangen mich sogar.

»Frau Schneider, was verschafft uns die Ehre? Ist Ihre Tochter inzwischen aufgetaucht?« Grünleitner lehnt sich in seinem Bürostuhl zurück und mustert mich. Volz sitzt halb auf dem niedrigen Aktenschrank daneben. Ihn blende ich wie immer aus. Er ist einfach zu unangenehm.

»Sie meinen Susa? Nein.« Energisch schiebe ich eine Haarsträhne hinters Ohr. »Allerdings ist der Verdacht gegen meine Tochter völlig …«, ich suche nach einem anderen Wort als »hirnrissig« und gestikuliere, »… aus der Luft gegriffen. Sie haben doch sicherlich noch einen anderen Verdächtigen, oder?«

Grünleitners Schnurrbart wackelt. Grinst er? Das ist bei dem Gestrüpp nicht zu erkennen. »Frau Schneider«, sagt er mitleidig, »Sie wissen doch, die laufenden Ermittlungen.«

»Aber verhaftet haben Sie bis jetzt noch niemanden, und Sie stehen auch nicht kurz davor.«

Sein Bart erstarrt. Dachte ich es mir doch.

»Darüber darf ich Ihnen keine Auskunft geben.«

»Schon klar.« Ich stehe auf, strecke ihm meine Hand für den Abschiedsgruß entgegen.

»Also, auf Wiedersehen«, sage ich, gehe zur Tür, bleibe in guter alter Columbo-Manier stehen, die Finger in meinen Locken, drehe mich wieder um. »Ach ja. Kastner hat sich selber umgebracht, oder? Die Frauen vom Moosbichler-Hof machen sich nämlich ziemliche Sorgen, dass ein Mörder auf ihrem Grundstück sein Unwesen getrieben hat. Nicht, dass er wiederkommt.«

»Der Fall wird untersucht.«

Nun weiß ich, was ich wissen wollte.

Demzufolge, was wir mit den Moosbichlerinnen an Informationen zusammengetragen haben, hat Kilian erst seinen Großvater umgebracht und wurde später von Kastner erpresst. Ich erinnere mich, dass ich den Kastner am Tag vor seinem Tod im Hotelgarten entdeckt habe. Wahrscheinlich wollte er von Kilian Geld, weil er etwas gesehen hat. Oder es auch nur behauptet hat. Auf jeden Fall war das sein Todesurteil.

Die Polizei hat Kilian bis jetzt nicht verhaftet. Für mich der sichere Beweis, dass sie nichts gegen ihn in der Hand hat. Und ist es nicht so, dass die ersten achtundvierzig Stunden den Ausschlag geben? Wenn sie bis dahin niemanden in Untersuchungshaft haben, dann dauert es entweder noch lange, oder es ist gar unmöglich, den Täter zu fassen. Das ist meine Rechtfertigung, unseren Plan durchzuziehen. Es geht auf keinen Fall, dass Kilian ungeschoren davonkommt und dafür meine Tochter im Gefängnis landet!

Erster Schritt abgehakt. Jetzt fahre ich ins Hotel.

Samstag ist klassischer Abreisetag. Dementsprechend voll ist das Foyer. Auch das russische Ehepaar ist unter den Leuten, die auschecken. Herr Smirnow steht raumeinnehmend an der Rezeption und zückt seine goldene American Express. Wie global die Welt der Reichen geworden ist. Seine Frau überprüft im Taschenspiegel ihr Make-up. Sie sieht wie immer reizend aus.

»Hallo, Frau Smirnow, reisen Sie schon ab?«

»Oh, Frau Schneider, wie schön, Sie noch einmal zu sehen. Ja, wir reisen ab.« Sie öffnet ihre Handtasche, die sicherlich eins dieser sauteuren Teile ist, die Susa zu Begeisterungsschreien veranlassen würden. Zumindest vor ihrem Keltenspleen veranlasst hätten. Na ja. Ich kenn mich damit nicht aus. Ich finde sie zu goldlastig. Die Russin zieht einen zur Handtasche passenden Geldbeutel hervor.

»Konnten Sie denn das Geschäft mit Kilian Eichlehner abschließen?«, frage ich direkt. Es ist meine letzte Chance, das zu erfahren, da rede ich nicht lange um den heißen Brei herum.

»Ja, ja, das ist alles in trockenen Stoffen, oder wie sagt man?« Sie hält mir einen Hundert-Euro-Schein entgegen. »Bitte nehmen Sie, Sie haben so eine wundervolle Entspannung gemacht.«

Irritiert blicke ich auf das Geld in ihrer Hand. Das ist mir noch nie passiert. Trinkgeld bekomme ich hin und wieder. Allerdings nie das Vielfache der Kursgebühren. »Danke für das Kompliment. Aber das kann ich nicht annehmen.«

Sie nimmt meine Hand und drückt mir den Schein hinein. »Doch, doch. Und ich hoffe, Sie machen auch bei uns weiter Ihre schönen Kurse.«

»Sie haben das Hotel gekauft?«

Sie wedelt mit ihrer perfekt manikürten Hand. »Ach, nur noch ein paar Verträge. Das machen die Anwälte. Aber dann ist alles klar. Ich freue mich, dass wir nun auch ein so entzückendes Haus in so einer entzückenden Gegend haben. Tiefes Bayern ist traumhaft.« Sie lächelt mich an.

»Ja, Niederbayern ist schön«, stimme ich ihr zu. »Aber, sagen Sie«, fange ich an, werde allerdings energisch beiseitegeschoben, und Herr Smirnow legt seinen baumstammartigen Arm um die zarten Schultern seiner Frau.

»Wartet Taxi«, brummt er. Womöglich mag er es nicht, wenn sich seine Frau mit dem Personal abgibt.

Sie winkt mir noch einmal freundlich hinter seinem breiten Rücken zu, dann schreiten sie nach draußen und steigen in den Wagen.

Na, so was. Das erste Griesbacher Hotel in russischer Hand. Auch wenn mir Frau Smirnow sympathisch ist, fühlt es sich für mich nicht richtig an. Können Nicht-Niederbayern die niederbayerische Lebensart für die fremden Gäste korrekt wiedergeben? Für Niederbayern sind ja schon Oberbayerinnen, wie ich eine bin, Ausländer.

Ich biege in den Flur, in dem die Räume der Chefs liegen, und sehe, dass vom Seiteneingang her Birgit auf ihr Büro zusteuert. Man würde nicht vermuten, dass sie gestern durch die emotionale Hölle gegangen ist. Ein weiß-rosa gepunkteter Petticoat schwingt wie ein duftiges Kissen um ihre Beine. Das obligatorische Strickjäckchen – heute in Hellgrün – betont die Taille. Die toupierten Haare sitzen, und das Make-up ist einwandfrei. Es hat schon seine Vorteile, so jung zu sein.

Wir grüßen uns knapp, sie betritt ihr Büro, ich gehe weiter. Um Birgit ein wenig mehr Zeit zu lassen, benutze ich die Toilette. Danach begebe ich mich in die Event-Zentrale.

»… tu mir doch den Gefallen«, sagt Birgit in bittendem Ton und mit Einsatz ihres Schmollmundes. Sie stehen vorn bei der Theke. »Ich weiß nicht, wen ich sonst fragen soll.«

»Guten Morgen.« Ich gehe zum Sideboard und nehme den Ordner in die Hand, in dem die Anmeldungen für meine Kurse abgeheftet sind. Geschäftig blättere ich darin herum.

»Meinetwegen«, knurrt Kilian. Mit einem an mich gerichteten »Morgen« geht er zu seinem Schreibtisch am Fenster und setzt sich hinter den Computer.

Birgit grinst und zeigt mir heimlich den erhobenen Daumen. Ich nicke verhalten. Freu mich aber genauso wie sie.

»Für nächste Woche hat sich noch niemand angemeldet?«, frage ich.

»Nein, leider. Wir rufen Sie an, wenn was reinkommt«, sagt Birgit fröhlich. »Schönes Wochenende.«

»Ja, das wünsche ich dir auch. Auf Wiedersehen.«

»Wiedersehen«, grummelt Kilian mir hinterher. Zufrieden schließe ich die Tür. Dann kann es ja losgehen.

Um halb acht biege ich zum Moosbichler-Hof ab. Ich komme gerade zur rechten Zeit. Die Sonne verschwindet hinter den Bäumen. Es fängt zu dämmern an. In spätestens einer Stunde ist es dunkel, bis dann der Vollmond aufgeht. In diesem Monat soll es ein Megavollmond sein. Riesengroß und mit jeder Menge Energie, wie Apollonia gestern mehrfach betont hat. Sehr passend für unser Vorhaben.

Schon von Weitem sehe ich, dass sie vor dem Wohnhaus stehen. Ich stelle meinen Kangoo ab und gehe auf die kleine Gruppe zu, die drei Moosbichlerinnen und Kilian. Die Frauen sind mit ihren Göttinnen-Gewändern angetan, schwarz, rot und weiß. Apollonia stützt sich auf einen langen Stock, der mit Schnüren, Federn und Perlen geschmückt ist. Gertraud hat ihr Räucherwerk dabei, das einen intensiven Geruch von verbrannten Kräutern verströmt, in der anderen Hand hält sie die große Vogelfeder. Birgit führt eine flache, achteckige Trommel samt Schlägel bei sich. Kilian macht ein genervtes Gesicht. Wahrscheinlich nicht nur, weil er in seinem legeren Junghotelier-Aufzug – dunkle Hose, weißes Hemd, Pullover um die Schultern gelegt – stilmäßig nicht zu den Frauen passt.

»Entschuldigen Sie die Störung. Ist mein Hund wieder bei Ihnen?«, sage ich, wohl wissend, dass ich Runa heute Nachmittag von hier abgeholt habe. So war sie bei den Vorbereitungen nicht im Weg. Jetzt döst sie in Susas Obhut zu Hause in ihrem Körbchen.

»Keine Ahnung.« Apollonia schaut sich um. »Eventuell kommt er noch. Das hat er ja schon ein paarmal so gemacht. Bleiben Sie doch einfach einstweilen bei uns.«

»Ich will aber nicht stören. Sie wollen doch gerade ein Ritual begehen, oder?«

»Ja, das wollen wir«, sagt Apollonia mit Würde. »Sie stören überhaupt nicht. Begleiten Sie uns doch. Wir könnten noch eine Fackelträgerin gebrauchen.«

»Gut. Ich mache gern mit.« Für mich hört sich unsere Unterhaltung steif und einstudiert an. Wie in einem Schmierentheater. Das muss sich noch ändern. Aber ich glaube, Kilian ist es bis jetzt nicht aufgefallen. Er stellt immer noch seine gelangweilte und missmutige Miene zur Schau.

»Hallo, Herr Eichlehner«, begrüße ich ihn.

Von ihm kommt ein knappes »Hallo« zurück.

Birgit ist in die Scheune gegangen, kehrt mit einer Fackel zurück und drückt sie mir zusammen mit Streichhölzern in die Hand.

»Wo soll es denn hingehen?«, frage ich Apollonia.

»Wir werden im Glashaus für den armen Herrn Kastner trommeln.«

»Oh.«

»Ja, seine Seele ist nicht erlöst. Das spüre ich ganz deutlich. Und Kilian hat sich bereit erklärt, uns zu helfen. Wir brauchen nämlich dringend männliche Energie.«

»Aha.«

Kilians Miene verdüstert sich zusehends. Niemand kümmert sich darum. Apollonia führt unseren kleinen Zug an, dann kommen Birgit, Gertraud und Kilian, den Abschluss mache ich. Wir wandern durch die Blumenrabatte, deren Farben mit dem schwindenden Tageslicht grauer werden. Am Gemüsegarten halten wir. Kilian blickt unverwandt zum Gewächshaus, dessen Inneres nur aus grauen Schattierungen besteht.

Ja, schau du ruhig zur Stätte deiner Untat, denke ich.

Apollonia nimmt unauffällig eine kleine Pfeife aus dem Mund und steckt sie in ihre Gewandtasche. Dann bittet sie Kilian zu sich nach vorn und legt ihm eine Hand auf die Schulter.

»Kilian, ich möchte dir nochmals dafür danken, dass du dich als männlicher Part zur Verfügung gestellt hast. Bist du bereit?«

Er nickt, mehr oder weniger.

»Sehr gut. Lasst uns beginnen.« Apollonia dreht sich um. In dem Moment höre ich ein Krächzen in der Luft, schwarze Flügel flattern nah an mir vorbei, und eine Krähe landet auf Kilians Schulter. Er schreit auf, schlägt wie wild nach dem Vogel. Ich springe einen Schritt zur Seite. Dieses Vieh ist aus der Nähe unangenehm groß.

»Weg! Weg!«

Die Krähe breitet ohne Hast ihre Schwingen aus und steigt in die Lüfte, beschreibt krächzend eine große Kurve und löst sich in den Schatten des Waldes auf.

»Was war denn das?« Birgit, Gertraud und ich rufen durcheinander. Kilian ist blass geworden, sein Gesicht leuchtet in der hereinbrechenden Dunkelheit. Hektisch wischt er über die Schulter und schaut sich um. Der Vogel bleibt verschwunden.

Apollonia steht hoch aufgerichtet und starr daneben. Als sich alle wieder etwas beruhigt haben, sagt sie mit tragender Stimme: »Du solltest dein Mitwirken abbrechen, Kilian.«

Wir schauen sie an. »Warum?«, fragt Birgit, da Kilian nicht den Mund aufmacht.

»Das war ein schlechtes Omen.«

»Quatsch!«, kommt nun doch ein Kommentar von ihm. Energisch richtet er seinen Pullover.

Da er nicht die richtigen Fragen stellt, springe ich ein. »Warum? Welches schlechte Omen?«

Apollonia beschreibt mit dem verzierten Stock einen Kreis in der Luft. »Der Krähenflug ist das Zeichen des bevorstehenden Todes.« Sie dämpft ihre Stimme zu einem Raunen. »Und wenn sich gar eine Krähe auf die Schulter eines Menschen setzt ...« Theatralisch rollt sie mit den Augen.

Wir anderen rufen »huch«, schlagen uns die Hand vor den Mund und schauen auf Kilian. Der steht mit verschränkten Armen da und blickt finster zurück.

»So ein ausgemachter Schwachsinn!« Mit einer Hand zeigt er in Richtung Gewächshaus. »Wir bringen den Schmarrn jetzt zu einem Ende, und dann hau ich ab.« Entschlossen stapft er voraus.

Wir blicken uns zufrieden an und folgen ihm.

»Lass lieber mich vorgehen!« Apollonia drängelt sich an ihm vorbei. Kurz darauf hält sie abrupt an. »Karin, entzünde die Fackel. Und Birgit, schlage uns den Rhythmus.« Wir tun, wie uns geheißen.

Die Fackel wirft ihr unstetes Licht auf unsere Prozession. Birgits langsame Trommelschläge begleiten uns. Ich bin froh, dass die anderen alle dabei sind, denn mir wird langsam unheimlich. Schatten tanzen um uns herum. Die Nacht rückt immer näher. Der Mond ist noch nicht aufgegangen. Ich kann den Wald nicht mehr erkennen, auch das Wohnhaus und die Scheune werden schon vom Schwarz verschluckt. Die Fenster des Glashauses reflektieren die züngelnden Flammen der Fackel, und ich sehe darin unsere Spiegelbilder flimmern. Wir schauen unwirklich aus, die Frauen mit ihren langen Gewändern, die Augen nur noch dunkle Höhlen. Ich wende meinen Blick ab, bevor ich mir einbilde, es begleiteten mich Gestalten der keltischen Anderwelt.

Wir umrunden das Gewächshaus. Birgit schlägt die Trommel. Jeder von uns achtet auf den Weg, dessen unebenes Pflaster nicht mehr gut zu erkennen ist. Entsprechend vorsichtig schreiten wir voran. Als wir eine Runde vollendet haben, bleibt Apollonia vor der Glastür erneut stehen. »Seid ihr alle bereit?« Sie hebt den Stab.

Wir murmeln zustimmend. Sie öffnet die Tür, und wir betreten das Gewächshaus.

»Ah!«

Ich schreie auf, und ich bin nicht die Einzige. Im hinteren Teil des Hauses baumelt von einem Querbalken ein Mensch. Auf den ersten Blick sieht es wie die strangulierte Leiche vom Kastner aus. Leise im Luftzug schaukelnd.

Sobald ich mich wieder gefangen habe und mein Blick schärfer wird, erkenne ich allerdings, dass es sich nur um eine Puppe handelt. Männerklamotten, mit Stroh ausgestopft. Der Kopf fehlt ganz. Der Kragen des Hemdes wurde mit dem Strick zusammengebunden und am Querbalken befestigt. Aus den Ärmeln und den Hosenbeinen quellen Strohhalme.

»Ihr seid ja nicht ganz dicht!« Kilian will sich umdrehen und zur Tür hinaus. Aber Apollonia hält ihn am Arm fest.

»Mein Lieber, das gehört zum Ritual. Es erleichtert der Seele, zu gehen, wenn sie den Platz ihres Körpers zur Zeit des Ablebens festmachen kann.« Sie schiebt den sich Sträubenden einen Schritt näher. »Schau, es ist ganz harmlos. Eine Strohpuppe.«

»Das seh ich auch, dass das Ding aus Stroh ist!«

Birgit hat sich an seinen zweiten Arm gehängt und blickt zu ihm auf. »Bitte! Wir brauchen deine Hilfe. Ich kann nicht mehr schlafen, seit der Kastner hier gestorben ist. Ich hab so Angst, dass er umgeht.«

Kilian blickt mit einem verächtlich verzogenen Gesicht auf sie hinab.

»Sie sind doch ein Mann«, säuselt Gertraud hinter seinem Rücken.

»Und Sie haben nichts mit Kastners Tod zu tun«, falle ich auch noch in den Überredungskanon mit ein. »Da kann Ihnen gar nichts passieren.«

Kilian strafft die Schultern und schüttelt die fremden Hände ab. »Dann los«, knurrt er zwischen den Zähnen hindurch.

Apollonia gibt mir ein Zeichen, ich schließe die Tür. Wir nähern uns dem Strohmann, der sich im Licht der Fackel zu bewegen scheint. Aber das ist nur eine optische Täuschung, sage ich mir im Stillen immer wieder. Nur eine Täuschung.

Wir ordnen uns im Halbkreis um die Figur an. Wenn schon mir die Nackenhaare zu Berge stehen, wie muss sich dann erst Kilian fühlen? Verstohlen blicke ich zu ihm hinüber. Mit versteinertem Gesicht fixiert er einen Punkt unterhalb der Puppe. Du möchtest dich wohl wegbeamen, Freundchen, denke ich, das wird dir aber nicht gelingen.

Birgit trommelt leise. Gertraud hat neue Kräuter aufgelegt. Der Rauch riecht intensiver und strömt in grauen Wülsten aus ihrem Räuchergefäß. Mit großer Geste wedelt sie ihn in Richtung Kastner-Double. Apollonia erhebt beide Arme samt Göttinnenstock gen Himmel, schließt die Augen und beginnt, etwas zu deklamieren. Ich verstehe kein Wort.

Der Trommelrhythmus wird immer schneller und lauter. Dementsprechend steigert sich die Lautstärke von Apollonias Gebet.

Der Rauch verdichtet sich. Mir wird schon ganz schummrig. Tapfer halte ich meine Fackel nach oben. Mein Herzschlag rast mit den Trommelschlägen, die jetzt in irrsinniger Schnelligkeit um uns herumschwirren und zu einem beeindruckenden Klanggebilde verschmelzen.

Trotzdem höre ich noch etwas anderes. Hinter uns hat ein eigenartiges Geräusch seinen Anfang genommen und schwillt an, je näher es kommt. Auch Gertraud und Kilian hören es, denn sie blicken sich ebenfalls um. Es ist, als ob jemand außerhalb des Gewächshauses mit einem Stecken an den Glaswänden entlangfahren würde. Bei den Verstrebungen klackert es. Langsam beendet Birgit ihr Trommeln, da wir suchend nach allen Richtungen spähen. Einzig Apollonia ruft weiterhin die Götter an, bis sie merkt, wie leise es um sie herum geworden ist.

Nun ist es klar zu vernehmen. Das Ratschen und Klackern wird schneller. Bilde ich es mir nur ein, oder begleitet da draußen tatsächlich ein großer dunkler Fleck das Geräusch? Wie ein Wesen, das den Stecken rund ums Haus zieht.

»Da!« Gertraud zeigt auf eine Stelle, an der auch ich soeben glaubte, jemanden gesehen zu haben. Oder etwas.

Nun kommt ein neuer Ton hinzu. Ein holpriger Schrei, hohl und laut, der sich artikuliert, bis ich das Wort verstehen kann.

»Möööööörrrdddeeeeeeer!«

Ein Ruck geht durch unsere Gruppe.

»Der Geist vom Kastner!«, ruft Birgit ängstlich, stürzt zu Kilian und klammert sich wieder an seinen Arm.

»Der Geist vom Kastner«, wiederholen Gertraud und ich mit hohen, furchtsamen Stimmen. Apollonia beginnt erneut mit ihrem Gebet.

»Möööööörrrdddeeeeeeer!«, schallt es draußen um das Gewächshaus.

»Ah!«, schreien wir Frauen.

»Schwachsinn!«, brüllt Kilian. »Das ist kein Geist! Sondern irgendein Blödmann! Den kauf ich mir!« Kilian zerrt seinen Arm aus Birgits Griff und stürmt zum Ausgang.

»Kilian!«, rufen wir alle. »Bleib da!«

Aber er lässt sich nicht aufhalten, reißt schon die Tür auf und schießt nach draußen. Wir rennen hinterher. Das Geräusch verstummt. Stattdessen raschelt es lautstark in den Büschen neben dem Gewächshaus, die Äste schwingen im aufgehenden Mondlicht hin und her, schnelle Schritte, die sich entfernen. Kilian kämpft sich durch das Gebüsch, sein Pullover bleibt hängen. Er bemerkt es nicht, steigt über Äste und Zweige, zwängt sich durch eine Lücke im Dickicht.

Nun heißt es, schnell zu sein. Ich stoße die Fackel in eine mit Wasser gefüllte Gießkanne, die neben der Gewächshaustür steht. Das Feuer erlischt zischend.

Gertraud hat das Räuchergefäß auf den Boden gestellt, Birgit ihre Trommel danebengelegt, Apollonia ihren Göttinnenstab. Die beiden Jüngeren ziehen Taschenlampen aus ihren Gewandtaschen und knipsen sie an.

So leuchten sie Apollonia, die mit großen Schritten in den Wald hastet. Ich eile hinterdrein. Wir wissen, wohin wir müssen, und machen uns nicht die Mühe, uns ebenfalls durch die Büsche zu schlagen. Über uns schiebt sich der Mond langsam über die Baumwipfel und lässt seinen beeindruckenden Umfang erahnen.

Wir haben jedoch keine Zeit, uns dieses Schauspiel in Ruhe anzusehen, sondern rennen auf dem schnellsten Weg zur Hütte vom Obermeier Sepp.

Als wir uns nähern, verlangsamen wir das Tempo und halten nach Kilian Ausschau. Er ist noch nicht angekommen. Trotzdem machen Gertraud und Birgit vorsichtshalber die Taschenlampen aus.

Die kleine Hütte steht inmitten hoher Bäume. Das Licht des Vollmondes fällt wie fahle Sonnenstrahlen schräg zwischen den Stämmen der Nadelbäume hindurch. Es sieht völlig unwirklich aus. Wie ein Bild aus einem Traum.

Das habe ich noch nie erlebt. Ich war allerdings auch noch nie um diese Zeit im Wald. Dazu bin ich ein viel zu großer Schisser. Meine drei Begleiterinnen verhalten sich in dieser nächtlichen Szenerie dagegen so, als wären sie bei ihnen im Wohnzimmer.

Eine Bewegung lässt mich zur Hütte blicken. Meine Augen haben sich inzwischen gut an die diffusen Lichtverhältnisse gewöhnt. Die Tür öffnet sich. Ein Mann tritt heraus. Seine weißen Haare fangen die Mondstrahlen ein. Die drei Frauen begrüßen ihn und verschwinden in der Hütte. Sepp Obermeier bleibt bei mir stehen.

»Hallo, Herr Obermeier, toll, dass Sie mitmachen«, sage ich so leise wie möglich. Sollte Kilian schon im Anmarsch sein, soll er uns nicht schon vorher hören.

Der Obermeier hat seine Hände tief in den Hosentaschen vergraben. »Freilich, ist ja selbstverständlich.«

»So selbstverständlich ist das nicht, finde ich. Jeder normale Bürger würde sagen, wir sollen das der Polizei überlassen.«

Er hebt seine buschigen Augenbrauen. »Bin ich etwa ein normaler Bürger? Jetzt beleidig mi fei ned.«

Ich muss grinsen.

»Und der Birgit haben Sie ihren Unfug mit dem Spuken verziehen?«

»Eh klar.« Er winkt ab.

Die Hüttentür geht auf, und Birgit kommt in der Jägermontur ihres Großvaters heraus. Die blonden Haare hat sie unter dem Hut versteckt. Sie legt sich neben der Hütte auf den Boden. Im Liegen fällt es nicht auf, dass ihr die Jacke zu groß ist. Das Mondlicht wirft den Schatten einer Hüttenecke auf ihr Gesicht. Das müsste reichen, um den Eindruck vom hingestreckten Konrad Garhamer zu erwecken. Apollonia und Sepp stellen sich neben die geöffnete Tür. In der Hütte wartet Gertraud auf ihren Auftritt. Ich begebe mich hinter einen Haselnussbusch, der in der Nähe wuchert. Alles ist bereit.

Keine Minute zu spät. In der Ferne ein lang gezogener Schrei: »Mööörrrdeeer.« Kurz darauf höre ich ein Schnaufen, das immer lauter wird. Dann kommt Finn in Sicht.

»Gehört euch!« Er flitzt an der Hütte vorbei und verschwindet im Wald.

Es dauert etwas, bis auch Kilian zwischen den Bäumen auftaucht. Er japst besorgniserregend. So einen Waldlauf hat er wohl schon lange nicht mehr gemacht. Mit mühsamen Schritten betritt er die kleine Lichtung, stützt die Hände auf die Oberschenkel und ringt nach Atem. Wir anderen sind still und beobachten.

Nach einer Weile wird sein Atem ruhiger, er richtet sich auf, hat seine Hand schon an den Haaren, um sie sich aus der Stirn zu streichen. Da hält er in der Bewegung inne.

»Was zum Teufel …!« Kilian lässt die Hand fallen und starrt auf die Szene, die sich vor ihm ausbreitet: der liegende »Garhamer«, daneben Sepp und Apollonia wie Wachsfiguren aus Madame Tussauds Kabinett. Die Vergangenheit scheint auferstanden zu sein.

»Schön, dass du kommst, Kilian«, tönt ein tiefer Bass aus der Hütte.

Ich erschrecke. Die Stimme von Ignaz Eichlehner! Aber nein, es ist nur Gertraud. Glaube ich. Zumindest war es so ausgemacht. Allerdings hört es sich verdammt echt an!

Kilian strauchelt. Er macht ungelenke Schritte rückwärts, bis ein Baum ihn stoppt. Mit offenem Mund und schreckgeweiteten Augen glotzt er zur Türöffnung, als erwarte er, dass jeden Augenblick sein toter Großvater erscheine. Sekunden verstreichen, dann löst sich das Trugbild auf. Birgit erhebt sich und klopft den Staub aus den Kleidern, Apollonia und Sepp geben den Platz vor der Tür frei, und Gertraud tritt heraus. Sie trägt ein Tablett mit mehreren Gläsern. Das Mondlicht lässt die durchsichtige Flüssigkeit darin funkeln.

Alle sehen Kilian an, sagen aber nichts. Ich bleibe auf meinem Beobachtungsposten.

Birgit nimmt den Hut ab und ordnet ihre Haare. Sie streckt eine Hand nach Kilian aus.

»Willst du auch einen Schluck trinken?«, fragt sie, als ob es das Selbstverständlichste auf der Welt wäre, auf diese Weise mitten in der Nacht im Wald zusammenzukommen. Sie nimmt ein Glas vom Tablett und hält es ihm entgegen.

»Hier. Du musst ja unheimlichen Durst haben.« Sie lächelt ihr Fünfziger-Jahre-Girl-Lächeln.

Abgehackt wie ein Roboter setzt sich Kilian in Bewegung. Dicke Schweißperlen stehen auf seiner Stirn. Das kann sogar ich in meinem Versteck erkennen. Sein ehemals weißes Hemd ist fleckig und am Arm eingerissen. Die dunkle Hose wird auch durch eine Reinigung nicht mehr wie neu. An einem Schuh hat sich das Band gelöst und schlängelt sich bei jedem Schritt über den Waldboden.

Er ignoriert das angebotene Glas, stakst an den anderen vorbei und zur offenen Tür. Dann holt er erkennbar tief Luft und verschwindet in der Hütte. Um sofort wieder herauszustürzen.

»Wo ist er?«, schreit er mit kratziger Stimme.

»Wer?« Apollonia schaut erstaunt.

»Ignaz!«

Die vier sehen sich an, als würden sie an seinem Verstand zweifeln.

»Willst du nicht doch was trinken?« Nun hält ihm auch Apollonia ein Glas entgegen.

»Wo ist er!«, brüllt Kilian und läuft abermals in die Hütte. Drinnen kracht etwas an die Wand, der Tisch wird über den Boden geschoben und knallt an den kleinen Schrank mit dem Geschirr. Es klirrt und scheppert.

Keiner der anderen rührt sich. Ihre Mienen sind ausdruckslos. Schon erscheint Kilian wieder an der Tür. Steht gebückt und hält sich mit einer Hand am Türstock fest.

Sepp packt ihn am Arm und zieht ihn zu sich her. Mit der anderen Hand nimmt er das vorletzte Glas vom Tablett. »Da, Bua, trink.«

»Wo ist er?«, fragt er den alten Mann. Es hört sich fast flehend an. Der Ausbruch ist vorbei.

»Trink.«

Kilian wehrt sich nicht länger. Er lässt sich das Glas in die Hand drücken und setzt es an die Lippen. Gertraud stellt das Tablett auf die Erde. Apollonia tritt einen Schritt näher und erhebt ihr Glas, als wolle sie ihm zuprosten.

»Ignaz ist tot.«

Auch Birgit kommt heran und hält ihr Glas an das ihrer Großmutter.

»Und das weißt du.«

Als Letzte betritt Gertraud den Kreis. Sie stößt mit den beiden an.

»Denn du hast ihn getötet.«

In einem Schwall spuckt Kilian die Flüssigkeit auf den Boden. Das Glas fällt hinunter und rollt zur Seite. Kilian hustet. Holt röchelnd Luft.

Die drei Göttinnen warten, bis der Anfall vorübergeht. Mit wässrigen Augen sieht er zu ihnen auf.

»Ihr seid verrückt«, stöhnt er. »Ihr seid alle verrückt!« Er richtet sich auf und schaut in die Richtung zurück, aus der er gekommen ist. Wahrscheinlich überlegt er, ob er nicht einfach gehen soll.

Schnell, Göttinnen, schnell. Ihr müsst ihn aufhalten!

Apollonia legt ihm eine Hand auf die Schulter. »Willst du nicht dein Gewissen erleichtern? Es wird dir guttun.«

Er macht einen Schritt von ihr fort, ihre Hand streift seinen Arm hinab. »Ich muss gar nichts! Weil ich nichts gemacht habe!«

Ein Wolkenschleier schiebt sich vor den Mond, und sofort wird es dunkler. Wind frischt auf.

Sanft schüttelt Apollonia den Kopf, wie eine Mutter, die ihren kleinen Sohn bei einer leicht zu durchschauenden Lüge ertappt hat. »Aber wir wissen alle, dass du es getan hast. Es nützt nichts, es abzustreiten. Und bald wirst auch du es zugeben. Der Wahrheitstrank wird seine Wirkung zeigen.« Sie prostet ihm zu und stellt dann das Glas auf das Tablett. Ohne einen Schluck davon genommen zu haben.

Kilian starrt ihr Glas an, dann seines. Es ist in ein Moospolster gekullert. Er lacht höhnisch auf. »Aber ich habe nichts getrunken. Ich habe deinen ›Wahrheitstrank‹ wieder ausgespuckt.«

Die Alte sieht ihn mitleidig an. »Das macht nichts. Du hattest ihn im Mund. Deine Schleimhaut hat ihn bereits aufgenommen. Gleich wirst du spüren, wie dein Mund trocken wird. Das Blut verteilt die Wirkstoffe in deinem Körper. Sie gelangen in dein Gehirn.« Sie wischt mit der Hand vor seinen Augen vorbei. »Die Wahrheit wird aus dir heraussprudeln wie aus einer frischen Quelle.«

»Schmarrn!« Kilian macht noch ein paar Schritte zurück. Er behält die vier im Auge, damit rechnend, dass sie ihn aufhalten wollen. Aber niemand bewegt auch nur einen Finger. Er stolpert immer weiter rückwärts. »Ihr könnt mir gar nichts, ihr Verrückten! Ich gehe jetzt. Spielt allein weiter!«

Er dreht sich um – und verharrt.

Aus dem Schatten der Bäume tritt eine hohe Gestalt. Der Wind schiebt die Wolke beiseite. Der riesige Vollmond strahlt ungehindert auf die Erde und beleuchtet die Szene wie ein himmlischer Scheinwerfer. Zwei Augenpaare blitzen auf. Eines in dem rußgeschwärzten Gesicht des Mannes, das zweite darüber. Es gehört einem Tier. Die helle Schnauze mit den spitzen Zähnen ragt über die Stirn des Mannes. Graues Fell umgibt dessen Schultern und fließt über den Rücken hinab. Die Läufe hängen an den Seiten, der lange Schweif berührt den Waldboden. Ein Wolf.

Mir kriecht hier hinter meinem Busch eine Gänsehaut über den Körper. Unwillkürlich werfe ich einen Blick zurück in den finsteren Wald, ob nicht auch hinter mir jemand steht. Natürlich nicht. Ich weiß es selbst. Der archaische Teil meines Gehirns hält es jedoch für möglich. Und verbreitet Angst. Ich presse meine Arme um meinen schlotternden Oberkörper und konzentriere mich wieder auf das Geschehen vor mir.

Kilian ist wie festgefroren. Die Gestalt schreitet auf ihn zu. Gleichzeitig setzen sich die vier anderen in Bewegung und formieren einen Kreis um Kilian. Es gibt kein Entrinnen mehr.

»Wir gehen«, sagt der Mann.

Kilian schaut sich hektisch um, aber er blickt nur in entschlossene Gesichter.

Die Gestalt, die zwar schlank, jedoch mindestens einen Kopf größer als Kilian ist, packt ihn an den Schultern, dreht ihn um und schiebt ihn vor sich her. Die anderen umrunden die beiden weiterhin. Fast könnte man meinen, sie sind seine Bodyguards, geben Kilian Geleitschutz. Ich weiß es allerdings besser. Und Kilian auch. In sich zusammengesunken, leistet er keinen Widerstand mehr, sondern lässt sich abführen.

Als sie schon hinter der Hütte in Richtung Hügelgräberfeld verschwunden sind, komme ich aus meiner Deckung und folge ihnen in einigem Abstand, immer wieder hinter mich blickend.

Unser seltsamer Zug führt an dem Waldabschnitt vorbei, in dem Garhamers Skelett gelegen ist. Ein Stück rot-weißes Absperrband flattert um einen Baum. Bald darauf erreichen wir den Ausläufer des Hügelgräberfeldes, der an die heilige Stätte der Großen Göttin grenzt. Links von unserem Weg erhebt sich ein sanfter Hügel nach dem anderen. Dazwischen und darauf Bäume. Darunter tote Kelten. Mich schaudert es.

Die Gruppe vor mir hält sich rechts und betritt bereits die große Lichtung der Luisenburg, auf der der Opferstein steht. Ich bin dicht hinter ihnen. Hier gibt es keine Bäume, die das Licht des Vollmondes filtern. Hier steht er rund und riesengroß am Himmel und zieht meinen Blick zu sich hinauf. Ich erkenne dunkle Krater und Meere und den milchigen Hof, der sich wie eine Corona um ihn legt. Helle Wolkengebilde umgeben ihn wie Schleier eine geheimnisvolle Frau, aber sie können seine

Strahlkraft nicht mindern. Er taucht alles in sein silbern-kaltes Licht: die Miniaturhügel aus Moos, die Fingerhutstauden bei dem gestürzten Baumriesen, die Feuerstelle und den Altar. Dessen Felsspalten und Einkerbungen treten pechschwarz zurück und modellieren den Koloss. Der im Stein eingeschlossene Glimmer glitzert. Im Schutz der Bäume bleibe ich stehen.

Kilian ist den ganzen Weg brav wie ein Lamm mitgegangen. Als seine Begleiter jedoch auf den Opferplatz zusteuern, kommt wieder Leben in ihn. Er wird unruhig. Wendet sich hin und her. Die Wolfsgestalt legt ihm abermals die Hand auf die Schulter, als Zeichen, dass es keinen Sinn hat, an Flucht zu denken.

Zum ersten Mal sieht Kilian dem Mann genauer ins Gesicht. »Ludwig Garhamer?«, ruft er aus. »Das sind doch Sie? Wieso verkleidet sich ein Förster als ...?« Er deutet mit einer Hand vom Wolfskopf bis zum Schweif.

»Druide«, antwortet Apollonia. »Er ist unser Druide.«

Kilian fängt zu lachen an. Hoch und hysterisch. »Ihr seid alle nicht mehr ganz dicht!«, bringt er zwischen zwei Lachern hervor. »Ihr gehört ja alle in eine Anstalt.«

Garhamer quetscht ihm die Finger in den empfindlichen Bereich unter dem Schlüsselbein. Kilian geht mit einem Schmerzensschrei in die Knie. »Vorsicht, Freunderl, pass auf, was du sagst.«

Apollonia winkt ab. »Ist doch egal.« Sie holt hinter dem Opferstein eine Holzkiste hervor, entnimmt ihr ein festes Seil und wirft es Garhamer zu. »Hier, fessle ihn.«

Ihr Druide gehorcht. Er drückt Kilian gegen den Felsen und bindet ihm die Hände vor dem Körper zusammen. Der Obermeier und die Gertraud packen mit an. Dann führen sie das Seil zu den Füßen hinab und verknoten es bei den Knöcheln.

»Hey! Was soll das!« Kilian wehrt sich, aber der Hoteliersohn hat trotz seiner durchtrainierten Muskeln keine Chance gegen die drei. Bald liegt er wie ein zusammengeschnürtes Paket auf dem Altar. Die anderen stellen sich um ihn herum, sodass ich ihn nicht mehr sehen kann. Nur Gertraud macht sich an der Feuerstelle zu schaffen.

»So, jetzt rede, wenn dir dein Leben lieb ist«, fordert ihn Apollonia auf.

»Birgit!«, ruft Kilian. »Du sagst doch immer, dass du mich liebst. Warum machst du da mit? Hilf mir!«

Birgit schiebt sich vom Fußende weiter nach oben. Die anderen machen ihr Platz. So entsteht eine Lücke, durch die ich Kilians Gesicht wieder im Blick habe. Er sieht so verzweifelt aus, dass ich schon beinahe Mitleid mit ihm bekomme. Aber er ist ein Mörder, sage ich mir. Ein zweifacher Mörder. Und wir wollen sein Geständnis. Nur deshalb führen wir diese Komödie hier überhaupt auf. Danach übergeben wir ihn der Polizei.

Die jüngste Moosbichlerin beugt sich nah zu seinem Gesicht. Fast könnte man meinen, sie möchte ihn küssen. Allerdings stoppt sie einige Zentimeter davor.

»Du willst nicht mich, sondern diese Belinda, und das wirst du jetzt büßen.« Sie streicht ihm scheinbar zärtlich über die Haare. »Man weist eine Göttin nicht ungestraft zurück. Und schon gar nicht bringt man ihren Großvater um!« Sie packt in seinen Haarschopf und zieht.

Kilian schreit auf.

»Memme!« Birgit wendet sich ab. Die Lücke schließt sich wieder.

»Ich gebe dir ein letztes Mal die Gelegenheit, zu reden.« Apollonia baut sich drohend vor ihm auf. Sie macht das wirklich gut, man kann echt Angst vor ihr bekommen.

»Ich hab euch nichts zu sagen! Ihr seid doch verrückt! Lasst mich los!« Kilian zerrt an seinen Fesseln. »Das wird euch noch leidtun!«

»Wie du willst. Myrna!«

Ihre Tochter richtet sich von der Feuerstelle auf und tritt mit einem ellenlangen Ast heran. Hat sie ihn etwa angezündet? Ja, tatsächlich. Sie schwingt ihn durch die Luft, und die Spitze glüht. Das ist harter Tobak. Mir als Kilian wäre jetzt auch angst und bang. Gertraud übergibt den Feuerstab feierlich an Apollonia.

»Du hast Ignaz umgebracht. Warum?« Wie eine Fackel hält sie den Stock mit der glühenden Spitze nach oben. Eine feine Rauchsäule steigt in den Himmel.

Kilian windet sich auf dem nackten Stein. »Ich hab ihn nicht umgebracht!«

»Haltet ihn«, befiehlt die Alte. Die Umstehenden packen zu,

verändern dadurch ihre Position, und ich kann wieder etwas von Kilian sehen. Er wehrt sich. Hat aber keine Chance. Garhamer zieht eine Hand von Kilian nach oben und knickt das Handgelenk um, sodass die empfindliche Unterseite freiliegt.

»Nein!«, schreit Kilian. »Ich hab ihn nicht umgebracht! Nein!«

Aber damit hält er Apollonia nicht auf. Langsam wie eine Maschine dreht sie den Stab um. Dessen rotes Ende zeigt nun auf Kilian.

Sie wird ihn doch nicht im Ernst brennen?, durchfährt es mich. Ich trete auf der Stelle, mache einen Schritt vor und zurück, unschlüssig, ob ich eingreifen soll oder nicht. Mir ist ganz heiß.

Kilian wirft den Kopf hin und her. »Nein!«, brüllt er. »Nein!«

»Gestehe!«, fordert ihn Apollonia auf und führt den Stab immer näher.

Mich hält es nicht mehr zwischen den Bäumen. Wie magnetisch angezogen gehe ich auf die Gruppe zu. Niemand bewegt sich. Alle stehen neben dem Opferstein und schauen zu. Warten darauf, dass Apollonia zusticht.

»Ich hab ihn nicht umgebracht!«

Im selben Moment drückt die Alte die Glut auf sein Handgelenk. Ich höre es zischen. Gleich darauf brüllt Kilian wie ein Tier.

»Nein!« Mir ist schlecht vor Entsetzen. Ich stürze zum Altar, zerre Birgit beiseite und packe Apollonias Arm. »Bist du wahnsinnig? So war das nicht ausgemacht! Wir wollten ihm Angst einjagen, damit er gesteht. Aber wir wollten ihn nicht verletzen!«

Ich schrecke vor ihrem Gesichtsausdruck zurück.

»Packt sie!« Sofort fassen Gertraud und Birgit nach meinen Armen.

»Seid ihr jetzt ganz verrückt? Hört endlich damit auf. Wir haben einen Fehler gemacht.« Das fällt mir wie Schuppen von den Augen. Ich blicke auf Kilian, der vor sich hin wimmert. »Er war es nicht. Er hat Ignaz nicht umgebracht.« Ich suche Blickkontakt zu einer der drei Moosbichlerinnen, bekomme allerdings nur grausame Entschlossenheit zurück.

»Sie ist echt eine Schnellgneißerin«, kommentiert Sepp trocken.

»Herr Obermeier, warum machen Sie dabei mit? Helfen Sie mir! Die Anna, Ihre Enkelin, ist doch die Freundin meines Sohnes!«

Er schaut verlegen auf die Füße vom Kilian, die er festhält.

»Mei.« Er zuckt mit den Schultern. »Ich hab immer schon getan, was die Loni gewollt hat.«

Hilfesuchend mustere ich die Gesichter der anderen. Überall nur sturer Starrsinn. Der Garhamer!

»Ludwig, du bist doch Förster! Was hast du damit zu schaffen? Lass ihn los!«

Aber auch er vollführt eine abweisende Geste. »Ich komme hier nur meinen Vaterpflichten nach.«

»Was?« Ich verstehe gar nichts mehr.

»Blut ist nämlich dicker als Wasser!«, trumpft Birgit auf.

Ich sehe sie verständnislos an. Dann dämmert mir langsam der Sinn ihrer Worte. »Heißt das, es stimmt doch? *Du* hast Ignaz Eichlehner ermordet?«

Sie reckt das Kinn in die Höhe. »Und wenn schon.«

»Und wenn schon?« Was ist das für eine Antwort? Ich fasse es nicht! »Kannst du mir auch sagen, warum?«

Ihre großen Babyaugen werden zu Strichen. Sie beugt sich zu mir und zischt: »Weil er mich schlecht behandelt hat. Immer hat er was an mir auszusetzen gehabt. Nie konnt ich was recht machen. Und er hat immer gegen mich und den Kilian gestänkert. Bis zuletzt. Da wollt er mich am nächsten Tag sprechen. Das hat er gesagt, bevor ich und Kilian die Zettel für das Feuerritual ausgeteilt haben. Ich bin dann zu ihm, weil ich schon gewusst hab, was er wollt von mir. Und so war's auch. Er wollt mir verbieten, mit dem Kilian zu arbeiten. Er wollt mich zu den Zimmermädchen stecken. Mich! Eine keltische Göttin!«

Ich starre sie an. »Und?«

Birgit rümpft die Nase. »Dann hat er mich weggeschickt und hat sich an seinen Schreibtisch gesetzt.« Ihre Stimme klingt trotzig. »Da hab ich die Schere vom Tisch genommen und hab sie ihm in den Hals gestochen.« Sie sagt das so beiläufig, als würde sie vom Rosenschneiden erzählen.

Das kann doch unmöglich stimmen! Dieses unbedarft wirkende Mädchen kann doch nicht einfach jemanden umbringen! Wegen solcher Lappalien! Außerdem passt das alles gar nicht zusammen. »Aber …« Ich schaue von Birgit zu Garhamer zu Gertraud. »Aber du hast mir doch erzählt, dass du den Garhamer aus dem Zimmer kommen gesehen hast.«

»Ja, und?« Gertrauds Augen blitzen. Ihr Gesicht ist immer noch verquollen, und sie wirkt im Mondlicht wie ein Wesen aus der Anderwelt. »Warum hätt ich dir die Wahrheit sagen sollen? Du bist schon selten dämlich.« Sie lacht, und die anderen stimmen in das höhnische Gekecker mit ein.

Mir wird kalt.

Ich spüre, dass sich Apollonia hinter meinem Rücken an meinen Händen zu schaffen macht, sie ebenfalls mit einem Strick zusammenbindet, aber ich blende diese Information so gut es geht aus. Ich muss herauskriegen, was wirklich passiert ist. Komme da, was wolle.

»Also«, rekapituliere ich, »Birgit hat Ignaz Eichlehner erstochen und ist dann zum Feuerritual. Warum?«

»Mei, ich hab doch ein Alibi gebraucht.«

»Und obwohl du gerade jemanden ermordet hast, schmeißt du das Pulver ins Feuer, damit es explodiert, und willst deine Großmutter ›brennen sehen‹?«

»Was wolltest du?«, donnert Apollonia ihre Enkelin an.

Ich schaue erstaunt zu Apollonia. Weiß sie es gar nicht? Hat Birgit es ihr nicht gebeichtet, damals in der Nacht in ihrem Prinzessinnenzimmer? Und auch nicht bei der großen Aussprache gestern? So ein verlogenes Frauenzimmer!

Birgit setzt den Schmollmund auf.

»Oma«, jammert sie, und als sie sieht, dass die Miene von Apollonia durch diese Anrede noch zorniger wird, schiebt sie schnell hinterher: »Loni, mein ich. Loni. Das denkt sich die doch nur aus. Ich wollt bloß beim Ritual helfen. Damit es mehr wirkt und die Leute dich toller finden. Echt, Loni! Das musst du mir glauben!«

Apollonia stößt einen Laut aus, der einem Grunzen ähnelt, und zieht an dem Seil, an dem meine Hände hängen. Meine Arme werden nach hinten gezerrt, und in meiner kaputten Schulter flammt ein höllischer Schmerz auf. Ich unterdrücke einen Schrei. Trotzdem kann ich nicht vermeiden, dass mir Tränen in die Augen schießen. Ich beiße mir von innen in die Wangen, um mich von meiner Schulter abzulenken. Es tut verdammt weh, aber es funktioniert. Ich kann mich wieder konzentrieren. Weiter!

»Und Gertraud? Du bist noch später zum Feuerplatz gekommen. Hast du auch den Eichlehner ermordet?«

»Was soll diese saudumme Fragerei?«, fährt sie mich an. »Ich hab doch schon erzählt, wie's war.«

»Welche Version meinst du denn?« Ich kann nicht verhindern, dass Sarkasmus aus meinen Worten trieft. Aber die Schmerzen und diese ausweglose Situation und die Enttäuschung über mich selbst, dass ich wieder Menschen vertraut habe, die dieses Vertrauen auf keinen Fall verdienen, machen mich bitter.

»Hä?«

Am liebsten würde ich sie nachäffen, reiße mich allerdings zusammen. »Du wolltest ihn auch umbringen, oder?«

»Hab ich doch schon gesagt.«

»Und wo warst du dann?«

»Was geht dich das an!« Sie wendet sich an die anderen. »Leute. Lasst uns weitermachen! Ich hab genug von dem Krampf.« Sie greift nach dem Stecken, den Apollonia nach Kilians Folter fallen gelassen hat. Will sie wieder von vorn anfangen? Nein!

»Du hast dich also nicht getraut!«

Sie fährt zu mir herum. »Was hab ich mich nicht getraut?«

In der nächsten Sekunde hält sie den Stock vor mein Gesicht. Obwohl ich sehen kann, dass die Glut erloschen ist, habe ich Angst. Ich rieche Feuer. Und noch etwas anderes. Kilians verbrannte Haut. Mühsam schlucke ich. Wie sollen Kilian und ich da jemals wieder lebend herauskommen? Ich drücke die Angst mit Macht in die hinterste Ecke meines Bewusstseins. Wenigstens lässt sie Kilian jetzt in Ruhe, spreche ich mir selbst Mut zu.

»Na, deinen Vater ermorden«, sage ich. »Schickst deine Tochter vor.«

Gertraud packt meine Bluse und zieht mich zu sich heran. »Jetzt horch gut zu, du aufgeblasene Trutschn. Ich hätt ihn sicher erledigt, wenn das nicht die Birgit schon gemacht hätt. Vorgeschoben hab ich gar niemanden. Geholfen hab ich ihr. Hab die Schere aus seinem Hals gezogen und dahin geschmissen, wo sie keiner mehr findet. Und das Messer vom Finn im Hotel gelassen, damit sie es entdecken. Hat auch alles geklappt.« Sie kommt mir noch näher. »Und wir könnten in Frieden leben, wenn du dich nicht einmischen tätst.« Sie stößt mich von sich, und ich pralle gegen Apollonia. Die schubst mich zurück, hält mich jedoch gleichzeitig am Strick fest, und der Schmerz rast in meine Schulter.

»Wohin hast du die Schere geworfen?«, stoße ich zwischen zusammengebissenen Zähnen hervor.

»Du gibst wohl nie eine Ruh, ha?«

»Sag schon. So toll wird das Versteck nicht sein. Die Polizei wird es –«

»In den See vom Hotel«, schreit Gertraud. »Viel Spaß beim Suchen!«

»In den See«, wiederhole ich leise. »Der Badeteich bei der Feuerstelle. Und niemand hat es platschen gehört, weil sie getrommelt haben.«

»Der Sepp hat recht, eine Schnellgneißerin.« Gertraud haut mir mit einer Hand an die Stirn. Ich zucke zurück. »Willst noch was wissen, Frau Detektivin?«

»Wer hat dem Eichlehner die Kette von der Susa in die Hand gedrückt?«

Gertraud johlt. »Die kann Fragen stellen, ha?« Sie klatscht in die Hände und dreht sich im Kreis. Die anderen lachen.

Birgit schiebt sich nach vorn. »Das war mein Vater. Genial, gell?«

»Halt deinen Mund!«, knurrt Garhamer.

Mein Blick fliegt zu ihm. Er steht auf der anderen Seite des Altars und hält immer noch Kilian fest. Schräg über ihm leuchtet der Mond, sodass ich seine Gesichtszüge nicht erkennen kann. Nur die Augen des Wolfes funkeln.

»Wir sind nämlich eine Familie«, jubelt Birgit ungetrübt weiter.

Ich ignoriere sie. »Wieso hast du Susas Kette gehabt?«

Ludwig sagt nichts. Ich fühle nur seine Blicke, die sich in mein Inneres bohren. Und auf einmal weiß ich, wie es gewesen sein muss.

»Du hast sie bei euch gefunden, nachdem Susa den betrunkenen Finn in sein Zimmer gebracht hatte. Und eingesteckt. Du hattest sie an dem Abend dabei. Und hast gesehen, dass Birgit den Eichlehner erstochen hat. Wo warst du? In der Abstellkammer?«

Da Garhamer noch immer keinen Ton von sich gibt, stelle ich weiterhin meine Mutmaßungen an. Wenn es nicht stimmen würde, würde er widersprechen.

»Und du hast mitbekommen, dass Gertraud hinterher den Tatort, hm, verändert hat. Bist du da schon zu ihr? Nein, ich glaube nicht. Du hast gewartet, bis sie weg war. Dann bist du aus der Kammer. Hast geschaut, ob die Luft rein ist, und bist zum Eichlehner ins Zimmer. Ganz schön riskant. Es hätte ja jederzeit jemand auftauchen können.«

Ich schweige. Warte auf eine Erwiderung seinerseits. Vergeblich. So rede ich weiter. »Du bist also beim Eichlehner. Hat er noch gelebt? Nein. Keine letzten Worte für dich. Keine Entschuldigung. Aber vielleicht hast du ihm noch was gesagt? Hm?«

Stille. Alle Augen sind auf Garhamer gerichtet.

»Ja, ich denke, du hast ihm noch deine Meinung gesagt. Ihm deinen Hass mit auf den Weg ins Jenseits gegeben. Hat das gutgetan? Tut es immer noch gut? Und dann hast du auch noch mitgemischt. Hast Susas Kette aus der Tasche gezogen und dem Eichlehner in die Hand gedrückt. Ein klasse Einfall. Vielen Dank.«

»Ja, das war toll!«, schwärmt Birgit wieder. »Das hat er für mich gemacht. Wie ein richtiger Vater.« Sie schmachtet ihn an. Ich schenke ihrem Geplapper keine Beachtung.

»Und dem Kilian hast du auch eine übergezogen. Nicht wahr? Der ist den Gang entlanggekommen und wollte in sein Büro, sich umziehen. Da bist du von hinten auf ihn los und hast ihn niedergeschlagen. Mit was?«

Keine Reaktion.

Ich hebe die gesunde Schulter. Das ist ja auch egal.

»So. Ende mit der Raterei.« Apollonia zieht wieder an meinem Strick. Mir presst es den Atem aus den Lungen. »Birgit, zu mir. Los.« Sie gestikuliert hinter meinem Rücken. Dann tauscht sie mit Birgit Platz. Sie hält mich fest, Birgit bindet meine Füße zusammen. Vor Schmerz bin ich zu keiner Gegenwehr fähig.

Ich muss mich beeilen, wenn ich noch etwas wissen will. Das fühle ich.

»Und der Kastner?«, stoße ich hervor.

Apollonia lacht auf. »Die kriegt wirklich nie genug.« Theatralisch beugt sie sich zu mir herab. »Was soll mit dem Kastner sein?«

Aus meinem Haaransatz tropfen Schweißperlen. »Der Kastner hat euch erpresst.«

»Schon wieder richtig. Beim Teutates! Du bist gut.« Die Große Göttin schlägt mir auf die Schulter. Mir wird schwarz vor Augen, und ich gehe in die Knie. Ich weiß nicht, wie lange ich mich noch aufrecht halten kann. Wenigstens hat sie angefangen zu reden.

»Ha! Der hat gemeint, er kann uns erpressen, weil er was gesehen hat. Beim ersten Mal hat er schon ziemlich was eingesackt, aber dann bist du ja aufgetaucht, die Retterin unserer Schätze.« Die anderen stimmen in ihr Lachen mit ein. »Wär besser für ihn gewesen, wenn du dich nicht eingemischt hättest. So hat er es ein zweites Mal probiert, der Depp. Ist ihm nicht gut bekommen. Der Ludwig hat uns da geholfen.«

»Schweig!«, fällt ihr Garhamer ins Wort.

Apollonia tätschelt seinen Arm. »Keine Angst, die erzählt nichts mehr.«

Bei diesen Worten rinnt es mir eiskalt den Rücken hinunter.

»Und es ist doch lustig, ihr blödes G'schau anzusehen, weil sie überhaupt gar nicht recht gehabt hat, die eingebildete Trutschn.« Sie beugt sich wieder zu mir herab und lächelt mir hämisch ins Gesicht.

»Deswegen hat die Polizei den Garhamer mitgenommen?« Ich bemühe mich, nicht zu wanken. Sie sollen nicht merken, wie fertig ich schon bin.

Garhamer verzieht verächtlich seinen Mund. »Das war nichts«, fängt er endlich selbst zu sprechen an, »die haben meine Reifenspuren hinter dem Gewächshaus im Wald gefunden. Ich hab ihnen erklärt, dass ich da in der Nähe auf dem Jägerstand war. Stimmt auch. Aber das war davor, um zu schauen, ob jemand in der Gegend ist. Die können mir nichts nachweisen.« Er reckt sich nach oben. Überhaupt fällt mir auf, dass er seit einiger Zeit, eigentlich seit dem Mord an Ignaz, aufrecht geht.

»So, jetzt haben wir genug geredet«, meint Apollonia. »Hinauf mit ihr.«

Es beginnt ein Geschiebe und Geruckel, da sie Kilian zur Seite rücken wollen, wohl, damit ich neben ihm auf dem Opferstein Platz habe. Aber da will ich nicht hinauf! Wer weiß, was sie da oben mit mir anstellen.

In einem passenden Moment drehe ich mich um die eigene Achse und lasse mich fallen. Apollonia auf die Füße. Die flucht und schreit, dass ihr jemand helfen soll. Garhamer kann jedoch Kilian nicht loslassen, da der jetzt auch seine Kräfte mobilisiert und herumfuhrwerkt. Er haut seine zusammengebundenen Füße in die Luft und tritt dem Obermeier Sepp in den Bauch. Der fällt nach hinten, schimpft und rappelt sich wieder auf. Er will die Füße vom Kilian zu fassen kriegen, der stößt sie aber weiter immer wieder nach oben. Die wilden Zuckungen erinnern fast an Gertrauds epileptischen Anfall. Die schmeißt sich jetzt quer über die Beine vom Kilian und legt sich mit dem Oberkörper drauf. Ist eine hoppelige Angelegenheit, da Kilian nicht nachlässt.

Auch ich bleibe nicht untätig, sondern kullere von Apollonias Füßen und gleich ein paar Meter weiter. Die Alte und Birgit laufen mir hinterher und wollen mich einfangen. Ich gebärde mich jedoch wie eine tollwütige Raupe, bewege Beine und Oberkörper unkoordiniert durch die Gegend, sodass sie sich sehr schwertun bei ihrem Unterfangen.

Da bellt es. Immer lauter und wütender, und ein schwarzer Hund stürzt auf uns zu.

»Runa!« Ich bin so froh, sie zu sehen. Zwar kann ich mir nicht vorstellen, wie sie uns helfen soll, aber allein ihre Anwesenheit gibt mir Auftrieb.

Meine Hündin bellt wie verrückt. Sie konnte es noch nie leiden, wenn sich Menschen stritten. Bei meinen Kindern ist sie bei jedem Kampf dazwischen, so spielerisch er auch war. Da muss unser Kuddelmuddel für sie extrem aufregend sein. So führt sie sich auch auf. Sie springt auf uns zu, weiß nicht, wen sie angreifen soll. Dafür bellt sie, was das Zeug hält. Geifer spritzt ihr aus dem Mund. Sie schaut richtig gefährlich aus.

»Nimm den Hund weg«, schreit Birgit. Sie fasst nach meinen Beinen und sieht sich plötzlich Gesicht an Schnauze meiner zähnefletschenden Bestie gegenüber.

Apollonia richtet sich auf und streicht ihre Haare nach hinten. Sie versucht, zu Atem zu kommen. »Runa«, sagt sie und gibt ihrer Stimme einen einschmeichelnden Klang. »Runa, meine Beste.« Dazu streckt sie die Hand nach ihr aus.

Mein Hund wird ruhiger.

Oh nein! Ich krümme mich am Boden und schreie. Runa darf sich nicht von Apollonia einlullen lassen.

Aber die holt aus ihrer Seitentasche tatsächlich eines ihrer Spezialleckerli heraus. Eins dieser Dinger, für die Runa kilometerweit gelaufen ist. Für die mein Hund jedes meiner Verbote umgangen hat. Runa würde für Fressen ihre eigene Großmutter verraten, und jetzt verrät sie für ein Leckerli mich.

»Nein!«, brülle ich. »Runa, nicht!«

Mein Hund folgt schnuppernd der Alten, die ihn mit der Köstlichkeit in der Hand vom Altar weglockt. Wahrscheinlich hat sie irgendwo noch ein Seil und will Runa an den nächsten Baum binden. Dann kann mein verräterischer Hund zusehen, wie es seinem Frauchen schlecht ergeht.

Ich kann gar nicht hinschauen. Ich drehe meinen Kopf weg und schließe die Augen. Ich bin enttäuscht. Sie ist halt nur ein Hund, denke ich. Sie folgt ihren Instinkten. Mir ist es in dem Moment gleichgültig, dass Birgit mich auf die Seite wirft und auf den Boden drückt.

»Verdammter Köter!«, schreit Apollonia. »Lass los!«

Was? Ich hebe meinen Kopf und schaue in ihre Richtung. Runa hat den weiten Ärmel von Apollonias Gewand gepackt und zerrt knurrend daran.

»Prima!«, jubiliere ich. »Toller Hund! Runa, du bist so ein toller Hund!« Vor Rührung und Erleichterung laufen mir die Tränen über die Wangen. Mit neuer Energie stemme ich mich gegen Birgit. Die soll mich jetzt kennenlernen.

Kilian kämpft auch noch. Aus den Augenwinkeln sehe ich jedoch, dass seine Kräfte schwinden. Halte durch!, denke ich und weiß doch nicht, wozu wir durchhalten sollen. Am Ende sind sie in der Überzahl. Im Grunde haben wir keine Chance. Aber so leicht machen wir es ihnen nicht. Wir werden uns wehren. Bis zum bitteren Ende.

Mit Verve haue ich meinen Oberkörper nach vorn und verpasse Birgits Nase eine Kopfnuss. Blut spritzt. Sie schreit auf. Gertraud lässt Kilian los und eilt zu uns. Sie packt meine Haare und will meinen Kopf auf den Boden schmettern, da hält sie inne. Jemand stürzt mit einem Tarzanschrei auf die Lichtung und hängt sich von hinten an Garhamers Hals.

Ein kleiner, dürrer Kerl in seltsamen Kleidern. Finn!

Wunderbar!

Birgit will ihrem Vater zu Hilfe kommen und reißt an Finns Klamotten. Ich nütze Gertrauds kurze Unaufmerksamkeit und drehe mich unter ihren Händen hindurch. Kilian schlägt dem Obermeier die Füße ins Gesicht und katapultiert sich damit selbst vom Felsen. Sein Schmerzensschrei erfüllt die Nacht.

In diesem Kampfgetümmel höre ich das Auto erst, als es hupend auf die Lichtung rast. Der schwarze Geländewagen bremst, Erde fliegt nach allen Seiten. Er schleudert halbkreisförmig und kommt zum Stehen.

Wir erstarren in unserer Bewegung. Niemand kämpft mehr. Sogar Runa lässt Apollonia los. Wir schauen alle zu dem Wagen, können aber wegen der getönten Scheiben niemanden erkennen.

Langsam gleitet die Scheibe an der Fahrerseite nach unten. Der Lauf eines Gewehres schiebt sich nach draußen. »Macht es euch bequem«, sagt eine Männerstimme, und der Gewehrlauf bedeutet Garhamer, Obermeier und den Moosbichlerinnen, sich zu setzen. »Wir warten jetzt schön auf die Polizei.«

Ich kann es nicht glauben.

»Finn, mach doch den beiden die Fesseln ab«, bestimmt der Mann weiter. »Ist doch sonst zu ungemütlich. Oder, Karin?« Der Mann beugt sich vor, und das Licht des Vollmondes fällt auf sein Gesicht. Es ist Max.

Sonntag, 15. Mai

Der weiße Plastikstuhl knarrt, als ich mich auf ihm niederlasse. Die Nachtschwester vorn beim Stationsempfang hat gesagt, ich könne hier warten. Kilian sei noch im OP. Sobald sie etwas wüssten, gäben sie mir Bescheid. Seine Verletzungen sind nicht so dramatisch, wie ich nach dem Sturz vom Altar angenommen habe. Göttin sei Dank. Ein schiefes Lächeln verzieht meinen Mundwinkel.

Der graublau gestrichene Flur erstreckt sich einige Meter, bevor er durch eine Glastür unterbrochen wird und dahinter in die scheinbare Unendlichkeit führt. Von Zeit zu Zeit öffnet sich mit einem Zischen automatisch die Tür, und Krankenschwestern eilen herbei, verschwinden in einem Zimmer oder laufen an mir vorüber. Kaum eine nimmt Notiz von mir oder stört sich gar an meinen schmutzigen Klamotten. Das ist mir ganz recht.

Ich lehne meinen Kopf an die Wand und schließe die Augen. Bin in Gedanken noch im Wald. Kann nicht fassen, dass wir es geschafft haben. Spätestens am Morgen werden Grünleitner und Volz erscheinen und ihre Fragen stellen. Viele Fragen. Unangenehme Fragen. Zuletzt auch, was sich im Wald genau abgespielt hat. Ich hoffe, mir fällt etwas Plausibles ein.

Aber daran denke ich im Moment noch nicht. Gerade will ich mich nur darüber freuen, überlebt zu haben. Dank Max.

Auf dem Weg ins Krankenhaus hat er mir erzählt, warum er plötzlich auf der Lichtung erschienen ist: Wie vereinbart fuhr er mit dem Garhamer in den Wald, und der Förster stieg an einem Parkplatz in der Nähe des Opferplatzes aus. Max hätte auf Finn warten und dann zum Hotel zurückfahren sollen. Aber er war total unruhig. Am liebsten wäre er dem Garhamer heimlich hinterhergegangen, um zu beobachten, wie es lief. Das hätte jedoch mit seinen Krücken beim besten Willen nicht geklappt, denn man musste quer durch den Wald marschieren. Über die rechtwinklig angelegten Waldwege hätte es viel zu lange gedauert. So saß er im Wagen und hat sich Vorwürfe gemacht, dass er mich allein im Wald mit den Moosbichlerinnen und ihrem Gefolge gelassen hatte.

Irgendwann kam Finn und berichtete, dass die Aktion Kilian-zum-Opferplatz-Locken erfolgreich verlaufen war. Jetzt hätten sie fahren können, aber beide hatten ein schlechtes Gefühl. Bald war klar, dass sie nachschauen wollten. Finn rannte durch den Wald zurück, Max fuhr den Umweg über die Forststraßen. So kam Finn zuerst beim Opferplatz an und stürzte sich auf den Garhamer. Max hatte während des Wartens das Gewehr auf dem Rücksitz entdeckt und konnte damit dem grausamen Schauspiel auf der Waldlichtung ein Ende bereiten. Was er jetzt macht, weiß ich nicht. Er hat mich vorhin im Krankenhaus abgeliefert und ist gefahren. Er hätte noch etwas zu erledigen.

Erneut eilt jemand herbei. Absätze klackern über das Linoleum. Wahrscheinlich eine Besucherin, die Sohlen der Krankenschwestern machen nicht so einen Krach. Aber mitten in der Nacht? Trotz dieser Ungewöhnlichkeit ist meine Erschöpfung größer als meine Neugierde. Mich drängt es nicht, nachzusehen, wer es ist.

Das Klackern verstummt.

»Frau Schneider?«

»Ja?« Ich rapple mich auf.

Belinda steht vor mir, im dunkelblauen Mantel, die Haare wie immer elegant hochgesteckt. Die veilchenblauen Augen blicken sorgenvoll. »Wissen Sie schon, wie es Kilian geht?«

Ich mache eine Geste in Richtung Schwesternzimmer. »Sie sagen Bescheid, wenn er die OP überstanden hat.«

»Oh gut. Gut.« Sie nickt. Nervös tritt sie von einem Fuß auf den anderen, dreht einen Ring an ihrem Finger. Platin, schätze ich. Der Stein blitzt auf.

»Wollen Sie sich nicht setzen?« Ich deute auf den weißen Stuhl neben mir.

Belinda blickt rasch den Gang hinauf und hinunter. Dann lässt sie sich neben mir nieder, legt ihre Handtasche auf den Schoß. »Ja, danke.« Ihre Hände flattern über der Tasche, können den Ring nicht in Ruhe lassen. Genauso unstet wandern ihre Augen hin und her.

»Ein schöner Ring.«

»Was?« Sie schaut auf ihre Hand. »Ach ja. Ja. Mein Verlobungsring.«

»Sie sind verlobt?«

»Ja.« Ihr Blick huscht über die Bilder an den Wänden. Aber keine der ausgestellten Naturfotografien kann ihn festhalten. »Ja. Mit Kilian.«

»Schon lange?«

»Seit sechs Monaten.«

»Schon so lang? Gratuliere.«

Sie sieht mich immer noch nicht an. »Danke.« Es klingt nicht erfreut.

»Wann soll die Hochzeit sein?«

Erschrocken blickt sie hoch. Dann öffnet sie ihre Handtasche, kramt darin herum, schließt sie wieder. Leise sagt sie: »Ich weiß nicht, ob es eine Hochzeit geben wird.«

»Ach, Kilian wird wieder gesund. Er ist jung und gut in Form. Er verkraftet so ein Erlebnis locker.« Im Gegensatz zu mir, denke ich und bewege sacht meine Schulter. Sofort sticht es. Ich sollte sie mir doch von einem Arzt anschauen lassen.

Belinda rutscht auf dem Stuhl herum. Mit dem Blick nach links, weg von mir, sagt sie: »Das meine ich nicht.«

»Wie bitte?«

Sie dreht den Kopf, sieht mich kurz an und starrt dann wieder auf ihre Hände, die nicht stillhalten können. »Ich weiß nicht, ob ich ihn noch heiraten möchte.« Sie schöpft Atem. »Ich hab so einiges gehört. Über ihn. Und eine Angestellte.« Sie zieht den Ring vom Finger und lässt den Stein im Neonlicht aufleuchten. »Außerdem, die Sache mit seinem Großvater …«

»Damit hat er nichts zu tun. Er ist nicht der Mörder.«

Zum ersten Mal sieht sie mich direkt an. »Das meine ich nicht. Ich meine seinen Verrat.«

»Welchen Verrat?«

»Er hat hinter dem Rücken seines Großvaters die Geschäftsverbindung zur Smirnow-Hotelkette aufgebaut. Mit Hilfe einer Angestellten, dieser einen speziellen Angestellten, hat er die Korrespondenz verheimlicht. Neue E-Mail-Adresse, anderes Postfach, geheimes Konto bei einer fremden Bank. Er hat schon Geld von Smirnow angenommen. Das hat er mir bei unserem letzten Treffen erzählt. Er fand sich clever.« Sie betrachtet den Ring. »Ich finde es verabscheuungswürdig. So einen Mann kann ich nicht heiraten.«

Zögernd streckt sie mir den Ring entgegen. »Könnten Sie ihm den Ring geben? Nein, das könnten Sie wohl nicht.«

Sie öffnet die Handtasche und lässt den Ring hineingleiten. Mit einem Ruck steht sie auf.

»Ich werde nach Düsseldorf gehen. Dort habe ich eine Stelle in einem Hotel angeboten bekommen.« Sie streckt mir die Hand entgegen. »Auf Wiedersehen.«

»Wollen Sie nicht …?« Ich deute den Gang entlang.

Sie schüttelt den Kopf. »Es war eine dumme Idee, jetzt hierherzukommen. Er wird gerade operiert … Und ich muss noch …« Belinda packt ihre Tasche fester. »Ich werde mit ihm reden, wenn er sich besser fühlt«, sagt sie und wendet sich ab.

Als sie durch die Glastür verschwunden ist, lehne ich wieder den Kopf an die Wand. Nun weiß ich, was Birgit meinte, als ich sie mit Kilian belauscht habe. Damals. Vor langer, langer Zeit. Vorgestern. Als sie sagte: »Ich helf dir doch nicht erst, deinen Opa …« Ihre aufgebrachte Stimme hab ich noch deutlich im Ohr.

Ich bin zu müde, um darüber nachdenken zu wollen, was Kilian in Zukunft erwarten wird.

Wahrscheinlich bin ich sogar eingenickt, denn ich schrecke auf, als es aus einem Lautsprecher rauscht und etwas durchgesagt wird. Unverständliches Geknarze. Vermutlich rufen sie nur einen Arzt aus. Als ein Knacksen die Durchsage beendet, merke ich, dass etwas anders ist. Es nähern sich keine schnellen Schritte, sondern ganz leise, begleitet von einem kaum hörbaren, mechanischen Geräusch. Ich öffne die Augen und drehe meinen Kopf in Richtung Tür. Ein Mann kommt auf mich zu. Er sieht mich an. Milchkaffeebraune Augen strahlen. Max.

Auf zwei Beinen überwindet er die paar Meter zu mir. Bleibt vor mir stehen. Ein triumphierendes, ein glückliches Lächeln auf den Lippen. Mit einem Mal ist es heller hier in diesem Krankenhausflur. Als ob jemand einen Vorhang zur Seite geschoben hätte und jetzt Sonnenstrahlen das fahle Blau der Wände zum Leuchten bringen. Im fensterlosen Gang mitten in der Nacht.

Ich sitze wie festgeklebt auf meinem Stuhl. Schaue zu Max auf, mein Herz klopft wild. Vor Freude. Vor Aufregung. Er streckt mir eine Hand entgegen, bietet sie mir an. Ich ergreife sie, und langsam erhebe ich mich. Unsere Körper berühren sich, ich spüre seinen Atem in meinem Gesicht. Rieche seinen Duft. Max legt meine Hand um seinen Hals. Ich schlucke. Zaghaft folgt auch meine zweite.

»Frau Schneider?« Wie aus dem Nichts steht eine Schwester neben uns. Wir fahren auseinander.

»Ja?«

»Herr Eichlehner ist aus dem OP. Er hat die Operation gut überstanden.« Die Schwester nickt und eilt davon.

»Schön«, murmle ich und kann die Nachricht momentan gar nicht richtig verarbeiten. Vor allem, weil Max mich schon wieder an sich zieht und meine Hände mit einer verblüffenden Selbstverständlichkeit erneut da platziert, wo sie vor der Störung lagen. Meine Blusenärmel rutschen zurück, und der keltische Armreif kommt zum Vorschein.

Aber darauf achte ich kaum, denn mein Gesicht ist nur Zentimeter von Max' Mund entfernt. Ich sehe die vollen Lippen, den kurzen Bart. Darüber die Sommersprossen, die sich über seine Wangen und den Nasenrücken bis zu den Augenlidern sprenkeln. Ich sehe in die hellbraunen Augen. Ich sehe Zuneigung und senke schnell den Blick.

»Das ist ja wunderbar, Max«, sage ich und bin froh, dass meine Stimme einigermaßen klar ist. »Seit wann hast du denn dein neues Bein?«

»Schon ein paar Wochen. Aber ich wollte auf den perfekten Zeitpunkt warten, um es dir vorzuführen.« Sein Lächeln verstärkt sich zu einem Grinsen. »Und jetzt ist der perfekte Zeitpunkt.«

Mein Herz schlägt einen Trommelwirbel. Wahrscheinlich atme ich nicht mehr. Max beugt sich zu mir herab, seine Arme ziehen mich noch näher, seine Lippen finden meine.

Der Armreif schimmert, und die goldenen Schlieren funkeln. Das ist das Letzte, was ich sehe, bevor ich die Augen schließe.

Personenverzeichnis

Karin Schneider (45) – Heilpraktikerin und Hobbyermittlerin, seit Kurzem geschieden

Susa Schneider (16) – Tochter von Karin, Lehrling im Hotel »Drei Eichen«

Linus, Lilly, Vicky Schneider (18, 18, 13) – Kinder von Karin

Apollonia Moosbichler (67) – Oberhaupt der »Großen Göttin«

Myrna/Gertraud Moosbichler (47) – ihre Tochter, führt die Staudengärtnerei Moosbichler, mittlerer Part der »Großen Göttin«

Birgit Moosbichler (20) – Apollonias Enkelin, arbeitet im Hotel »Drei Eichen«, jüngster Part der »Großen Göttin«

Ignaz Eichlehner (74) – Seniorchef vom Hotel »Drei Eichen«

Robert Eichlehner (46) – sein Sohn, zweiter Chef

Kilian Eichlehner (25) – Ignaz' Enkel, Juniorchef

Konrad Garhamer – Förster und Vater von Ludwig Garhamer

Ludwig Garhamer (51) – Förster und Waldexkursionsleiter

Max Huber (33) – früherer Speditionsmitarbeiter, Bademeister und Luftballonverkäufer, jetzt in Reha im Hotel »Drei Eichen«

Emanuel Kastner (53) – Auktionator aus München

Sepp Obermeier (72) – Keltenexperte

Anna Obermeier (17) – seine Enkelin und Freundin von Linus Schneider

Finn alias Kevin Schmidtke (20) – »zuagroaster« Kelte

Olga und Wladimir Smirnow – russische Geschäftsleute

Ein letzter Hinweis:
Auf meiner Homepage www.werner-ingrid.de finden Sie zusätzliche Informationen zu der Geschichte. Zum Beispiel stelle ich anhand eines Stammbaums die Verquickung der Familien Moosbichler, Garhamer, Eichlehner dar.

Außerdem sehen Sie dort ein Foto von dem blau-weißen

Muster, das an Apollonias Scheune prangt. Es ist ein bekanntes keltisches Motiv, das die Gestalter vom Keltendorf Gabreta im Bayerischen Wald auch auf ein Haus gemalt haben. So konnte ich es fotografieren.

Vor Apollonias Scheune steht eine hölzerne Männerstatue. Das Vorbild ist die Statue des Keltenfürsten von Glauberg. Das Foto auf meiner Homepage stammt von der Nachbildung im Museumsdorf Gabreta.

Die Kelten im Rottal – Fiktion und Wirklichkeit

»Kelten san mir Niederbayern im Grunde alle.« Opa Obermeier hat das zwar etwas überspitzt formuliert. Aber wenn man sich im Rottal umschaut, entdeckt man auch heute noch zahlreiche Zeugnisse unserer keltischen Vergangenheit.

Ich hatte das Glück, mit Jakob Wünsch einen Tag durch unsere Landschaft zu streifen und mir den Blick für die archäologischen Schätze der Kelten schärfen zu lassen. Jakob Wünsch beschäftigt sich schon lange Jahre mit den Kelten und hat sich ein enormes Wissen angeeignet. Nicht von ungefähr wird er als Privatgelehrter bezeichnet. Er zeigte mir Erzschürfstellen, Wohnhöhlen, Steinschwammerl, Ritualplätze, den Hohlen Stein und ein Hügelgräberfeld von beeindruckendem Ausmaß direkt neben einem Golfplatz. Wir sprachen über Keltenschanzen, Götter und Göttinnen, Erzgewinnung, Regenbogenschüsselchen, Schmuck, den keltischen Ursprung niederbayerischer Sagen oder katholischer Heiliger und vieles mehr.

Wer sich auch einmal über die keltischen Wurzeln in unserer Heimat informieren und dies mit einem Spaziergang in schöner Natur verbinden möchte: Jakob Wünsch bietet eine Keltentour im Rottal an. Kontakt über www.jakob-wünsch.de.

Für mein Buch habe ich den Hohlen Stein, die Luisenburg, das Hügelgräberfeld bei Bad Birnbach und den Teufelsfelsen (ja, ich weiß, da streiten sich die Gelehrten, ob dort auch Kelten waren; aber Jakob Wünsch ist dieser Meinung, und seine Argumentation finde ich einleuchtend) als Handlungsorte ausgesucht. Alles kann man realiter im Steinkart und der näheren Umgebung besichtigen. Allerdings habe ich die Entfernungen ein wenig den Erfordernissen meines Krimis angepasst, auch mal eine Holzhütte aufgestellt, wo eigentlich keine steht. Aber das kennen Sie ja schon von mir. Ich hoffe, die Birnbacher können mir verzeihen, dass ich ihr Hügelgräberfeld vom Aunhamer Spitz in den Steinkart verlegt habe.

Eine zweite wichtige Informationsquelle waren die »Enraudos – Freie Kelten an Rott und Inn« (www.saors.de). Vielen

Dank an Anemartos und sein Gefolge, die mich gastfreundlich unter ihrem Regenschutz aufgenommen und meine unbedarften Fragen beantwortet haben. Er inspirierte mich dazu, eine heutige Keltengruppe mitspielen zu lassen (Die Krimi-Kelten sind reine Fiktion, etwaige Ähnlichkeiten purer Zufall und nicht beabsichtigt).

Informant der ersten Stunde war Kreisarchäologe Walter Wandling. Er stattete mich mit grundlegendem Wissen aus und gab mir weiterführende Literaturtipps. Seine Einschätzung des materiellen Wertes mancher Fundstücke war sehr interessant.

Auch einige Museen beschäftigen sich mit den Kelten der Region und sind durchaus einen Besuch wert. Ich habe die Drehscheibe in Pocking und die Ausstellung im Pockinger Rathaus, Quintana in Künzing und Boiodurum in Passau besucht. In Pocking oder im Internet kann man mit dem 3D-Animationsfilm zur Keltenschanze in Pocking-Hartkirchen einen kleinen Einblick in keltisches Leben vor zweitausend Jahren gewinnen (www.pocking.de/index.php/bildung-kultur/museum/kelten/3d-animationsfilm).

Wenn man quasi in den 3D-Animationsfilm hineinsteigen möchte, ist man gut beraten, nach Gabreta in den Bayerischen Wald zu fahren. Dort hat Stefan Geis ein Keltendorf auf einen Hügel nahe Ringelai gestellt. Mehrere Häuser samt Umgangstempel, Schmiede und Töpferei wurden rekonstruiert. Alles zum Anfassen und Ausprobieren.

Natürlich habe ich auch viele Bücher zu diesem Thema gelesen, ich werde Sie aber nicht mit deren Aufzählung langweilen. Herausragend war das Katalog-Handbuch zu einer Ausstellung von 1993 mit dem Titel »Das keltische Jahrtausend« von Hermann Dannheimer. Außerdem hat Manfred Böckl zahlreiche Bücher über Kelten und Sagen in unserer Region verfasst. So stehen zum Beispiel die von Max genannten zwei Sagen (»Drei Fräulein in Bad Birnbach«, »Drei Prinzessinnen am Dreisessel«) in Böckls Buch »Von Alraunhöhlen und Seelenvögeln«.

Die Recherche zu diesem Krimi war also ziemlich umfangreich, aber auch sehr erfüllend. Erste literarische Schritte in das Keltenthema machte ich mittels einer Krimi-Kurzgeschichte. »Die Flucht« spielt im alten Gabreta und wurde prompt für den Ralf-Bender-Krimipreis 2015 nominiert. Wer will, kann sie in der Anthologie »Boandlkramer und andere Kriminalgeschichten aus dem Bayerischen Wald« nachlesen.

Ich hoffe, ich konnte Sie für die Kelten im Rottal ein wenig begeistern. Schauen Sie sich die Zeugnisse dieser Zeit an. Es lohnt sich!

Danksagung

Wieder einmal ist ein Buchprojekt glücklich beendet, und ich kann mich der wunderbaren Aufgabe des Dankens widmen.

Auch bei diesem Buch durfte ich die professionelle und kollegiale Unterstützung meines Lektors Carlos Westerkamp genießen. Es war wie immer ein Vergnügen, mit ihm an meinem Text zu feilen und um manche Formulierung zu feilschen.

Bedanken möchte ich mich beim Emons Verlag für das erneute Vertrauen in Karin Schneider. Wie schön, dass ich Herrn Emons und sein Team für das Keltenthema begeistern konnte. Mein besonderer Dank geht an Frau Franziska Emons für das wunderbare Cover.

Meine Familie hat mich wieder viele Stunden entbehren müssen, in denen ich in meiner Schreibstube gehockt bin und mir die Finger wund geschrieben habe. Aber inzwischen sind die Kinder ja schon groß, sodass die Abwesenheit der Mutter manchmal gar nicht so übel ist. Mit meinen Töchtern konnte ich mich sehr gut bezüglich des Plots beraten. Außerdem haben sie mich mit Süßigkeiten und Salzstangerl versorgt. Und sind auch schon mal mit dem Hund raus, wenn ich gerade in einer spannenden Szene festgesteckt bin. Danke euch!

Der »Pausnhof« im niederbayerischen St. Oswald hat viel dazu beigetragen, dass ich ungestört schreiben und so meine Deadline einhalten konnte. Die Betten sind himmlisch, das Essen köstlich, und es gibt viele schöne Ecken, in denen ich mich mit meinem Laptop niederlassen konnte.

Und mein spezieller Dank geht an meine Hündin Sammi, das Vorbild für Runa. Sie teilt ihr Leben nun schon neun Jahre mit uns, geht klaglos mit mir spazieren und ist die Loyalität in Person.

Ingrid Werner
NIEDERBAYERISCHE AFFÄREN
Broschur, 192 Seiten
ISBN 978-3-89705-846-0

»Mord und Eifersucht im Landkreis Griesbach. Ein Krimi mit Aha-Effekt.« Passauer Neue Presse

Ingrid Werner
UNGUAD
Broschur, 240 Seiten
ISBN 978-3-89705-964-1

Kirchmünster, nahe der Therme Bad Griesbach im Rottal gelegen, ist einmal mehr Schauplatz eines grausigen Todesfalles. Elvira, Pflegerin im Altenheim Sonnenhügel, ist erstickt. War es ein Unglücksfall oder doch Mord? Karin Schneider findet die Leiche und mischt sich in die Ermittlungen ein. Daneben hat sie mit der Demenz ihrer Mutter, der Untreue ihres Ehemannes und manch dubioser Vergangenheit ihrer Mitmenschen zu kämpfen. Zur entscheidenden Begegnung kommt es in den unterirdischen Gängen des Städtchens, wobei ein Luchs eine ungewöhnliche Rolle spielt.